El nido
de la araña

LA TRAMA

EL NIDO
DE LA ARAÑA

María Frisa

Papel certificado por el Forest Stewardship Council®

Primera edición: noviembre de 2020

© 2020, María Frisa
© 2020, Penguin Random House Grupo Editorial, S. A. U.
Travessera de Gràcia, 47-49. 08021 Barcelona

Printed in Spain – Impreso en España

ISBN: 978-84-666-6832-3
Depósito legal: B-11.595-2020

Compuesto en Llibresimes, S. L.

Impreso en Black Print CPI Ibérica, S. L.
(Sant Andreu de la Barca, Barcelona)

BS 6 8 3 2 3

Penguin
Random House
Grupo Editorial

Para Juan, por el valioso regalo de su amistad
y por no dejarme caer

Para Mijangos, por la idea y por su irracional
confianza en mí

Psicosis debe verse desde el principio... y, por favor, no revele Vd. el final. No dispongo de otro.

Cartel de la película *Psicosis*

Si estás jugando una partida de póquer, miras a los demás jugadores y no sabes quién es el pardillo, entonces es que eres tú.

El golpe (1973),
dirigida por George Roy Hill

PRÓLOGO

VIERNES 24 DE MAYO DE 2013, 20.50

—Mami.

Los ojos de Katy se humedecen al comprobar que Zoe sigue con vida.

Se ha escondido en la última cabina de los aseos para evitar que alguien de Global Consulting & Management la descubra. La puerta de vidrio esmerilado y bisagras de acero no llega hasta el suelo y por el hueco se ven un par de sofisticados zapatos negros de cuña.

—¿Estás bien, cariño, estás bien?

—Mami, quiero que vengas. —La niña alarga las sílabas, habla muy despacio.

¿La habrán sedado? La imagen de Zoe bajo los efectos de algún narcótico y a merced de los secuestradores incrementa su angustia. Apenas la deja respirar.

—Falta muy poco, te lo prometo... —consigue decir.

—Ya es suficiente —la interrumpe una voz robótica, distorsionada por algún aparato—. ¿Tienes la pistola? —le pregunta el hombre.

Ella asiente. Lleva la Astra sujeta al muslo derecho con una funda táctica de velcro.

—Si quieres recuperarla, sigue al pie de la letra nuestras instrucciones. Y recuerda que te vigilamos, así que no hagas ninguna tontería.

—¿Cómo sé...? —Agarra con tanta fuerza el teléfono que tiene los nudillos muy blancos por la presión—. ¿Cómo sé que después cumplirán su parte y la liberarán?, ¿me lo garantiza?

—Te garantizo que si no lo haces, morirá —se burla él.

El hombre cuelga. Ella permanece unos segundos sentada en la tapa del inodoro, demasiado conmocionada para reaccionar. El inmenso alivio de saber que su hija está viva se mezcla con el miedo. Solo tiene cinco años, ¡cinco años! Se muerde el labio inferior, pero no consigue contener las lágrimas.

Al levantarse, las piernas le flaquean. Está tan cansada... Se apoya en la pared. Inspira hondo un par de veces, expulsa el aire por la nariz. Abre la puerta de la cabina y sale.

Se ha puesto un vestido negro con la falda abullonada para que la pistola no se marque a través de la tela. Le queda ancho. Ha adelgazado en los siete días que han transcurrido desde que raptaron a Zoe y ahora los huesos parecen querer atravesarle la piel.

Se guarda el móvil en el bolsillo. Le han ordenado estar siempre conectada. Siempre disponible.

En GCM, los aseos, al igual que el resto de la oficina, son espaciosos y tienen una decoración moderna y minimalista que proclama un lujo sin ostentación. En la pared de grandes losas negras destaca la inmaculada blancura del mural del lavabo.

Se aferra al borde romo de la porcelana. Siente vértigo. Pavor a haberse equivocado. Resultaría tan sencillo obedecer a los secuestradores... «Para bien o para mal, no hay vuelta atrás —le dice su vocecilla interior—. Un pasito más. Venga, levanta esa barbilla. Un pasito más.»

Acerca las manos a uno de los grifos de metal de los que el

agua mana en forma de cascada. Se levanta la melena y se moja la nuca.

Un poco mejor.

Con dedos temblorosos, abre el neceser que ha dejado en la encimera. Le han dicho que la vigilan, ¿también aquí habrán conseguido introducir una cámara? Por si acaso, continúa representando el papel de madre desesperada. No le resulta difícil. Está realmente desesperada.

Yergue la cabeza, con la mandíbula afilada apuntando al espejo. Se limpia con una toallita de papel las manchas de rímel. Se esfuerza en retocarse la base de maquillaje. Se recoge el pelo en una coleta, se peina con los dedos el largo flequillo y se lo coloca detrás de la oreja izquierda.

Al terminar, saca despacio el envase de Trankimazin. Extrae una de las dos pastillas de color salmón que quedan en el blíster. Duda un momento y al final la mastica entera. Cierra los ojos, se concentra en la respiración a la espera de la oleada de calma.

—Hola.

Katy se sobresalta. No ha oído abrirse la puerta. ¿Quién demonios...? Se tranquiliza al ver a su lado a una jovencita a la que vagamente ubica en la sección legal. Aunque desconfía del personal de Global Consulting & Management, no cree que su presencia guarde relación con el secuestro.

La chica también se ha asustado al encontrarse a la responsable de Negocio Digital. Con sus enormes ojos claros, su carita de muñeca, la melena rubia y su baja estatura siempre le ha recordado a esa actriz tan dulce, a Amanda Seyfried.

Ahora le alarma su aspecto descuidado. Es obvio, por sus ojos enrojecidos, que ha estado llorando, y la gruesa capa de corrector no oculta sus ojeras. Se da cuenta de que es mayor de lo que calculaba. ¿Cuarenta?, ¿cuarenta y dos?

Por la oficina corren algunos rumores, como el de que Gonzalo Márquez y ella son amantes. También ha oído a su jefe y a Saúl Bautista referirse a Katy como «la pirada». ¿Será por esto? ¿Habrá ocurrido otras veces?

Más que la eficaz y distante economista de siempre, da la impresión de ser una niña desamparada, perdida. Su indefensión la impulsa a consolarla.

—¿Te encuentras bien?

Katy la mira con fijeza, frunce el ceño y los pliegues en las comisuras de los ojos se le acentúan. No se le da bien inferir las emociones de los otros. ¿Qué es?, ¿preocupación?, ¿lástima?, ¿enfado? La preocupación y el enfado son las que más le cuesta diferenciar.

De cualquier forma, no puede perder más tiempo. No está segura de si los secuestradores la observan, pero sí de que lo que va a ocurrir a las 22.00 en la sala de reuniones de Global Consulting & Management será uno de esos sucesos que conmocionarán al país. ¿O serán lo bastante poderosos para silenciarlo?, ¿para ocultárselo a los medios de comunicación?, ¿a la policía, incluso?

A pesar de la gran presión a la que está sometida y del miedo que siente, se propone que la chica recuerde el encuentro. Si algo falla, quizá sea lo que necesite su abogado para conseguirle el atenuante de trastorno mental. Con mis antecedentes será sencillo, piensa con amargura.

—Estoy agotada —le contesta Katy sin mentir.

Pone la mano en el brazo de la chica un par de segundos. ¿Será suficiente? Le preocupa exagerar.

Se separa de ella y se da la vuelta. Se dirige a la puerta de salida con pasos cortos y cuidadosos para seguir dando muestras de abatimiento. Y porque no es fácil caminar con naturalidad con una semiautomática en el muslo.

PRIMERA PARTE

Katy

No hay ningún terror en un disparo, solo en la anticipación a él.

ALFRED HITCHCOCK

Se llega más lejos con una palabra amable y una pistola que solo con una palabra amable.

Los intocables de Eliot Ness (1991), dirigida por BRIAN DE PALMA

1

CUANDO EL SECUESTRO AÚN PODÍA EVITARSE

1

El día en que oí por primera vez el nombre de Global Consulting & Management empezó como cualquier otro.

—Zoe, termina de vestirte —le pedí por tercera vez a mi hija. Alcé la voz para que me oyese desde el dormitorio.

Tiritando a pesar de llevar una manta sobre los hombros, envolví su sándwich. Jamás imaginé que terminaría viviendo aquí; de lo contrario, me habría esforzado con la reforma. Entonces el dinero no era un problema; ahora ya no tiene remedio. Pasé la bayeta húmeda por la fea encimera de formica.

Dejé su almuerzo en la mesa, demasiado voluminosa. Tan grande como el resto de los muebles que no había conseguido vender en Wallapop.

—Venga, que no se nos puede escapar el autobús.

Las piernas me temblaron solo de calcular cuánto costaría un taxi hasta el exclusivo colegio en las afueras. El Saint Charles era el desagüe por el que se esfumaban nuestros ahorros. Todas las mañanas me repetía que sería más sensato matricular a Zoe en un colegio más cercano y asequible. Y cada mañana me repetía también que no la sometería a más cambios a no ser que no quedase más remedio.

En octubre de 2011, la autoridad judicial dictó el embargo de PlanDeMarketing, mi consultoría estratégica de modelado y desarrollo de negocios. Y de un golpe, igual que se arranca una planta de raíz, a nosotras nos extirparon de nuestro mundo y nos trasplantaron aquí. Perdimos nuestro espacioso ático, las cuentas corrientes, las acciones, el BMW y la casa en la playa. Solo conservé las inversiones que había «diversificado»: el pisito para alquilar que adquirí en 2009 —ridículamente barato— y que escrituré a nombre de una sociedad fantasma y el dinero negro que escondía en la caja fuerte del dormitorio.

Quince meses más tarde, en el pisito vivíamos nosotras, no había conseguido reincorporarme al mercado laboral y nuestras reservas monetarias se habían agotado con las cuotas del Saint Charles y el desesperado intento de reciclarme con un máster en Negocio Digital.

Zoe entró en tromba en el salón.

—Cariño, no vengas aquí, que te vas a enfriar —la reñí.

Era enero y el termómetro del salón marcaba trece grados. Tan solo dejaba encendido el radiador eléctrico durante la noche en nuestro dormitorio, así que esa era la única habitación que mantenía el calor.

Me fijé en que iba descalza y con una zapatilla en cada mano. Enseñarle a atarse los cordones era otra de nuestras tareas pendientes. «Un grave rasgo de falta de autonomía», me recordaba su tutora en cada reunión. Y entonces ¿para qué narices se ha inventado el velcro?, pensaba yo. No lo decía en voz alta porque la única vez que lo hice creo que se molestó. O eso deduje de su lenguaje corporal. Por si acaso, no he vuelto a mencionarlo y seguimos esforzándonos con los cordones.

—¿Aún no te has puesto los calcetines? Venga, al dormitorio. —La empujé entre bromas.

Después de asegurarme de cerrar la puerta, dejé la manta encima de la cama y me acuclillé a su lado.

—Estoy malita. —Tosió aposta en mi cara un par de veces—. ¿Ves cuánta tos?

Me limpié con los dedos las gotitas de saliva que habían salpicado mi mejilla.

Le aparté un mechón de los ojos, esos que ella tanto odiaba. Eran la causa por la que inventaba excusas para no ir al colegio. Algunas tardes, cuando el autobús escolar se alejaba y ya no podían verla sus compañeros, se echaba a llorar. El corazón se me encogía de pena. Y de rabia. Le apretaba la manita y no le hacía preguntas. A esas alturas ya conocía el motivo: habían vuelto a meterse con ella en el recreo. A llamarla «alien», «Pikachu», o lo que tocara esa semana.

Sus ojos llamaban poderosamente la atención. Eran únicos, excepcionales, de un gris vaporoso como los míos y rasgados como los de Gong Yoo, su padre.

—¿Estás enferma de verdad? —indagué.

Habíamos establecido un pacto: ser siempre sinceras la una con la otra. Para mí resultaba demasiado fatigoso cuestionar cada una de sus palabras o gestos.

Rodeó mi cuello con sus bracitos y apoyó la cabeza en mi hombro.

—Jo, mami, déjame quedarme contigo y con Oso Pocho.

Abracé su cuerpecito frágil y delgado. Noté sus huesos como ramas que pudieran quebrarse. Suspiré. Total, por un día podríamos hacer novillos e irnos al zoo. Fantaseando con esa posibilidad, enterré mi cara en su cabello, tan liso y negro. Inspiré su calidez con aroma a coco. Le besé la nuca, el cuello, le mordisqueé las tersas mejillas y me separé de ella.

Hizo un puchero encantador ladeando la cabecita. Algo que ella sabía que le funcionaba y siempre me ablandaba. Pero ese día no. «Eres su madre, tu obligación es ayudarla a convertirse en una mujer fuerte y segura de sí misma, una como la que tú aparentas ser. Eso, y enseñarle a atarse los dichosos cordones, claro», me regañó esa vocecilla que habita en alguna parte de mi mente.

—No. Venga —dije levantándome—. Ponte los calcetines mientras me visto.

No me molesté en quitarme la vieja camiseta desteñida que usaba como pijama ni en ponerme uno de mis diminutos sujetadores. Agarré de la silla los vaqueros y la sudadera azul. Aparté a Oso Pocho, el peluche de Zoe con el que dormíamos, y me senté en el borde de la cama para abrocharme las botas. Completé mi *look* entre chic y *homeless* con un gorro militar, guantes, bufanda y una gruesa parka con relleno de plumón.

Otra de las cosas que dejamos atrás, junto con el ático, fueron los formalismos.

El autobús escolar llevaba unos minutos parado en doble fila cuando lo alcanzamos jadeantes entre nubes de vaho. La nuestra era la primera parada de la ruta 3. Di a Zoe su mochila de la Patrulla Canina y un beso apresurado.

Emilio, el conductor, levantó la mano para chocarla con la de Zoe. Estaba casi segura de que con los otros niños no lo hacía. Mi hija era especial. Una niña tan dulce y rebosante de vida que era imposible no quererla.

—Gracias, Carmen —le dije a la monitora.

—De nada. —Me guiñó el ojo—. ¡Que tengas un buen día!

En mi otra vida maliciaba cuando alguien era amable con nosotras. Achacaba el aluvión de sonrisas y carantoñas al exotismo oriental de Zoe, a que a los seres humanos nos agrada lo que se aparta de lo habitual, siempre y cuando sea bello y seguro. Era tan obtusa que ni reparaba en sus evidentes encantos. En mi otra vida, jamás hubiera conocido el nombre de una monitora de autobús.

Dije adiós con la mano mientras se alejaban. Que alargaran la ruta para incluir esta parada había sido mi mayor logro «profesional» del último año.

Regresé a casa arrebujada en la parka por calles estrechas y adoquinadas con charcos helados en las aceras. Como el barrio no era lo bastante céntrico, la plaza Soledades y sus aledaños habían escapado a la gentrificación. Al lado de una mercería regentada por la misma familia durante varias generaciones encontrabas un pizza-kebab, un estudio de interiorismo, un horno de galletas para mascotas y decenas de locales cerrados por la crisis.

Uno de ellos lo habían reconvertido en un atractivo *coworking* y desde septiembre del año anterior yo era una de los nueve *freelance* que lo ocupaba. Pagaba un dineral por una mesa equipada, el uso de la sala de reuniones y la miserable pátina de profesionalidad que confería una recepcionista compartida.

Intentaba, sin demasiado éxito, captar clientes para el proyecto que había presentado como trabajo de fin de máster: Innovandia, una consultoría especializada en diseñar estrategias de negocio que posicionasen a las empresas en los nuevos entornos digitales.

Solo tuve que devolver un par de saludos. El hecho de ir sin Zoe me invisibilizaba. Como cuando un coche de bomberos apaga la sirena.

Me ahorraba tirar un puñado de caramelos rancios y, por supuesto, la temida conversación con estas señoras que presumían de no tener pelos en la lengua. «¡Qué mona la chinita!», y acariciaban la cabeza de Zoe como si fuera un caniche; «Y qué ojos más peculiares». A estos prolegómenos, invariablemente, seguía la sorpresa al oír que no había un «señor papá» y que no era adoptada. «¿Es tuya?» «Yo la parí», respondía con franqueza. Creo que la mayoría de las veces pensaban que las engañaba.

2

Entré en el Lolita Vintage Café. Resultaba muy coqueto con la decoración en tonos pastel, el papel de flores, las guirnaldas de luces led, las tazas desparejadas y la música indie, y, además, era muy calentito. Javi estaba detrás de la barra.

—Anda, quítate la mortaja —dijo. Durante el invierno era su frase de bienvenida. Supongo que porque iba tan tapada que solo se me veían los ojos—. Si no estuvieses tan flacucha, no pasarías tanto frío.

Dejé toda la ropa encima de una silla, me puse de puntillas y le di dos besos para cumplir con la dosis diaria de cariñosa frivolidad que me reclamaba.

Me relajaba saber cómo esperaban los otros que me comportase. Los otros. Los otros eran un misterio para mí, a pesar de mis esfuerzos.

Hace unos años incluso contraté a un coach en comunicación no verbal. Creí que si los gestos eran invariables y limitados, se podrían aprender igual que se aprende a resolver una operación matemática. Solo debía descubrir la lógica subyacente. Sin embargo, algo falló en mi planteamiento. El hecho de que el coach me enseñara a identificar los gestos, las posturas y la mayoría de las expresiones faciales no me ayudó a juzgar a los otros. Me equivocaba respecto a sus sentimientos e intenciones en un porcentaje demasiado alto (lo estimaba en torno al 78 por ciento).

Era muy frustrante.

Al lado de Javi estaba Marcos, su pareja. Supuse que era su día de fiesta porque a esas horas acostumbraba dormir. Trabajaba como médico en una ambulancia del SAMUR, donde llevaba casi una década haciendo el turno de noche.

«La noche es especial, ahí sí que aprendes de verdad cómo son las personas; es un verdadero manual del comportamiento humano», solía repetir. Creo que no lo decía en serio, porque casi todas las anécdotas que nos contaba estaban relacionadas con el uso inadecuado de algún juguete sexual o, incluso, de un animal.

—¿Y a mí qué?, ¿es que soy más feo?, ¿huelo mal? —se quejó Marcos.

¿Me estaba tomando el pelo? Mi mayor dificultad consistía en discernir cuándo los otros hablaban en serio o en broma, ya que los gestos eran similares. Mi mente funcionaba de un modo demasiado literal. No captaba la ironía y necesitaba cuestionarme cada una de sus palabras.

—¿Te burlas de mí? —inquirí frunciendo el ceño.

Ojalá en la vida real existiera la posibilidad de preguntar sin parecer cínica o estúpida.

—No seas malo —le riñó Javi.

—Ay, no lo puedo evitar. Mira qué carita. Deberías llevar encima un cartel: «Las autoridades sanitarias advierten de que es altamente achuchable».

Me engulló entre sus brazos y me pilló desprevenida, como casi siempre. No me desagradaba su contacto, el calor de su cuerpo, aunque debíamos de asemejarnos al pequeño y flacucho Mowgli y al osazo Baloo.

Cuando me soltó, me recompuse la ropa, me arreglé la coleta y, tras intercambiar un par de frases más, cogí el *frapuccino*, que ya me esperaba encima de la barra, y me dirigí al fondo del bar.

Javi y Marcos inauguraron el Lolita Vintage Café un poco antes de que nosotras nos mudáramos y habían convertido a Zoe en su reinona: «Es ideal». Les encantaba visitar mercadillos para comprarle extravagancias: pelucas, tiaras, frascos vacíos de perfume o cualquier cosa discreta que llevara, como mínimo, medio kilo de piedras de *strass* y que brillara a un kilómetro de distancia. «Como tus ojos de gata», le decían.

Me acomodé en la mesita del rincón, la que estaba pegada al radiador y daba a la calle, con una libreta y un bolígrafo. Desde pequeña había sido muy intuitiva con los números y, después de licenciarme, trabajé durante doce años en la transnacional de soluciones OMAX. Coordiné los departamentos de Análisis Matemáticos de Datos y Evaluación de Riesgos, y les hice ganar millones.

Paradójicamente, cuando me aplicaba el análisis a mí misma, el resultado de mi gestión terminaba siendo ruinoso.

Desde Navidad posponía el momento de evaluar mis finanzas, pero ya no podía retrasarlo más. Empecé a recabar datos elaborando una lista. «Katy, la reina de las listas», me llamaban en la universidad. Hasta el último curso no entendí el chiste, no me percaté del sentido polisémico de la palabra «lista».

Dividí el folio en dos partes con una línea bastante recta: en una columna escribí gastos y en la otra ingresos. La de ingresos era sencilla, el montante ascendía a cero euros. La de gastos era larga: el Saint Charles, el autobús y el comedor escolar, la cuota de autónoma, el *coworking*, la comunidad, el agua, el móvil, ¡la luz!... y la caldera, que fallaba día sí y día también (las dos últimas noches habíamos «jugado» a ducharnos con agua fría).

Dejé de sumar y consulté en la aplicación del banco el saldo de la cuenta corriente: mil ochocientos euros. Hasta el más lego era capaz de sacar la conclusión correcta.

Ponerlo por escrito acrecentó la sensación de fatalidad: ese desastre económico escapaba a la lógica. Repasé todas las operaciones y marcadores que en agosto me indicaron la conveniencia de arriesgarme a fundar Innovandia. No detecté ningún error. Matemáticamente, el proyecto de una consultoría estratégica seguía siendo tendencia de mercado y contaba con un potencial de éxito financiero altísimo. Hubiese recomendado invertir en Innovandia a cualquier cliente.

Yo creía en los números. Ellos nunca mentían, no como las personas. Entonces ¿qué estaba ocurriendo? ¿El fallo radicaba en la ejecución? ¿Ponderaba demasiado alto mis facultades? Por lo visto, era el mismo sesgo que cometí al invertir mis recursos y la indemnización por despido de OMAX en PlanDeMarketing, mi anterior consultoría.

Era muy desesperante.

Realicé unos cálculos rápidos de mi futuro a corto plazo. Estábamos a 21 de enero; antes de que me enviaran los recibos de febrero tendría que dar de baja a Zoe en el Saint Charles y dejar el *coworking*. Aun así, en un plazo máximo de treinta y cuatro días necesitaba una fuente de ingresos o el banco devolvería el primer recibo. El de la luz. No podría asumir el gasto de otro mes a fuerza de radiadores eléctricos. Sin radiadores. Sentí un leve estremecimiento.

Sostuve el *frapuccino* entre mis manos huesudas para calentármelas. Siempre me quedará mi *frapuccino*, me consolé con un suspiro. La única utilidad de mi carísimo máster en Negocio Digital había sido la implantación de una página web para impulsar el Lolita Vintage Café. A cambio del mantenimiento contaba con desayunos gratis de por vida.

Di un sorbo. Estaba distraída y no dirigí el líquido caliente hacia el lado derecho de la boca. Sentí un intenso calambrazo de dolor. Los ojos se me abrieron por la impresión y empezaron a lagrimear. El líquido había tocado la muela de la que la semana anterior se me había saltado el empaste.

Me sequé una lágrima. El empaste tendría que esperar. No lo añadí a la columna de gastos. Habíamos entrado en economía de subsistencia.

En ese momento sonó mi móvil. Era un número desconocido.

—¿Puedo hablar con Catalina Pradal?

Me acosaban teleoperadores preocupadísimos por mejorar mi calidad de vida y por que ahorrara en los recibos, por eso me sorprendió tanto oír::

—La llamo del departamento de Recursos Humanos de Global Consulting & Management en relación con su currículo. Quisiéramos concertar una entrevista con usted.

3

Cuando en los años cuarenta construyeron el mercado y la mayoría de los edificios que cierran la plaza Soledades, mi casa, el número 17 de la calle Quijano Maldonado, era el más señorial con su altura de cinco pisos y una fachada en la que sobresalían los airosos balcones de forja labrada.

Atravesé impaciente el portal. Desde el lóbrego patio de mármol y hornacinas vacías se oía el ágil sonido de un piano. Corcheas y semicorcheas. Reconocí a Mozart. Subí los escalones de dos en dos con una sonrisa. Un allegro o un minueto. De cualquier forma, Mozart significaba un buen día.

En la puerta del primero derecha me quité las botas con rapidez metiendo la puntera en el talón, algo que le tenía prohibido hacer a Zoe. Las acerqué con el pie a la pared para que no molestasen y entré en calcetines en el amplio y caldeado recibidor que Óscar había transformado en «cuarto de descompresión».

Me desprendí de la ropa a tirones hasta quedar en bragas y camiseta. Del tercer cajón de la cómoda extraje, de una bolsa de cien unidades, un par de cubrezapatos verdes de polietileno desechables. Del siguiente cajón cogí un gorro del mismo material. Me aseguré de ajustarlo.

Sonaba Mozart, así que no eran necesarios los pantalones y la chaquetilla. Me puse un par de guantes desechables y llamé al timbre que había al lado de la puerta para avisarle de mi presencia, aunque yo era la única persona a la que admitía en su búnker. Los compases *in crescendo* me impidieron oír el clic de apertura.

Entrar en su loft era como hacerlo en un útero. Me sentía aislada, segura y reconfortada. Esperé hasta que mis pupilas se adaptaron a la luz. La temperatura se mantenía estable a unos maravillosos veinticinco grados y un purificador filtraba el aire para impedir que se estancase.

Era un espacio diáfano y hermético de ciento cincuenta metros cuadrados. Tenía forma cónica, paredes blancas y suelo de parquet, y estaba iluminado con fluorescentes. Una de las peculiaridades de Óscar era que jamás subía las persianas. «Una rendija al exterior te vuelve vulnerable.» Los escasos muebles daban sensación de provisionalidad. «Para cuando haya que salir corriendo.»

—Bonitas bragas —fue su saludo.

—Gracias. Me las he puesto en tu honor.

Levanté un poco el borde de la camiseta.

—¿Son nuevas?

Lo de «nuevas» era una broma privada nuestra. Mi situación económica se evidenciaba en cómo vestíamos Zoe y yo, en lo que comprábamos y hasta en lo que comíamos.

—Por supuesto.

Sus dedos largos y nervudos brincaban de tecla en tecla. Me acerqué manteniendo una distancia de un metro —me había vuelto bastante precisa calculándola—. La música se detuvo en mitad de un compás.

—¿Era Mozart?

—Era Mozart.

Suponía que Óscar rondaba los cuarenta y cinco años. Era alto y flaco. Su cabeza tenía forma oblonga o quizá era un efecto óptico por llevar el cráneo rasurado —al igual que el resto del cuerpo o, por lo menos, la parte que yo había visto—. Las largas pestañas y las cejas tan claras le conferían un aire albino.

No sabía si era conspiranoico o agorafóbico, o si padecía un miedo patológico a la suciedad y los gérmenes. No importaba, con Óscar me sentía cómoda. Su mirada tan azul, esa mirada ajena que en los otros me resultaba invasiva, nunca me juzgaba. Además, era sencillo adivinar su estado anímico porque se regía por un patrón estable: bastaba con identificar al compositor cuya pieza interpretaba.

Todas las noches, en cuanto Zoe se dormía, bajaba con el monitor de bebés a su búnker y nos repantingábamos cada uno en nuestra butaca. La suya era vieja, de piel negra, cuarteada y confortable «como un guante de béisbol usado». La mía la compró *online* cuando se cansó de verme sentada en el suelo sobre un cojín. Elegí una tapizada con una llamativa tela de patchwork multicolor.

Apoyábamos los pies en las otomanas a juego y veíamos películas. Sobre todo, del maestro, de Hitchcock. Sobre todo, *Psicosis*.

Supongo que, vistos desde fuera, los otros nos considerarían raros. Yo con el pijama quirúrgico remangado —hasta la talla más pequeña me quedaba enorme— y un bol de palomitas en el regazo; él con una de sus características camisetas holgadas, su copa y la botella de dos litros de refresco de naranja al alcance de la mano. El mero hecho de estar juntos disfrutando de lo mismo era maravilloso, así que nada nos importaba menos que la opinión de los otros.

—Me alegro de que estés Mozart, tengo algo que contarte —le dije.

No hubiera sido capaz de enfrentarme a la debilidad en sus ojos, a su interés anodino de los días Chopin o, aún peor, a la agotadora presión de las líneas duras en la comisura de su boca cuando tocaba a Mahler. Había que evitar las preguntas en los días Mahler.

—¿Algo tan importante para no ir a trabajar?

«Trabajar» era como, eufemísticamente, nos referíamos a las horas que pasaba encerrada en el *coworking*.

—Me han llamado de una consultoría, Global Consulting & Management. Mi currículo se adapta al perfil que buscan para un nuevo puesto y tienen tanta prisa que van a prescindir de la batería de pruebas y el rollo de los psicotécnicos. Quieren entrevistarme el miércoles.

—¿Este miércoles? ¿Ya? ¡Es fantástico!

Su alegría resultaba fría y resbaladiza como un cubito. Yo quería un poco de piel y a él cualquier tipo de contacto le incomodaba.

—Quiero darte las gracias —dije.

—¿A mí?

—Tú les mandaste mi currículo.

Era la única posibilidad: solo nosotros teníamos el PDF. Óscar era ingeniero informático —se ganaba la vida «solucionando problemas a los ineptos»— y me ayudó a maximizar las entregas *online* con un algoritmo.

—Yo no lo he enviado —negó tajante—. Jamás lo haría sin tu permiso.

Lo miré sorprendida.

—¿Estás segura de que no has sido tú?

—Totalmente —respondí, susceptible—. He revisado en el móvil el Excel con las empresas a las que lo remití.

Óscar estaba con la espalda erguida, las rodillas apretadas y las manos juntas entre los muslos. Se frotó las palmas. Era un gesto inconsciente y tan característico que había aprendido a interpretarlo: denotaba preocupación.

—Es extraño, muy extraño.

Se levantó y se dirigió a la parte más alejada de las ventanas, donde estaba su «centro de control»: dos grandes mesas en ángulo con más equipos informáticos de los que imaginaba en la NASA.

—Voy a acceder a tu portátil, quiero comprobar una cosa.

Tecleó, y en la pantalla central del inmenso panel con dieciséis monitores de treinta pulgadas apareció mi equipo. Lo reconocí por el salvapantallas: una foto de Zoe sobre la nieve esponjosa. Sus ojos eran apenas dos rendijas, la naricilla y los mofletes estaban colorados por el frío. Sacaba mucho la lengua para enseñar el pellizco de nieve que se había puesto en la punta y que estaba a punto de tragar.

Me distraje mirándola. Me encantaba esa fotografía. Ella y Oso Pocho con idénticos gorros de lana de rayas multicolores. Su despreocupada felicidad.

—Introduce la contraseña —me pidió por segunda vez.

Mientras lo hacía, miró hacia otro lado. No pude evitar una sonrisa. Un hacker como él no tendría problemas para averiguarla, y estaba completamente segura de que, antes de permitirme acceder a su búnker, había registrado cada uno de mis archivos. Óscar veía conjuras hasta en los posos del café.

La pantalla con mi escritorio sustituyó la foto de Zoe.

—¿Se trata de una conspiración? —intenté bromear.

Óscar no se rio.

4

Baltimore, septiembre de 1972

El cuerpo de la niña se estremeció. Aún no había cumplido tres años. Mantenía un bracito fuera de la sábana, el derecho, en el que le habían puesto una vía intravenosa para administrarle los calmantes mediante un gotero.

Abrió los ojos muy despacio. Los párpados le pesaban mucho y volvió a cerrarlos. Al advertirlo, la enfermera que hacía guardia salió presurosa de la habitación. Regresó acompañada de una mujer.

—Soy mamá —dijo la recién llegada acariciándole la frente. A la niña se le habían deshecho los largos tirabuzones y le apartó los cabellos, muy finos y rubios.

—Me duele, me duele mucho —susurró.

—Lo sé, cielo mío, lo sé. Pero ya ha terminado esta pesadilla y, a partir de ahora, todo irá bien. Muy bien.

La quería tanto... Tanto... En ocasiones se ahogaba de amor y necesitaba estrujarla entre sus brazos hasta casi hacerle daño.

—¿Dónde está papi?

El rostro de la madre se crispó. ¿Por qué me pregunta por él?, ¿la anestesia ha hecho que olvide lo ocurrido?

—Quiero a papi.

—Ya hemos hablado de eso. —Intentó que no se advirtiera la ira en su voz—. Nosotras estamos solas.

—No. Quiero a papi —se enrabietó la pequeña.

La madre se mordió los labios hasta que quedaron blancos. Se había prometido que nunca le confesaría que su padre no podía aceptarla, que ella era el motivo por el que las había abandonado.

—Sé razonable, cielo.

—Quiero que venga papá —chilló.

Levantó los brazos con un gesto brusco para taparse las orejas con las manos. Con el movimiento el esparadrapo se soltó y la aguja del gotero se desprendió. La enfermera detuvo rápidamente la sangre que escapaba de la vía.

5

La Torre Zuloaga, el edificio corporativo donde se ubicaban las oficinas de Global Consulting & Management, resultaba enorme y amenazante. En completa desarmonía con su entorno.

Miré hacia arriba.

Era un mamotreto rectangular e inexpugnable de pisos y pisos de acero y cristal en los que se reflejaban los rayos del sol. ¿Cuántas personas trabajarían dentro?, ¿mil doscientas o mil trescientas? Muchas. Quizá alguna me observaba oculta tras la protección que brindaban los vidrios de espejo. Quizá era la misma que introdujo en mi portátil el troyano que Óscar había neutralizado.

Vista desde las alturas, yo apenas sería un puntito, como para Orson Welles lo era la gente desde la noria de *El tercer hombre*: «¿Sentirías compasión por alguno de esos puntitos negros si dejara de moverse? Si te ofreciera veinte mil dólares por cada puntito que se parara, ¿me dirías que me guardase mi dinero o empezarías a calcular?».

Un escalofrío comenzó en mi nuca y bajó por la espalda. La mañana era desapacible. Me ceñí el cinturón del abrigo de paño.

La puerta giratoria me engulló y me escupió en un *hall* enorme. Con una altura de cinco metros y el suelo y las paredes revestidos de mármol blanco veteado de gris, proporcionaba una sensación de gran amplitud. En la pared izquierda, como en un columbario, se encontraban las placas con los nombres de las distintas empresas que tenían su sede en la torre. Aquí y allá había elegantes sillones de cuero negro.

Mis tacones resonaron con seguridad. Me había puesto el traje de chaqueta gris y una de las blusas, la de seda blanca. «La ropa de las tutorías», la llamaba Zoe. Solo la utilizaba para las reuniones en el colegio —prefería que no sospechasen de nuestra situación económica— y para las cada vez menos frecuentes entrevistas de trabajo. El resto de la indumentaria que usaba en OMAX lo guardaba en el trastero dentro de cajas con antipolillas. Era ridículo malgastar el poco espacio del que disponíamos.

Un guardia sentado detrás del alargado mostrador me pidió el DNI y registró mis datos tecleando con los índices.

Notaba la boca seca. Me jugaba demasiado en la entrevista, pero no era eso por lo que estaba alterada. O no solo eso. Deseché la sensación de que cometía un error. No creía en presentimientos ni en las teorías conspiratorias de Óscar. Confiaba en los números, y ellos me decían que, después de pagar el arreglo de la caldera y los gastos de primeros de mes, me quedaban novecientos treinta euros de saldo. «Además, ¿qué probabilidad hay de conseguir el puesto?, ¿un 0,001 por ciento?», se burló de mí la vocecilla.

Ahuyenté ese pensamiento.

—Aquí tiene —me dijo el guardia. Me tendió una tarjeta dentro de una funda de plástico con una pinza metálica—. Debe colocársela en un lugar visible mientras permanezca en el edificio.

La prendí en la solapa.

—Es la octava planta.

Deposité mi bolso en una de las bandejas de plástico para que lo pasasen por el escáner y atravesé el arco detector de metales. Con tantas medidas de seguridad, resultaba complicado entrar y aún lo sería más salir.

El hombre no era muy alto, aunque su cuerpo atlético y musculoso emanaba energía. Me dio un fuerte apretón de manos.

—Saúl Bautista, subdirector de Servicios Financieros de Inversión y Financiación.

Me sorprendió su cargo. Lo habitual era que las entrevistas las realizara alguien del departamento de Recursos Humanos. Alguien de menos nivel. Estaba casi segura de que notó mi desconcierto. Él también habría estudiado comunicación no verbal, era una materia que se incluía en cualquier curso de formación para mandos intermedios.

Era joven, arrogante e impecable de pies a cabeza: su corte de pelo, su camisa, sus zapatos, su manera de estar, su reloj, hasta la forma en que se aclaraba la garganta.

Esperó unos segundos antes de hablar. Una medida muy efectista.

—Me gusta conocer a los candidatos a formar parte de mi *staff*, del equipo —explicó. Sus ojos resultaban ridículamente pequeños en su rostro redondo. Le conferían un aspecto mezquino, cicatero—. Utilizo el término «equipo» en su sentido más amplio, en su acepción deportiva: personas que juegan unidas contra otras.

Al inclinarse hacia delante, la tela de la camisa se tensó y se le marcaron los anchos pectorales y los trabajados bíceps.

—Me considero un entrenador. Jugué unos años al baloncesto de forma semiprofesional. Es una experiencia muy intensa y el deportista que habita en ti nunca abandona tu cuerpo. Ni tu cabeza.

Deduje que era un auténtico capullo. Uno de esos que ha mamado las reglas del *management*: hacer bien tu trabajo no es suficiente, el verdadero éxito reclama algo más. Lo sabía, yo había sido así.

Saúl Bautista se rio y yo lo imité, aunque no supe a costa de qué. En las sesiones de psicoterapia de mi adolescencia, Robert me explicó que las neuronas espejo se encargaban de la empatía y permitían a los seres humanos compartir vivencias y sentimientos. Uno de mis déficits —él no utilizaba ese término— era que apenas se activaban. Asumida esa pequeña carencia, no me quedó más alternativa que lograr esto de modo «manual». Dedicamos muchas sesiones a reproducir las distintas expresiones porque así era como aprendía el cerebro de los bebés. Nunca le confesé que me identificaba más con un mono.

Sobre su mesa descansaba mi currículo. Hubiese querido preguntarle cómo lo había conseguido.

—Empezaremos repasándolo.

Estaba casi segura de que su tono era brusco e impaciente. Eso me desconcertó. ¿Por qué? ¿Había entrevistado a muchos candidatos y estaba harto? ¿Era la última y por eso no había coincidido con ninguno en la sala de espera? ¿Acaso había reaccionado de forma inapropiada a algo? Nerviosa, crucé las piernas. Luego las descrucé porque ese gesto era una señal de rechazo.

Pasó las hojas con rapidez.

—Licenciada en Matemáticas y Empresariales, la número tres de tu promoción, máster en Modelos Financieros, máster en Negocio Digital...

No parecía haberse percatado de que comencé la universidad con veinte años, con dos de retraso. Nadie lo hacía, nadie se molestaba en sumar. Eso me evitaba mentir sobre dónde había estado ese tiempo, sobre mi estancia en la clínica psiquiátrica, sobre Robert.

Por supuesto, mi expediente académico, el máster y mi experiencia profesional carecían de valor. La búsqueda de empleo se regía por un sencillo algoritmo: conforme aumentaba el tiempo sin trabajar disminuían las oportunidades de volver a hacerlo. En los últimos quince meses me habían convocado a pruebas de selección en un 18 por ciento de los casos en que había enviado un currículo, a la fase posterior —más subjetiva— en un 5 por ciento y el nivel de éxito alcanzado había sido de un rotundo 0 por ciento.

Además, mi perfil personal era lamentable: mujer, madre soltera y casi sin darme cuenta había traspasado la barrera de los cuarenta años. Los entrevistadores, seguro que también Saúl Bautista —especialmente él, con su rollo deportista—, esperaban jóvenes diplomados. Tiburones.

Seguimos repasando de forma rutinaria mi currículo. Frunció el ceño. Lo miré con fijeza. ¿Estaba inquieto?, ¿contrariado?

Había algo que se me escapaba.

Saúl Bautista debería preguntarme por OMAX, por mi salida tras doce años en la empresa. En el currículo figuraba que fui yo quien tomó la decisión porque aquel fue el acuerdo que alcanzamos. En realidad, me echaron. No fue suficiente que después de tan solo tres semanas de baja maternal abandonase a mi hija con una niñera y regresase a mi puesto, cansada pero maquillada con pulcritud. No querían una madre soltera. Ya había ocurrido antes —con posterioridad calculé que en el 73 por ciento de los casos en los puestos de gestión—. Era una violencia habitual hacia las mujeres, sorda, invisible.

¿Qué ocurre? ¿Por qué no me pregunta por OMAX? ¿Y por PlanDeMarketing?

6

Saúl Bautista se encontraba muy cómodo utilizando anglicismos y sus siglas para palabras que tenían una traducción perfecta en castellano. Cosas como «TBC» para «to be confirmed». Estaba acostumbrada. Los tipos como él solían utilizarlos para rentabilizar el máster en Estados Unidos y vender una imagen global y cosmopolita de hombre muy ocupado.

—Supongo que querrás un *briefing* con toda la *info* del puesto para examinar si se adecúa a tus expectativas —continuó la entrevista.

No supe interpretar su expresión.

—Por supuesto.

El trámite era pura farsa. Necesitaba el trabajo en las condiciones que fuese. Estaba arruinada, o en lo que un *business leader* como Saúl denominaría «tensión financiera».

El lunes me había dado de baja del *coworking* y personado en la consejería de Educación para averiguar cómo matricular a Zoe en un colegio público a esas alturas del curso.

—Estamos a punto de captar a un cliente con un alto poder de inversión. Precisamos a alguien que se encargue de los análisis matemáticos de los *big data*, evalúe los riesgos financieros, busque tendencias de mercado tanto nacionales como internacionales y nos ofrezca posibles alternativas de negocios desde una visión de marketing digital.

¿Me van a contratar por el máster?, ¿por fin voy a rentabilizarlo?

—En un principio, mientras comprobamos su sinergia con el resto del equipo y valoramos su aportación, esa persona trabajará en exclusiva para este cliente. Después reconsideraremos la fuerza laboral y la incorporación a la plantilla de GCM.

Una culebra de ansiedad nadó en mi estómago. Aunque me estaba ofreciendo un período de prueba, a efectos prácticos, en el momento en que trabajabas en contacto con un cliente era muy difícil que te despidieran. Deberían dar demasiadas explicaciones. Me esforcé en mantener el cuerpo relajado, el rictus de indiferencia. En especial al oír el sueldo, las primas y los incentivos. De forma involuntaria pasé, con mucho cuidado, la punta de la lengua por el hueco del empaste en la muela.

—Como ves, se adapta bastante a tu *know how* —concluyó.

¿Bastante? Parecía creado a mi medida. ¿Lo había dicho como una broma? Por si acaso, esbocé mi sonrisa de Duchenne. Era uno de los gestos que más había trabajado con mi coach y la simulaba bastante bien. La sonrisa de Duchenne indicaba una emoción genuina porque, al implicar el músculo orbicular, las personas no eran capaces de contraerlo a voluntad. Por lo menos sin entrenamiento.

Elevé las mejillas e hice descender mis cejas para que se me formasen arrugas en las comisuras de los ojos. Él permaneció en silencio.

Me removí incómoda en la silla. Conocía el funcionamiento de los procesos de selección y había llegado el momento. La ideología de Saúl Bautista —la de cualquiera que alcanzaba su cargo— se basaba en el concepto de competencia y en algo más sutil: la actitud y el grado de motivación. Saúl me exigía una prueba de que deseaba implicarme.

¿Qué le habrían entregado los otros candidatos? No era tan inocente para ignorar la cantidad de información que la nube guardaba de cada uno de nosotros. Global Consulting & Management no era un dechado de virtudes. Los había buscado para prepararme la entrevista y no había encontrado nada sobre sus clientes, lo cual era casi una confirmación. Nadie era tan discreto.

Había alcanzado el punto de no retorno, aquel en el que entregar mi dignidad se había convertido en una opción. En la única opción. Inspiré dejando que el aire llenase mi diafragma. Sin darme cuenta, crucé las piernas. De nuevo las descrucé. Desvelar mi pasado —en general, hablar de mí y de mis sentimientos— me desasosegaba.

—Tengo antecedentes penales —murmuré con pesadumbre.

Él fingió sorprenderse. O se sorprendió de verdad. No podría afirmarlo.

Los antecedentes penales de un menor no deberían figurar en ninguna parte ni tener consecuencias legales. No obstante, para asegurarme, al empezar a trabajar en OMAX contraté a un investigador para ver qué parte de mi pasado estaba expuesta. Qué podrían descubrir los otros.

—Lo desconocía. Lamento tener que preguntarte por ellos, pero como comprenderás... —dijo, aunque no aparentaba lamentarlo en absoluto.

—No pasa nada —repliqué. Alcé la barbilla.

Aunque sí que pasaba algo. No tendría que verme obligada a exponer detalles íntimos de mi vida personal a un desconocido y menos por un puesto de trabajo.

—Cuando me condenaron era menor de edad, una cría descerebrada.

Implicación. Implicación. Implicación.

Él levantó la cabeza despacio y me miró con sus ojos pequeños e inquisitivos.

¿Qué habría descubierto GCM sobre mí? Por una suma generosa, mi investigador había localizado mis antecedentes, incluso la clínica psiquiátrica, pero no había podido acceder al expediente. Una de las pocas certezas de mi vida era que Robert jamás lo permitiría.

Supuse que ellos no habrían llegado tan lejos.

—Fue por conducir sin carnet. Ebria —respondí sin ser completamente sincera.

Tuve la precaución de mandar las señales de comunicación no verbal correctas: mirarlo a los ojos, mantener los brazos y los hombros relajados. Tragué saliva de forma ostensible.

—¿Cumpliste condena?

Bajé la cabeza para fingir arrepentimiento. Él acercó el cuerpo a la mesa. Su camisa se tensó más, los dos ojales a la altura del pecho se estiraron. Era muy buena señal, demostraba interés.

—No. Bueno, sí. Tres meses de trabajos sociales. Fue terrible. En el juicio me asusté muchísimo. —Carraspeé. Sabía que los otros lo interpretaban como esfuerzo—. Fue una experiencia transformadora que me obligó a reaccionar.

Levanté de nuevo la cabeza y lo miré con intensidad para tratar de adivinar sus pensamientos. Después de tantos años se había convertido en una especie de tic, aunque era mayor la probabilidad de taladrar su cráneo que de descifrar su expresión facial.

¿Se lo habría tragado? En OMAX había decenas de tipos como Saúl Bautista, de los que consideraban que no habían dejado pasar de largo ninguna oportunidad, que habían extendido la mano y las habían aferrado. Les gustaban las historias de perdedores redimidos a golpe de fuerza de voluntad.

Toda buena mentira debe contener una dosis de verdad. Y mis palabras la contenían. Aunque no iba a confesarle que llevaba toda mi vida adulta intentando deshacer lo que ocurrió cuando solo era una cría de diecisiete años.

Yo sí que hubiese podido hablar de historias reales de perdedores.

Del terror.

De las náuseas.

De la sima que ni la mayor fuerza de voluntad del mundo era capaz de rellenar.

7

Abandoné la enorme Torre Zuloaga ansiosa por regresar a casa, por refugiarme en mi nido y abrazar a Zoe.

Aunque no pasaba ni un día, ni uno solo, sin pensar en el error que había cometido hacía más de veinticinco años, la tensión de rememorarlo ante aquel desconocido y la ansiedad de la entrevista me habían agotado. Sentía un dolor de cabeza palpitante, una creciente impaciencia. Moví los dedos de los pies dentro de los zapatos. Acostumbrada a las botas de borreguillo y a los gruesos calcetines, los notaba entumecidos.

Un taxi pasó por la ancha avenida y estuve tentada de pararlo. «Ni de broma puedes permitirte ese derroche», me recordó mi vocecilla interior. Era cierto. Me froté la cara con las manos y me dirigí a la parada de autobús que me dejaría en la estación de metro. Después me quedarían dos trasbordos y andar diez minutos para llegar a casa.

Visualicé el decadente y magnífico edificio. En una ciudad en la que el metro cuadrado se cotizaba tan alto era un derroche que allí solo viviésemos cuatro personas: Óscar, Esther —una anciana concertista de piano— y nosotras dos. Fue Esther quien me contó que al morir o ingresar en residencias los antiguos propietarios de los otros pisos, los herederos prefirieron mantenerlos cerrados mientras aguardaban la recuperación del mercado inmobiliario.

Comprendí empresarialmente la decisión. Eran viviendas soberbias, señoriales, de más de doscientos metros, con suelos de auténtico parquet, techos altos con molduras y rosetones de escayola, luminosos y con balcones a la plaza Soledades. En cambio, el mío era el antiguo piso del portero. Un cuchitril de cincuenta metros aislado en la última planta. A veces medio bromeaba con forzar una cerradura y vivir de okupa en uno de los vacíos.

Disponer del edificio nos otorgaba un sentimiento de pertenencia. Compartíamos muchas cosas, teníamos un vínculo. Después de tantos años, había de nuevo personas que se preocupaban por mi bienestar. Como miembros de una pequeña familia. O mejor, porque nuestro vínculo era afectivo, no genético.

Llamé con los nudillos a la puerta del segundo izquierda antes de entrar, a pesar de que ninguno cerrábamos con llave nuestros pisos. Solo en el portal, en el férreo muro que nos aislaba del exterior, habíamos instalado una moderna cerradura con dos cilindros de seguridad.

Esther rondaba los ochenta años, era inteligente, sofisticada y caprichosa. Había sido una mujer muy guapa y aún conservaba el porte, los gestos. La arrogancia.

—Siento el retraso —me disculpé. Preferí no contarle el largo trayecto en transporte público.

Se echó hacia atrás un mechón de su impecable melena blanca y lisa que destacaba sobre el elegante polo negro de cuello cisne. Un gesto teatral que aumentó su gran parecido con la actriz Helen Mirren.

Apoyó las manos en mis hombros y el intenso perfume que llevaba entró por mis fosas nasales. Sonreí ante lo que juzgué una muestra de afecto. Estaba muy agradecida de que formase parte de mi vida y de que me permitiese compartir la suya.

—No importa. Ya sabes que la niña me da la vida.

Me condujo al salón. La vista se me fue hasta la mesa de caoba donde había fotografías en marcos de plata. Una vida entera, con sus sueños, sus alegrías y sus decepciones, resumida en treinta instantáneas. Mi preferida era la de su camerino del Carnegie Hall de Nueva York antes del recital, en la que flotaba en un mar de rosas blancas. Al fondo se distinguía a su tercer marido, el poderoso productor musical.

Delante del sofá del tresillo de estilo Luis XV, sobre la mesa de centro, vi tres copas de cóctel vacías. En una quedaban restos de leche, en la otra del manhattan de las ocho y la tercera supuse que sería la de Oso Pocho, que continuaba impertérrito en una sillita frente a la mesa.

Nos sentamos en el sofá. Zoe vino hasta nosotras y se acomodó en el regazo de Esther. Con ella se comportaba de una forma zalamera y caprichosa que me desagradaba. Como si dentro de mi propia hija habitara una versión desconocida para mí. Entornó los ojos para disfrutar de sus caricias.

—Bueno, ¿qué tal ha ido la entrevista? Seguro que lo has hecho estupendamente —dijo Esther.

—No lo sé —respondí con franqueza—. El puesto es perfecto, a mi medida. Incluso el horario. Es muy flexible y se adapta al del colegio de Zoe, podría dejarla por la mañana en el autobús y...

Esther levantó la mano izquierda para interrumpirme.

Temí que fuera a comenzar con su retahíla de quejas sobre el Saint Charles. «Bichito me ha contado que han vuelto a insultarla», me reprochaba como si la culpa fuera mía, como si yo no estuviese dispuesta a hacer cualquier cosa para evitarle ese sufrimiento.

Había intentado razonar con Esther, explicarle que el problema no era ni el colegio ni los niños. Los ojos de Zoe seguirían siendo los mismos aunque la cambiásemos mil veces. Y si no eran sus ojos, encontrarían otro motivo. El cambio debía producirse en Zoe, aprender a aceptarlos.

Sin embargo, no era eso lo que Esther quería decirme.

—Estoy encantada de cuidarla. Es un cielo, tan buena y tan guapa... Y me hace mucha compañía. —Observé con disgusto que Zoe casi ronroneaba entre sus brazos—. Nos llevamos muy bien, ¿verdad, Bichito?

Esther fue la que comenzó a llamarla «Bichito». Luego la secundaron Javi y Marcos. A mí me resultaba muy forzado.

Era horrible, pero en ocasiones como esa, al ver la forma tan natural en que se relacionaban, lo cómodas que se encontraban juntas —parecía tan sencillo como tener sed y beber agua—, una conocida sensación de vacío se aposentaba en mi estómago.

Siempre que ocurría me apresuraba a colmarla recordándome que Zoe era mi hija. Mía. Que por mucho que los demás la quisiesen, era más mía que de nadie. Si lo deseaba podía cogerla, salir por la puerta y desaparecer. Mía. Por eso no debía ser tan mezquina. Le estaba dando a mi hija la oportunidad de tener un vínculo, una familia. «¿O quieres que se críe sola contigo? Pues comparte su amor, porque en esta vida nada es gratis», me recriminaba la vocecilla.

A veces no bastaba.

8

Deambulaba por casa e hiciese lo que hiciese mi mente regresaba a la entrevista. Eran las doce y media de la mañana. Habían transcurrido tres días. Las posibilidades de conseguir el puesto disminuían y eso me provocaba más ansiedad.

Cansada de mí misma, me puse un grueso forro polar y salí al descansillo. Me senté en un peldaño. Con la espalda apoyada contra la pared, cerré los ojos para escuchar la música. Los días Mahler y los días Wagner, Esther y Óscar dialogaban entre ellos. Para ser más precisa: sus pianos lo hacían. Amplificado por el hueco de la escalera, el sonido trepaba y se expandía por el edificio.

Solía comenzar Esther. Tocaba un acorde o una canción corta y él le respondía con otra. Las piezas a cuatro manos eran un auténtico deleite. Desconocía la relación que tuvieron en el pasado o que mantenían porque Esther era —por desgracia— muy discreta. Solo una vez cometió el descuido de contarme que conoció a sus padres y que, antes de que Óscar ingresara en el conservatorio, ella le dio sus primeras lecciones. Enseguida se arrepintió y me rogó que lo olvidara.

Estas conversaciones al piano, que podían alargarse toda la

mañana o la tarde, formaban parte de nuestro vínculo. De alguna manera, la música le daba sentido al tiempo.

—No te molestamos, ¿verdad? —me preguntó un día Esther. Óscar jamás lo mencionaba.

—Al contrario —respondí con sinceridad—, me gusta.

Estaba tan absorta en desentrañar las palabras de su mutua complicidad, de ese idioma ajeno, que casi no oí el móvil. ¡El móvil! Como electrificada, me puse en pie de un salto.

—Buenos días. ¿Catalina Pradal?

Se me aceleraron las pulsaciones. Por favor. Por favor. Por favor.

—Sí, sí, soy yo —respondí como una boba.

—Le llamo de Global Consulting & Management para informarle de que ha sido la candidata seleccionada para la vacante. ¿Podría pasarse esta tarde por el departamento de Recursos Humanos?

Me quedé con el teléfono en las manos mientras un torrente de júbilo me sacudía. Contuve las ganas de ponerme a gritar, a dar saltos. No recordaba haber sido tan dichosa en mucho tiempo. Lo merecía. Por no rendirme.

Olvidé mis presentimientos. El origen desconocido de mi currículo. Lo extraño que era que me hubiesen dado el puesto. El troyano en mi ordenador. Todo.

Lo merecía.

Regresé a la Torre Zuloaga. Cuando el guardia me tendió la tarjeta de visitante, pensé, satisfecha, que era la última vez.

En la octava planta, una sonriente recepcionista situada detrás de un mostrador me indicó dónde se ubicaba el departamento de Recursos Humanos. La planta se estructuraba en espacios abiertos siguiendo el concepto de oficinas comunicadas, con los escritorios conectados entre sí y separados con divisorias bajas y traslúcidas. Lejos de las ventanas y de las distracciones.

En el perímetro del edificio había despachos con paredes de cristal para resultar más colaborativos. Asumí que los de las esquinas, más amplios, corresponderían a los subdirectores. Era una estructura similar a la de OMAX.

—Buenas tardes. ¿Este es el departamento de Recursos Humanos?

—Sí —me confirmó una chica guapa y joven con la piel tersa y de porcelana.

—Mi nombre es Catalina Pradal.

Me atusé el flequillo para que me cubriese las arrugas de la frente. Me mantuve bien firme sobre los tacones irguiendo la espalda.

Repasó la bandeja de documentos y me tendió unos impresos.

—Necesito que los firme.

Ojeé las páginas.

—Es un contrato de confidencialidad —me sorprendí.

—Es la política de GCM, un mero formalismo —me explicó. No estaba segura, pero me pareció malhumorada—. Hasta que me lo entregue no puedo poner en marcha el proceso. Después registraremos su firma digital y le haré un *forward* con el contrato a su e-mail.

Me apoyé para leerlo. Jamás firmaba un documento, ni la suscripción a una revista, sin examinarlo detenidamente, sin saber a qué me comprometía.

—Bienvenida —oí decir a una voz de hombre grave y seductora a mi espalda.

Levanté la vista de la primera página y me giré.

Vestía unos chinos azul marino y una camisa blanca de corte *slim* que acentuaba la anchura de su espalda y la firmeza de su abdomen. La mandíbula cuadrada se escondía bajo una barba perfectamente recortada. Llevaba el cabello oscuro, fosco y abundante, peinado hacia atrás con un ligero tupé. Un auténtico macho alfa.

—Gonzalo Márquez —se presentó.

Me tendió la mano firme y velluda. Se la estreché y él apretó con decisión. Me gustó.

—Catalina Pradal.

Era mucho más alto que yo, lo que me obligó a levantar la vista.

—¿Ya has realizado el tour de bienvenida a Global Consulting & Management?

¿Se burlaba? ¿Existía un tour de bienvenida? Mi mano continuaba en contacto con la suya. Suponía que él también se daba cuenta de eso. Incluso que se trataba de un gesto estudiado.

—Será un placer ejercer de guía para ti —se ofreció.

—No, no puedo. Debo leerlo y firmarlo. —Señalé el contrato de confidencialidad.

—Bueno, ¿y a qué esperas? Seguro que a Inés no le importa posponer el resto del papeleo, ¿verdad, Inés?

Enarcó la ceja izquierda y compuso una sonrisa ladeada. Parecía consciente de su indudable atractivo.

—No, no, claro que no —le respondió la chica—. Pero Saúl Bautista ha dado instrucciones de que vaya a su despacho al terminar.

—Confía en mí. —Le guiñó un ojo—. La llevaré sana y salva a los dominios del jefe.

Me sentí presionada. Me intranquilizaba no leer cada palabra, cada línea, pero sabía por experiencia la importancia de causar una buena impresión entre los compañeros, de que el río de rumores que corre subterráneo en todas y cada una de las oficinas no arrastrase mi cadáver.

Saqué un bolígrafo del bolso y, tras firmarlos, le devolví los papeles.

—Ahora ya no hay vuelta atrás —dijo Gonzalo, y arqueó las cejas—. Perteneces a Global Consulting & Management.

Tuve la seguridad de que bromeaba. Sonreí. Aunque no le veía la gracia.

9

—Lo primero que debes saber es que GCM se rige por dos valores: escalafón y juventud. La jerarquía la vas a comprobar enseguida por la distribución de las tres plantas y los distintos tamaños... —hizo una pausa— de los despachos.

¿Era una frase con doble sentido?, ¿se refería a los genitales masculinos?, ¿por eso había marcado una pausa? No estaba segura. Esbocé mi falsa sonrisa de Duchenne levantando mucho los pómulos.

—La juventud se nota en la edad y el estilo informal en las prendas de vestir. Sin llegar a ser un estilo *feel free*, aquí no verás ninguna corbata. —Se agachó un poco para acercar su cabeza a la mía y susurró—: Están prohibidas.

Supuse que era un chiste y sonreí de nuevo. Era cierto. Los hombres con los que nos cruzábamos y los que trabajaban ante las pantallas de sus ordenadores llevaban los cuellos de las camisas desabrochados. También me fijé en su juventud. Al propio Gonzalo le calculé unos treinta y cinco años.

¿Por qué demonios me han contratado?

—Y esta pecera es mi despacho. —Me dedicó una amplia sonrisa que dejó al descubierto unos dientes blancos y bien alineados.

Nos detuvimos en uno bastante grande próximo a la esquina y con paredes de cristal, diseñado para transmitir la idea de que en GCM no había nada que ocultar. Leí la placa: GONZALO MÁRQUEZ, MÁNAGER.

Era el momento de indagar de forma sutil sobre por qué me habían seleccionado a mí. Intenté proyectar una emoción: despreocupada curiosidad. Había invertido bastantes horas de terapia en aprender a transmitirla con seguridad y confianza tanto en mi rostro como en mis gestos. Resultaba muy difícil. Y lo peor era que, a no ser que preguntara al destinatario, no estaba segura de cuándo fracasaba.

Apunté ligeramente mis brazos hacia él con las palmas hacia arriba. Con una sonrisa en la boca procuré que mi voz tuviese un tono alegre.

—¿Se presentaron muchos candidatos a mi puesto?

Ladeé la cabeza hacia la derecha en un gesto de atención e interés.

—Ni idea. Saúl insistió en encargarse de las entrevistas.

—¿No lo hace siempre?

—¿Saúl? ¿Saúl en labores administrativas?

—Dijo que le gustaba conocer a las personas que iban a integrar su equipo —insistí.

—Él es más de cascadear, de pasarle los marrones a otros, pero si lo dijo... —Se encogió de hombros—. Ven, te enseñaré el punto neurálgico de la oficina, el sitio donde hacemos los *breaks*.

En el *office* no había nadie, aunque estaba habilitado para que pudieran acomodarse más de veinte personas en las modernas mesas blancas de metacrilato. Se aproximó a la encimera, donde reposaban las torretas de tazas al lado de dos cafeteras y maletines con cápsulas monodosis.

—¿Te apetece un refresco, un café?

—No, gracias.

Prefería no tomar ningún tipo de bebida fría o caliente delante de un desconocido. Pediría cita con un dentista esa semana.

—Si no te importa, yo me tomaré uno.

—Claro, ¿por qué iba a importarme?

Eligió una cápsula verde metalizado y la introdujo en la máquina.

—Los *offices* y los aseos son las únicas dependencias de GCM sin cámaras de seguridad. —Cogió la taza humeante, sopló y dio un sorbo—. La Torre Zuloaga —continuó— es el edificio corporativo más seguro de Madrid: guardias, controles de acceso independientes, lectores biométricos, interfonía... En cuanto alguien cruza la puerta giratoria del hall, cada uno de sus movimientos es enviado a los monitores de la sala técnica del sótano donde centralizan los sistemas. Si quieres, te la enseñaré otro día.

Me estremecí. Los otros. Los otros y sus miradas ajenas.

Terminó el café y dejó la taza en el fregadero.

—Vamos, aún falta mucho y no queremos hacer esperar a Saúl, ¿verdad?

—No —respondí con sinceridad.

Abrió la puerta que había al lado de una de las neveras. Daba acceso a una escalera.

—Las tres plantas de GCM se comunican entre sí por esta escalera interior en los *offices*. Así podemos subir y bajar sin necesidad de utilizar el ascensor del edificio.

Ascendimos dos tramos y nos detuvimos ante otra puerta. Al lado había un tablero de control con un teclado.

—Para acceder a la décima desde los *offices* hay que conocer los códigos de acceso y disponer de la tarjeta de seguridad. A cada empleado se nos entrega una —me explicó.

Una vez dentro, me mostró los archivos y la gran sala de reuniones. Se advertía que era la parte noble por la decoración con suntuosos sofás de piel, las litografías o el gran jarrón con lirios frescos en una mesa de cristal.

Pasamos por delante de los sucesivos despachos de los directivos y de Anderson, el CEO de la empresa. No se distinguía el interior. Aquí las paredes estaban construidas de grueso y opaco hormigón. Delante de cada despacho había una antesala destinada a las secretarias. Muchas habían terminado su jornada laboral, por lo que las sillas se encontraban vacías y los escritorios en orden.

Como habíamos realizado el recorrido a la inversa, terminamos en el recibidor de entrada de la décima planta, ante una puerta doble de cristal con un lector biométrico en uno de los costados. Colocó el dedo para que leyera su huella dactilar. Se oyó un clic.

—Cuando te entreguen la tarjeta nominativa, te tomarán las huellas para el lector y podrás moverte con libertad por GCM —me aseguró con su seductora sonrisa.

Sujetó la puerta para que yo pasase. Nos encontrábamos en el descansillo de los ascensores y bajamos un piso, a la novena planta. Su distribución era menos diáfana que la octava y con despachos más amplios. Nos detuvimos delante de uno. La puerta estaba abierta.

Saúl Bautista levantó la cabeza al oírnos. Por la forma en que elevó la ceja me pareció sorprendido. Desagradablemente sorprendido. Aunque también podía ser preocupación. No estaba segura.

—¿Gonzalo? ¿Qué haces aquí? —preguntó mientras venía hasta nosotros.

—Me he encontrado con Catalina en Recursos Humanos y le he hecho el Gran Tour.

Saúl permaneció callado, sin quitarnos la vista de encima, con gesto impenetrable. Gonzalo sonrió. Saúl apretó los labios. ¿Qué le ocurría a ese tío?

—Catalina se incorpora el lunes para trabajar con un nuevo cliente —indicó por fin Saúl. Se mostraba muy tenso—. He organizado un *off site meeting* para que el equipo se conozca en un ambiente relajado, pero ya que estáis aquí... En fin, entrad.

Nos acomodamos en los sillones que había delante de su mesa.

—Funcionamos como un *team building* para conseguir un equipo de alto rendimiento. Talento en flujo. —Movió las manos—. Yo asumiré las funciones de entrenador, de *mentor*, para conseguir una experiencia sinérgica de alto impacto. *By the way*...

Asentí. Habría asentido a cualquier majadería que dijera. Era el tipo de gente que en los e-mails escribe «enjoy el e-w» en vez de desear un buen fin de semana.

—... el asunto es sencillo: el cliente dispone de cinco millones de euros que quiere invertir y cuyo origen ni nos interesa a nosotros ni queremos que le interese a Hacienda. Comenzaremos diseñando una hoja de ruta. De ella se encargará Catalina. Catalina —se dirigió a Gonzalo— tiene un *high potential* y aportará a GCM una nueva visión de la consultoría y las alternativas financieras desde el punto de vista de los mercados digitales.

Asentí de nuevo y acerqué el cuerpo para mostrar interés.

—Catalina, trabajarás con Gonzalo. Pasaréis muchas horas *briefeando* porque él se encarga de la parte fiscal, de materia tributaria y de exención de impuestos. Después, cuando implementemos la hoja de ruta, Ramón Molino se ocupará de la parte de ingeniería y desarrollo, y Cristóbal Frade, del área mercantil y administrativa.

Lo primero en lo que reparé fue que era un equipo formado solo por hombres. Ya había pasado por esa situación. Estaba acostumbrada a que los puestos de dirección los coparan ellos. Muy pocas rompíamos el techo de cristal. Se nos exigía un esfuerzo extra: por ejemplo, no ser madres solteras.

¿Se debía a eso la actitud hostil de Saúl Bautista? Había trabajado antes con tipos como él. Pertenecía a la nueva religión que se meaba de risa cuando oía hablar de la discriminación y la brecha salarial, esos falsos mitos. No se consideraban machistas, sencillamente se sentían más cómodos y trabajaban más a gusto entre otros hombres.

También recordé el saldo de mi cuenta corriente y lo maravilloso que sería poder comprar comida y cosas bonitas para Zoe, incluso encender los radiadores de toda la casa a tope. Usé mi mejor sonrisa de Duchenne.

10

Era 10 de febrero, una fecha que nunca olvidaría. Bien calentitos, Zoe, Oso Pocho y yo habíamos celebrado por todo lo alto, con pastel de chocolate y un bote de nata, mi última noche de desempleada y el empaste de mi muela.

Zoe bostezó, se acurrucó en mi pecho y dejó escapar un leve suspiro. Estaba absorta en la televisión, con la boquita entreabierta. Llevaba puesto su pijama azul de *Frozen* y la peluca rubia platino de Marilyn Monroe que le habían comprado Javi y Marcos.

Me reacomodé en el sofá para dejar de clavarme un travesaño. Lo primero que haría cuando cobrara sería tirarlo a la basura y comprar uno de verdad. Quizá intentaría alquilar alguno de los pisos vacíos. No deseaba marcharme de mi edificio, romper el vínculo con Óscar y Esther, pero mi cuchitril me provocaba una absurda aprensión.

A pesar de que solo confiaba en los números y no en ridículos presentimientos, desde que lo adquirí en octubre de 2009 me habían despedido de OMAX, PlanDeMarketing había quebrado dejándome en la ruina, y de los últimos quince meses y de Innovandia prefería no acordarme. Tampoco me arrepentía. Conocer a Óscar y a Esther, la oportunidad de sentirme de nuevo parte de algo, lo compensaba.

El móvil me avisó con un pitido de la entrada de un mensaje. También era su última noche. Al día siguiente GCM me proporcionaría uno de última generación y una tablet. GCM. GCM. Lo repetía de vez en cuando porque aún me costaba creerlo. GCM. Estaba feliz. Satisfecha.

El mensaje lo mandaba Óscar. Resoplé. Desde que entré entusiasmada en el búnker a contarle la buena noticia y me di de bruces con el muro de su paranoico rechazo, no nos habíamos visto. Aunque no necesitaba verlo para conocer su opinión sobre mi nuevo trabajo y su actual estado de ánimo.

Él se encargó de recordármelo. Durante el frenesí de actividad que había supuesto sacar trajes, blusas y vestidos de las cajas del trastero, lavarlos y plancharlos, escanear decenas de impresos o contestar decenas de e-mails, me había acompañado el desquiciante *Trío n.º 2 op. 100* de Schubert, el Andante con *moto tempo*.

Una y otra vez. Una y otra vez. Sin que las optimistas notas del piano de Esther ni el cansancio le hicieran mella. Cuando se le llevaba la contraria, Óscar se comportaba de un modo muy infantil. Se enrabietaba.

Conforme pasaban los días, se abría más la herida en mi orgullo; mi irritación aumentaba al compás de esa melodía punzante, pesada, casi fúnebre, teñida de fatalismo. Cada vez se me hacía más evidente su escala de prioridades, en la que anteponía la satisfacción de sus deseos a nuestras penurias. Ver una película juntos por la noche a que pudiésemos ducharnos con agua caliente.

Tumbada en el sofá con mi hija encima, y aun sabiendo que arruinaría mi boba felicidad, abrí su mensaje. Contenía una única palabra: «Ven». ¿Era su forma de tenderme la mano?, ¿de pedirme perdón?

«Eres tonta. Te va a amargar la noche. Ya lo verás mañana», me reprochó mi vocecilla interior.

Abandoné el cuarto de descomprensión vestida como una neurocirujana a punto de entrar en quirófano, tal como requería Schubert.

Por primera vez, Óscar me esperaba de pie. Vestía una de sus deformes camisetas con carteles de películas de color negro. Estaba demacrado, ojeroso. ¿Había sido demasiado dura con él?

Me sobrecogió una ternura tan profunda que perdoné su rabieta y silencié a mi voz interior antes de que tuviera tiempo de decir nada. Me olvidé de la distancia de seguridad y extendí la mano para acariciarlo. Él retrocedió como si lo fuera a alcanzar un rayo. Luego, quizá arrepintiéndose de la brusquedad del gesto, forzó una sonrisa.

—Tengo una sorpresa para ti.

Óscar, que odiaba los cambios, había hecho un gran esfuerzo y variado la distribución. La cama, poco más que un catre militar, con la colcha extendida con pulcritud, quedaba a la vista. Había colocado el biombo que utilizaba para aislarla al lado de nuestras butacas delante de la televisión.

—Cierra los ojos —me pidió.

Oí mover el biombo.

—¡Tachán!

Dejó al descubierto una mesa con las delicatessen que yo no podía permitirme. Un festín casi lujurioso. Sonrió al ver mi expresión y apartó la silla para que me sentara.

—¿Y esto?

—Te lo mereces.

Tuve un ramalazo de desconfianza: así era como reaccionaba a la amabilidad. Me desconcertaba tanta solicitud sin motivo aparente. «Relájate. Es su forma de pedir perdón por estos días», dijo mi vocecilla interior.

Para que no se percatara de mi turbación, comprobé en el monitor para bebés que Zoe seguía dormida. Después lo coloqué en una mesa auxiliar que había dispuesto en el ángulo perfecto para ver la pantalla. El monitor siempre emitía un leve chisporroteo en ese piso.

Esperó a los postres, cuando estaba ahíta y confiada. Rompió el nudo del hilo azul de algodón que cerraba el paquete y descubrió dos pasteles de mil hojas perfectos. El primer bocado se deshizo en mi paladar: el hojaldre era crujiente y delicado, la crema pastelera exquisita, con el toque justo de canela.

—He investigado más a fondo a Global Consulting & Management —dijo Óscar.

Tardé en reaccionar. Solté un suspiro de frustración al comprender que la cena había sido un montaje.

—Me preocupas y los he buscado en la deep web.

—No. No lo has hecho por mí. Solo has dado rienda suelta a tu paranoia.

En otras circunstancias, bromearía llamándolo «Neo», como el protagonista de *Matrix*, el pirata informático.

—Han ocurrido cosas extrañas. Como el troyano de tu ordenador. O la misteriosa aparición del currículo que nadie envió.

De pronto me sentí muy cansada. Cansada de que me diera lecciones como si yo tuviese tres años y fuera estúpida. Abochornada por haberme puesto en esa situación. ¿Qué esperabas? En serio, ¿qué esperabas?

—Pueden ser dos hechos aislados —lo interrumpí con desdén—. Envié el currículo a más de ciento cincuenta empresas, cualquiera pudo hacérselo llegar. Es tu paranoia la que da una relación de causalidad a dos hechos próximos en el tiempo. ¿O has encontrado alguna prueba?

—Aun olvidándonos de esa tremenda coincidencia, aunque sea la primera vez que un virus te infecta el ordenador...

Resoplé ruidosamente para darle a entender que ya era suficiente. Óscar bajó la mirada. Se pasó la mano por la cabeza en un gesto que hacía cuando se sentía ofendido o violento. Su señal de *stop*. En estos meses, me había mostrado alerta a este tipo de aspavientos, pero de pronto carecían de importancia.

Se había acabado aguantar sus rabietas e ir de puntillas para no herir su susceptibilidad.

—Te he preparado un dosier. —Del cajón de la mesita auxiliar sacó una carpeta y me la tendió.

Me asaltó la impresión de que Óscar tenía razón: yo era imbécil y vivía en mi burbuja imaginaria de cariño. La carpeta con las palabras GLOBAL CONSULTING & MANAGEMENT en rotulador azul había estado entre nosotros desde el principio, en la mesita que yo suponía colocada para el monitor de bebés.

La rechacé con un gesto cargado de rabia.

—¿No quieres saber qué he averiguado?

—A ver si lo adivino —presioné con la punta de los dedos índices en las sienes imitando a una vidente—: ¿representan a organizaciones mafiosas?, ¿trata de mujeres?, ¿proxenetismo?, ¿tráfico de drogas?, ¿de órganos?

—Veo que no es el mejor momento.

Levantó el monitor. Al moverlo emitió un par de pitidos, la luz verde se apagó y el aparato se desconectó.

—Lo que faltaba. —Bufé irritada—. ¡Las malditas pilas!

Óscar fue a por unas nuevas. ¡Qué oportuno!

Regresó con ellas. Tras quitar el tornillo con un destornillador, sacó el portapilas. La tranquilidad de cada uno de sus movimientos me enervaba.

—Está oxidado y se ha soltado un cable. —Señaló uno de los contactos como si fuese culpa mía.

—Vas a arreglarlo... ¿ahora? —No daba crédito a que utilizase una manera tan burda de ganar tiempo.

En vez de responderme introdujo los dedos en el interior del aparato.

—¡Ah! —Se llevó el índice a la boca.

Sentí un placer perverso al ver que se había hecho un cortecito y sangraba. Se chupó el dedo.

—Ya está. —Lo apoyó de nuevo en la mesita auxiliar. Encima del dosier—. Llévatelo y léelo esta noche cuando te calmes.

Moví la cabeza con un gesto brusco de desconcierto.

—Tenemos que hablar antes de que firmes el contrato —dijo con voz apremiante.

—No me hagas esto, Óscar —le pedí y le advertí a un tiempo. Aparté la silla y me levanté.

—No puedes trabajar para ellos —afirmó, tajante.

—¿Qué? ¿Lo dices en serio? —quise asegurarme al cien por cien de que lo estaba entendiendo.

—Completamente.

La ira me envolvió como una manta. Levanté el brazo y tiré despacio de un extremo del gorro verde quirúrgico que escondía mi cabello. Lo estrujé entre los dedos con una mano mientras con la otra me apartaba el pelo de la cara.

Me di la vuelta y recogí el monitor. No quería discutir. Los dos estábamos furiosos y nos diríamos cosas para las que ya no habría remedio. Palabras que una vez pronunciadas no se podrían retirar ni olvidar.

—¡Espera! Al final todo se reduce a dinero, ¿no? —le dijo a mi espalda.

Su voz sonó muy alta en mi cabeza. Hiriente. No contesté. Permanecí inmóvil.

—¿Cuánto van a pagarte? ¿Treinta o treinta y cinco mil más incentivos? —Aguardó unos segundos antes de continuar—: Te daré cuarenta más un plus de diez mil. —Ante mi falta de reacción, lanzó un órdago—: ¡Mejor! Me convertiré en tu socio capitalista en Innovandia, ¿sesenta mil euros serán suficientes?

Noté un poderoso rubor. Como si me hubiera escupido una

flema a la cara. Era tan egoísta y desconsiderado que ni se daba cuenta. ¿Ese era el verdadero Óscar?

Nunca se me había dado bien juzgar a los otros, evitar que me defraudaran, por eso me encontraba más cómoda entre cifras y porcentajes. Estaba muy decepcionada conmigo misma.

—Pon tú la cantidad —dijo.

Esas palabras me recordaron a una de los cientos de películas que vimos juntos mientras Zoe dormía: *Nueve reinas*. Se equivocaba, no todo el mundo tenía un precio. Yo no estaba a la venta.

—Te has aprovechado de mí, y como ya no me necesitas, te deshaces del tarado. Es eso, ¿no?

Fueron las últimas palabras que oí. Salí por la puerta con la convicción de no regresar jamás. Mientras subía airada la escalera, mi vocecilla me susurró: «¿Nadie puede comprarte? ¿No has entregado tu dignidad a Saúl Bautista a cambio de un puesto de trabajo?».

11

En los días posteriores me sentí humillada y muy dolida. Esperé una disculpa. Deseaba con toda el alma que me diera la oportunidad de perdonarlo, de reconciliarnos.

No lo hizo.

Su silencioso reproche se extendió a la música. Por primera vez el piano enmudeció y descubrí que ni Schubert ni Wagner eran lo peor. Solo se oía alguna nota proveniente del segundo piso, de una Esther preocupada, una nota que no obtenía respuesta. ¿Era su forma de castigarme?

Al pasar por delante de su puerta, cada vez que iba y volvía de GCM, lo imaginaba solo e indefenso, y debía resistirme con todas mis fuerzas para no ser yo quien entrase a consolarlo. Aunque ¿consolarlo de qué?, ¿de su enorme egoísmo?

Poco a poco, con el reto de integrarme en el *Bautista's team* y la rutina laboral, reconquisté las riendas de mi vida. La pena se fue diluyendo. La vida volvía a sonreírme y, en esas circunstancias, resultaba sencillo ser condescendiente.

Me até las zapatillas de correr y me alejé, sin mirar atrás, del lugar en que se había quedado varado Óscar. Se desvaneció paulatinamente de mi vida igual que la raya del horizonte.

12

Baltimore, septiembre de 1977

El coche entró a toda velocidad en el recinto del colegio levantando una nube de polvo. La madre frenó en seco y su cuerpo se proyectó hacia el cristal. Abandonó el vehículo sobre la gravilla sin perder tiempo en cerrar la puerta ni en coger el bolso. El aire olía a neumático quemado.

El director la aguardaba al pie de la escalera. Él la había avisado. Nervioso, la veía llegar como un ciclón.

—*¿Dónde está mi hija? ¿Qué ha ocurrido?* —*preguntó, furiosa.*

—*Tranquilícese, por favor.*

Quería imprimirle a su voz un tono autoritario, pero la madre lo impresionaba demasiado. Carraspeó y se irguió para tratar de dominar la situación.

—*Se encuentra bien. Está en la enfermería, le han administrado un sedante.* —*Colocó su mano derecha sobre el hombro de la madre*—. *Hay que evitar alterarla.*

La madre arqueó ambas cejas.

—*No me diga lo que debo hacer* —*dijo, desdeñosa. Se de-*

sasió del repugnante contacto del director—. Lléveme con mi hija.

La condujo en silencio por los largos pasillos hasta la enfermería. La niña estaba ovillada sobre una de las camillas. Su cuerpecito se estremecía por el llanto.

La mujer se cubrió la boca con la mano.

El cabello, su precioso cabello tan rubio y sedoso, estaba enmarañado y sucio. El vestido de organza, hecho jirones y manchado de tierra y sangre. Le habían colocado un par de apósitos en el bracito. En las piernas se advertían rasguños y arañazos.

—¡Ángel mío!

La carita tenía restos de polvo y una costra de mocos. Las lágrimas habían abierto dos surcos desde los ojos hasta la barbilla. Dios mío, Dios mío. Enterró la amada cabeza entre sus pechos.

—¿Quién? ¿Quién le ha hecho esto?

No necesitó alzar la voz para dominar la situación. Miró inquisitiva al director y a la enfermera, que aguardaban de pie cerca de la puerta.

—¿Quién es el responsable? —exigió saber—. Solo tiene ocho años. Demandaré al colegio.

El director carraspeó.

—Ha sido...

—¿Sí?

El hombre exhaló por la nariz. Le incomodaba lo ocurrido.

—Se lo ha hecho ella misma —musitó.

La madre se quedó en silencio, con gesto de perplejidad. Su hijita era una niña especial, muy dotada, que había aprendido a leer con tan solo tres años. En ocasiones se mostraba taciturna, con una angustia que le provocaba terrores nocturnos, terribles jaquecas que la postraban días enteros en el lecho, pero nunca había llegado tan lejos.

De hecho, desde que le cambiaron las pastillas, llevaban unos meses muy buenos. Su médico, el doctor Carter, le había explicado que el tratamiento sería agotador y prolongado. Había insistido en que la niña debía empezar a ser más independiente, dejar de dormir con ella y escolarizarse. Debía «relacionarse con otros niños de su edad».

La madre recuperó la dignidad para pedir:

—Déjennos solas, por favor.

Cuando oyó cerrarse la puerta a su espalda, se permitió relajar los hombros. Sus rasgos cambiaron. En ellos se reflejaba su tremenda aflicción. La derrota.

—¿Por qué? —preguntó con amargura—. ¿Por qué me haces esto?

La niña permaneció en silencio.

En el recreo algunos chicos habían intentado subirle la falda y con el forcejeo había caído al suelo. Se quedó ahí, con los puños muy apretados, clavándose las uñas. No entendía nada: no conseguía ni encajar en el colegio ni algo tan sencillo como hacer amigos. Algo que lograba hasta la idiota de Lauren, tan robusta y zafia, que tenía una amiga del alma con la que siempre iba cogida del brazo entre risitas y cuchicheos.

—¿Qué pasa? —gritó una profesora en el otro extremo del patio cuando se dio cuenta del revuelo.

Al ver que se acercaba, los chicos huyeron. Todos menos Duncan. Desde el suelo, la niña miró fijamente su cara pecosa, su estupidez, como si en ese preciso instante fuera a encontrar la explicación. Como si pudiera atravesar su cráneo y leerla.

—¿Por qué a mí? —suplicó una respuesta.

Duncan, cada vez más confuso, no supo cómo reaccionar. Se sintió acorralado. Extendió los brazos con las manos abiertas y la empujó.

—Eres un bicho raro —dijo mientras huía.

Quedó tirada en el suelo, se miró las palmas de las manos sucias de tierra y gravilla. Las restregó con fuerza contra la falda del vestido desde la cintura hasta las rodillas. Una y otra vez. Una y otra vez. La culpa era de mamá. De la ropa que la obligaba a ponerse. De la forma en que la peinaba. Agarró la pechera del vestido con las manos y estiró de ella hasta romperla. Se revolcó aullando en el suelo.

La profesora tuvo que pedir ayuda para impedir que se hiciera daño.

La madre se había sentado en la camilla y la mantenía abrazada. Le acariciaba con ternura el cabello, le secaba con los pulgares las lágrimas. Reconfortada por el calor que desprendía el cuerpo materno, la niña se atrevió a preguntar:

—Mamá, ¿qué hay de malo en mí? —El aire silbaba a través del hueco que habían dejado los tres dientes de leche que se le habían caído en las últimas semanas.

La madre se sobrecogió y sus brazos se volvieron laxos. Esos pequeños bastardos, maldijo para sí.

—¿Malo? No hay nada malo en ti. —La voz le temblaba en la garganta.

—Sí, sí que lo hay. Algo que no funciona bien. —Respiraba de forma entrecortada. El sollozo se desbordó en su garganta.

—No hay nada malo en ti —repitió su madre.

—Entonces ¿por qué tengo que tomar esas pastillas? ¿Por qué vamos tantas veces a la consulta del doctor Carter?

Nerviosa, la madre miró a su hija, a la pared. Las pastillas. No estaba dispuesta a hablar de las pastillas. Y menos en ese lugar. Debía poner fin al arrebato. Se levantó, fue a por una toalla y la humedeció en el lavabo.

—Se acabó. No me hagas enfadar —le dijo incorporándola. Le limpió el polvo, las lágrimas y los mocos.

—Tengo el coche en la puerta. Nos vamos a casa. —Le peinó hacia atrás con los dedos el pelo pegado a la frente—. No lo estropees, cielo, por favor —le pidió agarrándole la cara para obligarla a mirarla—. Esta vez no.

La niña se sorbió los mocos. Sintió el regusto del polvo, de la sangre, en la lengua y el paladar.

—Solo quiero ser normal, como ellos.

2

EL SECUESTRO

1

—«Sweet Caitlyn» —tarareaba Gonzalo mientras me mordis-queaba la espalda desnuda y todavía húmeda por el agua de la ducha.

Era una versión libre del célebre «Sweet Caroline».

—Ninguna Caroline puede ser más dulce que tú, mi peque-ña Caitlyn. —Sonreía.

Caitlyn. Nadie me había llamado así jamás y no acababa de entender sus motivos, ¿crear una falsa complicidad entre los dos?, ¿burlarse?, ¿despertar en mí sentimientos de cariño?

Sentada en el borde de su cama, traté de abrocharme el suje-tador. Una cortina blanca ondeaba por el balcón entreabierto y dejaba que se colaran los rayos del sol hasta casi la mitad del dormitorio. Era mayo, el verano tenía prisa y hacía calor.

—Basta. Tengo que ir a recoger a Zoe —le pedí, aunque lo que deseaba en realidad era que continuase porque su bigote me arañaba deliciosamente.

Hacía tiempo que no mantenía una relación con un hombre soltero. Por supuesto, Gonzalo me aseguró que no tenía pareja, ni novia, ni esposa. No le creí. Era lo que decían todos. En su caso resultó ser cierto.

—«Sweet Caitlyn, good times never seemed so good.»

Tras tumbarme en el colchón, se sentó a horcajadas sobre mí cuidando de no aplastarme con su peso. Atenazó mis muñecas por encima de la cabeza contra el colchón. Sus ojos dorados brillaban de una forma cautivadora. Y libidinosa.

—«How can I hurt when I'm holding you.»

Dejó de cantar para agarrar con los dientes la tela de encaje negro del sujetador y subírmelo hacia el cuello. Lamió muy despacio, en círculos, mi pezón. Traté de escabullirme, pero apretó más la tenaza, como a mí me gustaba.

Al descubrir que estaba soltero no salí corriendo, que era mi comportamiento habitual ante el compromiso. Al principio me justifiqué alegando que una nueva fragilidad había germinado en mi interior en los quince meses transcurridos desde la quiebra y el embargo. Después tuve que admitir lo evidente: ¿cuándo fue la última vez que alguien me gustaba tanto?

A lo largo de los años había conocido a hombres con los que mantener un encuentro esporádico y a otros, bastantes menos, con los que verme con cierta frecuencia. Hombres a los que admiraba de forma intelectual y que, condición ineludible, tarde o temprano —normalmente tarde, muy muy tarde— descubría que eran unos capullos integrales. Hasta Gonzalo. Él tenía, o a mí me lo parecía, la suficiente seguridad en sí mismo para permitirse ser tierno y sincero.

Un mordisco en el pezón me sacó de mis abstracciones. De mis labios escapó un gemido gutural largo e intenso.

Gonzalo tampoco deseaba una relación. Resultaba tan evidente que ni lo habíamos mencionado. Nosotros no formábamos ni una pareja ni un dúo. Sería demasiado absurdo. Ambos éramos conscientes de que en el trabajo no existían amigos, del perjuicio que suponía mostrar las dudas o los miedos a otros. La vida se asemejaba a viajar en un avión: ayúdate a ti, primero tu mascarilla. Si no piensas antes en tu bienestar, tampoco podrás ayudar a los demás.

Me embistió y me sentí viva, palpitante, plena de sensaciones. Con Gonzalo había despertado del abúlico letargo en el que había permanecido los últimos meses.

Y había despertado con un apetito feroz.

De rodillas sobre las sábanas arrugadas, me subió la cremallera del vestido. Me abrochó el botón y me dio una palmada en el trasero.

—Lista, Caitlyn —dijo con su característica sonrisa ladeada.

Él continuaba desnudo. Estaba a gusto con su cuerpo. Enredé mis dedos en el vello oscuro de su pecho. Lo besé y entré en el cuarto de baño a arreglarme.

Ni yo le pregunté qué iba a hacer el fin de semana ni él a mí. Era algo ajeno a lo nuestro. Igual que asumía que compaginaba estos encuentros con los de otras mujeres y no me importaba.

—¿Te das cuenta de que en una semana habrá acabado la pesadilla? *Goodbye*, Míster X —le dije a través de la puerta entreabierta mientras me cepillaba la melena.

Lo llamábamos «Míster X» porque ignorábamos su nombre. En aquel primer *off site meeting* —una cena en un reservado de un restaurante de moda— que Saúl Bautista organizó para que el equipo se conociera en un ambiente relajado, quedó claro que no llegaríamos a saber su identidad.

—¿Quién es el cliente? —preguntó Cristóbal. Tenía el pelo oscuro y muy corto y fino, los labios como una cuchillada y la piel aceitunada. Unos minutos antes, en el momento de las «confesiones relajadas», nos había contado que descargaba el estrés a puñetazos en un gimnasio.

—¿Consideras que el nombre es un dato relevante para realizar tu trabajo? —le contestó Saúl. Él había «confesado» que los fines de semana participaba en una liguilla de baloncesto con su antiguo equipo.

Y estaba en lo cierto: no era un dato relevante. No lo había sido en las quinientas treinta horas facturables —a ciento veinte euros la hora— que yo había invertido. Sencillamente me refería a él como Míster X. Era el nombre que figuraba en los archivos y en las carpetas.

Desde que comencé a trabajar en GCM, tal como Saúl me advirtió en la entrevista, Míster X había sido mi único cliente. Era la forma de probar mi rendimiento y de asegurarse que me integraba de forma sinérgica en el *Bautista's team*.

La reunión con Míster X estaba programada para el siguiente viernes, día 24, a las nueve y media de la noche. Se trataba de presentarle una hoja de ruta con varias propuestas para diversificar su inversión de cinco millones de euros.

El dosier que las recogía y la subsiguiente hoja de ruta alcanzaban las cuatrocientas diez páginas sin casi generalidades, páginas que había memorizado después de redactar los tres borradores anteriores con sus correspondientes *updates*.

Yo, el último mono, me había encargado de analizar los *big data* buscando esos nichos de inversión. Mis opciones preferidas eran una empresa con sede social en Toulouse que mantenía contratos por valor de cien millones con varios países europeos y otra de Denver dedicada a la exportación, y canalizar una buena parte de la inversión a varias *startups*. Había confeccionado una lista con las cincuenta que juzgaba más prometedoras, aquellas con productos y servicios disruptivos y un destacado componente tecnológico e internacional. Abarcaba desde empresas de personalización de *e-commerce* hasta otras de brazos robóticos o técnicas de *machine learning* o marketing *online*.

No negaré que estaba un tanto intranquila. Repasaba incansable cada uno de mis análisis y de mis cálculos porque en esa lista yo no hubiese dudado en incluir tanto PlanDeMarketing como Innovandia, mis dos *startups*, las mismas que me habían arruinado.

«¿Y si has perdido tu olfato? ¿Cuánto crees que tardarán en descubrir que eres un fraude: tres, cuatro, cinco meses, hasta que la inversión acumule un detrimento de un diez o un quince por ciento?», me machacaba mi molesta vocecilla interior.

Además, la presión que Saúl Bautista ejercía sobre el equipo era enorme y aumentaría esa última semana. «Habrá que traspasar las *red lines*», había advertido.

Los días previos al encuentro con los clientes eran los más tensos y ajetreados, garantía de horas extra y de comerse mogollón de *brownies*. Un frenesí. El enjambre funcionaba contra reloj para tenerlo todo a punto. Inevitablemente, surgían imprevistos, flecos, clientes que cambiaban de idea y solicitaban modificaciones, errores que subsanar, problemas informáticos...

—Caitlyn, el sábado te invito a cenar para celebrarlo —me propuso Gonzalo—. Has hecho un trabajo impresionante y tan concienzudo que estoy seguro de que el viernes, al terminar el *meeting*, Saúl comunicará que se ha replanteado la fuerza laboral de GCM y tu incorporación a la plantilla.

Al oírlo, mi mano se detuvo con el cepillo en el aire. No por sus buenos augurios o su confianza en mí, sino porque nunca habíamos quedado fuera de su apartamento. Lo nuestro era un intercambio sexual. ¿Cenar juntos? ¿Por qué me proponía algo así? Quebrantaba los acuerdos implícitos de la relación. Me desconcertaba. Como lo de llamarme Caitlyn.

—Me han hablado muy bien de un restaurante con cocina en directo y maridajes cerca de Luchana —continuó ante mi silencio—, pero elige tú.

Mientras arrancaba con los dedos los cabellos que habían quedado atrapados en el cepillo, me asomé a la puerta.

—Imposible. Ya no habré podido acostar a Zoe la noche anterior.

—Entonces ¿reservo para comer? —preguntó con su irresistible sonrisa ladeada.

¿Me estaba presionando? No me gustaba.

—No creo que sea buena idea.

Gonzalo era un negociador implacable. Nunca se rendía. Conocía la importancia de no aceptar un no por respuesta, de dejar la puerta abierta para retomar la conversación.

—Bueno, ya veremos a lo largo de la semana —respondió, y enarcó la ceja izquierda.

Tiré los cabellos al inodoro y vacié la cisterna. Después me acerqué a él y recorrí la suave piel de su mejilla, esos centímetros donde comenzaba la barba.

—Hasta el lunes —me despedí.

Lo besé en la boca. Gonzalo me agarró con los dientes el labio inferior.

—Adiós —dije tras liberarme.

Atravesé el salón, austero y masculino, con mucho cuero oscuro en la tapicería y acero en los complementos, líneas rectas y depuradas, pocos accesorios, un buen equipo de música y una enorme pantalla de televisión.

Tirado en la cama, Gonzalo canturreaba de nuevo:

—«Where it began, I can't begin to knowin'».

Antes de salir, me detuve en el espejo de la entrada. Siempre esperaba a aplicarme ahí el carmín para que no se me corriera con sus tercos besos de despedida.

—«But then I know it's growing strong.»

Saqué la barra del bolso. Mientras apretaba los labios para fijarlo, reflexioné sobre que era afortunada. Había vivido unos meses terribles; no obstante, había conseguido no renunciar a nada: mi hija, un trabajo apasionante, un amante experto, incluso un remedo de madre. Muy afortunada.

La adversidad era la mejor maestra. Enseñaba a no dar nada por supuesto. A valorar lo que se posee.

—«Was in the spring. And spring became the summer. Who'd have believed you'd come along» —tarareé en el ascensor.

2

Paré el primer taxi que pasó.

Los miércoles y los viernes, en vez de recoger a Zoe a las cinco y media en el autobús, llegaba a casa entre las ocho y las nueve. Los miércoles y los viernes eran los días en que tenían lugar mis encuentros con Gonzalo.

Las ocho y veinte. Perfecto. Puntualísima e irreprochable, me felicité. Me sentía como la adolescente que esconde el tabaco y el mechero en el techo del ascensor y se come un caramelo de menta antes de besar a su madre.

¿Por qué mentí a Esther aquel primer miércoles y le dije que en la empresa me habían obligado a inscribirme en un curso que se prolongaría varios meses? Algo, supongo que el pudor, me impulsó a levantar entre nosotras esa barrera.

De modo que dos veces por semana necesitaba ayuda para cuidar a mi hija. Me esforzaba en recurrir a Esther solo esos días, aunque las obligaciones en la oficina terminaban imponiéndose a mis principios. Me preocupaba bastante la semana siguiente. Dudaba que, teniendo la reunión el viernes, algún día pudiese siquiera bañarla o darle la cena.

Por supuesto, habría sido más práctico contratar a alguien

que recurrir a Esther. Una mera transacción económica sin responsabilidades ni explicaciones. A más tiempo, más dinero. Así de sencillo.

Había sacado el tema, pero ella se negaba obstinadamente. Cuando trataba de hacerle entender que podía jugar con Zoe cuando le apeteciera, sin que supusiese una carga, contraatacaba con chantaje emocional.

—Claro, a lo mejor crees que otra persona la cuidaría mejor, que soy una vieja y conmigo no está bien... —Hinchaba el pecho y fruncía los labios en un puchero.

Yo cedía semana tras semana, aunque cada vez me costaba mayor esfuerzo. Conforme me fui involucrando en mi nuevo puesto en GCM nuestra relación fue enturbiándose sin que yo comprendiera el motivo.

El distanciamiento era indudable. Ni recordaba la última vez que había hecho ese gesto tan íntimo, y antes tan cotidiano, de ponerme las manos en los hombros y apretármelos. Nos habíamos convertido en un diagrama de Venn, dos conjuntos cerrados cuya única intersección era Zoe.

El episodio más dantesco había tenido lugar el miércoles, apenas dos días atrás.

Cuando acudí a recogerla, Zoe dibujaba debajo de las patas del Steinway & Sons, supuse que a su nueva amiga imaginaria. Se había metido la manga de la camiseta en la boca y la chupeteaba y mordisqueaba. Era uno de los viejos hábitos ya superados que habían regresado con mi vuelta al trabajo.

Se estaba convirtiendo en una salvaje que no seguía ninguna regla. Pillaba unos berrinches tremendos en cuanto se le llevaba la contraria e incluso había mordido —¡mordido!— a otra niña en el recreo.

Debía tomar cartas en el asunto, afrontar el problema, tal vez acudir a un psicólogo infantil. Y lo haría. Después de la reunión con Míster X, del triunfo de mis propuestas, estaría en condiciones de proponerle a Saúl algún cambio. Un horario más flexible. Incluso trabajar algún día desde casa. Establecería unas pautas educativas con Esther. Contrataría a una niñera. Después del viernes.

La reunión se había convertido en la línea de meta que ondeaba en mi horizonte.

—Vamos, Zoe, que es muy tarde —le dije desde la puerta del salón para no perder ni un minuto.

Estaba cansada, agobiada, repasaba mentalmente los últimos cálculos y deseaba llegar a casa, descalzarme, quitarme la ropa y el maquillaje.

—Vamos, Zoe, que es muy tarde —repitió mi hija inclinando la cabeza a la derecha.

¿Qué? Pestañeé perpleja. Aquello era nuevo. Me esforcé en conservar la calma.

—No repitas lo que digo —le pedí.

—No repitas lo que digo.

—¡Basta, Zoe!

—¡Basta, Zoe!

Colocó los brazos en jarras. Al verla fui consciente de que yo tenía esa postura.

Indignada, miré a Esther en busca de una respuesta. De su apoyo.

—Lo que pasa es que Bichito te echa de menos.

Agitó una de sus manos, de dedos muy largos. Las dos sortijas tintinearon al chocar.

No daba crédito. ¿O sí? «Bichito te echa de menos» se había convertido en su excusa para todo. Pronunciaba las palabras con un gesto que cada vez estaba más segura de que era de enfado y no de preocupación. La estrategia de Esther para compensar mi supuesto déficit maternal era malcriarla y sobreprotegerla.

La sensación de vacío que me provocaba su complicidad se me aposentó en el estómago.

—Vamos, Zoe —repetí firme, sin levantar la voz.

En lugar de obedecer, se sentó en el regazo de Esther.

Su reacción me dejó atónita. ¿Mi hija de cinco años se saltaba todas las normas y me desafiaba?, ¿acaso había otra interpretación?

Esther no dijo nada.

Me invadió una urgencia inesperada. «Te está robando a tu propia hija, poniéndola en tu contra. ¿Es que no lo ves?», me recriminó la voz de mi cabeza.

Me ahogaba. La urgencia de escapar era un hormigueo por el cuerpo. No podía permanecer en esa habitación ni un segundo más. Agarré el bracito de mi hija y tiré de ella para irnos.

—¡Ahh! —exageró Zoe como si le hubiera hecho daño.

Esther frunció el ceño y dejó escapar un gruñido, que entendí como de desaprobación.

Continué tirando de mi hija por la escalera sin hacer caso de su pataleo. Ya en nuestro dormitorio, Zoe lloraba y golpeaba el suelo con un pie con toda la desesperación del mundo.

—¡Eres muy mala! —me dijo—. Quiero ir con Esther.

Me agaché ante ella para hacerla razonar, y el denso perfume de Esther me cercó como si fuese niebla y su humedad pudiese calarme. Era un olor persistente, imborrable, que se quedaba adherido a la piel, al cabello de Zoe.

La metí en la bañera, la embadurné con jabón y espuma y tuve que darle dos, tres pasadas hasta que su rastro su esfumó.

Después, acostada en la cama, con el cuerpecito tibio de mi hija dormido contra el mío, sentí remordimientos. ¿Había exagerado? Esther la amaba con toda la fuerza de su histrionismo e intentaba hacer lo que creía mejor para ella. Me recordé que ni el amor ni una familia podían pagarse con dinero. ¿No te decía Robert que eras demasiado tajante, que no todo era blanco o negro, que existían los matices del gris?

Tampoco era con Esther o sin ella. Debía encontrar un punto intermedio, establecer límites, normas en nuestra relación.

3

El taxi me dejó frente a mi edificio.

Me fijé en las gárgolas que lo coronaban. El arquitecto se había dado el capricho de convertir el desagüe de los canalones en pequeñas gárgolas. Era curioso, y de vez en cuando salían fotografiadas en algún suplemento dominical. Mi preferida era la de la esquina, la que se asomaba al vacío con un rictus de burla.

«¿Qué haces mirando las puñeteras gárgolas en vez de subir?», me cuestionó mi vocecilla. Era cierto que retrasaba el momento. Después de la escena del miércoles, ignoraba con qué iba a encontrarme. Solté un largo suspiro.

La llave se atascó en la cerradura. ¿Qué demonios pasaba? Cuando conseguí abrir, me di cuenta de que los pestillos superiores no estaban pasados. Supuse que Esther, al volver del parque con Zoe, habría olvidado cerrarlos. Bufé de disgusto.

Empujé con ímpetu la puerta de forja negra y cristal, nuestro muro frente al exterior. Pesaba más que nunca, como si hubiera engordado desde la mañana. Inspiré hondo preparándome para lo que me aguardase arriba. Una semana. Después del viernes —me repetí—. Todo cambiará después del viernes.

Al subir el primer tramo de escalera oí las notas del piano.

Provenían del piso de Óscar. ¿Cuánto tiempo hacía? Había olvidado algo que antes formaba parte de mi cotidianidad. No pertenecían a ninguna pieza musical. Eran notas impacientes, apresuradas, que exigían una respuesta. ¿Por qué no le contestaba Esther?

No obstante, ni el inesperado retorno musical ni el hecho de que la puerta del piso estuviese entreabierta me preocuparon. Aún no.

Al entrar encontré el salón revuelto, las copas del manhattan y de la leche volcadas encima de la mesa desplazada, un par de sillas caídas y —esto era nuevo— a Esther tendida boca arriba en el suelo.

Tenía un pie descalzo, los brazos extendidos, la cabeza ladeada sobre el hombro izquierdo y su preciosa melena blanca alborotada le cubría el rostro. Encima de su abdomen encontré un folio.

Resoplé con fastidio. Supuse que el motivo era otro episodio de «La misteriosa desaparición de Zoe». Un juego cruel que habían inventado en esas largas tardes juntas y en el que fingían que Zoe había desaparecido y yo, aterrada, debía encontrarla. Cada vez era más elaborado, pasaban horas ensayando la función del día, cuidando hasta el último detalle. Tanta truculencia me perturbaba. Era como una mofa que Esther me lanzara a la cara, una muestra más de su complicidad.

Pero esto sobrepasaba los límites. La semana que viene buscaré una niñera, me prometí. Se acabó.

El denso perfume de Esther se me metía por las fosas nasales hasta el cerebro. El piano de Óscar sonaba de forma insistente. Cada vez más veloz. Comencé a interpretar mi papel para terminar cuanto antes. Mi lamento era la señal de salida. El «Uno, dos, tres, ya» de los juegos.

—¡Ahhh! ¡Mi niña! ¡¿Dónde está mi niña?! —chillé para que Zoe me oyese desde su escondite.

De pronto el piano enmudeció, y en medio de esa enorme burbuja de silencio sonó mi teléfono. ¿A estas horas? Lo recuperé del bolso. Era Óscar.

El vello de la piel se me erizó. Ese primer escalofrío, previo a la preocupación, era algo que recordaría en los días posteriores.

—¿Óscar?

Mi vista seguía puesta en el cuerpo inerte. ¿Por qué continuaba con la pantomima? Me agaché.

—¡Katy! —exclamó él—. ¿Estás en casa de Esther?

—Sí. ¿Ocurre algo? —respondí distraída mientras cogía el folio.

Esther era buena actriz y permaneció inmóvil.

—¡He oído golpes, mucho ruido!

Irritada, asumí que el folio era una nueva fase de su juego. Las imaginé disfrutando, riéndose con las cabezas muy juntas mientras Esther obligaba a mi hija a confabularse contra mí.

Entonces leí la primera frase.

CATALINA PRADAL, TENEMOS A TU HIJA.

Continué desde la más profunda incredulidad.

TE VIGILAMOS.
NO ALTERES TU RUTINA.
ESPERA NOTICIAS NUESTRAS.
SI AVISAS A LA POLICÍA, LA MATAREMOS.

La leí en bucle. Sin asimilarla, como si estuviese escrita en un idioma extranjero. La primera y la última frase, la subrayada. «TENEMOS A TU HIJA. SI AVISAS A LA POLICÍA, LA MATAREMOS. TENEMOS A TU HIJA. SI AVISAS A LA POLICÍA, LA MATAREMOS.» Me acometió la familiar y molesta sensación de incomprensión ante los actos de los otros.

¿Era una broma?, ¿parte de «La misteriosa desaparición de Zoe»? Un negro presentimiento me dijo que no. «TENEMOS A TU HIJA. SI AVISAS A LA POLICÍA, LA MATAREMOS.» Debía ponerle fin.

—Esther.

Apoyé la mano en su hombro. No reaccionó. Sentí un calambre de inquietud. Esther parecía... Miles de pensamientos me bombardearon. A toda velocidad.

—¡Katy, ¿qué pasa?! —gritó Óscar desde el teléfono.

No le contesté.

Con la punta de los dedos le aparté el cabello, el largo mechón que se le había quedado adherido a los labios entreabiertos. Su rostro era una máscara pétrea. Con aprensión, aproximé mi cabeza a la suya. Sobreponiéndome a la vaharada de perfume, retiré el fular y emergió el esbelto y pellejudo cuello que siempre llevaba cubierto; le tomé el pulso en la arteria. Percibí los golpes. Los latidos.

¡Solo había perdido el conocimiento!

Con el alivio llegó la toma de conciencia. ¿Era cierta la nota? ¿Había raptado alguien a mi niña?

Tremendamente confusa, observé la amplia habitación. Interpreté como señales de lucha, de forcejeo, lo que antes había creído que formaba parte de su atrezo.

—¡Esther!

No me atreví a moverla por si sufría algún tipo de traumatismo cerebral.

—¡Katy, dime algo! —reclamó Óscar angustiado desde el móvil, que había dejado en el suelo.

No podía distraerme. Casi en modo automático, colgué y me lo metí en la americana.

Necesitaba despertarla.

Empapé una toalla en el lavabo y regresé al salón dejando un reguero de agua tras de mí. La escurrí sobre su rostro. Venga, despierta, por favor. Por favor. Despierta. Nerviosa, froté su frente, sus ojos. Por fin los párpados, sucios con la mezcla emborronada de sombra azul, *eyeliner* y rímel, temblaron.

—¿Qué ha pasado? —pregunté, alterada—. ¿Dónde está Zoe?

—¿Me he... me he desmayado? —balbució tratando de enfocar la vista.

Mi ansiedad iba en aumento.

—¿Dónde está mi hija? Tú estabas con ella. ¿Dónde está, por Dios, dónde está? —Mi voz subía de tono mientras hablaba. Necesitaba una respuesta.

—No... no te entiendo —respondió, aturdida.

Esther se tocó el cogote y su rostro se contrajo de dolor. Imaginé que tendría la zona hinchada. Me quedé paralizada al comprender que mi hija había desaparecido y la persona que debía cuidar de ella, protegerla, no recordaba nada.

4

¿Y si seguía en el piso?

Me estremecí de pavor al imaginar a mi niña tirada en cualquier rincón. Inconsciente. Quizá herida. Sin perder ni un segundo, sin percatarme siquiera de que los atacantes también podrían continuar allí, corrí por el pasillo. Grité su nombre. «¡Zoe! ¡Zoe!» Empecé a respirar miedo. Entré en los dormitorios. Miré debajo de las camas, en los armarios. Dentro de la bañera. «¡Zoe!» Me volví loca. Tiré al suelo la ropa de las perchas del vestidor, la pisoteé. Las sillas. «¡Zoe!» Detrás de las pesadas cortinas. Mi imagen desquiciada se multiplicaba en los espejos. «¡Zoe!»

Algo explotó dentro de mí mientras corría desesperada de habitación en habitación.

Finalmente, me rendí. Incapaz de reaccionar, regresé al salón. «TENEMOS A TU HIJA.» ¿Dónde estaba Zoe? ¿Quién se la había llevado? ¿Por qué? Buscaba sentido a algo que no lo tenía.

Se oía un piano. Las notas impacientes, ta, ta, ta, ta, apresuradas. Era Óscar reclamando una respuesta.

Esther trataba de incorporarse. Había reptado hasta el sofá del tresillo y se aferraba a él buscando un apoyo. Sus movimientos eran lentos. Por primera vez me di cuenta de que era una anciana, una anciana asustada.

Pasé su brazo sobre mi hombro y la vaharada de su perfume me aturdió.

—¿No... no... no la has encontrado? —preguntó mientras la ayudaba a recostarse.

Negué.

—¿Cómo... has podido dejar que se la llevaran? —murmuré—. Era tu responsabilidad.

La barbilla de Esther tembló. Sus cuerdas vocales cedieron y comenzó a sollozar.

El miedo seguía filtrándose en mi cuerpo con cada respiración. Me senté en el suelo con la cabeza entre las manos. No sé cuánto tiempo transcurrió. La sensación de irrealidad era muy fuerte. Ta. Ta. Ta, sonaba el piano. Ta. Ta.

—Hay que llamar a la policía —murmuró de pronto Esther.

La escuché sin moverme.

—Katy, hay que llamar a la policía —se reafirmó.

¿Por qué insistía? Los secuestradores habían sido muy claros: «SI AVISAS A LA POLICÍA, LA MATAREMOS».

Mi propia voz me sonó extraña, distorsionada, cuando le contesté:

—No podemos. Lo dice en la nota.

—Entonces... ¿qué vamos a hacer?, ¿cómo vamos a recuperarla? —Estaba muy alterada.

Ta. Ta. Ta. Ta. El espacio, los objetos, Esther se mantenían estables, pero algo indefinido había cambiado mi manera de verlos. Ni siquiera estaba segura de que el suelo no fuese a perder su dureza y a engullirme.

Me tapé las orejas con las manos. La sensación de inestabilidad, de mareo, era cada vez más potente. Sentí la urgencia de alejarme de Esther, de su llanto, de sus inútiles lamentos, de su agobiante perfume.

Dejé de oírla. Los oídos comenzaron a pitarme con un zumbido continuo y lejano que, aterrorizada, reconocí de inmediato: era la antesala del vértigo. Pronto, muy pronto, comenzaría como un punto en el centro del estómago y se expandiría en una espiral interminable devorando todo a su paso, convirtiendo mi cuerpo en algo vulnerable y febril.

Me devolvió a un tiempo jamás olvidado.

A lo que ocurrió después del segundo intento de suicidio. A la clínica psiquiátrica. A la habitación en la que necesitaba estar sola. No hablar. No oír. Ovillada en el lecho. Sola. Sola. Sola. Tardé semanas enteras en comprender que únicamente me dejarían en paz cuando acatase una a una todas sus imposiciones, que incluían —era la principal— no estar sola, sin supervisión, en ningún momento.

Así, psiquiatra tras psiquiatra, llegué hasta Robert, una nota discordante en el equipo médico. Robert con sus camisetas, sus vaqueros, su cabello despeinado, indomable, que le dotaba de un aire de inadaptado sensible, y sus nuevos métodos de terapia bajo el brazo.

Él me proporcionó herramientas útiles para manejarlo: «No está en tu estómago, sino en tu cabeza. Son nuestros pensamientos los que condicionan nuestra realidad, la forma en que la percibimos. Es tu cerebro el que da las órdenes. No se trata de lo que afrontamos, sino de cómo lo afrontamos».

Me enseñó a aplicarlas con tanto éxito que, a lo largo de los años, había podido canalizar las situaciones angustiosas, estresantes, a las que me había enfrentado. Hasta ese momento.

Me puse en pie lentamente y salí del piso de Esther con pasos temblorosos. Sin importarme su voz suplicante, que dejaba atrás. Cuando el vértigo se desatara, debía estar en un lugar seguro.

Seguí la música del piano. Ta. Ta. Ta.

5

Entré tambaleándome en el búnker de Óscar. Bajar el tramo de escalera hasta allí me había costado una eternidad.

—¿Qué ha ocurrido?

Hablaba y hablaba. Yo era incapaz de entenderlo.

Debía mitigar el vértigo, las sensaciones que acarreaba, para que no colapsase mi sistema nervioso. El pitido en los oídos era más fuerte, disruptivo. Casi no podía mantenerme en pie. Zoe. ¿Por qué? ¿Por qué se la habían llevado?

Sabía lo que sobrevendría.

Un calambrazo me dobló en dos y me aferré al reposabrazos de la butaca para no caer al suelo. Me hundí en ella. Tenía la vista nublada.

—Katy —oí a lo lejos—. Katy, ¿qué te pasa?

Separé las piernas y metí la cabeza entre ellas, con los brazos por encima, las manos abiertas sujetándome el cogote. «Como si fuera a ocurrir un accidente», decía Robert. Me aislé.

Una de las estrategias que Robert me enseñó para detener los pensamientos y vaciar la mente fue a respirar y a contar. En esos momentos requería una respiración consciente, profunda y diafragmática.

Veinticinco. Inspiré dirigiendo el aire al diafragma. Veinticuatro. Espiré despacio como si quisiera apagar una vela. Veintitrés. Inspiré. Zoe. Zoe. Mi niña me dolía de forma física. «Si te despistas, no pasa nada. Empieza las veces que haga falta.» Veinticinco. Inspiré hinchando exageradamente el abdomen. Veinticuatro...

No sé cuánto tiempo permanecí en esa postura. Creo que no perdí el conocimiento, aunque no resultaba tan sencillo saberlo. La frontera entre la vigilia, el mareo y la letanía de los números era muy delgada.

Poco a poco el vértigo regresó a un umbral tolerable. Levanté la cabeza muy despacio y, aun así, tuve un vahído.

—Katy, menos mal —dijo Óscar.

Cerré los ojos. Comencé de nuevo. Veinticinco. Inspiré dirigiendo el aire al diafragma. Veinticuatro. Espiré despacio. Veintitrés. Inspiré. Al terminar la segunda serie me sentí con fuerzas para abrir los ojos. Apenas una ranura. La luz de los fluorescentes me escocía.

Por su forma de frotarse las palmas de las manos una contra otra y de tamborilear con los pies comprendí que Óscar estaba preocupado. Vestía sus habituales vaqueros y una camiseta grande y sin forma serigrafiada con el perfil en gris del *Nosferatu* de Murnau. En contraste con la tela negra, sus brazos depilados aún eran más pálidos. Reparé en lo mucho que parecía ser albino. Lo había olvidado en estos meses sin verle.

—¿Estás mejor? Bebe un poco.

Se había sentado en la otomana asegurando su maldito metro de distancia. Señaló un vaso con agua que había dejado en el suelo, a mi alcance.

Estaba mareada. La pesada sensación de irrealidad no había desaparecido.

—No. No entiendo nada —balbucí arrastrando las palabras.

Nuestros ojos se encontraron. Los suyos eran de un azul

casi transparente. Necesitaba comprender este sinsentido. Me pasé las manos por la cara. Bajé la mirada para escapar de la suya y reparé en el blíster que sostenía entre los dedos. Trankimazin de 0,5. Las pastillitas salmón, el ansiolítico que descubrí durante los meses que viví en Birmingham, donde era muy sencillo conseguirlas porque las prescribía cualquier facultativo.

Debía relajarme, impedir un nuevo ataque.

—Dame una. Y acércame un cuchillo —le pedí.

Me encontraba demasiado débil para levantarme.

La partí sobre la mesa. Cogí la mitad más grande, la tragué y recliné la cabeza en el respaldo con los ojos cerrados. Permanecí así un rato hasta que, de pronto, sonó mi móvil. Recordé la hoja de los secuestradores: «ESPERA NOTICIAS NUESTRAS».

¿El móvil? Me asusté. ¿Qué hora era? ¡Casi las once! Sí que debía de haber perdido el conocimiento. ¿Dónde estaba el maldito móvil? El corazón me latía desesperado como si quisiera escapar de la jaula de las costillas. Busqué a tientas. En los bolsillos delanteros, en los traseros. ¿Se me había caído en la butaca? ¿Dónde?, ¿dónde? Al final lo encontré en el bolsillo interior de la americana.

—¡Diga! —grité ansiosa al aparato.

—Katy...

Tardé un instante en relacionar lo que estaba ocurriendo con lo que yo creía que estaba ocurriendo. ¿Esa voz?

—¿Esther? —pregunté, incrédula.

No había mirado el número que aparecía en la pantalla, me había lanzado a descolgar como si me tirase a una piscina. ¿Esther? Me había olvidado por completo de ella. Yo continuaba mareada, débil, sin ganas de hablar con nadie, y menos aún con Esther.

Su discurso, con ese tono tan apagado, me resultaba incoherente. Decía algo de un médico. De que su médico le había encontrado varias contusiones por el cuerpo y un golpe en la cabeza. Le había dejado una hoja con pautas por si sentía algunos de los síntomas del traumatismo craneoencefálico.

Con cada palabra suya mi enojo aumentaba. Era un sentimiento irracional pero muy intenso. La odiaba. Ella, la pluscuamperfecta, debería haber evitado que secuestrasen a mi hija. Yo nunca lo habría permitido, la habría protegido a toda costa. Incluso con mi vida. Pero yo era su madre.

—¿Hay algo que pueda hacer...? Yo... yo... Dios mío, lo siento tanto... —El llanto ahogaba sus palabras.

«¡¿Hacer?! —sentí ganas de gritarle—. ¡¿Crees que has hecho poco?!»

—Estoy muy preocupada... Necesito... Prométeme que me avisarás en cuanto llamen...

«Llamen.» La palabra me golpeó como un mazo. ¡Los secuestradores! «ESPERA NOTICIAS NUESTRAS.» Esther estaba ocupando la línea. ¿Cómo no me había dado cuenta? Quizá me estaban llamando en ese momento, mientras ella hablaba y hablaba. El estómago se me contrajo de pavor. «Cuélgale, rápido, cuélgale», me agobió la voz de mi cabeza.

—Debo dejar la línea libre por si llaman —me despedí.

La mano que sostenía el móvil me temblaba. Me la llevé al pecho y me agarré la muñeca con la mano libre. No iba a separarme del teléfono.

6

Óscar me observaba. Mantenía las piernas juntas y las manos entre los muslos.

El cansancio y el miedo por mi niña se habían convertido en algo físico, se enroscaban alrededor de mi cuello tirando de mí hacia abajo. Necesitaba reconstruir la secuencia de los acontecimientos para abarcar la inmensidad de lo ocurrido.

Aún creía que encontraría una pista, una forma de avanzar. No me resignaba a reconocer que solo me quedaba esperar, que los secuestradores iban a manejarme a su antojo.

—¿Qué ha pasado esta tarde? —lo apremié.

Él empezó a frotarse las palmas de las manos.

—No hay mucho que contar. A las seis he oído los pasos y la vocecita de Zoe. Nada fuera de lo corriente: dibujos animados de la televisión, unas escalas muy sencillas al piano. Los miércoles y los viernes son el ruido de fondo y para que no me molesten... —Me mostró unos tapones amarillos—. De pronto un ruido muy potente me ha sobresaltado. Al quitarme los tapones, he oído pisadas muy fuertes, voces masculinas y el grito agudo de un niño. Luego, alboroto en la escalera. Y después, nada.

Mil imágenes de mi hija me colapsaron. ¿Por qué había dejado de gritar? ¿Le habrían aplicado cloroformo? ¿La habrían golpeado? ¿Estaría inconsciente? Zoe. Me mordí los labios para evitar las lágrimas.

Óscar miró al frente, a un punto situado detrás de mí. Su tez estaba más grisácea. Era un hombre encerrado en su casa como una bailarina en una caja de música. Lo imaginé aterrado. Incapaz de salir y subir un piso de escalera. Había permanecido media hora volviéndose loco de incertidumbre y aporreando las teclas del piano.

Ni siquiera había pedido auxilio. Aunque ¿a quién?, ¿a la policía? Él estaba convencido de que el Estado, que vigilaba de forma masiva nuestras telecomunicaciones, utilizaba a la policía como brazo armado para eliminar a los «sujetos inconvenientes». Aseguraba que usar cualquiera de los buscadores de internet era andar por un campo de minas donde existían palabras clave que hacían saltar alarmas en sótanos recónditos llenos de agentes de inteligencia.

Moví la cabeza de un lado a otro con desesperanza. No notaba la laxitud en los miembros. El pitido había regresado a los oídos. Mi respiración se tornaba más pesada. Me acerqué a la mesa. Mastiqué la otra mitad del Trankimazin. Presioné con la yema del dedo sobre el polvo y lo chupé.

Ambos callábamos. Miré la pantalla del móvil, por si acaso.

—Déjame leer otra vez el papel —me pidió, y se lo entregué.

—Es un error —susurré con la voz quebrada.

Tenía que serlo. Yo no poseía nada que ofrecer como pago. Nada. Ese hecho me golpeó como una patada. ¿Qué harán con mi hija cuando descubran que es un error? Quería, necesitaba hablar con ellos. Pero ¿adónde podía llamarlos?

De pronto me sentí demasiado angustiada para permanecer quieta. Deambulé por el piso aferrando el móvil con una mano. ¿Me estaba haciendo efecto el ansiolítico?

—Aunque sé que no es lo que quieres oír, esperar es nuestra única opción —me dijo Óscar con calma.

Moví la cabeza, incrédula.

—¿Esperar a qué?

—A que contacten y nos digan qué quieren.

Me detuve junto a una mesita auxiliar. La misma en la que estaba, la noche de nuestra discusión, en febrero, aquel dosier de Global Consulting & Management. Ni recordaba su existencia.

—¿No me has escuchado? —Alcé la voz—: Yo no tengo nada. Na-da.

—Entonces quizá no quieran nada de ti.

Estaba aterrorizada. Muy confusa. No comprendía su razonamiento y sus rodeos me alteraban. Resoplé por la nariz.

—Si no quieren nada de mí, ¿por qué se han llevado a MI HIJA? —le pregunté con brusquedad.

—A lo mejor intentan extorsionar a su padre. —Arqueó la cejas, muy rubias.

¿Gong Yoo? La posibilidad me sorprendió de tal forma que detuve mi errático vagar.

—Es la opción más obvia. Debes llamarlo.

Lo miré con los ojos muy abiertos por lo inaudito de su propuesta. ¿Llamarlo?

—Cuéntale lo que ha ocurrido —dijo, muy serio—. Es su hija.

Negué vehemente.

—Imposible.

—¿Por qué?

—Él no sabe que es el padre. Tú eres la primera y única persona a la que se lo he contado.

De nuevo se pasó la mano por la cabeza.

—Hay que investigarlo. Dame sus datos y veré qué averiguo.

—¿Sus datos? ¿Su empresa en Seúl?

—No. Bastará con su nombre completo para buscar su perfil en Linkedin, su usuario en redes sociales y su número de teléfono.

Le di lo que me pedía. Omití el resto. Decirle que —a su manera— amaba a su esposa, que se desvivía por sus dos hijas, describirle sus gustos, sus virtudes y defectos; lo que lo conformaba, que lo hacía ser él mismo, no iba a resultar de ninguna utilidad. Por desgracia, nos reducimos a algoritmos, a perfiles en las redes.

—¿Quieres... quieres avisar a la policía? —preguntó ante mi silencio.

¿Óscar proponiéndome llamar a la policía? En ese momento supe lo desesperada que era la situación.

—Los secuestradores han sido muy claros: si los avisamos, matarán a Zoe —le reproché.

Yo siempre respetaba las normas. Las normas y las leyes hacían que el mundo fuera más estable. Daban pautas a las que atenerse.

—Podemos no obedecerles. ¿Qué quieres hacer tú?

—Lo que quiero, lo único que quiero es despertar de esta pesadilla. —Me tapé la cara con las manos sin soltar el teléfono.

Estaba muy cansada. Él debió de notarlo.

—Te convendría acostarte. Intentar descansar.

¿Descansar?, ¿era una broma?, ¿su forma de decirme que me marchase? No tenía fuerzas para jugar a adivinar sus intenciones.

—¿Quieres que me marche? —le pregunté directamente.

—No. No. No quiero que te quedes sola. ¡Mírate! No sabemos cuándo llamarán los secuestradores. Necesitas reponerte. Duerme aquí esta noche. Por favor.

—¿Aquí?

—Sí, déjame cuidarte.

Mostraba una media sonrisa que me pareció muy tierna, ¿tanto le había pesado la soledad esos meses? Acepté de mala gana, más por él que por mí. Me era indiferente permanecer —esperar— en un sitio o en otro.

El hecho de estar acompañada no iba a cambiar nada.

7

Óscar insistió en dormir en su butaca. Sin ganas de discutir, me tumbé vestida encima de su cama con la ropa que llevaba puesta, sin la protección «quirúrgica» habitual. Boca arriba, con los brazos a lo largo de los costados, como los cadáveres aguardaban en sus ataúdes el día del Juicio Final.

La noche no fue tal, apenas una sucesión de horas sin otro sentido que la espera.

Mis ojos desvelados recorrían cada centímetro de los carteles de las películas que adornaban esa parte del búnker: *La pianista*, *La naranja mecánica*, *Alguien voló sobre el nido del cuco* y uno nuevo: *Canino*. Óscar estaba muy orgulloso de ellos. Eran auténticos y por algunos había participado en pujas encarnizadas. Especialmente por el de *Psicosis* de la Paramount.

Memoricé la leyenda firmada por Alfred Hitchcock: «*Psicosis* debe verse desde el principio... y, por favor, no revele Vd. el final. No dispongo de otro». La pasión de Óscar por *Psicosis* alcanzaba las cotas más altas de obsesión. Había estudiado cada plano, los *travellings*, los *zooms*. Me los había explicado la veintena de veces que la habíamos visto juntos.

Pensé mucho en Zoe. Me contuve para no ver alguno de los

vídeos que acumulaba en el móvil: el desfile de Carnaval del colegio, soplando las velitas de su quinto cumpleaños, loca de alegría la mañana de Reyes abriendo los regalos en el salón de Esther, con solo tres años en la playa cuando Oso Pocho era solo Oso, persiguiendo a un pavo real por el parque... No lo hice por miedo a no oír el móvil si sonaba.

¿Dónde la retendrían?, ¿en qué condiciones?, ¿estaría atada?, ¿amordazada?, ¿lloraría?, ¿tendría mucho miedo? La congoja era como el ensordecedor ruido de un tren subterráneo atravesando mi cabeza a toda velocidad. Una y otra vez. Sin cesar.

Solo tenía cinco años, ¡cinco añitos! Una criatura que no medía ni un metro.

Deseaba con toda mi alma que, por lo menos, amaneciera. A mi niña le aterraba la oscuridad. Por eso compartíamos el único dormitorio del piso, la cama de matrimonio. Nosotras dos y Oso Pocho, su inseparable muñeco. Oso Pocho. Me había olvidado de él. Me había olvidado de él porque no lo había visto por ninguna parte en el piso de Esther y eso significaba que lo tenía Zoe. Era un consuelo ridículo. Sin embargo, me reconfortó saber que estaba con su amigo.

Pensé que los secuestradores se habían equivocado. Que no poseía nada que entregar para canjearla. En llamar a la policía. Y en Gong.

No acostumbras saber cuándo es la última vez que vas a estar con alguien, por eso nunca te esfuerzas en ser generoso o divertido, en decir las palabras que el otro desea oír, en dejar un buen recuerdo. Crees que habrá numerosas ocasiones posteriores de hacerlo.

En cualquier caso, no ocurrió así con Gong.

Sabía que era la última vez. Fue en una de las convenciones trimestrales. En Milán. Yo estaba embarazada de diez semanas. Insistí en irnos por nuestra cuenta. Cenamos en el barrio de Brera, a los pies del Castello Sforzesco. Después paseamos por las encantadoras callejuelas, llenas de escaparates de tiendas de diseño, entre jóvenes italianos delgados y *cool* que bebían Aperol Spritz en las terrazas.

Regresamos al hotel e hicimos el amor despacio, muy despacio. Gong, sin sospechar nada, bromeó con que debía dejar el chocolate.

Lo despedí en la puerta de mi habitación con un largo abrazo y, aunque pareció sorprendido, no lo rechazó. Ni una sola vez me planteé contárselo. ¿Para qué? No me interesaba su opinión.

En las siguientes semanas intercambiamos unos cuantos mensajes que cada vez se espaciaron más. Y después, nada. Lo normal.

Gong.

—¿Estás despierta?

La voz de Óscar me llegó somnolienta e íntima, desde la butaca.

—Sí.

—¿Hay alguna novedad?

—No.

Habían transcurrido casi doce horas sin noticias. Me mordí los labios para no añadir que ya serían conscientes de que habían cometido un error.

—¿Has dormido algo?

—Algo —mentí—. ¿Y tú?

—Algo.

Al levantarme de la cama me tambaleé. Tuve una sensación extraña, un mareo que se extendió por mis miembros. Como si mirase el mundo a través de un telescopio puesto al revés. Supuse que era la resaca del vértigo. La enorme tensión que acumulaba.

—¿Desayunamos? ¿Quieres un café? —me ofreció Óscar al cabo de unos minutos.

Recién levantado, su aire albino se acrecentaba. Sus cejas y pestañas aún eran más claras.

—No, gracias, tengo que ir al Lolita.

—¿Al Lolita?, ¿vas a ir al Lolita?

No entendía por qué me hacía una pregunta tan absurda.

—Es sábado. Los fines de semana desayuno ahí con Zoe. Los secuestradores decían en su nota: «NO ALTERES TU RUTINA».

Me miraba con una expresión que no era capaz de desentrañar. Resultaba más fácil cuando tocaba el piano.

—¿Vas a ir hoy?

Resoplé. ¿Qué le costaba tanto entender?

—Tienes razón —dijo, y luego añadió con una sonrisa—: Lo harás bien.

Me recordó demasiado a mi sonrisa de cortesía para creérmela. Supongo que se dio cuenta porque agregó:

—No sabemos qué va a ocurrir ni cuándo llamarán, así que hay que ir minuto a minuto. Venga, levanta la barbilla y repite conmigo: un pasito más.

—Un pasito más —dije.

8

Una vez en casa, crucé con rapidez el salón. La mochila de *La Patrulla Canina* en el sofá, los rotuladores en la mesa al lado de un cuadernillo de colorear, sus zapatillitas...; las cosas de mi hija gritaban su ausencia. Me cepillé el pelo con desgana, me puse un discreto vestido de flores y me guardé el móvil en uno de los bolsillos.

Oía los acordes de la *Gymnopédie n.º 1* que tocaba Óscar. Todas las piezas de Satie significaban melancolía, y esa en concreto —me lo explicó al descubrírmela en la banda sonora de *Otra mujer*— le producía una inmensa tristeza.

Yo ni siquiera estaba segura de cómo me sentía.

Me detuve ante la puerta de Esther. Imaginé a mi niña en manos de esos malnacidos. Sacándola a rastras, bajándola por los peldaños como si fuese un fardo. Un fardo de poco más de quince kilos.

Apenas había descendido otro tramo de escalera cuando recibí un SMS. Tuvo el efecto de un calambrazo. ¡Por fin! Con la respiración alterada y dedos temblorosos, lo saqué del bolsillo.

Era Esther.

«¿Hay noticias?, ¿han llamado?»

Deduje que al oír mis pasos esperaba que entrase a ver cómo se encontraba. Siguieron otros SMS en cascada. No me telefoneaba para no ocupar la línea. No había dormido en toda la noche. La preocupación la consumía. Me pidió perdón. Varias veces. «Solo soy una vieja estúpida.»

No supe qué responder. ¿Qué esperaba?, ¿consuelo? Me enfurecí. No iba a dárselo.

Zoe era mi hija. Más mía que de nadie. Y eso, lo acababa de descubrir, no solo significaba que podía cogerla y salir corriendo con ella cuando se me antojara, sino también que mi pérdida era mayor. Los demás, por mucho que la quisieran, podrían sustituirla por otra niña; para mí, no había sustitución posible.

Tragué saliva antes de salir a la calle, de abandonar el refugio de mi edificio. «¿Refugio? —me interpeló mi vocecilla interior—. No seas absurda. Es de tu refugio de donde te han robado a tu hija.»

Al ramalazo de comprensión se unió otro de desesperanza.

Habíamos creído que el hecho de colocar una cerradura de seguridad convertía nuestra puerta de hierro en un muro, nuestro edificio en un nido rebosante de cariño y complicidad. Habíamos sido unos ilusos.

Solo éramos una anciana, un informático paranoico y una mujer incapaz de relacionarse con los demás. Tres desgraciados creyéndonos poderosos, mejores que los demás. Quienesquiera que fuesen los secuestradores no solo nos habían arrebatado a Zoe, sino también nuestra confianza.

Una vez en la acera, me sentí expuesta a los ojos, a las intenciones ajenas. ¿Estarían espiándome? Escudriñé mi alrededor nerviosa. ¿El calvo del banco con un periódico?, ¿la mujer que paseaba un perro? ¿Los había visto antes? Me resultaban desconocidos. Amenazantes. Dos chicas con mochilas pasaron por mi lado. Una de ellas, la morena con una gruesa trenza, me observó. ¿Eran ellas? Por primera vez comprendí a Óscar.

En el Lolita Vintage Café todo parecía igual, aunque nada lo era. Los fines de semana recibían más afluencia de clientes, así que aguardé a que hubiera un hueco libre en la barra.

El mundo, la vida seguían su curso inmutable fuera de nuestro edificio. En cambio, nuestro pequeño universo había estallado en mil pedazos. Solo quedaba un gran cráter al que asomarse y ellos ni se habían dado cuenta.

—¿Y Bichito? —me recibió Javi.

—Hoy no ha venido.

Javi se estiró un poco por encima de la barra y comprobó que en efecto no se escondía detrás de mí. Se puso serio.

—¿Dónde está?

¿Dónde estaba? Mentir se me daba fatal. Una cosa era ocultar parte de la información —como en la entrevista con Saúl Bautista— y otra muy diferente inventar una nueva realidad. Me sentía insegura en el proceso de mentir. Como no distinguía si me creían o no, acostumbraba exagerar.

Aquella mañana, mientras me duchaba, había ensayado las palabras en el entorno seguro de mi mente. Establecí contacto visual con él y eché los hombros atrás. Señales inequívocas de sinceridad en comunicación no verbal.

—Está pachucha. Se ha quedado con Esther.

—¿Con la Momia? —Frunció la nariz con repugnancia.

La suya era una encarnizada rivalidad en la que yo ejercía de árbitro. Cada uno se aferraba a las peculiaridades del otro para atacarlo.

Me pasé la mano por la frente. Me presioné una de las sienes con movimientos circulares ante la inminencia de la jaqueca. Al darse cuenta, Javi dijo:

—Tienes mala cara. Puede ser gripe. Anda, vete a casa a salvar a Gatita de las garras de Cruella de Vil.

Me ofreció un delicado paquete que había preparado mientras hablábamos. Contenía dos unidades de la crepe preferida de

Zoe: rellena de nata y espolvoreada con casi un bote de virutas de chocolate de colores.

Se me hizo insoportable fingir ni un segundo más. Una congoja enorme crecía y crecía dentro de mi pecho. Iba a ahogarme.

—Gracias —balbucí.

Cogí mi *frapuccino*, que Javi había servido en un vaso para llevar.

Aproveché una nueva marea de gente para escapar.

Incapaz de soportar esas miradas ajenas como disparos, agaché la cabeza y me concentré en mis gastadas zapatillas. Por eso no me percaté de que un hombre espiaba mi salida desde el interior de un vehículo aparcado casi en la puerta del Lolita.

El cliente que lo había contratado para seguirme le había pedido pruebas gráficas, así que el detective disparó el móvil.

Seguro que no sospechaba que apenas dos días después yo vería esas fotografías.

9

—Siéntate —me pidió de nuevo Óscar.

Se cumplían cuarenta y ocho horas sin noticias de los secuestradores. Había sido como pasarlas en el corredor de la muerte, contando cada minuto. Encerrada en el búnker de Óscar, una cárcel con un rastro a producto desinfectante a pesar del purificador de aire, sin otra cosa que hacer que esperar y comprobar constantemente la pantalla del móvil.

Me senté y el teléfono quedó apoyado en mis muslos. Me desazonaba separarme de él, así que me lo colgaba del cuello dentro de una funda que había rescatado de un antiguo congreso. COEM, Copenhague June 2006, llevaba escrito con letras negras en el plástico rígido. ¿Por qué tardaban tanto en llamar?

—Se han dado cuenta de que se han equivocado de niña —murmuré.

—No se han equivocado. No la han cogido del parque al azar. En la nota ponía tu nombre: Catalina Pradal —repitió Óscar con cansancio.

Manteníamos la misma conversación con pocas variaciones desde el día anterior, como un tren de juguete condenado a dar vueltas y vueltas sobre su pequeño circuito.

—Entonces ya han descubierto que no tengo nada para canjearla —continué.

Doblé las piernas acercándomelas al pecho y las rodeé con los brazos entrecruzando los dedos con fuerza. Replegándome.

—Hay un motivo —aseguró poniéndose en pie.

Un motivo. Un motivo. Estaba exhausta. Un motivo. Me alimentaba a base de ansiolíticos, zumos y café. La preocupación me había cerrado la garganta, cada bocado cobraba en mi paladar una textura apelmazada, como si masticara un trozo de arpillera. Era imposible tragarlo y terminaba escupiéndolo.

En cambio, la personalidad obsesiva de Óscar se crecía con cada nueva vuelta, con la búsqueda interminable de un matiz.

—Siempre hay un motivo. Empecemos de nuevo: descríbeme tu trabajo en GCM.

Como una letanía, le repetí que, entre otras cosas, aplicaba fundamentos de decisión financiera, métodos de análisis estadístico y matemático, álgebra lineal, cálculo infinitesimal, conceptos de la teoría de la probabilidad, instrumentos asociados a la transferencia de riesgos... para estudiar el mercado en busca de tendencias y productos en los que realizar una inversión.

Óscar señaló por enésima vez la carpeta con las palabras GLOBAL CONSULTING & MANAGEMENT escritas con rotulador azul. El dosier que me entregó en febrero, la ya tan lejana noche en que trató de chantajearme para que no firmara el contrato.

—El secuestro no puede guardar relación ni con la estructura ni con los clientes de GCM, yo solo trabajo para Míster X. —Tenía los nudillos blancos de la fuerza con que me sujetaba las huesudas piernas.

También le había explicado que era bastante habitual ignorar la identidad de los clientes. Al igual que cualquier empresa de ese ramo, a menudo GCM se encargaba de poner en contacto a varios místers que deseaban intercambiar existencias o personal.

Apoyé la cabeza en el respaldo y al cerrar los ojos suspiré de cansancio.

—Solo sé que es alguien que dispone de cinco millones de euros para invertir. Suele tratarse de grandes empresas de construcción, financieras, lobbies...

En ese punto tropezábamos con un muro: tanto Míster X como su dinero eran entidades abstractas. Hasta que no aceptara nuestra hoja de ruta y los departamentos de Modelaje de Negocio e Ingeniería y Desarrollo la implementaran, no accederíamos a los datos.

—Se nos escapa algo... —continuó Óscar.

Él también acusaba el cansancio. Se pasó la mano desde la frente, por la cabeza oblonga, hasta la nuca. Un gesto que sabía descifrar: necesitaba concentrarse.

—Para obtener un resultado diferente, hay que pensar de forma diferente.

Repitió el movimiento mientras caminaba de una pared a otra con los codos flexionados y frotándose las palmas de las manos. En ese búnker el tiempo transcurría a otra velocidad, ajeno a los amaneceres y a los crepúsculos. La luz, la temperatura se mantenían uniformes. Estancadas.

Mi móvil me avisó de la entrada de un SMS. Di un respingo y liberé las piernas con rapidez. Óscar miró su reloj.

Comprobé a través de la funda que se trataba de Esther. Con un intervalo de un par de horas me enviaba un SMS para asegurarse de que los secuestradores continuaban sin llamar y recordarme que estaba dispuesta «a hacer lo necesario».

—¿No vas a contestar? —me preguntó Óscar.

Me encogí de hombros. Estaba harta.

Se acercó hasta el piano. Apoyó los dedos en el teclado.

—Es el Aria 39, «Apiádate de mí, Dios mío», de *La pasión según San Mateo* de Bach.

Era una pieza melancólica que transmitía gran calma.

—Esther puede ser una mujer difícil. Ya era muy temperamental cuando yo la conocí. —Hablaba con los ojos cerrados y sin dejar de tocar—. Me inculcó disciplina a fuerza de reglazos en los nudillos. ¡Cuántas horas pasé en su amado Steinway & Sons y cómo lo odiaba! Pero también me transmitió su inmenso amor por la música. No sé qué habría sido de mí sin este dulce veneno. Sin su anclaje.

Su confesión me dejó anonadada. Óscar nunca mencionaba su pasado, ni su relación con Esther. Recordé los versos de Giorgio Caproni: «Un hombre solo, encerrado en su cuarto. Con todas sus razones. Todas sus equivocaciones. Solo en un cuarto vacío, hablando. A los muertos».

¿Por fin iba a contarme qué lo había arrinconado entre esas cuatro paredes?, ¿cuáles eran sus equivocaciones?, ¿quiénes sus muertos?

Adelanté el cuerpo.

—Esther quiere mucho a la niña. Lo sé porque los miércoles y los viernes las oigo jugar, hablar y reírse. Ahora debe de sentirse muy culpable. Sobrepasada.

—No tienes ni puñetera idea de cómo se siente.

—Claro que lo sé. —Abrió los ojos para mirarme—. ¿No te has dado cuenta de que ni siquiera contesta a mi piano?

No, no me había dado cuenta. El dolor y el miedo lo ocupaban todo. Por primera vez fui consciente de que las piezas que Óscar había tocado esos dos últimos días eran llamadas a Esther.

—Después de ti, es la persona más afectada. Además, es mayor y está sola.

Una extraña asociación de ideas se produjo en mi cabeza. ¿Esther...? ¡Esther!

—Eso que acabas de decir...

—¿Que está sola?

—No. Lo de que, después de mí, es la persona más afectada.

¿Y si el motivo fuera Esther? ¿Si fuera la causa del secuestro? Al fin y al cabo, la raptaron en su casa.

—El mensaje estaba dirigido a ti, a tu nombre —alegó.

Dejó de tocar y se giró en la banqueta hacia mí.

—Yo no poseo nada y la gran diva está forrada.

Soltó una carcajada que me pareció sincera por la forma en que se elevaron sus mejillas y descendieron sus pálidas cejas.

—¿Forrada? ¿A cuánto crees que ascenderá su «patrimonio»? Al piano, al piso y poco más. Y eso suponiendo que no lo haya hipotecado. En su juventud debió de vivir tiempos de esplendor, de recitales, de admiradores... Pero del pasado no se come.

—Entonces ¿por qué insiste en que está dispuesta a hacer lo necesario para liberar a Bichito? —contraataqué.

Sonrió de nuevo.

—A lo mejor cree que la ha raptado un melómano y que quiere canjearla por su puñetero piano...

—¿Por su piano?, ¿es una broma? —pregunté, confusa.

—Sí, sí, perdona. Estoy muy cansado.

Hice un gesto con la mano quitándole importancia.

—Yo siempre había creído... Sus aires de grandeza, su piso...

—Bueno, solo hay que unir los puntos. Los demás, los Bescos, los Plana, el señor Llamas..., han ido abandonando este viejo barco. Solo quedamos nosotros, como los heridos a los que se deja atrás cuando en la batalla llega el enemigo.

—Su piso es todo su mundo —alegué.

—¿Nunca te has preguntado por qué, si es tan diva, no contrata a alguien que la ayude con las tareas de la casa?

Había cometido otro error de juicio, malinterpretado las señales. Me hundí en la butaca.

Óscar reanudó su deambular de pared a pared, con los brazos cruzados. De pronto se detuvo ante el cartel original de *El planeta de los simios*, en el que dos simios agarran a Charlton Heston.

—¿Y si...? —Su voz sonaba vibrante—. ¿Y si el ámbito en el que buscamos es correcto y el tiempo es incorrecto?

—¿El tiempo incorrecto?

Aquello era nuevo. Y demasiado confuso para mí. Todavía estaba asimilando la nueva información sobre Esther.

—¿Y si está relacionado con tu ámbito laboral pero no con tu presente, sino con tu pasado? ¿Cómo se llamaba esa multinacional para la que trabajaste?

—¿OMAX?

—¿Y si es por algo que hiciste en OMAX?

—Hace cuatro años que me echaron, ¿por qué iba a esperar alguien tanto tiempo?

Se encogió de hombros. Esgrimió de nuevo el largo rosario de sus argumentos conspiratorios: el troyano en mi ordenador, mi currículo fantasma, que no coincidiese con ningún candidato, que la entrevista la realizase el subdirector de Servicios Financieros, que me mantuviesen al margen de la estructura y los clientes de GCM...

—¿No lo ves? —me preguntó. Los pliegues en las comisuras de los ojos se habían acentuado—. Las coincidencias no existen, solo la falta de información. Te ofrecen el trabajo de tu vida, uno que no vas a poder rechazar, y tres meses más tarde secuestran a tu hija. ¿No ves la conexión?

—No, no la veo —respondí con sinceridad—. No...

Me interrumpí porque oí unas notas de piano. Breves. Apenas duraron un par de minutos. La respuesta de Esther.

—El *Réquiem* de Fauré —me dijo—. Si yo tuviese que elegir una pieza que salvara del dolor, también sería esa.

Sonaba muy hermosa, conmovedora. La música y lo que Óscar me había contado abrieron una pequeña grieta en mi ira. No obstante, continuaba furiosa, así que respondí con un breve SMS —«No hay ninguna novedad»— a los suyos.

—Quienesquiera que sean los secuestradores lo han planeado con mucha anticipación. Vamos a investigar tu etapa OMAX. Clientes, empresas...

Sus palabras me recordaban demasiado al patrón de una conspiración paranoica. A una de las muchas que creía adivinar detrás de casi cada suceso. La forma en que repasaba obsesivamente hechos que no guardaban relación entre sí hasta que imaginaba una.

Además, en mi fuero interno latía un presentimiento. El motivo de su silencio era más simple: los secuestradores se limitaban a esperar.

Recordé la técnica del acecho. Me la enseñó mi padre durante el tiempo en que creyó posible «enmendarme» mediante la disciplina militar. Expidió una licencia de caza a mi nombre y, en cuanto el calendario cinegético nos lo permitía, dedicábamos los fines de semana a la caza del jabalí con sus amigos.

Comenzaban armando un cebadero con un buen señuelo. Después había que esconderse en un lugar a resguardo del viento para que las presas no detectasen el olor. Luego buscar una posición cómoda y esperar. Esperar y esperar durante horas. Casi sin moverse. Sin beber. Sin orinar. Sin hablar. Entrenando la paciencia como la habilidad de mantener una buena actitud mientras esperas. Aguardar el tiempo que fuera necesario hasta que el jabalí se confiara, acudiera a la trampa, hundiera el hocico y los colmillos en el cebo y se abstrajera en la comida. Solo en ese momento terminaba la espera y se le disparaba.

«El único secreto del acecho es la paciencia —me decía mi padre—. Jamás hay que impacientarse.»

De un modo inconcreto, sabía que yo era ese jabalí y Zoe su cebadero, y que los secuestradores se limitaban a esperar.

Y, ante esa idea, sentía tanta presión en el pecho que me costaba ahogar un grito.

10

Baltimore, 11 de septiembre de 1981

Estaba sola en casa. Y eso ocurría en muy raras ocasiones.

Obediente, la chica resolvía las ecuaciones que le había man-dado la señorita Croaff, su tutora. ¡Qué aburrimiento! Clavó los dientes en la punta del lápiz. Al recordar que su madre le prohi-bía hacerlo, los clavó con más fuerza aún. Con doce años se sen-tía intrépida, caprichosa. Y si...

Se acercó al mueble bar del salón dispuesta a todo. Con una sonrisita perversa, cogió uno de los anchos vasos de grueso cristal tallado. Nadie debía advertir la falta, así que sirvió un chorro de cada una de las botellas de licor. Le supo amargo, muy amargo. Tragó el contenido entre muecas y toses, como se tomaba los ja-rabes, sin apartarse el cristal de los labios pegajosos. Al cabo de unos minutos estaba mareada, aturdida.

Entró en el santuario. En el dormitorio de su madre. Y ahí, en el gran espejo dorado de cuerpo entero donde la otra compro-baba el efecto de sus fastuosos trajes de noche, de la cascada de su cabello, de la piel lechosa de sus hombros al descubierto, fue don-de tropezó con su imagen.

Odiaba verse de improviso, pero el alcohol la había vuelto audaz. Se despojó de la rebequita de punto que, al igual que el resto de su vestuario, su madre había elegido para ella. Ropa más propia de una colegiala. Tras soltar uno a uno los botones del primoroso vestido, lo dejó caer a sus pies. Se desabrochó el sujetador de algodón blanco sin apartar la vista del espejo. Se sacó un tirante, luego el otro, y lo lanzó al aire. Tras un momento de duda, se dejó puestas las braguitas.

Ese cuerpo era territorio de su madre. Ejercía sobre él un férreo control. Lo inspeccionaba, medía y palpaba mientras ella permanecía inmóvil, temblando de pudor.

Desnuda, se sintió igual que una flor deshojada. No obstante, en su pechito ardía el fuego incombustible de la desobediencia y analizó las punzantes clavículas, el pecho plano, apenas dos bulbos de pezones rosados. Las caderas demasiado estrechas, con los huesos prominentes, el abdomen sin un ápice de grasa porque su madre vigilaba cada uno de los escasos alimentos que le permitía ingerir.

Acarició la cara interior, suave y pálida, de sus delgados muslos. Miró los malditos pies, demasiado grandes. «Tus pies. Tus pies», le repetía su madre una y otra vez. Como si de algún modo alcanzaran ese tamaño por una expresa falta de voluntad.

—Esto eres tú —oyó decir a su propia voz.

El movimiento de los labios la fascinó con su poder hipnótico. Siguió hablando.

—Eres patética.

Le dedicó una leve sonrisa. La chica del espejo le correspondió. Divertida, acercó el rostro. Advirtió rasgos que estaba acostumbrada a ver en su madre. Copias imperfectas de los originales. Ni ahí conseguía liberarse. Desligarse. Ser ella misma.

Sintió un escalofrío de repugnancia y una súbita furia.

Su madre le repetía una y otra vez que era una desconsiderada. Siempre lo había sido. Por culpa de las complicaciones de su parto, de los desgarros que le había provocado un bebé tan enorme, tan glotón, no podría tener más hijos. Por su culpa.

Era cierto que sin el deseo de la madre ella no hubiese nacido. Sin embargo, ¿hasta qué punto ser su hija, la única que tenía, la convertía en su propiedad? ¿Las personas pertenecen a otras por el mero hecho de que les hayan dado la vida?, ¿de que las hayan cuidado cuando no podían valerse por sí mismas?

Sus labios se redondearon en el espejo.

—No.

El amor que su madre sentía no le daba derecho a decidir por ella, a anular cualquier otra opción. ¿Acaso le había pedido alguna vez esa dedicación tan exclusiva, ese amor tan intenso y asfixiante?

Sus labios volvieron a moverse.

—No.

Iba a cambiar las normas. Sí, eso iba a hacer. Empezar de cero. ¿Empezar de cero? Sonrió. Su vista se detuvo en el tocador donde se alineaban con pulcritud delicados y costosos productos de maquillaje y perfumes. Agarró el lápiz de labios de Guerlain. Tras quitar la tapa al icono de la identidad femenina, giró la base del cilindro metálico para que subiese la barra.

Presionando con fuerza el pintalabios contra el cristal dibujó un amplio trazo ascendente rojo y pastoso. Se partió la punta. Cogió entre los dedos esa mezcla de cera y pigmentos para completar el trazo descendente.

Se vio reflejada a través del enorme cero rojo. Sintió el imperioso deseo de castigar a su madre. De demostrar su independencia. Pero ¿cómo? De pronto lo supo: la castigaría a través de su propio cuerpo. Destrozando lo que creía suyo.

Ansiosa, rebuscó en los cajones del tocador hasta dar con unas tijeras pequeñas para las uñas. Sentada en el suelo con las piernas cruzadas, agarró uno de los largos tirabuzones rubios. Lo tensó estirando hacia el techo. El cuero cabelludo le dolía. Decidida, introdujo el grueso mechón entre las hojas abiertas de la afilada tijerita y comenzó a rasgar la cortina. Los ojos de metal se le clavaban en la carne de los dedos por la fuerza que debía aplicar, pero el sonido y la sensación conforme el cabello se liberaba y quedaba colgando de su mano eran maravillosos.

Sonrió con crueldad al imaginar el espanto de su madre. Una tijera ofrecía muchas posibilidades. ¿Cómo sería cortar la carne?

Debió de quedarse dormida. Despertó con la boca pastosa, un tremendo dolor de cabeza y un escozor en el muslo donde había un rastro de sangre seca. Se incorporó hasta quedar sentada. Sobre la curva inferior del cero de carmín, la chica del espejo mostraba los pechos y un nido de pelo cortado a trasquilones.

Sintió una profunda vergüenza.

—Eres tan patética...

3

EL PLAN

1

Era lunes. Me di una larga ducha.

Intenté despejarme. En las sesenta horas transcurridas desde el secuestro, había dispuesto de mucho tiempo para reflexionar. Sentía miedo, mucho miedo, e incomprensión, pero también furia.

Moví el mando del termostato para que el agua saliera fría y eliminara los pegajosos restos del sueño. Cerré los ojos y dejé que cayera sobre mi rostro.

Volví a casa de Óscar a por el café, oscuro y aromático.

—Deberías comer algo —me sugirió al ver mi aspecto.

Suspiré. No era capaz.

—Dame otro Trankimazin.

Óscar me ofreció el blíster y lo guardé en un bolsillo de la americana. El obstinado silencio de los secuestradores disparaba mi imaginación. Habían reventado mi vida hasta los cimientos.

—No vas a estar sola —me tranquilizó.

Cualquier llamada o mensaje que entrara en mi móvil lo recibiría él también en su ordenador.

Cogí el bolso para marcharme.

—Gracias —le dije con sinceridad, aunque me resultaba embarazoso hacerlo.

Con diecisiete años, al regresar a casa la primera vez que me dieron el alta en la clínica, supe que a la culpa le gusta la soledad. Y me hice una promesa que había mantenido hasta entonces: no volver a fiarme de nadie.

Sin embargo, en esos últimos días con Óscar había conocido el valor de la camaradería, de lo que le ocurre a la gente que comparte circunstancias extremas.

Óscar me miró con las manos metidas en los bolsillos de los vaqueros.

—Llamarán —me aseguró.

Pensé que existían dos tipos de palabras. Las que se pronuncian porque son verdad y las que se pronuncian porque son lo que el otro quiere escuchar. Yo era una experta en las del segundo tipo. «Llamarán» pertenecían a ellas.

—No puedes saberlo —respondí.

A las 9.15 comenzó la sesión matinal de sincronicidad. Se centró en la reunión del viernes con Míster X.

Alrededor de la mesa se sentaban los jefes de equipo: Ramón Molino, Cristóbal Frade, Gonzalo Márquez y yo. La coordinaba Saúl Bautista. La camisa blanca de rayas verticales azules acentuaba sus fuertes hombros de deportista y su ancho pecho. Gracias a la cuenta de Míster X, dos meses atrás lo habían ascendido a CFO —*chief financial officer*— o director financiero, y desde entonces utilizaba tanta gomina que su pelo estaba esculpido como el de una figura de cera.

—Os he traído la agenda para la reunión. —Saúl señaló con uno de sus dedos de espátula las que su secretaria había dejado sobre la mesa—. Repasemos la jugada.

Utilizaba términos deportivos continuamente. A efectos prácticos, no tenía nada en contra. Resultaba un método tan eficaz como cualquier otro para conseguir la dichosa sinergia y que un grupo de personas pasasen a ser una unidad mejor y más efectiva: un equipo. Otro tema era la propia ridiculez de usarlos.

—Las características de este partido son peculiares —nos explicó—, por eso solo lo jugaremos Gonzalo y yo. Los demás permaneceréis en el banquillo.

En respuesta a esa nueva —y sorprendente— información, los cuerpos se revolvieron incómodos, las sillas chirriaron. No pude evitar que la decepción y la ira asomaran a mi rostro. Yo debía ser la elegida: trabajaba en exclusiva para el cliente. Esa era una más de las numerosas ocasiones en que Saúl se mostraba hostil y discriminatorio conmigo de forma gratuita y sistemática. No quería mujeres en su reunión. Así de sencillo.

Gonzalo sonrió. Me pareció astuto. Retador. ¿Lo sabía el viernes cuando me invitó a cenar? ¿Era eso lo que quería celebrar?

—Saúl, nunca se ha excluido a los demás miembros... —comenzó a decir Cristóbal.

Mi móvil sonó estruendoso interrumpiéndolo. Como sea Esther, la estrangularé con mis propias manos, me prometí. Me equivoqué. En la pantalla apareció un número oculto. Caí presa del pánico. ¿Qué? ¿Ahora? Las miradas de los otros convergieron en mí. Los teléfonos estaban prohibidos durante las sesiones.

Lo saqué y tembló como una hoja en mi mano.

Saúl me lanzó una de sus penetrantes miradas. Cuando me vio levantarme y salir, fue patente su asombro ante mi desfachatez.

Cada segundo, cada minuto de las últimas sesenta y dos largas horas lo había vivido a la espera de ese momento. ¿Cuántas veces había sonado?, ¿cuántas? No lo sabía. «Rápido, descuelga, ya, ya. Ya», me apremió la vocecilla de mi cabeza. Me detuve en medio del pasillo.

Indefensa, con un sudor frío en la frente, encima del labio, pegándome la tela de la blusa de seda a la espalda, oí una voz masculina, metálica, distorsionada por algún aparato:

—Habrá una reunión el viernes 24 a las nueve y media de la noche en Global Consulting & Management. En la sala de la décima planta.

Se produjo un silencio. Los oídos me retumbaban.

—¿Sabes a qué reunión me refiero?

Estaba tan asustada que no comprendí que había hecho la pausa para que confirmara el dato.

—¿Lo sabes? —repitió.

—Sí, sí.

—Debes estar presente. Consíguelo. Volveremos a llamarte.

Colgó y no me dio tiempo a replicar. A preguntar por Zoe. A exigirle una prueba de que continuaba con vida.

Me sentí absurda. Ridícula. Incrédulamente feliz. Dejé escapar el aire contenido. Me quedé con el móvil en la mano, manoseándolo con torpeza. Me bombardearon decenas de pensamientos relacionados con la posibilidad de recuperar a mi niña.

2

Renuncié a regresar a la sesión de sincronicidad. Estaba demasiado alterada para fingir. Entré en mi despacho, en el que me encontraba expuesta al escrutinio de los otros a través de las paredes de cristal.

Me senté ante la amplia e impersonal mesa. Y con manos temblorosas me ajusté en la cabeza la diadema del auricular telefónico.

Tecleé en el móvil. Me equivoqué al pulsar un número. «¡Joder! Cálmate. Cálmate», me ordenó mi vocecilla. Borré. Comencé de nuevo. Óscar descolgó al primer tono.

—¿Lo has oído? ¿Por la maldita reunión?, ¿por eso se han llevado a mi hija? —lo atosigué—. ¿Qué demonios quieren?

—Katy, debes tranquilizarte.

Estaba en lo cierto. La espiral de vértigo me zarandeaba. Me costaba llenar de aire los pulmones. El pitido era cada vez más disruptivo. No podía sufrir un ataque ahí, a la vista de todos.

Debía hacer una serie de respiraciones rápidas, como Robert me había enseñado, no había tiempo para una más profunda y diafragmática. Concentrándome. Con disimulo. Uno. Dos. Tres. Tomé aire por la nariz y me quité la americana. Cuatro. Cinco. Seis. Lo solté por la boca. La dejé en el respaldo de la silla.

Uno. Dos. Tres. Tomé aire y me despegué con ambas manos la blusa de seda de la humedad de la espalda.

—¿Mejor? —me preguntó al cabo de un par de minutos.

—Sí —mentí.

No podía perder más tiempo. Me asomé un poco por el borde derecho de la pantalla del ordenador. Tras los cristales reinaba el habitual ajetreo del enjambre. Nadie estaba atento a mis movimientos. Aun así, deslicé los dedos por el teclado y fingí escribir.

—¿Qué es esa reunión del día 24? ¿Por qué no me habías dicho nada de ella? —Parecía muy sorprendido.

—Es una reunión con Míster X para exponerle la hoja de ruta.

—¿Desde cuándo lo sabes?

—Desde hace nueve o diez días —dudé.

—¿Y no se te ocurrió comentármelo? ¿Te das cuenta del tiempo que hemos perdido? —Por su tono, deduje que hacía un gran esfuerzo para no gritar.

Suspiré muy afligida. ¿Cómo podía haberme olvidado? Me daban ganas de llorar. Estaba confusa, atontada. El insomnio enlentecía mis pensamientos y la migraña latía en mis sienes. ¿Cuánto puede aguantar el cuerpo humano sin dormir?

Me sentí muy vulnerable.

—Lo olvidé, no creí que tuviera importancia, que el secuestro estuviese relacionado con GCM —respondí, desesperada—. Lo siento. Lo siento mucho.

Óscar permaneció en silencio unos segundos. Lo imaginé pasándose la palma de la mano por la cabeza desde la sien a la nuca y en sentido inverso.

—Está bien. Cuéntame lo que sepas de la reunión. ¿Para qué la han convocado?

—Expondremos al cliente la hoja de ruta que Gonzalo y yo hemos redactado.

—¿Qué es una hoja de ruta?

—¿Una hoja de ruta? —Cavilé un momento sobre cómo definirla—. Es un documento muy flexible y versátil. En él trazamos las distintas opciones de inversión con los objetivos que alcanzar y marcamos las pautas que implementar durante el proceso.

—¿Quién asistirá a la reunión?

Mis dedos se detuvieron. Apoyé la espalda en el respaldo de la silla.

—¡No ha sido casual!

—¿El qué no ha sido casual?

—Los secuestradores han llamado justo cuando mi jefe nos ha comunicado que solo lo acompañará Gonzalo. ¡Me espían! —bajé la voz—, ¿te acuerdas de la nota? «TE VIGILAMOS.»

—Es sencillo. Seguro que en las oficinas hay instalado un circuito de cámaras de seguridad. Solo han tenido que acceder a él y hackearlo —me explicó como si fuera una niña que no comprende una suma.

Mis ojos se fueron al rincón derecho, a la cámara más cercana. Hasta ese momento no le había concedido importancia. Mi despacho se volvió más pequeño y agobiante. En un gesto nervioso me aparté el flequillo y lo enganché detrás de la oreja al alambre del aparato.

—¿Quién más asistirá a la reunión?

—Anderson, el CEO de GCM, y Saúl Bautista, mi jefe —susurré mientras daba otra rápida ojeada a los rostros de los que pasaban por delante, a sus ademanes, intentando descubrir algo sospechoso en ellos.

—Lo más obvio es que necesitan un topo en ese encuentro tan inaccesible. ¿Cómo es tu relación con esos tres?

Moví la cabeza con incomprensión.

—A Anderson ni lo conozco, Saúl es un cretino y Gonzalo..., un amigo.

—¿Un amigo? No puedes fiarte de nadie de esa empresa. Si los secuestradores conocen tu existencia, si creen que tienes acceso a la reunión, es porque alguien —hizo una pausa para dar mayor énfasis a sus palabras— te ha señalado.

—¿A mí?, ¿por qué a mí?

—No sé, imaginarán que eres más vulnerable.

La respuesta atravesó como la punta de una flecha la niebla de mi mente. Resultaba la más vulnerable porque amaba profundamente a una persona: mi hija. Y el amor era la emoción más próxima al miedo; ambas se imbricaban, como si compartieran idéntica vibración de onda cerebral. Amar significaba necesitar, y a mayor amor, más miedo a perderlo.

Me esforcé en producir un poco de saliva que aliviase la sequedad de la garganta. ¿Mi amor, mi necesidad de Zoe, había condenado a mi hija?

Óscar estaba en lo cierto: alguien me había señalado. Yo había mostrado a los secuestradores mi amor. Mi debilidad.

Tenía frío. Mi cuerpo reaccionó con un ligero castañeteo de los dientes. Quizá por el contraste del sudor secándose en la piel de la espalda con el aire acondicionado.

—Debo asistir a la reunión.

En algún ángulo imprevisto de mi campo de visión registré un movimiento inesperado y eso me alertó. Tensé los hombros. Un segundo después vi que un hombre venía directo hacia mí.

—Es el siguiente paso —dijo Óscar ante mi silencio—. Cuando les envíes el SMS, sabremos qué pretenden; mientras, yo intentaré...

No oí nada más. Colgué apresurada.

Gonzalo entró en mi despacho.

—Menudo circo has montado. A Saúl hasta se le ha movido un mechón de pelo. Enhorabuena: has ganado tu primer combate contra la brea —dijo.

Fingía estar muy serio, pero yo había aprendido a distinguir ese tono travieso en su voz.

El sonido quedaba mitigado por el grosor del cristal. Solo nuestros gestos podían llamar la atención de los curiosos.

¿Qué hace aquí? Recordé la advertencia de Óscar. Me puse en alerta. Gonzalo se sentó en la esquina de mi mesa sin percatarse de la forma en que su presencia llenaba el espacio.

—En serio, ¿qué ha ocurrido? ¿Quién te ha llamado?

Sentí un leve escalofrío, como si hubiera mordido un limón. ¿Ha venido a sonsacarme información? Mantuvo la mirada fija en mí. Utilicé las palabras para distraerlo.

—Zoe está enferma desde el viernes. En urgencias me dijeron que era un virus, lo que diagnostican cuando no tienen ni idea, y nos mandaron a casa. Hoy no ha ido al cole y al recibir la llamada de Esther me he asustado. —Acompañé mis palabras de una risa que, incluso a mí, me sonó un poco desquiciada.

Gonzalo frunció la nariz. En estos meses había aprendido a reconocer algunas de sus expresiones faciales. Por ejemplo, cuando algo le molestaba o desconcertaba, se le formaban dos pequeñas hendiduras paralelas entre las oscuras cejas. Como en ese momento.

—Estás mintiendo. —Parecía genuinamente molesto.

Permanecimos envarados, en silencio, hasta que Gonzalo alargó la mano para apoyarla en mi pierna, que, oculta por la mesa, quedaba a resguardo de las miradas ajenas. Ese gesto era una intrusión.

—Caitlyn, ¿qué ocurre? Tienes muy mala cara.

Caitlyn. ¿Acababa de llamarme Caitlyn en la oficina? Me irrité. Sentí el calor de su mano en mi piel e hice un esfuerzo para no apartarme.

—Me preocupas, estás muy rara. Si te ocurre algo, cuéntamelo, confía en mí. —Me lanzó una mirada que no entendí.

¿Confiar en él? ¿Desde cuándo la confianza había formado parte de nuestra relación? ¿Trataba de engañarme? Apreté los labios. Óscar me había dicho que no me fiase ni de Gonzalo ni de nadie de GCM. Me pregunté de nuevo a qué había ido allí. ¿Lo ha enviado alguien?, ¿Saúl? ¿Por eso lo había elegido para acompañarlo?

—¿Es por lo del *meeting*? —preguntó—. Ha sido cosa de Saúl, me ha sorprendido tanto como a ti.

Su actitud de «Sé que es injusto, pero... ¿qué puedo hacer yo?» aún me irritó más. Lo encaré con una maniobra para reconducir la conversación:

—¿Ya lo sabías el viernes?

Sus hombros se tensaron. ¿Se estaba poniendo a la defensiva? Por fin apartó su manaza de mi rodilla y guardó silencio esperando, quizá, algún tipo de disculpa.

¿Quién era Gonzalo? Sentí una punzada de preocupación. ¿Guardaba alguna relación con el secuestro de Zoe? ¿Había vuelto a equivocarme al juzgar a una persona?

Al fin se levantó. Salió con pasos lentos, sin despedirse. Permanecí sentada, con la espalda muy erguida y la mirada fija en la puerta por la que acababa de dejarle marchar.

3

Esperé hasta las seis de la tarde para dirigirme al nuevo despacho de cincuenta metros cuadrados de Saúl en la novena planta. El que correspondía a su nuevo cargo de CFO.

Quería dar tiempo a Cristóbal y a Ramón. Ellos, que siempre permanecían a la espera de que el entrenador los mandara a calentar, habrían intentado incorporarse a la reunión. En el *Bautista's team*, el espíritu que imperaba era el discreto sabotaje. Y ambos conocían la importancia de estar presentes en todas las reuniones con el cliente, incluso antes de empezar a trabajar en la cuenta.

Al entrar me encontré con un auténtico circo.

Las dos impresoras escupían folios a toda velocidad. El ruido se superponía a la voz de Saúl, que hablaba por teléfono a la vez que, con el cuerpo inclinado hacia delante, recorría con un dedo en diagonal la pantalla del ordenador. Iba de una página a otra, abría archivos, PDF, buscando la información.

En el suelo, en las sillas, en un par de carritos había pilas con carpetas, cuadernos y archivadores entre los que se afanaba Luis, uno de sus becarios. Cada operación dejaba una estela de papeles tras de sí. Aunque viviésemos en la época de la informática.

Saúl localizó el dato.

—La sociedad consta de veintiocho miembros —dijo a su interlocutor—. Ampliarla a treinta y cuatro supondría rehacer los contratos.

Esperé en un rincón. Al cabo de unos minutos, Saúl colgó y reparó en mí.

—¿Podemos hablar? —le pedí.

—¿Ahora, Katy? —Con un gesto abarcó el amplio despacho.

Preferí no decirle que en GCM nunca había un «ahora» libre.

—Es en relación con Míster X.

Me observó con detenimiento. Me alegré de haber pasado antes por el baño para retocarme el maquillaje, aplicarme una capa de carmín y cepillarme el cabello.

—Está bien, pero que sea rápido —concedió—. Luis, lleva la carpeta a Cristóbal y dile que los noruegos quieren ampliar a treinta y cuatro la sociedad.

Nos quedamos solos.

—Tú dirás —me apremió.

—Quiero jugar en el partido.

Utilicé sus símiles deportivos para predisponerlo a mi favor. Saúl no aceptaba imposiciones. Y menos de subalternos. Y menos de una mujer. Sus ojillos se volvieron diminutos. Él siempre recelaba de intenciones ocultas en los demás.

—Creía que venías a disculparte por tu escenita de esta mañana.

Estaba sentado en su cómodo sillón de piel. No me había ofrecido asiento, así que permanecía de pie, como una niña a la que su profesor estuviera evaluando.

Saúl nunca descuidaba ningún aspecto, incluida la escenografía.

—Soy la única del equipo que se ha dedicado en exclusiva a este cliente, la más capacitada —dije.

—¿La más capacitada? —Estaba casi segura de que se burlaba por la forma en que elevaba la ceja izquierda. Un tic inconsciente—. ¿Sabes cuántas veces he oído eso hoy?

Saúl desplazó el sillón hasta la neverita. Sacó un botellín de agua con gas. La vertió en un vaso y tomó un sorbo.

Continué de pie, con los brazos pegados al cuerpo, esforzándome en que mi lenguaje corporal no trasluciera la tensión, el ligero mareo que sentía. ¿Cuándo había sido la última vez que había comido algo sólido?

—No, no jugarás —pronunció redondeando sus labios.

Contaba con esa respuesta. Estaba demasiado agobiada para preparar un argumento contundente, así que recurrí a lo más básico. La política de Global Consulting & Management era muy clara respecto a propiciar un clima de igualdad efectiva entre los empleados. Eso les proporcionaba la imagen corporativa adecuada y ninguna mujer la iba a utilizar, al igual que ninguna gastaba las dieciséis semanas de baja maternal ni ningún empleado cogía el mes entero de vacaciones.

—Es un comportamiento discriminatorio —aduje—. Soy la que mejor conoce la cuenta, pero has elegido a Gonzalo porque es un hombre.

—No me digas. —Juntó las manos, echó atrás la cabeza. Parecía... ¿disfrutar?

—¿Dispones de algún argumento aparte de la testosterona? —le ataqué.

Era inaudito que me permitiera emplear ese tono con él.

—Vaya, vaya, ¿cuestionas a tu entrenador?

Fue ese tonillo, la ceja que había vuelto a alzarse, por lo que me percaté de que sí que se burlaba de mí. Yo carecía de tiempo para jueguecitos. Acopié mis escasas fuerzas.

—Sabes que tengo razón. Reuniré los datos y acudiré a

Anderson —afirmé con rotundidad—. Al comité de empresa. A los tribunales.

Di un paso hacia él. Tuve cuidado en esquivar el carrito lleno de carpetas.

—Y hay otras formas de conseguir justicia. Formas más imaginativas.

Le dediqué una media sonrisa que borró poco a poco la suya. Su ceja descendió. Por si acaso había olvidado mis antecedentes penales y mi supuesta condena, añadí con firmeza:

—No tienes ni puta idea de lo que soy capaz.

No podía mantenerse más pegado al respaldo del sillón, más alejado de mí. Estaba casi segura de que reflejaba miedo.

—¿Quién eres, Katy? ¿Por qué haces esto? —soltó como respuesta.

Por un instante no supe cómo reaccionar. ¿Por qué hago esto? ¡Para que me devuelvan a mi hija, cabrón!

En otro par de pasos alcancé el borde del tablero. En un movimiento muy teatral, di un manotazo a las pilas de documentos más cercanas, que salieron volando. Mi cara estaba contraída por la ira, desencajada.

—Da igual quién sea yo —le respondí—. Lo único que debe importarte es que nada me detendrá.

Sonaba sincera porque era sincera: nada me detendría para salvar a mi niña. Estábamos tan próximos que aprecié que su cuello de toro había enrojecido y destacaba en la camisa blanca. Una vena le palpitaba furiosa.

—No sé qué te propones, pero no intentes joderme —me advirtió.

Su frase no tenía más valor que la pataleta de un niño. Un torpe intento de fingir que aún dominaba la situación. Permanecí en silencio. Retándolo.

—De acuerdo, jugarás el partido —cedió.

¿Ya?, ¿ya está?, me sorprendí.

Había resultado demasiado sencillo, ¿no? Algo se me escapaba. La misma sensación que tuve cuando lo conocí en la entrevista. ¿Qué ocultaba?

Reparé en otra cosa. Si alguien en GCM conocía la identidad de Míster X, ese era Saúl. Captarlo como cliente le había granjeado el ascenso. Míster X. Hasta ese momento, conocer su nombre no había sido relevante. Pero la situación había cambiado. «Pocas cosas ayudan tanto a cambiar la perspectiva de las cosas como que secuestren a tu hija», se burló mi vocecilla interior.

Dejé transcurrir unos segundos para presionarlo antes de preguntar:

—¿Quién es Míster X?

Se hizo el silencio. Solo se oía el ligero zumbido del aire acondicionado. Su pecho ascendía y descendía.

—¿Quién es? —repetí.

Creí que no iba a responder, pero me equivoqué.

—No juegues conmigo, Katy. —Separó el cuerpo del respaldo—. Si alguien sabe su nombre, eres tú.

—¿Yo? —pregunté, atónita.

¿De qué hablaba? ¿Estaba siendo irónico? No lo parecía, aunque ¿cómo estar segura?

La puerta del despacho se abrió de golpe e irrumpió el huracán Cristóbal. Me apresuré a insistir:

—¿Yo lo conozco?

—¿Ampliar a treinta y cuatro la sociedad?, ¿en una semana? —bramó Cristóbal alcanzando la mesa.

El rostro de Saúl se relajó. Comprendí que el momento había pasado y con él la posibilidad de que me revelara la identidad de Míster X.

—No te quitaré el ojo de encima —me advirtió—. Vigilaré tus movimientos.

Y no serás el único que lo haga. Me di la vuelta para abandonar el despacho. La excesiva tensión me estaba pasando factura.

Las piernas me temblaban. La vista se me nubló. Necesitaba sentarme cuanto antes.

¿Yo sabía quién era Míster X?

¿Óscar estaba en lo cierto y guardaba relación con mis clientes de OMAX?

4

Me costó abrir la cerradura con los dos cilindros de seguridad. La cerradura que no había impedido a los secuestradores traspasar el muro que nos separaba a los cuatro habitantes del edificio de los otros, del resto del mundo. Ni llevarse a mi niña.

Mis movimientos se habían ralentizado, estaba exhausta después de una jornada tan intensa. El tiempo que marcaba el reloj no se correspondía con la sensación de tiempo vivido. Y aún era lunes. Faltaban cuatro larguísimos días para la reunión.

Lunes. Una rabia triste me golpeó. Apoyé la espalda contra la gruesa puerta de forja y cristal. Resistí el asalto de las lágrimas. El viernes anterior, una de mis principales preocupaciones consistía en pedirle a Esther que cuidara de Zoe toda la semana. Ya no tienes ese problema, me reproché.

Entonces la vi. No había reparado en ella hasta ese momento. Su bicicleta con ruedines. Como si no hubiera ocurrido nada, como si la vida siguiera. La bicicleta en miniatura a la que no le faltaba detalle: timbre, guardabarros rosas, un unicornio serigrafiado en el plástico que cubría la cadena y la sillita portabebés que insistió en comprar para acomodar a Oso Pocho.

En nuestro microcosmos no había necesidad de subirla hasta casa y la dejábamos en un rincón del patio. Me acerqué. En el puño del manillar seguía su pequeño casco de Minnie, esperándola. Hasta entonces había conseguido sofocar el llanto. De pronto se me tensaron los labios y rompí a llorar. ¿Y si no regresaba?

¿Dónde la retendrían?, ¿la tratarían bien? Zoe, mi luchadora. Desde su concepción se aferró con todas sus fuerzas a mis entrañas, a la vida. Un pequeño milagro.

Me arrodillé en el mármol. Solté el bolso, el maletín con el portátil. Acaricié el pedal verde claro. La echaba tanto de menos... Me derrumbé. Lloré sin tratar de contenerme, como una niña, entre hipidos. Las lágrimas me sabían ácidas y saladas.

Subí la escalera muy despacio. Cada peldaño suponía un esfuerzo, una montaña. Un pasito más, recordé con amargura.

Por el embudo del hueco de la escalera se oía una pieza doliente. Reconocí el inconfundible piano de Esther, el *Réquiem* de Fauré. Me conmovió profundamente. Mi ira hacia ella se había diluido como el azúcar en un gran vaso de agua. Su tristeza. Su sincera preocupación. Su amor por mi hija. «Y su inocencia, claro, porque la culpa es tuya. Solo tuya. Os vigilaban y eligieron a Esther porque era la más débil», me reprochó mi vocecilla interior.

Me detuve en el primero derecha. Luego subiría a visitar a Esther. Luego. En ese momento carecía de fuerzas. Giré el picaporte y entré en el cuarto de descompresión. Con un terrible desamparo, me despojé de los zapatos y los pantalones, me desabroché botón a botón la blusa.

Me quedé en ropa interior ante el espejo que Óscar había instalado para que comprobase si me había colocado bien el uniforme quirúrgico y que ningún cabello escapaba del gorro.

Una mujer rubia y pequeña con unas braguitas negras de encaje y un sujetador de la talla de una niña me devolvió, yerma, la mirada de unos ojos hundidos en la calavera. Se me marcaban las feroces clavículas, los pronunciados huesos de la cadera, las costillas.

Sentí que de la misma forma habían despojado mi vida hasta dejármela desnuda. Había pasado unos días aturdida. Conmocionada. Angustiada por saber si Zoe seguía con vida, por que los secuestradores llamasen.

El búnker olía intensamente a producto desinfectante y a lejía. Las superficies resplandecían. Aprecié el esfuerzo que había supuesto para Óscar que estuviese en su casa moviéndome a mi antojo, manoseando, dejando marcas, secreciones, cabellos, vestigios.

Salió a mi encuentro.

Muchas cosas habían cambiado desde esa mañana: sabía que sí que tenía algo que intercambiar por la vida de mi hija. Aunque aún ignorara qué. Óscar estaba en lo cierto y guardaba relación con Míster X y con GCM. La empresa sobre la que me había prevenido. En la que había intentado —incluso a costa de nuestra amistad— que no trabajara.

Me preparé para recibir sus justificados reproches. Óscar alzó el dedo índice, pero se reprimió.

—Es ridículo lamentarse. El daño ya está hecho.

Me sorprendió ese gesto en alguien tan arrogante e irascible. Le redimía.

—En estas circunstancias creo que podemos prescindir de eso. —Señaló mi indumentaria quirúrgica—. Te he dejado algo sobre la cama.

Encontré una camiseta doblada de forma meticulosa. Pertenecía a la serie que había encargado con carteles de películas de serie B de los años cuarenta y cincuenta: *Yo anduve con un zombie*, *Emisario de otro mundo*, *La invasión de los ladrones de cuerpos...*

Desplegué la camiseta: *El ataque de la mujer de 50 pies*. Aprecié la broma, aunque estaba demasiado triste y preocupada para sonreír.

—¡Catalina la Grande ataca de nuevo! Estaba seguro de que sería tu talla —dijo observándome—. A lo mejor un poco estrecha.

Lo miré confusa: me llegaba hasta las rodillas. Óscar se compraba la talla más grande porque le gustaba que le quedaran holgadas y sin forma.

—Es una broma para relajar el ambiente —me aclaró.

—Ah, OK.

Permanecimos en silencio hasta que él lo rompió.

—He investigado el número desde el que te han llamado los secuestradores.

—¿Y?

Me impacienté. ¿Por qué no lo había dicho hasta ahora?

—Y nada. Utilizan un sistema móvil de cuarta generación basado en IP. Cada teléfono es una estación móvil con un identificador único, el IMEI, al igual que la matrícula de un coche. Y para que el teléfono funcione necesita una tarjeta inteligente desmontable e intercambiable de un aparato a otro, que llamamos SIM. Sin la tarjeta, el teléfono es como un coche sin llave. Pues bien, ellos han utilizado un troyano para que rebote la señal de la SIM. De pronto aparece en Estocolmo, de pronto en Nairobi...

—Eso es muy difícil, ¿no?

—No creas... —Me guiñó un ojo y señaló su smartphone.

Otra puerta que se cerraba. La comunicación con los secuestradores seguía siendo un canal en una única dirección: la suya. ¿Y el motivo?, ¿qué pretendían de mí?, ¿por qué no me lo decían de una vez?

—Supongo que quieren coaccionarme porque necesitan un topo en el *meeting* —aventuré.

—No, imposible.

—¿Por qué estás tan seguro?

—Tú también lo estarás cuando veas lo que he descubierto.

5

Lo seguí a su «centro de control». Se sentó y comenzó a teclear. Enseguida el inmenso panel con dieciséis monitores de treinta pulgadas cobró vida mostrando decenas de imágenes: pasillos, salas de reuniones, escritorios.

—Observa la cuarta, quinta y sexta pantallas empezando por la derecha —me indicó.

Pestañeé sorprendida. Conocía esos espacios: ¡las oficinas de GCM!

—Proyección en tiempo real. Solo para tus ojos, *baby*.

—¿Cómo? ¿Desde cuándo...? —pregunté, desconcertada.

Óscar estaba pletórico. Por si quedaban dudas, pulsó un botón y en el equipo de música sonaron a todo volumen *Las cuatro estaciones* de Vivaldi. En concreto, «La primavera», el concierto que reservaba para los momentos de euforia.

—Desde esta mañana, después de que recibieses la llamada de los secuestradores.

—Baja la música —le pedí.

Aquellas notas retumbaban en mi confusa cabeza. Accedió a regañadientes.

Los tres monitores aparecían fragmentados en doce imágenes diferentes. ¿Ese era Cristóbal entrando en los aseos de la octava?

—Increíble.

—Vamos a donde tú quieras. Agárrate.

Si Dios existía, debía de sentirse así. Éramos pequeñas marionetas en distintos escenarios caminando de un sitio para otro. Afanándonos en nimiedades. Y a eso lo llamábamos vida.

—¿Cómo... cómo lo has conseguido?

—Si dispones de los conocimientos, el software adecuado y tiempo suficiente, todo es hackeable. Yo lo llamo «la gran paradoja de la seguridad». Los avances tecnológicos y nuestra creciente demanda nos han puesto bajo vigilancia, eliminando el concepto de privacidad. Desde el espacio donde orbitan flotas de miles de satélites del tamaño de una caja de zapatos tomando millones de fotografías hasta las cámaras de videovigilancia en las calles instaladas por los ayuntamientos, la policía, los particulares...

Había oído decenas de veces ese discurso conspiratorio, así que dejé de prestarle atención. Tuve una idea:

—¿Y la décima planta? Es infranqueable.

Me acerqué olvidando la distancia de un metro que Óscar imponía, por lo que se crispó. La décima planta ocupaba la séptima pantalla. El archivo con sus característicos carritos para transportar los documentos, la gran sala de reuniones. ¡Toma ya! Tantos lectores biométricos y tantos códigos al final no servían para nada.

Entonces me percaté de algo.

—Falta el despacho de Anderson. Aquí —toqué una de las pantallas— aparece la antesala con las mesas de sus secretarias, ¿ves?, pero no su despacho. ¿Por qué?

—Habrá desactivado la cámara.

—¿Desactivado?

—Claro. Las imágenes que captan en el circuito cerrado del edificio se centralizan en una sala de control con una consola como esta. —Hizo un gesto con la mano—. Bueno, peor que esta. Y delante habrá uno o dos guardias de seguridad. Así que lo que las empresas, en este caso GCM, no desean que fisguen esos guardias, lo apagan.

—¿Y nosotros tampoco podemos acceder?

—No. Nosotros hackeamos a esos guardias.

Me concentré en la novena planta. ¡Saúl! ¿Qué estaría haciendo?

—Necesito las cámaras de los despachos. De uno que hay al fondo a la derecha, el de mi jefe Saúl Bautista.

—¿El tipo que te contrató? ¿El que tenía tu currículo fantasma?

Por su tono supe que buscaba cables invisibles, que establecía esas conexiones que en su paranoia unían unos hechos con otros. Solo que en esta ocasión quizá no resultaran tan paranoicas.

—Esta mañana me he dado cuenta de que es el único en GCM que puede conocer la identidad de Míster X.

—Si es su cliente, lo sabrá seguro, ¿no?

—Supongo que en una probabilidad bastante alta. Aunque ya te he dicho que hasta que implementemos la hoja de ruta el cliente solo es una cifra: cinco millones de euros. Y lo que rodea a Míster X resulta aterrador... Joder, han secuestrado a mi hija.

Óscar movió el joystick y las imágenes de las pantallas cambiaron.

—Hoy me ha dicho que yo sé quién es Míster X.

—¿Tú?

Por su expresión, deduje que se sorprendía gratamente; al fin y al cabo, aquello daba alas a su teoría de que podía ser alguien de mi pasado. Quizá de OMAX.

—No sé si lo decía en serio —reconocí—. Venga, vamos a su despacho, al fondo a la derecha.

Estaba entusiasmada con mi nueva omnipotencia.

—Esto no funciona así. No dispongo de un mapa con lucecitas que se encienden y se apagan para indicarme dónde estamos. Puedo levantar los techos, pero, como no conozco GCM, no sé qué veo ni su ubicación exacta.

—De acuerdo, tú empieza a levantar techos.

Los planos cenitales, la uniformidad del mobiliario y la fragmentación de la pantalla no ayudaban a diferenciar unos despachos de otros. La mayoría de ellos estaban desocupados. Las abejas obreras habían regresado a sus panales y solo quedaban mesas con los ordenadores apagados, pulcras pilas de documentos y la silla recogida en el hueco libre bajo el tablero.

De pronto, nerviosa, señalé un monitor. Aparecía un despacho más amplio que los anteriores y dentro había un hombre. Lo veía en perpendicular respecto al suelo. Distinguía el cabello negro y abundante peinado hacia atrás, sujeto con gomina y unos hombros fuertes envueltos en una camisa blanca de rayas azules verticales.

Di un golpecito con la uña en el cristal.

—¡Es él, Saúl Bautista!

Saúl parecía irritado. Movía los brazos de una forma enérgica, acercándolos y alejándolos del cuerpo.

—Discute con alguien. Hay alguien más en el despacho —le dije a Óscar.

—Ya. Yo también tengo ojos en la cara.

Saúl Bautista dominaba sus emociones y nunca recurría al enojo. Se caracterizaba por un estilo más sutil y vengativo. ¿Quién había conseguido sacarlo de sus casillas? Ni mis exigencias y amenazas lo habían alterado tanto.

Míster X. El nombre acudió a mí como un disparo.

—¡Necesito ver con quién discute! —lo apremié—. ¡Amplía, amplía!

—Es difícil. Se encuentra fuera de plano. Espera, voy a probar algo.

Saúl daba furiosos golpes con el dedo a... ¿unos papeles? Aproximé la cabeza al monitor tratando de distinguirlos mejor. ¿Qué eran esos papeles? La imagen se volvió más borrosa. Cada vez estaba más impaciente. Me alejé. Probé a entornar los ojos. Nada. Aunque ¿tenían colores?

Súbitamente la imagen desapareció y la pantalla quedó en blanco.

—¿Qué haces? —grité, alterada.

—Perdón, perdón.

En un segundo regresó Saúl.

—Casi lo ten-go —me dijo mientras aporreaba el teclado a toda velocidad.

Aproximé de nuevo la cabeza. Sí, aquello tenía colores. Más que documentos parecían fotografías. Estaba tan concentrada tratando de dar forma a los contornos de la mancha que el repentino cambio de tamaño me pilló desprevenida.

De pronto, el puntito que yo escudriñaba en la fotografía creció convirtiéndose en la tela azul de un vestido. ¡Mi vestido! La melena rubia era mi melena. El rostro era mi rostro. Porque la mujer que llevaba un *frapuccino* en una mano y un paquete en la otra era yo saliendo del Lolita Vintage el sábado por la mañana.

—¡¿Qué demonios...?!

La imagen se encogió de nuevo. En la pantalla, unas manos de hombre, unos brazos visibles hasta el codo entraron en el encuadre. Agarraron las fotografías y las rompieron en pedazos.

Los aspavientos de Saúl aumentaron.

—¡Necesitamos oírlos!

¿Por qué tenía Saúl esas fotografías? ¿Quién las había tomado? ¿Me espiaba? ¿Era el secuestrador?

—No hay audio, pero...

Óscar conectó el joystick y lo giró abriendo el zoom. Casi toda la pantalla, bastante pixelada, la ocupaba ahora un primerísimo plano de la cabeza de Saúl vista desde arriba. Su cabello tan negro y ceroso. Los labios se movían.

—Solo he entendido «Katy» y «cuidado» —se lamentó Óscar.

No me extrañó que supiese leer los labios. Era una habilidad propia de un conspiranoico.

—«Peligrosa». Ha dicho: «Es muy peligrosa». «No tienes ni puta idea» —continuó.

¿A quién?, ¿a quién le decía que yo era peligrosa?

Desde la izquierda del encuadre, una mano surgió de la nada y lo agarró con brusquedad del cuello de la camisa.

—¡Ah! —dejé escapar por la impresión.

Óscar movió de nuevo el joystick disminuyendo el zoom. El agresor entró en el plano que abarcaba la cámara. Vi que soltaba la camisa de Saúl y dejaba caer los brazos. Después abrió y cerró los puños varias veces para calmarse.

—¿Lo conoces?

No respondí.

Saúl señalaba la puerta. El hombre cogió los pedazos de mis fotografías y, en dos zancadas furibundas, abandonó el despacho y el plano. Saúl permaneció observándolo; después se puso la americana y también se fue.

El despacho quedó vacío, como un escenario al terminar la función.

—¿Quieres seguirlo? —dijo Óscar.

Aguanté la tentación y negué con la cabeza. ¿Cómo interpretar lo que acabábamos de ver? El descubrimiento me había perturbado. Me hacía sentir poderosa y, al mismo tiempo, el hecho de estar permanentemente bajo exhibición me producía una enorme inseguridad.

Vivíamos en casas de cristal y las paredes eran falsos escudos.

Óscar debió de percatarse de ello porque dijo:

—Aquí estamos a salvo.

—¿A salvo?

—Instalé unos potentes inhibidores y cada día hago un barrido electrónico de seguridad. —Abrió los brazos para abarcar más espacio.

—¿Por eso chisporrotea el monitor de bebés y hay peor cobertura?

Asintió.

Espionaje electrónico. Pero entonces...

—¿Qué quieren los secuestradores? ¿Para qué me necesitan en la reunión?

Me callé la otra duda que me atosigaba: ¿qué hacía Gonzalo en el despacho de Saúl? Porque él era el hombre con quien discutía.

6

Después de tres noches sin dormir, me sumí en un sueño tan profundo que fue como si me ahogara.

De repente recobré el conocimiento. No sabía qué me había despertado, solo que me sentía como si me hubieran clavado una jeringuilla de adrenalina en el corazón. ¿Cuánto tiempo había dormido?, ¿cinco minutos?, ¿diez?, ¿una hora?

Me quedé paralizada de miedo. Con los ojos cerrados para aplacar los jadeos de las intensas pesadillas. Claustrofóbicas. En eternos círculos superpuestos. En todas aparecía Zoe. Oía su amargo llanto. Me llamaba. Grité. Quizá el aullido consiguió brotar de mi garganta y fue lo que me despertó.

Agarraba la sábana con demasiada fuerza y obligué a mis dedos a relajarse. Los flexioné despacio hasta notar que el dolor de los nudillos remitía.

No oía nada. Solo la respiración acompasada de Óscar. ¿Había sido el humidificador del aire? Su ligero zumbido, que nos mantenía a salvo, puros, en esa cárcel en la que nunca se abría una ventana. Un pensamiento avanzó entre la densa niebla. ¿El móvil? ¡El móvil!

Introduje la mano debajo de la almohada. ¡Había dos mensajes enviados por un número oculto!

Aturdida, me senté en la cama con el corazón a doscientas pulsaciones por minuto. El primer mensaje contenía un vídeo. Una habitación de paredes blancas y suelo de baldosas de mosaico hidráulico. El piecero de una cama donde descansaba un periódico, el zoom mostraba la fecha: 21 de mayo. ¡Hoy!

El objetivo ascendía por la forma de un cuerpo tapado con una colcha vieja que dejaba al descubierto los pies. Le habían quitado las deportivas y se veían unos calcetines blancos y azules de *Frozen* y, a la altura del elástico, varias vueltas de cinta de embalar. Las rodillas estaban flexionadas en posición fetal. Al llegar a los hombros aparecían las puntas del cabello negrísimo y liso. Después el rostro. La cámara se acercaba a su respiración pesada, demasiado pesada para resultar natural, a la mordaza que rodeaba su cabeza. Al lado, un peluche de felpa marrón claro, un oso al que le faltaba una oreja, miraba con sus ojos ciegos al techo. ¡Oso Pocho! Apenas duraba cuatro o cinco segundos.

¡Estaba viva! ¡Mi niña estaba viva!

Me sobrecogió una oleada de alegría tan poderosa como un tsunami. Y de perversa esperanza. Intenté sofocar el primer sollozo que me trepó por la garganta. El segundo fue más apremiante y no me resistí.

Óscar se despertó y vino a los pies de mi cama. Asentí con la cabeza.

—Está viva —dije. Reí de felicidad entre las lágrimas.

Sus ojos tan azules se humedecieron. Se estrujó las manos. Supongo que luchaba por salvar la infranqueable distancia que lo separaba de cualquier contacto humano. De mí. Al cabo de unos segundos metió las manos en los bolsillos.

—¿Qué quieren? —me preguntó.

Intenté calmarme para leer el mensaje. Me enjugué las lágrimas con la manga.

LLEVA TU PISTOLA A LA REUNIÓN DEL DÍA 24.

ACTÚA CON NORMALIDAD.

A LAS 22.00 EN PUNTO SONARÁ UN MÓVIL.

ESA SERÁ LA SEÑAL:

DISPARA Y MATA AL PORTADOR.

Un grito ahogado brotó de mis labios. ¿Matar?, ¿asesinar a una persona?

Óscar agarró el móvil que había caído a la cama. Los ojos se le abrieron de par en par.

—¿Pistola?, ¿qué pistola?

Yo estaba demasiado consternada. «Pistola.» La palabra resonó en mi cabeza con una fuerza extraña. «Pistola.» ¿La Astra?

Óscar ignoraba su existencia. Nunca había compartido con él mi pasado. Tampoco había indagado en el porqué de su encierro, en el trágico acontecimiento —o en la insidiosa concatenación de pequeños sucesos— que lo empujaron hasta el interior de estas paredes. Porque algo tuvo que cerrarle la puerta. Algo tremendo.

—Pistola —repetí.

Me levanté con rapidez de la cama. Subí la escalera, apresurada y descalza, vestida con la enorme camiseta de *El ataque de la mujer de 50 pies*.

Al traspasar el umbral, sentí en la espalda una sensación escalofriante, como si me estuvieran vigilando. ¿Eran imaginaciones mías?

Estaba excitada. Alerta. Encendí las luces a mi paso. Oí las primeras notas del piano de Óscar. No conocía la alegre y entusiasta pieza que supuse el anuncio de la buena noticia para Esther.

Tras abrir el armario empotrado del dormitorio, me subí a la banqueta de plástico verde de Ikea que compré para que Zoe alcanzara el lavabo y pudiera cepillarse los dientes solita. Aparté las bolsas con las fundas nórdicas. Al fondo, la gran caja me observaba. Aunque no pesaba demasiado, era voluminosa. La agarré con ambas manos.

Sentada en el suelo con las piernas cruzadas, suspiré antes de destaparla. La había abierto por última vez el mes anterior: el 20 de abril. Siempre el 20 de abril. Desde aquel lejano mes de abril en que con solo diecisiete años todo se volvió ya irreversible y cavó un hoyo en mi interior en el que arraigaron las angustias de mi futura vida. Más de veinticinco años tratando de asumir que había sido un error, solo eso, un maldito error, y perdonarme. ¿No era ridículo?

El pañuelo de seda con un estampado geométrico que mi madre solía ponerse en la cabeza los escasos días en que íbamos de excursión, esos en los que ella se permitía relajarse un poco. La V del Corvette de mi padre, que arranqué antes de venderlo, aunque eso disminuyó su precio. Mi mundo entero. Los dos muertos. Desaparecidos.

Una de las fotografías escapó del montón al sacarlas. La sostuve entre los dedos. Recordaba ese momento. La tomó una enfermera que se compadeció de mí. Estaba tan sola, tan desamparada... Tenía tanto miedo... Nos la hizo antes de abandonar el paritorio. Zoe era una mata de pelo negro encrespado, un puñito que asomaba entre la mantita blanca. Yo estaba feliz. Dolorida.

Me guardé la fotografía en el bolsillo y continué.

No sé qué esperaba encontrar —o echar en falta—, pero ahí estaba el bulto cubierto por el vestido de verano. La ancha cinta verde de raso del cinturón lo mantenía cerrado. Desaté el chapucero lazo y la tela del vestido se abrió como una flor. Dentro, imperturbable, aguardaba la pistola.

Mi padre me la regaló cuando cumplí la mayoría de edad. Juzgó más apropiada una semiautomática que el carnet de conducir o una joya. Yo estaba demasiado resentida con él y furiosa conmigo misma y la consideré parte de su entrenamiento en la disciplina, al igual que la caza o el ejercicio físico diario de madrugada. Ahora comprendía que aquel regalo fue su torpe forma de decirme que me perdonaba; que, a pesar de lo ocurrido, del daño que había causado, confiaba en mí.

Lástima que yo nunca pude hacerlo. Siempre es más sencillo ser generoso con los errores ajenos, esos de los que no debes responsabilizarte, excusarlos.

Un ruido me sobresaltó por encima de la alegre música. Noté que se me erizaba el vello. Permanecí inmóvil, encogida de pánico. Lo oí de nuevo. Y esta vez lo identifiqué. Lo conocía de sobra. Era la puerta de los trasteros, que acostumbraba abrirse con el aire.

Quería marcharme de allí cuanto antes. Envolví de nuevo la pistola con el vestido y la devolví a su sitio.

La pistola.

«¿Y si no ha sido tu amor el que ha señalado a Zoe?», dijo la vocecilla de mi cabeza. Todas las personas aman algo. Anderson. Saúl. Gonzalo. Todos. No me diferenciaba de ellos la calidad de mi amor, sino la posesión de un arma.

Apreté los labios. No podía perder el tiempo en disquisiciones. Devolví la caja al altillo y esta vez sí que noté su peso. El peso del pasado, de los errores del pasado, que nunca permanecen estáticos. Sobre sus pútridas raíces se erguía el edificio que llamaba presente y lo condenaba.

La luz del amanecer se colaba por las ventanas emplomadas de la escalera. En el rellano del segundo, delante de su puerta, aguardaba Esther. Esther convertida en una silueta negra encorvada. Sin rastro de maquillaje, se advertía que los años le habían apergaminado la piel, afinándola hasta dejarla casi transparente. Llevaba un aparatoso vendaje, casi un turbante, en la cabeza. No quedaba nada de su magnificencia.

—¿Qué?, ¿qué ha pasado? —preguntó, ansiosa.

—Está viva. Zoe está viva.

Saqué el móvil del bolsillo. Mi mano temblaba mientras le mostraba el vídeo. Esther hizo una mueca de dolor, pero mantuvo la calma.

Al concluir el vídeo nos miramos mutuamente en silencio. Intercambiamos un amago de sonrisa de reconocimiento, cómplice y al mismo tiempo culpable.

—No puedo dejar de pensar en ella —dijo casi en un susurro.

Sentí una inmensa lástima por ella. Por mí. Por las dos. Quería, debía decirle algo. Mi voz empezó a temblar. Aguanté las lágrimas.

—Ha sido... ha sido por mi culpa... Atraigo el caos.

Esther colocó sus manos de dedos larguísimos sobre mis hombros. En esta ocasión, en vez de apretármelos, me atrajo hacia ella. Me estrechó con fuerza. Apenas llegaba al inicio de su cuello y colocó una mano detrás de mi cabeza para apoyarla contra su pecho. Me consoló como si fuese una niña.

Era mi primer contacto con otro ser humano desde que habían secuestrado a Zoe. Me hundí en su cariño y estallé en sollozos.

—Todo va a salir bien. Todo va a salir bien —repetía Esther.

Y era mentira. O aunque fuese verdad, ella no podía saberlo. Pero me reconfortaba como debe hacerlo una madre bondadosa. Y mientras, le temblaba la barbilla y las lágrimas rodaban por sus mejillas.

7

Baltimore, noviembre de 1983

—*Cielo, sal un momento al pasillo. Necesito hablar a solas con el doctor —le pidió su madre.*

Estaban en el despacho del doctor Carter, en la Universidad de Baltimore. La madre se encontraba más cómoda ahí que en el hospital Johns Hopkins. Al fin y al cabo, su hija no estaba enferma.

El resto de los sujetos de la investigación acudían al hospital para sus evaluaciones. Unas evaluaciones cuya frecuencia había aumentado desde que un par de años antes se había hecho patente el fracaso del caso «Joan». El doctor Money había basado su terapia en ese caso, con el que pretendía demostrar que la personalidad de un individuo estaba condicionada por el ambiente físico y social en el que se desarrollaba anulando la carga genética.

Fue un duro golpe para el equipo comprobar que, a pesar de la cirugía, la medicación y la terapia, la parte insana de Joan había despertado corrompiendo su mente. Al menos el prestigio del doctor Money y de sus célebres artículos permitió silenciar los resultados y que la prensa científica no se hiciera eco de la noticia. El estudio continuaba en marcha.

La chica arrastró la silla por el suelo. Quería dejar constancia de su mal humor y salió dando un portazo.

—¿Ve lo que tengo que soportar a diario? —La madre contuvo el aliento y lo miró implorante—. Esa abundancia de energía física, esa rebeldía hacia mí, su propia madre.

El doctor Carter carraspeó para aclararse la garganta antes de hablar. Observó a la madre. Los habían presentado en la cena de gala del capitán Emerson, y pensó que era la mujer más impresionante que había conocido. Se sintió más seguro cuando ella se interesó por su trabajo. A las mujeres solían aburrirles sus explicaciones científicas, pero ella lo escuchaba fascinada. En aquel momento había juzgado providencial que los sentasen juntos. Ya no estaba tan seguro.

Desde el principio dudó si incluirlas en el estudio: la niña tenía casi tres años y no encajaba en los parámetros. Por sus investigaciones, habían averiguado que el período ventana en que eran moldeables se cerraba entre los dieciocho y los veinticuatro meses.

En cualquier caso, reflexionó, después de realizar la cirugía no había marcha atrás, solo quedaba mirar hacia delante. Y la madre podía ser muy persuasiva. ¡Vaya si lo era!

—Se encuentra en una etapa crucial, está construyendo su identidad y el desafío a la autoridad la hace reafirmarse —le explicó con voz calmada.

A la madre no le quedaba más remedio que confiar en el doctor Carter, aunque este se mostraba cada vez más vacilante y caviloso.

—Esto no puede continuar así.

Carter esbozó una sonrisa seca.

—Hay que ser pacientes. Su cuerpo es una bomba de hormonas. Siempre supimos que su alto coeficiente intelectual no ayudaría.

Abrió la carpeta que tenía encima de la mesa y extrajo los resultados de las pruebas.

A raíz del fracaso del caso Joan, el equipo médico había revisado de modo exhaustivo tanto los protocolos como los resultados obtenidos a lo largo de esos años. Habían detectado un patrón alarmante entre los sujetos: al alcanzar la pubertad abundaban los que sufrían depresiones, incluso esquizofrenia. Tres de ellos habían estado internados en clínicas psiquiátricas por intentos de suicidio.

—La batería de test que le hemos realizado... —comenzó Carter.

La madre le permitió hablar unos minutos para halagar su vanidad profesional. Se fijó en la lámina enmarcada que colgaba tras él. Una copia del dibujo que Santiago Ramón y Cajal realizó a principios del siglo XX de la estructura arborizada de una neurona. Finalmente hizo un gesto nervioso con la mano para interrumpirlo.

No le interesaba. No existía ningún test en el mundo que le dijera algo de su hija que ella no supiese. No estaba ahí para eso. Necesitaba resultados. Cambios. Si Carter se mostraba pusilánime, ella sería resolutiva por ambos. En ocasiones no era sencillo tomar las decisiones correctas. Pero alguien tenía que hacerlo. Por doloroso que resultara.

—No podemos permitir que le ocurra lo mismo que a Joan. —Su mano alcanzó la del médico, le acarició el dorso con el pulgar—. Debemos impedir que ocurra. Anticiparnos. Ser más enérgicos. Me han hablado de algo llamado terapia electroconvulsiva...

—¿Terapia electroconvulsiva? ¿Electroshock?

Pasado el primer momento de sorpresa, Carter valoró la posibilidad: el electroshock reseteaba las conexiones neuronales del cerebro. ¿Sería esa la solución? Desde luego, la madre poseía la determinación de la que carecían otros padres, como los de Joan, que habían terminado confesando a la niña la verdad. Aun así, el electroshock debía ser el último recurso médico.

—Solo lo aplicaríamos si su estado mental empeorara hasta el punto de poner en riesgo su vida —dijo al fin con una falsa mirada de seguridad.

Carter habló a la madre de límites deontológicos, de líneas que no se podían traspasar. La madre lo miró con incomprensión y absoluto desagrado. Ella hablaba de amor. Y ante el amor no existían ni líneas ni límites.

El miedo por su hijita, por lo que pudiese ocurrirle, no la abandonaba en ningún instante. Era una vaga presión en la región cardíaca que sentía estando sola o acompañada, despierta o dormida, rezando o conduciendo. Su hija era su primer pensamiento por la mañana y el último por la noche.

—Por supuesto, Paul. Solo pretendo que tenga una vida ordenada. Protegerla incluso de sí misma —respondió sin mentir.

Ella sabía lo que necesitaba su hija para ser feliz, completa. No había límites deontológicos ni de ningún otro tipo que valieran en su caso. Los padres estaban por encima del bien y del mal cuando se trataba del bienestar de sus hijos, de protegerlos. Debían utilizar todos los recursos a su alcance.

8

Mi secretaria acababa de reimprimir la hoja de ruta de Míster X con las últimas correcciones que yo había incorporado. Ahora constaba de cuatrocientas veintisiete páginas.

Cuando me lo entregó, aún faltaban diez minutos para el comienzo de la reunión. Me sentía exhausta, agarrotada. Un café muy cargado me ayudará. Venga, un pasito más. Agarré la carpeta con los documentos y me dirigí al *office* de la octava.

Me bebí el café de un sorbo rápido y cayó como una piedra en mi estómago vacío. Salí a la escalera interior masajeándome el abdomen. Tendría que haber comido algo. Iba distraída y por eso aún me sobresaltó más la presencia de Gonzalo en el último tramo. ¿Qué hacía ahí? ¿Me estaba esperando? ¿Era una coincidencia?

—¿Qué tal está Zoe? —me preguntó sin preámbulos.

La tarde anterior había visto imágenes de esa escalera en las pantallas de Óscar. Supuse que nuestros gestos, nuestras palabras serían registrados en el Gran Hermano de la Torre Zuloaga.

—Sigue con fiebre, no hay manera de bajársela.

—Basta ya. ¿Qué está ocurriendo?

Eso querría preguntarle. ¿Qué hacías ayer en el despacho de Saúl? ¿Por qué había una foto mía?, ¿de qué discutíais? Y, sobre todo, ¿por qué me lo ocultas?

Me di cuenta de que daba una rápida ojeada a la esquina superior. ¿A la cámara de seguridad?

—No sé de qué me hablas —respondí.

Un innegable fogonazo de rabia asomó a su rostro. Desplazó el cuerpo a la izquierda y, no sé si de forma consciente, me arrinconó. Alargó la mano para agarrarme un hombro. Esperaba que los guardias, que Óscar, estuviesen viéndonos, que diesen una señal de alarma si ocurría algo. Entonces recordé que GCM podía desconectar las cámaras si lo deseaba.

—¡Mírate! Estás asustada. Tienes los ojos enrojecidos, llenos de miedo, de furia. Desde ayer miras de un lado a otro como si temieras que algo fuera ocurrir. ¿Es por el dichoso *meeting* del viernes?

Contra él era una niña menuda, apenas un puñado de huesos. Las dos hendiduras paralelas entre sus oscuras cejas estaban muy marcadas. Permanecí en silencio y con la vista puesta en un punto indeterminado de su bigote, entre la nariz y la boca. Sus dedos me apretaban con más fuerza el hombro. Me hacía daño.

—¿Qué te ocurre, Caitlyn?

Ante mi obstinado mutismo, mantuvo la boca abierta unos segundos. Negó con la cabeza dejándome por imposible.

—Llegaremos tarde —dije.

Soltó mi hombro muy despacio y seguimos subiendo la escalera camino de la sala. De pronto Gonzalo pareció darse cuenta de algo y detuvo sus pasos.

—Mañana —su voz se tornó un susurro—, fuera de aquí, hablaremos con calma.

¿«Mañana»? Había olvidado que era miércoles. Desde que la tarde anterior, a través de los monitores, lo vi con Saúl, la suspicacia había iluminado con una luz nueva nuestra relación.

Aunque los hechos ocurridos los últimos meses seguían siendo los mismos, mi interpretación de ellos había cambiado, modificándolos a su vez. Su aparición tan casual en el departamento de Recursos Humanos y su prisa para que firmase el contrato de confidencialidad, el desconcierto de Saúl al vernos juntos, los frecuentes encuentros en el *office*, la posterior complicidad, la primera copa a solas en La Scala, el primer beso...; advertía nuevos matices, sospechas.

¿Había sido todo un plan para ganarse mi confianza? ¿Por eso era el único miembro del equipo con el que trabajaba?

—¿No vas a venir? —resopló al ver mi desconcierto.

Recordé las instrucciones de los secuestradores: «NO ALTERES TU RUTINA». Alguien me seguía para asegurarse de ello, me fotografiaba y después entregaba las pruebas a Saúl Bautista, a Gonzalo..., ¿a quién más?

—Sí, claro. A la hora de siempre —respondí.

Simulé de la forma más convincente posible una sonrisa.

A las 9.15 debía comenzar la sesión matinal de sincronicidad. Esta vez Saúl se hacía esperar. Lo imaginé estudiando las nuevas fotografías que le habrían enviado de mis últimos movimientos. ¿Espiarían mi piso a través de las ventanas? Recordé la obsesión de Óscar con mantener las persianas bajadas, su neurosis de que decenas de ojos acechaban constantemente.

Experimenté una punzada de angustia en el estómago. No había sido buena idea tomarme el café. El malestar había comenzado entonces. O quizá lo había motivado el encuentro con Gonzalo. El amago de una arcada me dejó un sabor agrio en la garganta. Como una advertencia. Coincidió con la aparición de Saúl.

—Buenos días.

Una de sus secretarias lo acompañaba con un montón de agendas, que nos repartió.

—Hay una modificación con respecto a la que os entregué ayer. El cambio, el único cambio —recalcó—, consiste en la incorporación de Katy al partido.

Su gesto no me pareció conciliador, tampoco su sonrisa de oreja a oreja. Se produjo un murmullo de desaprobación. Cristóbal bufó, supuse que sorprendido e indignado.

—¿Podremos seguir el *meeting* por Skype? —preguntó.

—No. El encuentro reúne unas características muy especiales y el cliente ha solicitado que se desconecten las cámaras de la sala de reuniones.

—¿Por qué?

Saúl se encogió de hombros. Yo podría responder: se iba a cometer un asesinato —yo iba a cometer un asesinato, a matar a un ser humano— y no querían que los guardias de seguridad lo presenciaran.

—Katy—continuó Saúl—, dado que has demostrado tanto interés por participar, serás tú quien diseñe la interfaz del PowerPoint.

El departamento de Ramón se encargaba de las presentaciones, así que parecía un castigo. O la forma de quitarse de encima un marrón. Saúl se comportaba como un auténtico *brown dispatcher* y él siempre era «más de cascadear», como lo había definido Gonzalo el primer día: con él siempre pringaban los empleados inferiores, el último mono. Y en GCM el último mono era yo.

—¿Algún problema? —me preguntó.

Sí, muchos. Habían secuestrado a mi hija, la angustia por ella me asfixiaba, no comía nada sólido desde el viernes, llevaba noches sin dormir acosada por las pesadillas, no lograba concentrarme a pesar de atiborrarme de ansiolíticos y me exigían que asesinase a sangre fría a un desconocido, ¡que matara a un hombre!

—Ninguno —respondí con toda la seguridad de la que fui capaz.

—Lo necesito el jueves a primera hora encima de mi mesa.

¿El jueves? Solo me daba un margen de cuarenta y ocho horas. Tenía una tremenda jaqueca y el dolor de estómago había aumentado.

9

Nuria, la ayudante de Gonzalo, estaba de pie al lado de la pizarra blanca de acero revestido. Yo seguía su exposición con aire de fingido interés.

En un par de ocasiones sorprendí a Saúl observándome con esos ojos como dos mierdas de conejo en medio de la cara. Le sostuve la mirada: ¿Sabes quién es Míster X? Él apartó la suya. Recordé que él le había dicho a Gonzalo que yo era «muy peligrosa».

«Tan peligrosa que vas a asesinar a un hombre», se burló mi vocecilla.

Matar no era sencillo, ni siquiera a un animal. Nunca pude disparar a uno de esos jabalíes que arruaban de modo sobrecogedor, mientras se revolvían y hozaban la tierra con sus largos y sucios hocicos para tratar de escapar de las celadas de mi padre.

Nuria había escrito dos columnas encabezándolas con las palabras «COSTES» y «BENEFICIOS».

Tic, tic, daba golpecitos con la punta del rotulador sobre la letra «o» de «COSTES».

—Hemos conseguido reducirlos —explicaba con vehemencia.

Mis ojos se deslizaron distraídos por las cifras, por las palabras.

«BE-NE-FI-CI-OS.» «COS-TES.»

«COS-TES.» «BE-NE-FI-CI-OS.»

De pronto sentí un pellizco en el pecho, un chasquido, como si alguien hubiera accionado la palanca de un tiovivo prendiendo las decenas de bombillas, la música hubiese comenzado a sonar y girara aún muy despacio mientras se calentaba el motor.

Nerviosa, crucé las piernas. Las descrucé.

Era mi primer pensamiento auténtico, no impuesto, desde el viernes. Mi instinto de supervivencia acababa de despertar.

El mundo se regía por leyes universales, perfectas e inquebrantables. Una de ellas era el instinto de supervivencia o la habilidad intrínseca que poseen los seres vivos de superar las agresiones o cambios del medio. Otra, muy relacionada con la anterior, era la ley de la inercia, o primera ley de la mecánica clásica de Newton, por la que todo cuerpo tiende a mantener su estado inicial a no ser que se le aplique una fuerza externa. En mi caso, el secuestro había sido esa fuerza externa, y yo, por fin, había reaccionado y mi cerebro se había puesto en marcha.

No había considerado el secuestro como un problema que solucionar. Debía centrarme en el terreno que dominaba, en la lógica de los números, y apartar las emociones. Aprovechando la lucidez, empecé a rellenar mi pizarra mental con un análisis de costes y beneficios. El beneficio era recuperar a Zoe. Al escribirlo fui consciente de que carecía de ninguna garantía de que los secuestradores fuesen a cumplir con su parte del trato.

Parpadeé sorprendida. Recuperar a Zoe no era un beneficio real, solo probable. ¿Cómo había caído en un error axiomático tan burdo? Lo achaqué al Trankimazin, que me tranquilizaba, pero me confundía.

¿En qué más me había equivocado?

En cuanto Nuria terminó su exposición, corrí a encerrarme

en mi despacho. Encendí el Mac, necesitaba datos, datos a los que aplicar los métodos de análisis estadístico y matemático y averiguar el punto de partida, los desequilibrios, las fortalezas... Averiguar el precio que pagar y a cambio de qué.

La conclusión fue que ninguna línea estratégica o de acción que adoptase alcanzaba una mínima probabilidad de éxito. A priori no había ningún beneficio en asesinar a un ser humano. Eso no garantizaba que los secuestradores me devolviesen a mi hija, una probabilidad que estimé de alrededor de un 15 por ciento.

En cambio, el coste era elevadísimo.

Después de tantas angustiosas horas, notaba una sensación nueva, una levedad. Como si esa epifanía me concediera algún tipo de ventaja.

Iba a luchar con uñas y dientes. No permitiría que me arrebatasen a mi niña. Necesitaba realizar una intervención. Diseñar un plan.

No regresé directamente a casa. Paseé un buen rato para aclararme las ideas. Hacía calor. En el cielo azul flotaban pequeñas nubecillas blancas. La arbolada plaza Soledades con sus comercios, terrazas y columpios latía de vida.

Así había sido el mundo, familiar y tranquilizador, hasta el viernes. El terror no tenía cabida en él, y sin embargo, había estado ahí, agazapado. Lo sabía —en el pasado me habían sucedido cosas salvajes y violentas, cosas también inimaginables— y me había permitido el lujo de olvidarlo.

Me dirigí despacio a mi edificio. ¿Cómo reaccionaría Óscar? Mal. Él creía que nuestra única baza consistía en esperar, someternos a las peticiones de los secuestradores. Su vida entera se definía por la pura pasividad.

Al entrar en su búnker, mi ánimo flaqueó. Temía equivocarme. Hasta que una decisión se materializaba, o se pronunciaban las palabras, solo era una hipótesis.

—No voy a asesinar a nadie —dije por fin.

Óscar dejó de teclear y me encaró.

—¿Qué?

—No voy a matar a nadie.

Su espalda se tensó contra el respaldo, con las rodillas muy juntas, las manos palma contra palma escondidas entre los muslos.

—¿Y Zoe? ¿Quieres que muera? —Aunque no estaba segura, por su tono de voz parecía enfadado.

—¿Y qué pasará con ella si lo hago? ¿Crees que van a liberarla? —me defendí—. ¿Sabes en cuántos casos de secuestro de estas características han soltado al rehén? No llega a un dieciocho por ciento. Menos de uno de cada cinco.

No esperaba comprensión por su parte, pero sí ayuda. Su actitud me frustraba. Él no podía entenderlo, ni siquiera conocía a Zoe. Le mostré mis cálculos y discutimos durante un buen rato hasta que, por fin, se encogió de hombros. En la frente se le marcaba muy profunda la arruga que yo identificaba como una señal de congoja.

—Es tu hija. —Supongo que vio mi expresión dolida porque añadió—: Esta situación me perturba de una forma brutal.

—Necesitamos un plan que nos permita descubrir quiénes son, averiguar dónde retienen a Zoe y rescatarla.

—¿Un plan?, ¿qué plan?

Lo había meditado. A Óscar lo convencería mediante el halago, y ¿qué mejor que recurrir al maestro, a Hitchcock?

—Un Macguffin.

En varias de nuestras sesiones nocturnas me había explicado que Hitchcock había acuñado el Macguffin como un elemento de suspense, la excusa que utilizaba para motivar a los personajes. Ayudaba a desarrollar y avanzar la historia, aunque carecía de importancia en la resolución.

Me levanté y fui hasta el póster de *Psicosis*.

—Un Macguffin como el de la peli.

En *Psicosis* toda la trama inicial, la primera media hora, era un enorme Macguffin para conducir al espectador a donde Hitchcock quería: Norman Bates. La protagonista, Janet Leigh, robaba dinero en su trabajo y huía con el botín hasta que la lluvia la obligaba a detenerse en el motel Bates. No obstante, el dinero, el motivo por el que había tenido que darse a la fuga, era irrelevante. Solo importaba que llegase al motel.

La cabeza me palpitaba. Me aproximé a su silla. Él se echó hacia atrás, alarmado.

—Necesitamos un Macguffin. Ponerlo en marcha mientras los secuestradores creen que sigo cumpliendo sus instrucciones para que no dañen a Zoe. Distraerlos.

—Siéntate. Estás alterada.

Me impacientaba que fuese tan poco dinámico, tan falto de recursos.

—Te necesito. Por favor.

Desde los diecisiete años no había pedido ayuda con tanta desesperación y entonces, ante la inmensidad de mi error, fue a Dios al que supliqué en vano. Me esforcé en reflejar esa angustia en mi rostro y supongo que lo conseguí.

—De acuerdo —se resignó.

—Empecemos. —Aplaudí embriagada por un torrente de energía.

—No, espera. Dame unos minutos para procesarlo.

—¿Unos minutos? —Aspiré el aire entre los dientes, se me terminaba la paciencia.

—Necesito un poco de tiempo. Y que te calmes —me pidió mirándose las manos, que mantenía presas entre los muslos.

Sentí compasión por él: ¿qué te ocurrió?, ¿qué te encerró entre estas paredes? La decisión más inteligente era concederle un descanso. Un buen jefe debe reconocer los límites y las capacidades de cada miembro de su equipo. Me tomé el Tranki-mazin que me tendía para que mi exceso de energía dejara de agobiarlo.

—Treinta minutos. Ni uno más —le advertí.

Apenas quedaban cincuenta y una horas para que se cumpliera el plazo.

10

¿Qué demonios ha hecho en esta media hora?, pensé sorprendida al regresar a su piso. Estaba exaltado.

Por mi experiencia en OMAX, atribuí a su energía un origen sintético. Yo había participado en *brainstormings* muy locos en los que las ideas bullían a tal velocidad que no eras capaz de verbalizarlas. En los que nadie podía permanecer sentado ni un par de minutos.

En su frenesí de actividad, Óscar había desplazado el tablón de corcho para colocarlo delante de las butacas. Se negaba a usar las prácticas pizarras blancas de acero esmaltado, incluso las de tiza. Según él, siempre quedaba una huella que se podía reconstruir mediante complicados y costosos procedimientos. Nunca le pregunté quién tendría interés en recuperar esa información, imaginé que alguna de esas misteriosas agencias gubernamentales de las que hablaba entre susurros.

Las armas de combate de Óscar consistían en un tablón de corcho, rotuladores, cartulinas de colores, chinchetas y una trituradora de papel.

Se frotó las palmas de las manos.

—De acuerdo, vamos a hacerlo. Un pasito más, ¿no?

Me derrumbé en mi butaca. Al contrario que a él, el paréntesis me había hundido en una espesa resaca. Sentía temblores y el estómago revuelto.

Había aprovechado para subir a casa y ducharme. Al terminar me dejé caer encima del lío de sábanas y almohadas de la cama. Me alcanzó el recuerdo de la fragante calidez que desprendía el cuerpecito sudoroso de Zoe y sucumbí a las lágrimas. Debí de quedarme traspuesta. Desperté tiritando, con el cabello aún mojado. Me asusté. ¿Qué hora era? Apenas habían transcurrido veinte minutos.

Me puse unas bragas, la primera camiseta limpia que encontré y fui al encuentro de Óscar.

Él dirigía la conversación; yo luchaba contra la terrible modorra atiborrándome de café.

—Nuestro objetivo es rescatar a Zoe.

Lo apuntó en mayúsculas en una cartulina blanca. La clavó con una chincheta al corcho.

—Para descubrir dónde la retienen, necesitamos averiguar quiénes son los secuestradores o Míster X, algo que hasta ahora no hemos conseguido. La única pista es que disponen de cinco millones de euros, y en ese perfil económico encajan...

—Sabemos algo más. Lo que dijo Saúl de que yo...

Óscar abrió uno de los cajones de la mesa. Extrajo una carpeta similar a la que me había entregado con el dosier sobre GCM con el nombre de Saúl Bautista en la portada.

—¿Has investigado a Saúl?

Por su expresión pareció sorprendido.

—Por supuesto. Y tengo una teoría: el anónimo Míster X contacta con él y le ofrece una cuenta por valor de cinco millones de euros. Saúl no cabe en sí de gozo, es lo que necesita para conseguir el puesto de director financiero. Míster X solo le exige una condición: contratar a una tal Catalina Pradal. —Se frotó las palmas de las manos—. Le envía tu currículo y Saúl monta la opereta del proceso de selección.

Apuré la tercera taza de café mientras reflexionaba sobre sus palabras. El cansancio me abatía como si fuera un peso físico sobre mis hombros, tiraba de mí hacia abajo al tiempo que la mullida butaca reclamaba mi cuerpo.

—¿Qué has averiguado? —pregunté señalando la carpeta.

—Cosas interesantes, como que contrató a un detective privado la semana pasada.

—¡Las fotografías!

Asintió.

—Nada sobre Míster X. En los archivos de su ordenador no aparece con ese nombre ningún documento que lo identifique. Solo un número de teléfono.

Lo miré expectante. ¡Un número de teléfono!

—Lo he investigado y es ilocalizable. Utiliza una tecnología similar a la de los secuestradores. —Negó con la mano—. Ignoramos hasta qué punto está involucrado Saúl ni si sabe lo que va a ocurrir el viernes, pero obligarle a revelarnos quién es Míster X es peligroso. Porque, conozca o no su identidad, sí que sabe cómo contactar con él y lo alertaría.

Suspiré.

—Lo que nos lleva de vuelta al punto anterior —la cartulina ondeaba en su mano como una banderita—: averiguar quiénes son los secuestradores o Míster X.

Divagué sobre las palabras de Saúl: «Si alguien sabe su nombre eres tú». ¿Acaso había mentido para distraerme? Por la forma y el tono que empleó, me pareció muy sincero, aunque, al fin y al cabo, yo casi nunca comprendía las intenciones de los otros.

—¿Estás de acuerdo?

Óscar me miraba interrogante. Me di cuenta de que me había perdido.

—¿Qué?

—Solo hay una vía que investigar: la persona a la que dispararás en la reunión. La llamaremos Pichón, como el ave indefensa que se usa para practicar el tiro. Si alguien desea asesinarlo, debe haber un motivo. Necesitamos que Pichón nos dé las respuestas. —Luego añadió—: Adaptaremos el plan a nuestros recursos.

Trabajó a un ritmo frenético, tan satisfecho que de música de fondo sonó «La primavera» de Vivaldi. Hablaba y hablaba y hablaba. Muy rápido. Enlazaba ideas, preguntaba y se contestaba sin esperar mi respuesta. Me sentía confusa, desorientada.

Pautó un *timeline*, una línea temporal. El tablero de corcho se fue llenando de cartulinas de distintos colores: amarillas, verdes, rosas. Las azules correspondían al *dramatis personae*. Éramos pocos personajes: aparte de nosotros dos, una pianista jubilada y un médico del SAMUR. Ni siquiera podíamos recurrir a Javi, porque si cerraba el bar los secuestradores sospecharían.

—Un pasito más. A por Esther —dijo tendiéndome un móvil. Estaba seguro de que el mío estaba pinchado.

Esther se emocionó en cuanto le expliqué que habíamos trazado un plan y que la necesitaba. «Necesitar»: aquella palabra la reactivó. Sin duda, fortalecía el vínculo que nos unía a los tres. Costaba reconocer a la autoritaria Esther en la anciana agradecida que repitió varias veces la palabra «equipo».

La conversación fue intensa y emotiva. Veinte minutos después, al acabar, me limpié las lágrimas con las puntas de los dedos. Fui al baño a sonarme la nariz y lavarme la cara.

Al regresar, Óscar había empezado a trabajar con las tarjetas amarillas, ya que debía posponer la llamada a Marcos, que en ese momento estaría en la ambulancia.

—Yo me encargaré de comprar en la deep web los materiales. —Apuntó cada uno de ellos en una tarjeta.

Observaba embelesado su propio collage con una sonrisita victoriosa y tarareaba algunos compases de la melodía de Vivaldi.

—Y llegamos a lo más complicado: un cómplice dentro de la reunión. Por parte de GCM asistirán Anderson, al que ni conoces, Saúl y Gonzalo. Saúl está compinchado con Míster X e incluso te sigue. Así que solo queda Gonzalo.

Apuntó su nombre en una cartulina.

—Gonzalo... Gonzalo es el hombre con el que Saúl discutía en su despacho cuando los espiamos a través de las cámaras —le confesé.

Óscar solo dudó unos segundos antes de tomar una decisión.

—Necesitamos alguien a quien disparar.

—¿Me pides que me fíe de él? —me sorprendí—. Tú dijiste que no debía confiar en nadie de GCM, que alguien me había señalado ante los secuestradores, ¿recuerdas? —Moví las manos para enfatizar mis argumentos.

—Es el mal menor. —Se puso a la defensiva.

Separé la espalda del respaldo de la butaca y levanté la cabeza.

—¿También guardas una carpeta con su nombre en el cajón?

Se limitó a encogerse de hombros.

—No sabemos lo que ocurría en esas imágenes —argumentó—. Pero debes matar a alguien en esa reunión por si los secuestradores, a pesar de estar las cámaras apagadas, lo ven. Usaremos sangre, litros y litros de sangre para convencer a Pichón de que eres una asesina, aterrarlo para que cuando te enfrentes a él responda a tus preguntas.

—¿Y si buscamos una alternativa?

—¿Alternativa?

Óscar era demasiado susceptible y obstinado. Se acercó al aparato de música. Cesó Vivaldi. El silencio supuso un alivio inmediato. Fui hasta el tablero de corcho. Mi vista vagó aquí y allá por las cartulinas. Su letra era diminuta y casi ilegible.

Empezó una sonata de Schubert. Significaba decepción. Estaba demasiado cansada para que me importase. Me froté una vez más los irritados ojos. No era capaz de concentrarme.

—Solo intento ayudarte —dijo Óscar—. Mi Macguffin es práctico y eficaz. Los mantendrá distraídos, hará avanzar la trama. Si no te gusta, piensa otro.

¿Otro plan?, ¿yo sola? Intenté reprimir la angustia que me sobrevino. ¿Empezar de cero? Óscar bajó la mirada, parecía ofendido. Sentí un nudo en el pecho.

—Perdona —dije, arrepentida—. Estoy agotada.

Chasqueó la lengua.

—No pasa nada —concedió, pero siguió sonando Schubert—. Ahora es tu turno. Te toca convencer a Gonzalo de que se involucre. Busca un momento para quedarte a solas con él y esfuérzate.

No necesitaba buscar ningún momento. El día siguiente era miércoles. Yo acudiría a casa de Gonzalo, pero preferí no decírselo a Óscar. O quizá nuestros encuentros figurasen en la carpeta con su nombre. No podía saberlo.

Una nueva oleada de cansancio me fulminó. Me derrumbé en mi butaca.

—Lo intentaré.

Dejó la cartulina azul con su nombre y la chincheta en la mesa, a la espera. No sospechaba que a veces el mal menor también era terrible.

11

En el ascensor que tantas veces me había conducido a su piso no pude apartar la mirada de mi imagen en el espejo, del rostro demacrado de la mujer flacucha y asustada. Había pasado el día trabajando en la reunión de Míster X. La cabeza me dolía con afiladísimos pinchazos. Estaba aturdida por la falta de sueño, por las pastillas, por el miedo.

Un 95 por ciento de mí quería olvidarse del plan, no confiar en Gonzalo ni en nadie. Por desgracia, el 5 por ciento restante se mostraba muy enérgico. La lógica me decía que no implementar el Macguffin significaba confiar en los secuestradores.

Decidí no darle más vueltas. Gonzalo era mi única esperanza, así que inspiré profundamente y le conté todo lo ocurrido desde el viernes anterior de una forma atropellada, desesperada por que me creyera, por resultar lo bastante convincente.

Al terminar, guardé silencio. Las mejillas me ardían como si me hubiesen abofeteado.

—Es terrible. —Las dos pequeñas hendiduras paralelas que tenía entre las oscuras cejas estaban muy marcadas—. Caitlyn, mi pequeña y dulce Caitlyn, ¿por qué me lo has ocultado?

Cogió mi cabeza entre sus manos, hundió los dedos en mi cabello. Se agachó y me dio un largo beso al que correspondí. Al separarnos continuó:

—He estado muy preocupado estos días. Ha sido duro verte tan perdida y asustada, tan vulnerable. Solo podía pensar en besarte, en abrazarte, en protegerte..., y tú cada vez estabas más distante.

Lo escruté con intensidad, pero no conseguí descifrar su expresión facial ni adivinar sus intenciones.

—¿Eso significa que me ayudarás?

—¿Acaso no sabes que haría todo lo que me pidieses? ¿No te has dado cuenta con lo evidente que resulta?

¿Evidente?, ¿qué es tan evidente? Estaba confusa.

Gonzalo sonrió.

—No sabes de qué te hablo, ¿verdad? Da igual, ya habrá tiempo. Mi pobre Caitlyn. Ya ves, me gusta hasta tu falta de empatía. La forma en que me descoloca que seas tan inteligente y astuta para unas cosas y tan rematadamente torpe para otras... Anda, ven, boba.

Gonzalo me atrajo hacia sí y me abrazó como nunca lo había hecho. Cada centímetro de mi huesudo cuerpo, frío y tenso, fue perdiendo rigidez. Apoyé la cabeza en el hueco que formaban su cuello y su hombro. Su barba me pinchaba. Inhalé el familiar aroma de su colonia en la piel. Era una sensación tan cálida y confortante, y estaba tan cansada... Tuve la tentación de cerrar los ojos y dejarme envolver.

No podía permitírmelo y al cabo de un par de minutos me separé. ¿Acababa de decir que yo era poco empática? Iba a demostrarle que no. Recurrí a todos mis tics: lo miré a los ojos y esbocé mi sonrisa de Duchenne estirando al máximo las comisuras de los labios.

—El tiempo corre... —dije.

—¿En qué puedo serte útil?

«Útil.» Esa palabra me agradaba, implicaba entrega y actividad. Resultados.

Era paradójico que yo, que había basado la esencia de mi vida en la independencia, necesitara del auxilio de los otros para salvar lo único que me importaba.

—Tu papel consiste...

—Espera, un momento —me interrumpió como si acabase de tener una idea.

Se levantó y corrió las cortinas. Incluso bajó la persiana casi hasta el suelo.

—Por si acaso. Si crees que son tan poderosos, nunca se sabe, ¿no? —Sonrió de un modo que no supe descifrar.

Tuve una impresión extraña. Desagradable. Sin embargo, con Gonzalo ya no había marcha atrás. No era muy tranquilizador. Supongo que él se formulaba un montón de preguntas incómodas que no se atrevía a hacerme. En mi cabeza también se arremolinaban las preguntas. ¿De qué discutía con Saúl? Y... ¿por qué seguía ocultándomelo? ¿Por qué no mencionaba las fotografías?

—Continúa. —Su voz parecía dulce, cariñosa.

Me cogió de las manos y acarició el dorso con el pulgar mientras le exponía el plan y le contaba en qué consistía su participación. Él aceptó de inmediato, sin suspicacias ni objeciones, y eso acrecentó mi desconfianza. Notaba un sabor desagradable en la boca, similar a la regurgitación de un alimento que no se ha digerido.

Como si adivinara mis pensamientos, volvió a interrumpirme:

—Eres tan cabezota... Cabezota y adorable. Tendremos que confiar el uno en el otro, ¿no crees?

No lo había considerado de ese modo. Era cierto que él ponía su vida en mis manos. Suponiendo que no perteneciese al otro bando, al de los secuestradores, claro.

Sabía cómo debía reaccionar. No necesitaba que ningún coach en comunicación no verbal me dijera lo que esperaba de una un hombre dispuesto a recibir un disparo por ella. Acerqué mis labios a los suyos mientras me arrepentía de habérselo contado.

Solo quedaba seguir adelante.

12

Óscar restó importancia a mis reticencias. Rescató muy satisfecho la cartulina azul con el nombre de Gonzalo y la clavó junto al resto de las *dramatis personae*.

Pusimos en marcha las otras líneas de acción.

Óscar estaba orgulloso de su Macguffin. Vivaldi sonaba a todas horas. Había volcado el lado compulsivo de su personalidad —y era grande— en perfeccionarlo. Todas las horas que yo pasaba encerrada en GCM él las dedicaba a confeccionar fichas y guiones para las llamadas de los secuestradores o a dibujar croquis.

El tablero de corcho estaba repleto de tarjetitas.

—Necesito despejarme —le dije el jueves a última hora—. Voy a subir un momento a casa de Esther.

En mayo los días se alargaban, y al entrar en su salón la luz me dio de lleno en la cara. Me quedé parpadeando. Esther tenía las persianas subidas. Las voces de la calle penetraban por los balcones abiertos. El contraste con la quietud hermética del piso de Óscar no podía ser mayor.

Acepté la silla que me ofreció. Ella se sentó enfrente. Había prescindido del aparatoso vendaje de la cabeza y llevaba el largo cabello recogido en un moño.

—¿Hacemos bien? —pregunté.

Las dudas acrecentaban mi ansiedad. Ella respondió con semblante serio.

—¿Acaso hay alternativa?

Nos quedamos mirándonos un buen rato. Esther rompió el silencio.

—Estoy furiosa. Pero es preferible a la pena y a la culpa que me consumían antes. A la espera pasiva. ¿Sabes qué decía mi madre? —Negué—. Estar furiosa es una buena señal porque significa que no te han derrotado. Debemos estar furiosas, iracundas —abrió exageradamente los ojos—, pero no tristes, porque estamos luchando, no nos hemos rendido. Aún falta la última batalla, y esa la vamos a ganar. Liberaremos a Bichito.

Supuse que trataba de brindarme algún tipo de consuelo, de aparentar una falsa seguridad. Si no, ¿por qué retorcía el cordón dorado de la chaqueta entre los dedos con tanta fuerza? Reflexioné unos instantes. Valía la pena fingir que lo había conseguido, aunque a mí la inminencia del desenlace me agotaba con una mezcla de temor, dolor e ira. Era un desgaste físico.

—Somos un equipo. —Cogió mis manos con firmeza. Noté sus dedos fríos, rugosos—. No voy a dejarte sola.

Me había equivocado al compararla con la actriz Helen Mirren. En realidad, se parecía a Maggie Smith en su papel de la condesa viuda de *Downton Abbey*. Todo un carácter.

—Somos un equipo —repitió sin soltarme.

Un equipo, reflexioné mientras bajaba la escalera. Un equipo. Aunque sabía que la única fidelidad posible era a uno mismo.

Oí la respiración pausada de Óscar detrás del biombo, su ronroneo. ¿Cómo podía dormir? Yo me mantenía en un aletargamiento sin sueño a pesar del potente somnífero que Esther había insistido en darme.

A las cinco y media de la mañana no soporté seguir observando cómo pasaban los minutos en el reloj con el corazón ridículamente desbocado. Pensando en mi niña. Mi pequeña luchadora. Mi superviviente.

Zoe era un milagro. Así la había calificado el ginecólogo. Después del aborto que tuvieron que practicarme cuando tenía dieciocho años, del legrado que se complicó por la perforación en el útero y mi síndrome de abstinencia, aseguraron que no podría volver a quedarme embarazada. Nunca.

Sin embargo, ocurrió. Para cuando quise darme cuenta de que el motivo por el que no había tenido la regla los cuatro últimos meses no era el estrés, ya no había remedio. Zoe se aferró con todas sus fuerzas a mis entrañas. Y nació, ya lo creo que nació.

Noté el picor de las lágrimas en los ojos. Desde que el lunes se rompiera mi dique emocional, lloraba mucho. Incluso de puro agotamiento. Llorar me proporcionaba un alivio inmediato. Por primera vez en la vida, me dejaba llevar, y la tensión, el pánico me abandonaban gota a gota.

Apenas unas horas antes, al acostarnos, Óscar y yo habíamos dado un último repaso a los objetos que iba a necesitar. Los metí en mi maletín: la Astra cargada con la bala de fogueo, el silenciador, la funda táctica, los apósitos, las dos bolsitas de sangre canina y el esparadrapo transparente.

También un teléfono de prepago nuevo con una tarjeta SIM al que no podrían tener acceso los secuestradores. Solo me comunicaría con Óscar en caso de emergencia. Sería un silencioso ángel de la guarda. Aun así, me reconfortaba que él aguardara al otro lado.

Me quedé observando su cuerpo dormido, ovillado encima de la sábana con que había cubierto la butaca. Las largas pestañas, más pálidas que nunca. Sus facciones relajadas con la piel más cerosa. Tenía el inmaduro aspecto de un feto gigantesco.

—Óscar —llamé con voz suave, respetando la distancia—. Óscar.

Pestañeó y me dirigió una mirada soñolienta. Desorientada.

Me sentí incómoda de pie. Tan lejos.

—Me voy —le dije.

Se pasó un par de veces la mano por la calva para despejarse.

—¿Lo llevas todo?

Di unos golpecitos en el maletín.

Él me vigilaría desde el momento en que cruzase las puertas de la Torre Zuloaga. Actuaría cuando fuera preciso; por ejemplo, creando una interferencia en el escáner de acceso para que no detectasen la Astra.

—Tengo que irme —repetí.

Me dio las últimas instrucciones.

—Si no se produce una emergencia, no me llames. Vigilarán todas las comunicaciones que se realicen. Habrán intervenido los teléfonos. Y recuerda las cámaras. Cuidado con lo que haces y dices en voz alta.

Estaba asustada y triste. Parecía cada vez más una despedida. Sentí una especie de presentimiento. Permanecimos en silencio. Grabé su imagen en mis pupilas: sus ojos, tan azules, su cabeza calva y oblonga, los brazos tan pálidos y depilados que salían de la camiseta.

Óscar lo rompió.

—Te respeto, Catalina Pradal. Todos tenemos derecho a cometer errores, pero tú eres una mujer valiente. La más valiente e inteligente que he conocido.

Era agradable oírlo. Muy agradable. Los ojos se me empañaron. Anhelé, más que nunca, poder tocarlo. Abrazarnos.

—Hasta luego —dije, y le guiñé un ojo.

—Un pasito más —se despidió él.

Mi presentimiento resultó cierto: fue la última vez que vi a mi amigo.

13

Baltimore, abril de 1984

Beca apareció una tarde en el bosque, de improviso. Una tarde tan calurosa y húmeda que a la chica le costaba respirar. La tela de lino del blanco vestido se le pegaba a la espalda. Con un pañuelo secaba las gotas que empapaban sus cabellos detrás de las orejas para que no se deslizaran por el cuello.

Salió de la ardiente casa, bajó los escalones de la galería y descendió la extensión de césped, flores y setos. Ella no solía aventurarse más allá de donde se divisaban los pináculos del tejado. Como un astronauta que solo puede alejarse de la nave lo que le permite la longitud del cable. «Cordón umbilical»: así llamaban a ese cable.

Creyó que en la penumbra del bosque hallaría un respiro. Era mayo y en los árboles reventaban decenas de flores grandes, brillantes, verdosas con toques de rojo y anaranjado. Su aroma resultaba embriagador. La encontró bajo uno de los enormes tulipíferos.

—Hola, soy Beca, ¿y tú? —se presentó la chica acercándose con toda naturalidad.

Ella retrocedió un par de pasos y tardó en responder. No hacía falta que su madre le advirtiera acerca de los desconocidos. Recordaba demasiado bien las burlas de sus antiguos compañeros de colegio.

—Es... es una propiedad privada —dijo con voz entrecortada.

Sin embargo, Beca tenía otro concepto de la propiedad privada.

—¿Privada? —Rio con los labios y con sus inmensos ojos oscuros.

—No puedes estar aquí. —Ella irguió la espalda y trató de fruncir el ceño imitando el gesto de rotundo desprecio de su madre.

—Ah, ¿no? Impídemelo.

Se tumbó en la hierba a los pies del árbol, al lado de sus carnosas raíces. Colocó los brazos debajo de la cabeza y cerró los ojos como si ella no estuviese ahí.

La camiseta marcaba dos montañitas que ascendían y descendían con su respiración. La chica se sintió mareada, supuso que por el bochorno. Se secó con el pañuelo el sudor de la frente, de la nuca. Hacía demasiado calor.

Beca insistió tanto en ver su hermosa habitación, su delicada ropa, el interior de la soberbia construcción colonial de dos pisos que ella no pudo negarse.

Le resultaba muy difícil resistirse a Beca. Era intrépida y franca. Alocada. Maravillosa. «Voy a ser actriz, una actriz muy famosa.» Nunca había conocido a alguien así. En realidad, ahora se daba cuenta, nunca había conocido a nadie a quien no hubiera contratado su madre para entretenerla, instruirla o protegerla. Protegerla, supuso con una sonrisita traviesa, de personas como Beca.

A su lado, su eterna angustia se mitigó e incluso los terrores nocturnos se espaciaron.

La chica descorrió los cortinajes. La media luna convertía las sombras de los árboles que se proyectaban en el suelo en monstruos de largas y torturadas extremidades. Abrió la ventana. Beca aguardaba agazapada en la oscuridad esa señal.

Entró una brisa húmeda embebida del penetrante y dulzón aroma de los pimpollos abiertos de los cientos de tulipas. Respiró el aire caliente. Tórrido. Caminó lenta de vuelta al lecho.

A su madre no le agradaban las bromas ni las sorpresas. Entre otras muchas cosas. Meter a Beca en su casa, en su habitación, era un riesgo, el peor de los riesgos posibles. La chica sentía que un mareo, un oscuro placer, se extendía por su cuerpo por el mero hecho de arriesgarse a hacerlo.

Notaba la cara brillante de sudor y la mente febril, casi lisérgica. Había dejado de tomarse las pastillas. Los últimos cuatro días las había escupido en el inodoro después de que su madre viera cómo se las tragaba tras cada comida. La idea había sido de Beca. La animaba a romper las cadenas. Eso decía: «romper las cadenas». En apenas un mes, Beca había puesto su mundo patas arriba.

Hundida en el lecho, la chica sintió la fragancia de las sábanas de algodón limpias y crujientes. El pañuelo que habían colocado sobre la lamparita de la mesilla tamizaba de un dorado pálido la luz. Se perdió en un espeso duermevela. No reaccionó hasta que sintió que alguien apartaba el cobertor y se introducía en el lecho. Se giró sobresaltada.

Beca estaba tan cerca que su aliento la alcanzaba. Olía un poco a los cigarrillos rubios que le robaba a su tía. Se había quitado los vaqueros, la camiseta y el sujetador.

—Ho-la —le susurró.

Quedaron una frente a la otra.

Nunca ha sabido calcular el tiempo que permanecieron así, sin moverse. En silencio. Beca apoyó una de sus manos tostadas por el sol con suavidad en su cintura. Sin dejar de mirarla a los *ojos. La chica sintió cada uno de los dedos a través de la delicada tela del camisón de tirantes. Candentes. Se notó sofocada como si, de nuevo, le subiese la fiebre. Todo estaba desencadenándose.*

Permaneció inmóvil, temerosa de romper aquel hechizo. Beca levantó la otra mano, le apartó con suavidad el pelo rubio, húmedo y pegajoso de la cara, y se lo colocó detrás de las orejas.

El sudor la hizo sentir más temerosa y desorientada. Avergonzada.

Uno de los dedos de Beca se posó en la base de su cuello, en el hueco que dejaban entre sí las clavículas. Beca se mordía las uñas y la capa de reluciente esmalte rojo que la chica le había aplicado unos días antes estaba descascarillado.

El intruso no se detuvo ahí, pasó de largo por la exquisita puntilla beige del escote y continuó su descenso. Los músculos de la chica se tensaron. La boca se le llenó de una saliva espesa. Temblaba. Su cuerpo se cubrió de una película de sudor. Un sudor muy diferente del que acompañaba a los temblores de esos días sin las pastillas.

No conocía el deseo y se asustó.

La punta del dedo de Beca desprendía calor como si fuese incandescente mientras recorría el cuerpo que tanto incomodaba a la chica, que hasta entonces había sido territorio de su madre. Dejaba una marca en cada centímetro de piel. Lo incendiaba todo. Se abrió paso a través del elástico de sus braguitas, de los rizos rubios de su pubis. Y dibujó círculos que se diluían en tórridas espirales de placer, que nublaban sus ojos y su mente.

Entonces, de golpe, se abrió la puerta de su habitación. La chica recordaba la sensación de inevitabilidad. Deshacerse de miedo ante lo que iba a ocurrir. La silueta de su madre se detuvo en el marco por la sorpresa. El ceño fruncido. La rabia. Un músculo temblaba en su mandíbula.

Permaneció un instante observándolas en silencio, con el cuerpo rígido, los puños apretados. Después cerró la puerta y se marchó.

Antes de que la chica pudiese reaccionar, Beca saltó de la cama. Hizo un montón con su ropa, la cogió, le sonrió pícara y desapareció por la ventana, tan sigilosa como había entrado.

En los días que siguieron su madre no mencionó ese episodio. Tampoco la castigó. Como si nunca hubiese sucedido.

En cambio, en ella había tenido el mismo efecto que un rayo que la hubiese atravesado. Permanecía aturdida. Conmocionada por las nuevas sensaciones que habían sacudido su cuerpo. Sedienta de vida.

4

EL DISPARO

1

Regreso del aseo.

Mi mano, dentro del bolsillo del vestido, se aferra al móvil. Las palabras que acabo de oír —«Mami, quiero que vengas»— se me clavan como esquirlas de un espejo. Zoe está en poder de los secuestradores; posiblemente narcotizada, pero viva. Viva. Me invade la ansiedad. También la esperanza.

Son las nueve, queda media hora para que comience el *meeting* y una hora para que dispare.

Debo dar un último repaso a la interfaz del PowerPoint. Encargarme del PowerPoint ha resultado muy útil: me ha permitido manipular las *slides* que aparecerán alrededor de las 22.00, el momento decisivo.

No seré yo quien lo presente. Lo hará el propio entrenador.

Trato de concentrarme, aunque es difícil. Con suspicacia, recuerdo a la chica con la que me he encontrado en el aseo. ¿Ha sido casual?, ¿la han enviado para vigilarme? El miedo por mi hija es invisible pero constante. Ocupa por completo mi mente, se arrastra bajo mi piel. Es imposible sustraerme a ello.

Se me escapa un suspiro. Me reconfortaría llamar a Óscar,

a Esther, oír sus voces. Su seguridad en el Macguffin. Somos un equipo, me repito.

Me aprieto el puente de la nariz para serenarme. Implementar el plan es como saltar a un pozo. Todavía estoy arriba, en el borde, intentando divisar el fondo. Aún puedo retroceder. Cambiar de idea. Podré hacerlo hasta un poco antes de las 22.00. Los pasos anteriores no cuentan. Si los acontecimientos hacen que varíen las probabilidades, puedo abortar el plan. Olvidarme de él. No necesito ni un minuto para cambiar la bala de fogueo de la pistola por la auténtica y matar a Pichón.

Me doy cuenta de que he estado conteniendo la respiración y me obligo a expulsar el aire, una exhalación larga y entrecortada.

Antes de abandonar la escasa protección del escritorio, me levanto despacio el bajo de la falda. A estas horas no queda nadie en la oficina, aunque lo que me preocupa son las cámaras. En el muslo derecho, lo más pegada posible a la ingle, para que con el movimiento de la pierna los desplazamientos sean menores, llevo la funda con el portacargador.

Compruebo la fijación. Despego las dos correas de velcro, las estiro hasta el límite y las ciño con fuerza. Después ejerzo presión con el dorso de la mano para que se adhieran. Repito el movimiento un par de veces. Mi muslo es tan delgado que uso una funda infantil que compré en un viaje a Estados Unidos.

Extraigo el silenciador del primer cajón. A simple vista es un cilindro negro de plástico duro que podría confundirse con un carmín. Lo guardo en uno de los bolsillos del vestido. En el que también llevo la bala auténtica. Me pongo en pie. Me paso los dedos por la falda para alisarla. El forro y la prestancia del tejido impiden que se me pegue a las piernas.

He quedado en el descansillo de los ascensores de la octava planta con Saúl. Desde que se programó la reunión con Míster X, se ha reforzado la seguridad de la décima planta y los códigos de acceso se cambian a diario. Solo están acreditados los directivos, Anderson y su secretaria personal.

Quiero adelantarme a Saúl. Evitar en lo posible que me vea caminar.

Saúl Bautista llega dando grandes pasos y todavía en mangas de camisa.

—¿Preparada?

Sin esperar mi respuesta, entra en el ascensor.

—Sí —respondo con una voz extrañamente aguda.

Carraspeo aclarándome la garganta. Él deja pasar unos segundos antes de pulsar el botón.

—Pronto descubriré a qué se debe tu insistencia en jugar el partido, ¿no? —pregunta.

No sé qué piensa ni cómo interpretar su mirada: sus pupilas marrones se han contraído. ¿Sabrá que una persona debe morir en la reunión? Recuerdo las palabras de Óscar: contarle el plan a Saúl es contárselo a Míster X; conozca o no su identidad, sí que sabe cómo contactar con él.

Siento sus ojos fijos en mí. ¿Habrá advertido el bulto de la pistola? El momento se alarga de manera incómoda. El corazón me martillea en el pecho. El dolor de cabeza que me ha acompañado todo este larguísimo día aumenta. Cambio el peso del cuerpo de una pierna a la otra. La cabina, a pesar de su capacidad para diez personas, parece insuficiente para acogernos a los dos.

Al salir del ascensor, Saúl avanza delante por el pasillo, siempre con grandes y enérgicos pasos.

Le tiembla un poco el pulso al colocar el pulgar en el lector biométrico de huella dactilar. Tras unos segundos, se oye un clic y se produce la apertura.

Me cede el paso. Y entonces, al pasar ante él, me agarra de la muñeca. Es un gesto inesperado y brusco. Me giro sorprendida. Asustada. Noto la presión de sus dedos.

Lo sabe. Mierda. Sabe lo del plan.

—No sé a qué estáis jugando, pero te lo advierto... —aprieta la tenaza en torno a mi muñeca huesuda—, no intentéis joderme. Te vigilaré.

Suelta un gruñido de frustración y se marcha.

2

Todavía con la respiración entrecortada, me masajeo la muñeca. Se advierte aún la marca de los dedos de Saúl. ¿Sabe lo del plan? ¿Su investigador me ha pinchado el móvil? Si no, ¿por qué ha utilizado el plural, cómo ha descubierto la existencia de Óscar?

¿Me ha traicionado Gonzalo?

Las preguntas se me acumulan, pero el tiempo juega en mi contra. Solo dispongo de cinco, seis minutos a lo sumo, para llevar a cabo el siguiente e imprescindible paso del *timeline*.

Conozco la distribución. Me dirijo con rapidez a la sala de reuniones. La pared exterior es de cristal, las otras tres son muros de hormigón que mantienen la privacidad visual y acústica. La sala está decorada en tonos neutros y la moqueta del suelo es gris. Tanto las lámparas como la larga mesa para veinte personas están fabricadas en poliuretano blanco. Encima del tablero, delante de cada una de las sillas, hay un vaso, un botellín de agua y una tablet para que los asistentes sigan la exposición a través de la pantalla.

Agarro la papelera blanca, alta y con dos agujeros como asas e introduzco uno a uno los botellines. Robarlos es la primera de las cartulinas rosas del *timeline*. Una forma ingeniosa de conseguir el código del *office* para poder usar la escalera interior que comunica los tres pisos y no quedarme encerrada en la décima planta después del disparo.

El tiempo apremia. Meto el resto de los botellines en la papelera y salgo. Me deslizo silenciosa con los zapatos de cuña. No puedo arriesgarme a que alguien de Global Consulting & Management me descubra. ¿Cómo lo justificaría?, ¿el agua está caducada?

«Cálmate —me machaca mi vocecilla interior—. Aún puedes elegir entre saltar y no saltar al pozo. Aún no has hecho nada irreparable.»

Recorro los doscientos metros que me separan del aseo de mujeres con fingido aplomo. Los baños son los únicos espacios cerrados sin código de acceso y debo esconder allí los botellines. Doblo la esquina y al fondo del pasillo diviso mi objetivo. Refreno las ganas instintivas de echar a correr.

De pronto, a apenas cinco metros de donde me encuentro, se abre una puerta y aparece la espalda de un hombre. Me detengo, petrificada, con la pesada papelera entre los brazos. El sonido de la puerta al cerrarse resuena en el silencio.

Es alto, viste un blazer oscuro sobre la camisa azul, se ha peinado el cabello ondulado y canoso con gomina: Anderson. Si diera dos pasos y estirara el brazo, podría tocarlo. Es imposible que no perciba mi presencia, la ansiedad que emana de mi cuerpo.

El hombre no se mueve.

¿Qué ocurre? Me asusto. No puedo fracasar tan pronto.

El desconocido mete las manos en los bolsillos. Tantea unos segundos. Después hace pinza con los dedos y se acomoda el elástico del slip por encima del pantalón. Satisfecho, se pone en marcha y se aleja hacia la salida.

Lo sigo con la mirada para asegurarme de que no regresa. Los latidos de mi corazón lo llenan todo. Me obligo a continuar.

No puedo perder más tiempo. Sin molestarme en disimular, corro lo más rápido que me permite la pistola.

Cuando la puerta del aseo de mujeres se cierra tras de mí, me siento tan aliviada que suelto un profundo suspiro, como si me desinflara. El cansancio acumulado en los últimos días es un peso que me extenúa. Me duelen los brazos por el esfuerzo, y al apoyar la papelera en la encimera, me resbala de las manos y el contenido se desperdiga por el suelo.

¡No!

Los acontecimientos me sobrepasan. Agarro uno de los botellines y lo golpeo contra el borde del lavabo. ¡No! ¡No! ¡No! Dos, tres, cuatro, cinco veces. Necesito desahogar la impotencia. La rabia.

Suena mi móvil. Me sobresalto a pesar de que esperaba la llamada. Suelto rápidamente el botellín.

—¿Qué coño haces? —pregunta la voz distorsionada.

Óscar lo ha previsto en el Macguffin: «Los secuestradores llamarán al verte coger los botellines y llevarlos al baño, querrán saber qué ocurre. Tranquila, será la confirmación de que han obtenido acceso a las cámaras de la décima planta».

—He pensado...

—¿Has pensado? Tú no tienes que pensar nada. Creía que había quedado claro.

—Por favor, déjeme explicarle. Necesito una vía de escape; si no, me quedaré encerrada después del disparo... —Suelto las frases que he ensayado con Óscar. Hablo muy rápido. Temo que cuelguen.

Las siguientes palabras las pronuncia con una seriedad aterradora:

—¿Crees que esto es un puto juego?

Me quedo helada. Algo va mal en la conversación. Ni Óscar ni yo habíamos previsto que se mostrase tan agresivo. Sucede demasiado deprisa. No me da tiempo a interpretarlo.

—No. No. Lo siento, lo siento mucho.

—Te demostraré lo serio que es —dice el secuestrador.

Me invade una súbita sensación de pánico. ¿Qué va a demostrarme?

A continuación oigo la vocecita de mi hija. Está aterrada. «¡Mamá! ¡Mamá!» Pide auxilio a gritos. La sangre se me hiela. El miedo me atraviesa con una brutalidad desconocida.

—Despídete de su carrera de pianista —pronuncia las palabras muy despacio para que las oiga por encima de los gritos de Zoe.

La inmensidad de su significado es tal que durante un par de segundos no soy capaz de responder. Los ojos se me abren de espanto. Desde el vientre me trepa impetuoso un alarido, un ruido gutural. Coincide con el espantoso grito de dolor que oigo a través del móvil. Ambos se funden.

Las piernas me flaquean. Pierdo el equilibrio y caigo de rodillas. Con la boca abierta. El llanto desesperado de mi hija retumba en mis oídos, en mi cabeza, aunque al otro lado de la línea solo hay silencio.

—¿Ya se te han quitado las ganas de pensar por tu cuenta?

No respondo. Zoe. Zoe. Mi niña. ¿Se ha desmayado de dolor y por eso no oigo sus gritos? La garganta se me cierra y no puedo emitir ningún sonido.

—¿Me escuchas? —grita el secuestrador.

—Sí, sí —consigo responder. Mi voz es débil y quebradiza.

—Haz lo que te hemos ordenado. Ahora cuelga.

El teléfono resbala de mis dedos laxos.

Noto el zumbido de la sangre y el ritmo furioso y entrecortado del corazón en el pecho. Mi mente funciona a una velocidad vertiginosa convertida en una sucesión de imágenes y sonidos. Dedos cercenados. Quizá la mano. Sangre. Aullidos de dolor. Irreparable. Es irreparable.

Tiemblo. Me mareo al imaginar el muñón ensangrentado. El daño. El sufrimiento de mi hija. Su carita. Mi niña sola. Desamparada. Llamándome. La corriente subterránea del miedo, y la ansiedad cobra fuerza, se enrosca convertida en una espiral, una poderosa serpiente deslizándose ágil para asfixiarme. Aprieta y aprieta. Mi respiración es cada vez más pesada.

De rodillas en el suelo, cierro los ojos, aprieto los párpados. No puedo ceder al vértigo. Ahora no. «No está en tu estómago, sino en tu cabeza.» Debo obligar a las imágenes a detenerse. Hago series de respiraciones rápidas para no hiperventilar. Uno. Dos. Tres. Tomo aire por la nariz. Cuatro. Cinco. Seis. Lo suelto por la boca. Uno. Dos. Tres. Tomo aire. La viscosa espiral del vértigo late cruenta, pero no estalla. Cuatro. Cinco. Seis. Lo suelto por la boca. Se encoge. Uno. Dos. Tres.

De pronto una imagen rompe la concentración. Dos gusanitos de carne ensangrentados con las cabezas de esmalte rosa.

Un calambre en el estómago me dobla en dos. Una arcada incontenible. A cuatro patas, entro en uno de los cubículos, me arrodillo delante del inodoro justo a tiempo de expulsar contra la porcelana blanca, en dolorosos espasmos, un mejunje oscuro y agrio compuesto de café y Trankimazin, lo único que he conseguido tragar en todo el día.

Todavía estoy tosiendo y escupiendo cuando noto una vibración en el bolsillo derecho, en el que llevo el teléfono de prepago que Óscar me ha entregado por si se producía una emergencia.

Saco la cabeza de la taza. Mi pecho asciende y desciende sofocado. Imagino a Óscar encerrado en su piso. Angustiado. Angustiado por mí. Arriesgándose al mandarme esta señal. Apenas son uno, dos tonos. Es suficiente. «No estás sola —me dice mi amigo—. Venga, un pasito más.»

Es cierto. No estoy sola. Un pasito más. No estoy sola. Un pasito detrás de otro.

Saberlo me apuntala y me da fuerza para sobreponerme mínimamente. Agarro un trozo de papel higiénico. Me limpio las babas, que van desde los labios hasta la barbilla y los restos que gotean de la nariz. Me sueno. Un pasito más. Me seco los ojos. Uno. Dos. Tres. No puedo pensar en el dedito de mi niña. Tomo aire por la nariz. Cuatro. Cinco. Ni sentirme culpable. Seis. Lo suelto por la boca. Otro pasito más. Uno. Dos. Tres.

Poco a poco el ataque remite, regresa a un umbral tolerable. Me separo de la taza y, todavía arrodillada, apoyo las palmas de las manos en los muslos, inclino la espalda hacia delante hasta que mi frente casi roza el suelo.

Mientras permanezco en esa posición, soy consciente de que al vomitar mi mente se ha despejado bastante. No sé cuánto durará, pero noto una gran lucidez. Tanta que valoro que lo que acaban de hacer, este acto de crueldad tremenda e innecesaria, es un nuevo dato que ponderar. Un dato que trastoca los porcentajes que he calculado hasta ahora.

Me pongo en pie, tiro de la cadena y me sacudo la porquería del vestido con gestos enérgicos. Regreso a los lavabos. Me enjuago la boca y escupo un par de veces. Intento arreglar el desastre de mi pelo y mi cara.

La probabilidad de que cumplan con su parte, de que me devuelvan a mi hija, ha disminuido; ahora apenas está en un rango de entre el 5 y el 8 por ciento. Ya no queda más remedio que tirarme de cabeza al pozo, ejecutar el plan. Óscar me está viendo, pero también los secuestradores.

Recojo los botellines del suelo y entro con ellos en uno de los excusados. Levanto la tapa metálica del contenedor higiénico de plástico azul y los arrojo de uno en uno al interior. Apenas hacen ruido al caer en el lecho de compresas y tampones. Cuando los descubran ya no importará. Nada importará.

Meto las manos en los bolsillos para que no vean que aprieto los puños. ¡No vais a arrebatarme a mi niña! ¡Os habéis equivocado de víctima, hijos de puta!, grito en mi cabeza.

3

La reunión comenzará a las 21.30, apenas faltan diez minutos. Aguardo junto a Gonzalo en la sala. Ocupamos sillas contiguas al final de la larga mesa. Nuestras piernas casi se rozan. Mis pensamientos corren, atolondrados, en todas direcciones. Mi hija malherida, en sus deditos. ¿Cuál habrá sido?, ¿el meñique?, ¿el anular?, ¿los dos?, ¿la mano entera? En el terrible dolor. En su pavor. ¡Malnacidos!

Me arrolla el impulso de gritar, de huir. Dominarme me exige un gran esfuerzo.

Cada minuto es eterno.

Gonzalo me observa con disimulo. Supongo que le alarma mi aspecto. Mi deterioro.

—¿Estás nerviosa? —me pregunta.

—Un poco —reconozco expulsando el aire por la nariz.

Una de las decisiones que he tomado en estos últimos minutos es ocultarle lo que acaba de ocurrir. ¿Para qué? Aumentaría su angustia y la probabilidad de que se niegue a tomar parte en el plan. Suponiendo que no esté en el bando contrario..., que no sea él quien se lo haya contado a Saúl.

—Saldrá bien, Caitlyn.

Imagino que trata de tranquilizarme. Un recuerdo me atraviesa veloz. Gonzalo en el despacho de Saúl rompiendo mi fotografía. ¿Puedo fiarme de ti? Suspiro. Ya da igual. Los secuestradores han tomado la decisión por mí. Ejecutar el plan implica confiar en Gonzalo. Sea o no un error.

—Ante cualquier imprevisto, *better call* Saúl —dice Gonzalo.

Desde que descubrimos que ambos éramos fans de *Breaking Bad* es la broma que utilizamos para disipar la tensión.

El silencio vuelve a extenderse sobre nosotros.

—Debería haberme afeitado el abdomen —dice él.

Por lo visto, no puede permanecer callado.

Señala el bulto que sobresale por encima de su ombligo y que la chaqueta abrochada del traje disimula.

En uno de los archivadores del carrito que he llevado a su despacho hace un par de horas estaba el paquete con la bolsa de sangre canina y el esparadrapo que Óscar ha tenido la precaución de incluir. De lo contrario, habría tenido que sujetar el apósito con... ¿celo? Óscar ha previsto el plan al milímetro. Es la ventaja de trabajar con un *control freak*.

«No me preocupaba lo que hemos planeado, sino lo que no —me ha dicho esta mañana al entregármelo—. Nunca se valora la importancia de las situaciones imprevistas cuando de ellas depende el éxito o el fracaso de un plan.»

Imprevistos.

—El esparadrapo se me enreda en el vello y me da unos tirones terribles.

¡¿Terribles?! ¡¿Sabes qué es terrible?!, me dan ganas de gritarle. En vez de eso, agacho la cabeza y me muerdo los labios.

Me desgarro al imaginar el dolor que sufre mi hija. Lo aterrorizada que debe de estar. Es una niña de solo cinco años. ¡Cinco años! Y está sola. Desamparada. A su merced. La boca se me llena de nuevo de saliva. Cierro los ojos, aprieto los párpados. Debo obligar a las imágenes a desaparecer.

Tengo la mano derecha apoyada en el muslo y Gonzalo me la acaricia con las puntas de los dedos por debajo de la mesa.

Me sobresalto. Me pongo en pie con brusquedad.

—Alguien podría vernos —me excuso, aunque estamos solos.

Él no intenta retenerme. Repite despacio:

—Lo que he dicho antes iba en serio, Caitlyn. Si ocurriera algo, recuerda: *better call* Saúl.

Me acerco a la cristalera. Aproximo tanto el rostro que la empaño. Fuera ha oscurecido y mis facciones se duplican y confunden con las luces y las formas de los edificios colindantes. Escudriño la calle.

Tres coches negros entran en el garaje de la Torre Zuloaga. ¿Tres? Se me acelera la respiración. Apoyo la frente contra el cristal. ¿Tres? Es normal que el cliente acuda acompañado por alguno de sus abogados o expertos que pueden asesorarle, pero tres coches son excesivos.

De cualquier forma, no hay marcha atrás.

—Ya están aquí —informo a Gonzalo.

Se pone en pie y salimos al amplio recibidor que da acceso a la sala.

4

Un rumor se aproxima por el pasillo.

El cansancio se extiende por mis miembros como una poderosa droga. Inspiro hondo y me yergo.

Thomas Anderson y Saúl encabezan la comitiva.

Mis ojos se desplazan con impaciencia sobre el grupo, que ya preveía numeroso. Para empezar, Anderson acompaña no a un hombre, sino a tres. ¡Tres desconocidos! Nadie con quien yo haya trabajado en OMAX. ¿Alguno es Míster X? Si es así, Saúl me mintió. Intento centrarme en lo importante: ¿quién de ellos es Pichón? Ninguno parece más poderoso que los otros. Ninguno destaca. Su ropa y sus ademanes son similares a los de Anderson, Saúl o el propio Gonzalo. ¿Serán políticos?

Lo que dispara mis pulsaciones no son ellos, sino los cinco hombres que caminan en la retaguardia. Imprevistos. Imprevistos del peor tipo. Noto el sudor en las axilas, una gota me resbala por el costado. Aparentan unos cuarenta años y visten de traje y corbata. Son grandes como armarios. Su forma de moverse, su resolución, su mirada, la precisión de sus gestos, todo en ellos me infunde pavor. ¡Guardaespaldas! ¿Guardaespaldas en una mera reunión para presentar una hoja de ruta? ¿De qué va esto? ¿Quién demonios es Míster X?

Debo calmarme. Me concentro en la respiración, lenta y acompasada, hasta que mi corazón la imita y dejo de notar el frenético latir en el pecho. El golpeteo en los oídos también se reduce. «¿Eres tonta?, ¿de qué te sorprendes? —me recrimina mi voz interior—. ¡Han secuestrado a Zoe! ¡Por Dios, le acaban de cortar un dedo! De eso va esto. ¡Céntrate de una vez!»

Me fijo en los tres candidatos a Pichón.

El de la derecha es un hombre de unos cincuenta años, bronceado, con profundas arrugas como surcos horizontales en la frente, ojos vivaces y el cabello oscuro cortado a cepillo. Las canas le dan un toque elegante. Es atractivo y me transmite mucha fuerza. El del centro, el más joven, es muy alto, rubio y con la cabeza pequeña, y me parece arrogante. Lleva las manos dentro de los bolsillos del pantalón. El de la izquierda, con bigote y perilla canosa, calvo, gafas metálicas doradas y la chaqueta abrochada sobre un abdomen prominente.

Les asigno las tres primeras letras del abecedario: objetivos A, B y C.

—Los guardaespaldas esperarán aquí —sugiere Anderson indicando los suntuosos sofás de la sala de espera.

El bronceado hace un gesto con la cabeza a los cinco que van en la retaguardia. Escudriño su rostro. ¿Eres tú? El hombre lo advierte de inmediato y me mira. Desvío la vista a mis zapatos. Siento el golpeteo de las pulsaciones en las venas del cuello.

Consulto el reloj. En treinta y cinco minutos se cumple el plazo que indicaron los secuestradores.

A LAS 22.00 EN PUNTO SONARÁ UN MÓVIL.
ESA SERÁ LA SEÑAL:
DISPARA Y MATA AL PORTADOR.

Continuamos avanzando. Siento la mirada de varios hombres sobre mí.

Cruzamos el recibidor, caminamos un par de metros, doblamos la esquina y llegamos a la puerta de grueso cristal esmerilado de la sala de reuniones. Me detengo unos segundos en el umbral. Hasta aquí, tanto Óscar como los guardias de seguridad y, presumiblemente, los secuestradores pueden observar cada uno de nuestros movimientos. En cuanto entremos en la sala desapareceremos, seremos un fundido a negro en sus pantallas. «A partir de ese momento estarás sola», me dijo Óscar.

Me siento como si entrase en una cámara acorazada.

La sala rectangular es amplia, está cuidada al detalle y diseñada, acorde con el resto de la oficina, para fomentar un ambiente agradable.

Anderson nos da las indicaciones oportunas para que cada uno sepamos dónde situarnos en torno a la gran mesa rectangular. Al fondo, en la pared de la izquierda, se encuentran la pantalla y el proyector. En la esquina superior observo la cámara de seguridad, el pilotito en rojo. Está apagada.

La cabecera de la mesa queda libre para que Saúl pueda moverse con libertad. En la parte izquierda se acomodan Gonzalo y los tres hombres. El objetivo C me parece agitado, nervioso. La calva le brilla bajo los focos. ¿Sabe algo que ignoran los otros?, ¿es Pichón?

Enfrente de ellos se encuentran Anderson y Saúl. A continuación, en la esquina, cerca de la puerta, yo. Saúl me ha asignado un lugar en segundo plano, aunque mi presencia destaca dado que soy la única mujer.

Me siento con las piernas juntas. No me importa que el cierre de la cartuchera, la parte que más sobresale, se me clave en el muslo. Mantengo los pies anclados al suelo. Preparada. Finjo una tranquilidad que estoy lejos de sentir.

A lo largo de los años he asistido a decenas, cientos, de *mee-*

tings con clientes, y este, en apariencia, no difiere de los demás. ¿Quién de los asistentes está al tanto de que sí es distinto?, ¿de que va a producirse un asesinato?

Sorprendo otra vez a Saúl observándome. Mi mente es un batiburrillo de suposiciones y miedo. Una idea la atraviesa. No, no puede ser. ¿O sí? Descruzo las piernas. ¿Los secuestradores han ordenado apagar las cámaras de seguridad no solo para que los guardias no presencien el crimen, sino porque ya cuentan con unos ojos en la reunión?

Mientras me agarraba de la muñeca, Saúl ha dicho: «Te vigilaré». ¡Él es el topo! Los ojos de los secuestradores. Quizá usa un pequeño dispositivo y les envía las imágenes. O lo graba con el móvil. O...

Decido que es Saúl para quien debo representar el Macguffin. Él es el espectador.

5

Durante los siguientes minutos, los asistentes se acomodan. Se produce un pequeño revuelo. Se desabrochan botones de americana. Se sacan bolígrafos, carpetas. Se encienden portátiles. Cada uno dispone de su pequeña parcela de mesa. Me fijo en que la mayoría aprovecha para consultar su móvil. Los dejan al alcance. Algunos los silencian. ¿Cuál es el de Pichón?

Me esfuerzo en no mirar el de Saúl. ¿Lo ha dejado apuntando hacia mí?

A las 21.35 Anderson les da la bienvenida y presenta a su CFO. Luego le cede la palabra.

—Buenas noches —saluda Saúl Bautista.

Se dirige a la cabecera de la mesa. Desde ahí domina el resto de la sala.

—Gonzalo Márquez y Catalina Pradal son parte de mi equipo.

Nos señala y ambos sonreímos.

—Ellos han diseñado la hoja de ruta. Responderán a cualquier pregunta que deseen formularles.

Nos presenta porque el cliente debe saber quién es quién para que pueda expresarse libremente, para asegurarle que los asistentes nos encontramos bajo la estricta cláusula de confidencialidad.

—Delante de cada uno de ustedes encontrarán un dosier con la hoja de ruta y una tablet para que, si lo desean, puedan seguir mi exposición —explica—. Si hacen el favor de encenderlas...

En ese momento se oye un suspiro de Anderson. Lo miro. Sostiene uno de los vasos de cristal vacíos.

—¿Sería posible conseguir unas botellas de agua antes de que empiece el *meeting* y que así después nada nos distraiga? —pregunta a Saúl.

Se produce un momento de tensión. Dado el carácter privado del *meeting*, no hay ninguna secretaria. Algunas cabezas se vuelven hacia mí. Saúl también me mira. Su lenguaje corporal refleja sorpresa. Su rostro enrojece. Su espalda se endereza.

—Si quieres, puedo ir a buscar algunas —me ofrezco.

Empiezo a levantarme. Saúl me detiene con un gesto de la mano.

Una sonrisilla que creo burlona asoma a sus labios.

—Gonzalo, si eres tan amable —indica.

Maldigo en silencio. No. No. No. Sé que es arriesgado, que puede poner sobre aviso a Saúl y a saber a quién más, pero debo intentarlo:

—A mí no me importa ir... —Intento controlar la respiración para que mi expresión se mantenga neutra.

—Katy, no te preocupes. Ya sabes que en Global Consulting & Management abogamos por una política de plena igualdad —dice—. Gonzalo, si eres tan amable...

¿Qué? No, de ninguna manera. Estoy a punto de ponerme a gritar de pura ansiedad. Sin el código me quedaré encerrada en la décima planta a merced de los guardaespaldas. Nunca llegaré al coche en el que me espera Esther.

Gonzalo arrastra la silla mostrando su enojo. Él no es ni un camarero ni una secretaria. Al ponerse en pie, su rostro se crispa en lo que parece una mueca de dolor. ¿Será el apósito?

—¿De dónde las traigo? —pregunta.

—Ve al *office*, es lo más rápido —contesta Saúl con impaciencia.

—No conozco el código de acceso —indica con hastío.

Anderson consulta en su teléfono. Sonríe con suficiencia y se dirige a los clientes:

—Este pequeño incidente me da la ocasión de mostrarles que, tal y como solicitaron, hemos extremado las medidas de seguridad. Cambiamos las claves a diario. La de hoy es ocho, tres...

Mira a A, B y C mientras habla; Saúl me escruta. Siento un hormigueo de adrenalina que, desde las yemas de los dedos, se extiende por el cuerpo. No me quita los ojos de encima. ¿Se habrá percatado? No importa. No puedo distraerme. El plan aún tiene una oportunidad. Debo memorizar la clave: ocho, tres...

—Thomas, si me permite, para mantener el estándar de seguridad... —lo interrumpe Saúl.

Sus ojos se encogen tanto que apenas son dos ranuras.

¿Qué pretende?, ¿qué va a decir?

—... es preferible que la ponga por escrito.

No. No. No. Necesito ese código. La desesperación late en cada fibra de mi cuerpo. Lo necesito.

—Excelente idea —lo felicita Anderson.

Alarga el brazo al montón de folios más próximo, coge uno y escribe.

Tengo que intervenir. Decir lo que sea. Rápido. Rápido. Pero estoy bloqueada, desorientada, demasiado débil, y no se me ocurre nada.

Son apenas tres o cuatro segundos. Después le tiende el papel a Gonzalo. Este lo coge y se encamina a la puerta. Se acabó, pienso con amargura. Introduzco la mano en el bolsillo en el que guardo la bala. La toqueteo con los dedos. ¡Se acabó! Tendré que sustituirla por la de fogueo que hay en el arma y disparar a quienquiera que sea Pichón.

Gonzalo se detiene un momento a leer el papel. Vuelve la cabeza hacia Anderson.

—Perdón, ¿esto es un seis? ¿Ocho, tres, cinco, seis, cinco?

—Sí, es un seis.

Ocho, tres, cinco, seis, cinco. El alivio es tan grande que me golpea como una ola, me engulle. Ocho, tres, cinco, seis, cinco. Lo he conseguido. Ocho, tres, cinco, seis, cinco. ¡Lo he conseguido! Ocho, tres, cinco, seis, cinco. Ocho, tres, cinco, seis, cinco.

Saúl aprieta los puños con fuerza.

6

—Debido a la crisis que atraviesa el país...

Saúl perora. Ha comenzado el preámbulo. Ha ensayado tanto que lo repite en modo automático. Su mirada oscila entre la puerta por la que regresará Gonzalo y el lugar que ocupo yo.

Evito mirar el reloj, aunque la impaciencia hace que me pique todo el cuerpo. Tengo un mal presentimiento. Gonzalo se retrasa demasiado. ¿Cuánto tiempo precisa para coger unas botellas? ¿Tendrá problemas con los guardaespaldas? ¿Con el apósito con la sangre canina?

—... es importante crear una estrategia de negocio mediante la cual saquemos el máximo partido de los recursos que tenemos a nuestra disposición y obtengamos el mayor beneficio a cambio de idéntico o menor coste.

Me mantengo ajena a sus palabras. El corazón me late con tanta fuerza que me extraña que el hombre sentado a mi lado no lo oiga. Sin poder aguantar más, miro el reloj. Ocho minutos. Dentro de ocho minutos se cumple el plazo. Dentro de ocho minutos tendré que disparar.

Necesito que Gonzalo regrese. Que ocupe su lugar. Él sabe

que el tiempo apremia. ¿Se retrasa aposta? ¿Es el topo de los secuestradores? ¿Me he equivocado al confiar en él?

Saúl concluye el preámbulo. Se produce una pausa antes de comenzar la presentación en PowerPoint. Gonzalo entra en la sala con cuatro botellas de cristal de un litro. Entonces lo comprendo: conoce el discurso y ha aguardado para no interrumpir a Saúl.

Suspiro aliviada y trago saliva.

Gonzalo distribuye las botellas por la mesa. Con calma. Con demasiada calma. Son las 21.55. ¡Siéntate de una maldita vez! Aprieto los dientes. La presentación debe comenzar en el momento previsto o el Macguffin fracasará.

Finalmente, Gonzalo se sienta al lado de C, que aprovecha y se sirve medio vaso de agua. Lo bebe deprisa, en dos sorbos.

¡Venga, venga!, ¡por favor!

Mitigan las luces para proyectar el PowerPoint.

Las 21.56.

El labio inferior me tiembla como si tuviera mucho frío, aunque siento un velo de sudor sobre la piel. Me seco las palmas de las manos en la falda para que no resbalen. Ante la inminencia, todo se torna más real.

Saúl es el único de la sala de reuniones que se encuentra de pie. Se ha colocado al lado de la pantalla para señalar con un puntero y a la izquierda del ordenador con el PowerPoint. Sostiene un mando a distancia. Da la espalda a la mesa.

Las 21.57. Se proyecta una primera *slide* de fondo blanco con el título. ¡Justo a tiempo! Los ojos de los asistentes se centran en la pantalla o en las tablets. Todos están atentos a las palabras de Saúl.

Debo continuar con la coreografía del Macguffin. Óscar ha programado la secuencia de *slides* y la hemos reproducido en su piso cronometrando mis movimientos. Introduzco la mano derecha bajo la falda, los dedos buscan a tientas, abren la cartuchera y desenfundan la Astra.

Siguiente *slide* con fondo blanco.

Coloco los dedos corazón, anular y meñique alrededor de la empuñadura del arma para agarrarla con firmeza. La apoyo en las rodillas. Relajo un poco la mano y esta deja de temblar. Con la izquierda extraigo el silenciador del bolsillo. He practicado más de veinte veces con los ojos cerrados, así que lo inserto sin problemas.

Transcurre un minuto que se convierte en una eternidad. Noto mi cuerpo en absoluta tensión.

Una *slide* con fondo negro oscurece la sala.

Es el momento.

Se van a suceder otras seis *slides* oscuras que me concederán la penumbra para pasar desapercibida. Me quedo quieta. Inspiro profundamente. Expulso el aire muy despacio. No sé si estoy preparada. Da igual. Saco el brazo con el que sostengo la pistola. Lo mantengo pegado al cuerpo. Tiembla ligeramente.

Echo hacia atrás la silla. La moqueta la silencia. Aguzo el oído. Los asistentes observan a Saúl. Me levanto. Me dirijo al centro de la sala para quedar enfrente de los tres hombres, entre los que asumo que se encuentra mi objetivo: Pichón.

Saúl se gira y se coloca de cara a su auditorio porque la *slide* va a permanecer fija mientras la explica. Entonces se percata de mis movimientos en el extremo opuesto de la mesa. Faltan unos segundos para las 22.00.

Agarro la Astra con las dos manos, así se mantendrá estable y será más precisa. Coloco la derecha, la dominante, lo más arriba posible, pero por debajo del nivel de retroceso de la corredera, para evitar la dolorosa mordida entre el pulgar y el índice.

Envuelvo con los dedos la base de la empuñadura, sin superponerlos, sin apretar, evitando fatigar los músculos. La mano izquierda llena el resto del espacio libre. Será la que soporte el disparo.

Debería colocarme en posición de listo, con la pistola cerca del abdomen y dirigida hacia el objetivo. Sin embargo, extiendo los brazos hacia delante para que sean bien visibles.

Necesito captar la atención de la única persona que está de pie en la sala, del único al que no ciega la luz de la pantalla del proyector, del que creo que es los ojos de los secuestradores: Saúl Bautista. Mi pecho asciende tomando aire con nerviosismo. Muevo el arma. El cañón recibe un destello del proyector y brilla.

Sé en qué momento las pupilas de Saúl se adaptan a la oscuridad porque de pronto distingue el arma. Su expresión de terror, la forma en que las piernas le tiemblan son evidentes. ¿Por qué? ¿Acaso no sabe lo que va a ocurrir? ¿No se lo ha dicho Míster X? ¿Nos hemos equivocado con él?

Está tan impresionado que es incapaz de reaccionar. Se olvida del discurso y enmudece anonadado por el shock. Se olvida de todo lo que no sea mirar la punta del cañón de la pistola. Deja caer el mando a distancia al suelo.

Sus oyentes se fijan en él, sorprendidos por su repentino silencio.

El siguiente paso es procurarme una plataforma estable de tiro. Con el cuerpo en un ángulo de casi cuarenta y cinco grados, llevo el pie derecho atrás. Flexiono el codo del brazo izquierdo. El blanco se encuentra muy próximo, a no más de cuatro metros. Antes era una tiradora experta, pero hace años que no practico y debo ser precisa, acertar en una zona de cinco centímetros de circunferencia.

Estoy preparada. Creo.

Que empiece el espectáculo.

7

A un par de manzanas de distancia hay una vieja iglesia que conserva en su torre un reloj con carillón. El ayuntamiento no ha atendido a las peticiones y recursos de la asociación de vecinos, así que la maquinaria continúa desplazándose metódica y fatigada. En la esfera, la manecilla pequeña alcanza el número diez y la grande el doce, el badajo golpea el metal y suena la primera campanada.

Inspiro profundamente proveyendo de más oxígeno a la sangre. Me olvido de cuanto me rodea.

En el silencio un móvil vibra. Se mueve encima de la mesa. ¡Brrrum, brrrum! Se oye el poderoso rugir de una moto. Tenemos que llevar a cabo la representación por si Saúl o alguien de la sala informa a los secuestradores, así que apunto en esa dirección, al hombre que se sienta detrás del teléfono.

Ya sé a quién me han ordenado disparar, el hombre que debe creer que soy una despiadada asesina, la persona a la que seguiré en el coche de Esther. Pichón es el objetivo A, el bronceado con profundas arrugas y ojos vivaces. Empujo el primer casquillo a la recámara. Estabilizo el arma con la mano izquierda impidiendo el retroceso. Como no pretendo apretar aún el gatillo, mantengo el dedo índice extendido contra el marco de la pistola.

Apenas dos segundos. Un momento de máxima tensión. Aprieto más la mandíbula. ¡Venga, venga! Tal y como está planeado en el Macguffin, suena otra melodía. ¡Ta, tata, tatatata, ta! Óscar llamando a Gonzalo.

Los tonos se solapan. ¡Brrrum, ta, tata, brrrum, tatatata, ta, brrrum!

Abro los ojos y la boca de manera exagerada para que no queden dudas de mi sorpresa al darme cuenta de que son dos los teléfonos que suenan al unísono. Desplazo el arma hacia el hombre que se sienta detrás del segundo móvil: Gonzalo.

¡Brrrum, ta, tata, brrrum, tatatata, ta, brrrum! Apunto alternativamente de un objetivo al otro: Pichón. Gonzalo. Pichón. Gonzalo. Finjo dudar entre ambos. Una vez. Otra vez más. La última.

Entonces sí. Llevo el dedo índice al gatillo. Exhalo con calma hasta llegar a la pausa respiratoria. Cierro el ojo izquierdo. Aseguro la alineación del ojo abierto con la mira trasera y la delantera.

El pecho de Gonzalo asciende y desciende acelerado. Supongo que tiene miedo. Aunque sepa que no lo voy a matar, le dolerá porque la bala abandonará el cañón de la pistola a una velocidad de trescientos treinta metros por segundo, un poco por debajo de la velocidad del sonido.

¡Brrrum, ta, tata, brrrum, tatatata, ta, brrrum!

Aprieto el gatillo.

A pesar del silenciador, el disparo suena estruendoso en el espacio cerrado. Hay un crac subsónico producido por la bala.

Oigo el terrible grito de dolor de Gonzalo.

Ha sido un tiro eficaz y la mancha roja se extiende por su camisa. Cae. Observo cómo se convulsiona en el suelo.

Me molesta que improvise. Exagera su papel y cualquier exceso anula la verosimilitud. Siento de nuevo el aguijonazo de la duda: ¿me he equivocado al confiar en él?, ¿al ejecutar el plan? Ya no hay vuelta atrás. Al disparar me he lanzado de cabeza al pozo.

Durante una fracción de segundo, Saúl y el resto de los hombres permanecen inmóviles. Después estalla el caos. El desastre. Hay gritos repentinos, cuerpos desplazándose, golpes contra el suelo, sillones chocando contra la cristalera.

Dejo caer los brazos. Debo aprovechar la absoluta sorpresa, huir antes de que reaccionen y den la voz de alarma. No puedo quedarme a recoger el casquillo, de eso se encargará Marcos.

Ya está. Lo he hecho. ¡Ya está!

Me levanto el extremo derecho de la falda y enfundo la pistola con dedos temblorosos. Noto en la pierna el calor que desprende. Es curioso porque en el resto del cuerpo siento frío. Giro la funda táctica. El arma queda enfocada hacia delante y no roza la piel del muslo contrario al andar.

Todavía creo que el Macguffin se ha ejecutado a la perfección, sin fisuras.

8

Al salir cierro la puerta de la sala de reuniones.

Habré vuelto a aparecer en las pantallas de las cámaras de seguridad. En este lado la insonorización es excelente. La quietud, absoluta. Dos mundos distintos. El silencio contra el pánico y ese líquido rojo, espeso y caliente derramándose.

Mi cuerpo sigue bombeando adrenalina sumido en un torbellino de emociones. El olor a pólvora quemada en las manos. El martilleo en los oídos. La satisfacción.

Rápido. Rápido. No hay tiempo que perder. Debo implementar la segunda parte del Macguffin: la fuga. Visualizo el corcho, las cartulinas verdes de Óscar. Las verdes lima con los pasos que seguir para escapar de la décima planta y las esmeraldas para abandonar la Torre Zuloaga y montar en el coche en el que me espera Esther.

Vamos, en marcha, un pasito más.

Aliso con los dedos la falda. Noto el bulto, pero no creo que se advierta a simple vista. Me yergo sobre los tacones y con paso decidido abandono la protección que me brindaba el pequeño pasillo. Tuerzo la esquina y, al cabo de unos metros, me encuentro en la antesala.

El perfume de los dos enormes ramos de lirios frescos se disemina por el ambiente. Se trata de un espacio armónico, decorado en tonos fríos con grandes y elegantes litografías en las que predomina el blanco. La moqueta es de un tono gris carbón.

Los guardaespaldas esperan acomodados en los sofás Chesterfield de cuero. Esperar supone una parte importante de su trabajo. Parecen excombatientes de alguna república balcánica. Son los más baratos y profesionales. En OXAM también los contratábamos.

Uno de ellos mira en dirección a la sala de reuniones. Al pasillo por el que aparezco. Los otros mueven los pulgares por las pantallas. Imprimo a mis cortos pasos una falsa seguridad, aunque mi vocecilla me ordena: «Corre, corre, corre». Mantengo la vista al frente evitando que nuestras miradas se encuentren. El guardaespaldas ha separado la espalda del respaldo y me vigila con curiosidad.

En ese instante suena el móvil del bolsillo izquierdo de la falda.

¡Los secuestradores!

Otro de los guardaespaldas, el que estaba viendo un vídeo y que un segundo antes reía con las imágenes, levanta la cabeza. Ahora son dos los hombres que me observan. Pero lo que me preocupa es la llamada. ¿Tan pronto? Con Óscar calculamos que no telefonearía hasta que vieran a Pichón abandonar la sala de reuniones. Contaba con esa pequeña ventaja.

La aprensión me eriza el vello. Nuestros peores pronósticos se han cumplido: gracias a Saúl, o de otro modo, han visto lo que acaba de ocurrir. Además, si los secuestradores han calculado cada movimiento y saben dónde me encuentro..., ¿pretenden alertar a los guardaespaldas? ¿Por qué? ¿Están a sus órdenes?

No puedo hacerles esperar. Con una náusea imagino los deditos cercenados de mi hija. ¿Qué será lo siguiente? Ring. Ring.

Pero contestar ahí, delante del guardaespaldas que no me quita el ojo de encima, no es una opción.

Ring. Mi cuerpo segrega angustia y adrenalina. Deprisa, por lo que más quieras.

Mis prioridades han cambiado. Me olvido de la Astra y de la funda táctica y acelero el paso para alcanzar la puerta de entrada al *office*. Saco la tarjeta de seguridad del bolsillo. Ring. La paso por el lector.

El móvil ruge. Es imposible que no lo oigan en la torre entera.

El guardaespaldas se levanta. Me mira con desconfianza. Fijamente.

Ring. Cegada por el pánico, los dedos me tiemblan al marcar en el tablero de control de la puerta. Ocho. Seis. Ring. Cinco. ¡Espera! Suplico al teléfono. ¡Espera, espera, espera!

Introduzco los dos últimos dígitos. Tres. Cinco.

Pulso la tecla Enter. Ring.

Una lucecita roja se enciende y parpadea. ¿Qué? No. No. No. No puede ser.

El móvil deja de sonar. ¡Mierda!

En el tremendo silencio que se produce, advierto que el guardaespaldas se desabrocha un botón de la americana y se aproxima.

Rápido. Rápido. ¿Qué demonios haces mal? ¿Estás segura del código? Sí. Poseo una gran memoria numérica. Las preguntas me colapsan. ¿Me ha engañado Gonzalo? ¿Ha dicho mal el código a propósito? ¿Ha sido una trampa desde el principio? La viscosa serpiente del vértigo empieza a deslizarse por mi estómago. Quiero llorar de impotencia.

Ya percibo el aroma de la colonia del guardaespaldas. Me esfuerzo en no mirar atrás, en no imaginar que unas manos fuertes me agarran. Apenas dispongo de unos segundos.

¿Qué hago?, ¿qué hago?

Mi única alternativa consiste en teclear de nuevo. Ocho.

Seis. Mi pulso es irregular y agitado. Cinco. Tres. Cinco. Se enciende una lucecita verde.

¡Por fin!

Entro y cierro. Doblo la cintura y apoyo las manos en las rodillas mientras cojo aire. El corazón me golpetea en las sienes.

El teléfono vuelve a sonar.

9

La irritación del hombre se evidencia a pesar del distorsionador de voz.

—¿Qué ha ocurrido ahí dentro? ¿Por qué no has cumplido nuestras órdenes?

Ya no tengo ninguna duda de que lo han visto. Aunque era una pequeña posibilidad, Óscar, el obseso, también lo ha previsto y hemos ensayado esta conversación tan crucial. La consigna es negarlo todo. Ganar tiempo hasta que Marcos retire el cuerpo de Gonzalo y que nadie descubra que sigue vivo.

—He hecho lo que me ordenó: acabo de matar a su hombre. —Mi voz suena extraña por el miedo—. Ahora debe cumplir con su parte: devolverme a mi hija.

—¿Devolverte a tu hija? ¡El objetivo continúa con vida!

—¡Han sonado dos teléfonos a la vez, no sabía a quién disparar!

—¡Joder, pero si has matado a tu amante!

«Amante.» La palabra me impacta. Comprendo la imposibilidad de negar el engaño. «Amante.» De mi garganta surge un sollozo. Se produce un silencio al otro lado de la línea.

En mi mente estalla de golpe el dolor, el miedo, el terror a lo que pueda ocurrirle a mi niña. Oigo fuera del *office* voces, órdenes, pasos apresurados, ruidos de piezas metálicas chocando entre sí. Asumo que será Marcos, pero solo presto atención al silencio. El silencio me atemoriza más que cualquier palabra o amenaza.

—¿De verdad creías que tú y el otro pringado nos ibais a engañar? —pregunta por fin.

—No, no, por favor, por favor —imploro con toda mi alma—. Haré lo que me pida. Lo que me pida.

—Las condiciones han cambiado.

—Lo que sea. Se lo juro. Lo que sea.

—No pueden quedar testigos, ¿entiendes?

Siguen tres sencillas instrucciones que me hace repetir para asegurarse de que las he entendido: bajo ningún concepto puedo abandonar la Torre Zuloaga. Debo subir a la azotea y lanzar mi móvil. Debo eliminar al único testigo que queda, a mí, antes de medianoche.

La amenaza está implícita. No es necesario que me diga qué ocurrirá en caso de incumplirlas.

«¿No eras más lista que ellos, eh?, ¿no se habían equivocado de víctima, tía lista?, ¿y ahora qué?, ¿eh?, ¿qué?», me reprocha mi vocecilla interior.

Me seco las lágrimas con la manga.

Debo llamar a Óscar. Contarle lo ocurrido. Él sabrá qué hacer. Sí. Llamar a Óscar.

Introduzco la mano en el bolsillo derecho y saco su móvil de prepago. Hablar con Óscar. El teléfono suena. Uno, dos... Suena, pero nadie lo coge. ¡Venga, por favor, por favor! Tres, cuatro... ¿Qué demonios estás haciendo? Cinco, seis, siete, ocho... Suena un clic y luego un vacío.

Óscar no ha descolgado. Pestañeo perpleja. Es absurdo. Imposible. Óscar está esperando mi llamada, angustiado. Frotándose las palmas de las manos. Encerrado en su búnker. ¿Dónde si no?

¿Me he equivocado al marcar? Ya me ha ocurrido antes en la puerta. Tecleo de nuevo con premura, fijándome en cada número. Uno, dos, tres..., cuento los timbrazos. Cada uno es una condena. ¡Óscar, por favor, por favor!

Cálmate. Cálmate. Piensa. Encuéntrale algún sentido.

¿Cuándo he hablado con él por última vez? Esta mañana, al despedirme. Han transcurrido muchas horas. ¿Cuántas? ¿Trece? ¿Quince? Estoy tan aterrorizada que soy incapaz de calcularlas. Tengo que usar los dedos para contar. Si un minuto es suficiente para cambiar una vida, para transformar el mundo, ¿cuántas cosas pueden ocurrir en ese lapso de tiempo?

Cada vez más angustiada, hago otro intento. La cabeza me duele como si me clavaran finísimas agujas que me la atravesaran de lado a lado. No comprendo nada. Intento recapitular. Óscar me ha mandado esa señal, esos dos tonos cuando estaba en el baño. Ha llamado a las 22.00 al móvil de Gonzalo, ¿no? ¿Dónde diablos está ahora?

Entonces, como un chispazo, recuerdo las palabras del secuestrador: «¿De verdad creías que tú y el otro pringado nos ibais a engañar?». Al oírlo estaba demasiado horrorizada y no me he percatado de a quién se refería. Óscar es el «otro pringado».

Gimo lamentándome de mi propia estupidez. Siento el pitido en los oídos. La respiración pesada. Los preámbulos del vértigo. Porque sí que es posible que Óscar haya abandonado su búnker. Claro que sí.

Si lo han sacado a la fuerza.

Me siento anonadada. Exangüe, laxa. Miro sin ver el pomo blanco y dorado del armario que se encuentra a la altura de mi cabeza. Las lágrimas resbalan por mi rostro. Me acuesto en el suelo de frías baldosas en posición fetal. Mis brazos apenas conservan fuerzas para abrazar las rodillas.

La sangre no me llega a la cabeza ni a los dedos, se acumula en el centro del cuerpo preparándolo. Las serpientes se enroscan ágiles para asfixiarme. El pitido de los oídos es más intenso.

Óscar.

Sin Óscar estoy perdida.

Comprendo que me ha dado alcance el momento que llevo temiendo tantos años.

Con gran paciencia, Robert entablilló mis inseguridades, vendó mi autoestima, como si fuera un pajarillo que se había caído del nido. Sin embargo, siempre he tenido la convicción de ser un hueso mal soldado. Deforme. Que me quebraría con un simple golpe.

Y eso acaban de hacer los secuestradores: romperme.

Mi cuerpo se vuelve débil. Muy débil. No puedo resistirme. Cedo y el vértigo estalla. Me falta la respiración. Las espirales giran frenéticas fagocitándose unas a otras. El aire no alcanza mis pulmones. Me llevo las manos a la garganta mientras jadeo desesperada. La sensación de asfixia es angustiosa y muy potente.

Me ahogo. Me ahogo.

10

Recobro el conocimiento como si luchara contra una espesa niebla. Braceo para escapar de ella. Desprenderme. Estoy tirada en el suelo del *office*. Siento una película de sudor pegajoso por el cuerpo. La cabeza me estalla.

Las imágenes, los recuerdos me golpean implacables. Asimilo, mitad con sorpresa y mitad con terror, lo que ha ocurrido.

Ya no puedo ayudar a Óscar y lo que me suceda a mí no importa, pero Zoe... Los secuestradores me han dado una última oportunidad. Por supuesto, no soy tan ilusa de creerlos. Sus palabras apenas cuentan con un 1 o un 2 por ciento de fiabilidad. Y sin embargo, ¿qué otra cosa puedo hacer? Intentarlo. Nada más.

De pronto me asusto. ¿Cuánto tiempo he permanecido inconsciente?, ¿se ha cumplido el plazo de medianoche?

Miro el reloj. Menos mal.

Recuerdo las palabras de mi padre la primera tarde que fue a buscarme a la clínica psiquiátrica. A pesar de llevar la capota bajada, hacía mucho calor. Yo vestía unos *shorts* muy cortos y las piernas desnudas se me pegaban al chicle rojo en que se había convertido el asiento del Chevrolet. «Haz algo con tu vida. Algo por lo que merezca la pena haberla salvado», me exigió sin mirarme. Todavía no era capaz de hacerlo.

Tenía razón. He aprendido que la vida está hecha de cosas que pueden perderse, pero mi hija no es una de ellas.

Unos golpes en la puerta me sobresaltan. ¿Los guardaespaldas? Asumo que habrán accedido a la sala de reuniones y que, después de garantizar la seguridad de Pichón, el siguiente paso lógico será neutralizar la amenaza. A mí. Y saben dónde encontrarme.

¿También han contado con esto los secuestradores? ¿Por eso me han llamado? ¿Para que puedan localizarme?

Necesito acopiar mis escasas fuerzas para huir.

Cierro los ojos, realizo una inspiración profunda hasta el diafragma. Expulso despacio el aire. Imagino a mi niña, ensangrentada, dolorida, abrazándose aterrorizada a Oso Pocho. En poder de esos malnacidos. Es la inyección de energía que necesito.

Un pasito más. Vamos, arriba esa barbilla.

Sin titubeos, levanto un brazo y me aferro con la punta de los dedos a la encimera para ponerme en pie.

11

La oscuridad es absoluta en la azotea de la Torre Zuloaga.

Me cerca.

Ni Marcos ni Gonzalo me han llamado para confirmar que la extracción ha sido un éxito. Tampoco lo esperaba. La traición de Gonzalo es evidente. Nadie más ha podido poner a los secuestradores sobre la pista de Óscar. ¿Qué les habrá ocurrido a Marcos y a su compañero? ¿Y a Esther? ¡Ay, Dios mío, Esther!

Durante toda mi vida he atraído el caos. Como si anduviera siempre en la dirección equivocada, elija la que elija.

Las manos me sudan y me las seco contra la falda del vestido. Saco mi móvil. Lo sostengo unos segundos antes de lanzarlo al vacío. Miro hacia abajo, al fondo, a la atracción ineludible del embudo de la noche. Lo veo caer durante unas décimas de segundo y desaparecer. No distingo nada, acaso algún punto de luz. Lo imagino estrellándose contra el césped siempre recién cortado.

Me quito los zapatos; primero el derecho y después el izquierdo. La gravilla se me clava en las plantas de los pies. Aunque me duele, agradezco una sensación física que me distraiga.

Bajo el escalón en dirección al cadalso, a la cornisa.

Me coloco al borde del abismo. En la azotea no hay cámaras. Ningún ojo que me vigile. Se me escapa una sonrisa torcida. En mis últimos minutos recobraré la intimidad.

Inspiro. Adelanto el pie derecho. Debo intentar salvarla. Espiro despacio. Con la siguiente inspiración, suelto una mano temblorosa de la barandilla.

Estoy exhausta de la larga agonía que ha supuesto esta semana. Una agonía —ahora creo comprenderlo— que he aumentado con mi ridículo plan. Como uno de esos nudos corredizos diseñados para que el reo al debatirse se convierta en su propio verdugo.

Los secuestradores me lo han arrebatado todo. Hasta mi dignidad. El poder de decir no.

Solo necesito un ligero impulso. Despegar el cuerpo del quitamiedos. Adelantar el otro pie. «Un pasito más, tía lista», dice mi vocecilla interior con amargura. La situación no puede ser más irónica.

Un pasito más, uno en falso, y volar.

Por fin se acabará este dolor. Esta tristeza inabarcable.

Una ligera brisa me acaricia el rostro y los ojos cerrados. Seca mis lágrimas. Agita mi melena y la falda del vestido. Durante unos segundos, el mundo parece detenerse, incluso las luces de los otros edificios suspenden su parpadeo.

Es un instante eterno en esta noche tan suave. Como si fuera la única persona sobre la faz de la tierra.

12

Baltimore, mayo de 1984

La chica abrió los ojos. La luz redobló los aguijonazos que sentía en la cabeza. Los cerró rápidamente. Estaba tirada sobre los sucios adoquines de un callejón, con la ropa empapada. Apestaba. Los dientes le castañeteaban.

¿Dónde estoy?, ¿cómo he llegado aquí? Se aterró.

Trató de sobreponerse al dolor.

¿Qué recordaba?

Nada.

¿Cómo era posible?

Entreabrió los ojos. Apenas una rendija. El hedor que se colaba por sus fosas nasales no solo provenía de los orines y de la basura desperdigada por el suelo, también del vómito que salpicaba su barbilla y su pelo.

Al darse cuenta, sintió una náusea trepar por su garganta. Se incorporó a duras penas, lo suficiente para que el líquido bilioso no le cayera encima. Cuando las arcadas cesaron, tosió varias veces. Buscó algo con que limpiarse. ¿Dónde estaba su bolso? ¿La habían atracado? ¿Eso era lo que había ocurrido?

Introdujo la mano en el bolsillo de la falda. Sacó unos centavos y un posavasos. Lo contempló asombrada. Rebeca. El nombre la alcanzó en un chispazo. Beca. Su amiga. Beca la había convencido para escaparse e ir a un concierto en aquel tugurio. A pesar del miedo a que su madre la descubriese. Al peligro de cortar por primera vez el cordón umbilical que la unía a su casa.

La risa de Beca, su piel tostada y suave, se le habían subido a la cabeza y se habían filtrado en su sangre. Había recorrido en innumerables ocasiones el camino que ese dedo ajeno marcó en su cuerpo. Anhelaba que continuara, descubrir qué ocurría después. El deseo era una fuerza mucho más poderosa que el miedo.

Los recuerdos llegaron a retazos. Beca, que exudaba sensualidad con su despampanante melena suelta, el rostro maquillado, los labios tan rojos y la ropa tan ajustada.

Beca de puntillas, susurrando algo al oído al tipo de seguridad. Las puertas del infierno abriéndose para ellas a pesar de que solo eran unas crías.

Beca apoyando con desenvoltura la parte superior de su cuerpo en el mostrador. Los pegajosos vasos de chupito. Chocando contra la barra. El sabor amargo en el paladar. La levedad en los miembros.

Beca burlándose de ella, agarrándola con los dedos pringosos para arrastrarla a través de la gente hasta los pies del escenario.

Beca riéndose a carcajadas con la boca, pero con los ojos desesperadamente tristes. Aproximando sus labios y besándola con descaro. Los cuerpos desconocidos topando con el suyo. El ruido. El sudor. Los olores intensos aturdiéndola. El vahído. Aferrándose a la cálida mano de Beca. Los ojos cerrados. Dejándose llevar. Sintiendo retumbar la estridente música dentro de la cabeza. Flotando.

Y nada más.

¿Cómo había llegado a ese callejón? Y... ¿dónde estaba Beca?

—Mamá... —Su voz vibraba de miedo.

Al menos su madre había aceptado la llamada a cobro revertido. Se sentía tan desamparada... Solo deseaba regresar a su lado. Asumiría el castigo que le impusiese.

—¡Cariño! ¡Gracias a Dios! —El alivio en su voz era patente. El llanto le impidió continuar. Apenas barboteaba su nombre.

La chica se dio cuenta de que por primera vez en su vida la oía llorar. Permaneció en silencio. Las dos unidas en la distancia por las lágrimas. Al cabo de un par de minutos su madre se tranquilizó lo suficiente.

—Creía... creía que habías muerto. ¡Que te había perdido para siempre! Llevo dos días buscándote. He ido a los hospitales, a la policía, he recorrido toda la ciudad.

¿«Dos días»? Sus palabras dispararon una nueva ráfaga de pánico. Apenas habían sido unas horas, ¿no?

—¿Dónde estás? —le preguntó su madre, angustiada.

No tuvo más remedio que reconocerlo.

—No... no lo sé.

—¿Cómo que no lo sabes?

—Mamá...

Se la imaginó llevándose la mano a la boca.

—¿Otra vez? —Se detuvo y respiró antes de atreverse a preguntar a su hija—: ¿Ha vuelto a ocurrir?

—No, no —se apresuró a negar ella. Asumió que tenía que reconocer la verdad. Cualquier cosa era preferible a que su madre creyese que otra vez...—. He estado con Beca.

—¿Con Beca? ¿Quién es Beca? —se sorprendió.

—Beca. Mi amiga.

—¿Qué amiga? ¿De qué hablas?

—¡Tú la conoces! La semana pasada cuando tuve tanta fiebre y apareciste por la noche en mi habitación... y yo... —inspiró para darse fuerzas— y me encontraste con una amiga.

Aunque supuso un auténtico terremoto en su pequeño mundo, en ese momento, aferrada al auricular, casi se alegraba de que las hubiese sorprendido.

Su madre permaneció en silencio al otro lado de la línea telefónica.

—Ella... ella se había metido conmigo en la cama porque... porque yo tenía mucho frío. ¿No lo recuerdas? —La incredulidad hizo que sus palabras sonasen más agudas de lo habitual.

La oyó tragar saliva.

—¿Cómo puedes no recordarlo? —La voz se le quebró en la garganta, reducida a un susurro.

—¿Te has tomado hoy las pastillas? —fue lo único que quiso saber su madre.

¿Las pastillas?, se asustó. ¿Cuánto hacía que las había dejado?

—Beca es otra de... otra de tus... ¿amigas especiales? —preguntó ante su silencio.

La chica sabía que sus amigas especiales no eran reales, solo una forma de mitigar la tremenda soledad. El propio doctor Carter les había explicado que se trataba de un comportamiento normal, «no patológico».

Beca era diferente. Ella sí que era real. ¿Dónde se había metido?, ¿por qué la había dejado tirada en ese callejón? Beca jamás haría algo así. Y fue entonces cuando, de súbito, todo cobró sentido.

Sintió que la garganta se le secaba. ¿Era posible? Su cara palideció. Recordaba detalles tan concretos, tan reales de Beca... Sin embargo, no podía negarlo. El doctor Carter le había hablado de las alucinaciones, los delirios si se interrumpía la ingesta de los psicofármacos bruscamente. Su piel exudaba un sudor viscoso y frío.

En medio de la calle, pequeña e indefensa, se dejó caer hasta *los pies de la cabina telefónica. No sabía qué hacer con toda esa pena, la inmensa ola de desesperanza que la ahogaba.*

Dirigió la vista al cielo.

—No pasa nada, ángel mío —oyó decir a su madre entre lágrimas—. Estoy aquí. Siempre estaré aquí.

SEGUNDA PARTE

Los otros

El cine no es solo cuestión de historias y actores. Detrás hay un director que mueve los hilos y, dependiendo de dónde coloque la cámara y cómo la mueva, puede transmitir cosas muy diferentes.

ALFRED HITCHCOCK

Verás... El mundo se divide en dos categorías: los que tienen un revólver cargado y los que cavan. Tú cavas.

El bueno, el feo y el malo (1966),
dirigida por SERGIO LEONE

1

VIERNES 24 DE MAYO

1

La espera resulta larga y angustiosa. Han aparcado cerca de la Torre Zuloaga. Es una calle poco transitada y han apagado las luces. Aun así, o quizá por ese motivo, la ambulancia del SAMUR llama la atención de los viandantes.

Marcos Herranz está intranquilo, aunque todavía no se arrepiente de haber aceptado formar parte del plan. Haría lo que fuese por Katy y por Bichito.

Katy es especial. Muy especial. Lo supo la primera vez que entró en el Lolita Vintage Café. Incluso sin maquillaje y en vaqueros y deportivas, transmitía una extraña mezcla de carisma y fragilidad.

Llevaba de la manita a una criatura celestial. Tan bonita como las muñecas de porcelana que coleccionaba su abuela. Tan dulce que daban ganas de comérsela a besos. Y con los ojos más excepcionales que había visto nunca. Rasgados y de un increíble gris claro, brillantes y enigmáticos como los de un felino. Mirada gatuna.

Ambas destacaban en esas calles como dos delicadas amapolas de un rojo intenso en medio de un césped mustio.

De lo que se arrepiente es de haber involucrado a su compañero. Lo mira de reojo. Agus está nervioso. Lo sabe por la forma en que da vueltas al mechero entre sus dedos.

A un par de manzanas hay una vieja iglesia que conserva en su torre un reloj con carillón. La manecilla pequeña alcanza el número diez, el badajo golpea el metal y suena la primera campanada.

Se miran. Es la señal acordada. Agus gira la llave de contacto. Salen a la avenida, encienden las luces y la sirena.

En la adolescencia, Saúl Bautista jugó de base al baloncesto de forma semiprofesional. En ese momento, dentro de la sala de reuniones de GCM, recuerda una analogía que le contó uno de sus entrenadores y que nunca ha olvidado.

Le dijo que en el instante de lanzar un tiro libre el tiempo se convierte en una goma elástica. El tirador se coloca en la línea, con el resto de los jugadores posicionados en los laterales de la zona esperando el posible rebote. Los cinco segundos de que dispone desde que el árbitro le entrega la pelota hasta que la lanza se estiran de forma interminable. En cambio, cuando el balón vuela desde sus manos hacia el aro, la goma se suelta de golpe, el tiempo se encoge y todo se precipita.

Ahora tiene una sensación idéntica. Los segundos desde que, a través de la penumbra, cree percibir un brillo metálico al final del brazo de Katy se estiran y estiran de forma interminable.

¡Un arma!, se asusta. ¡Katy lleva un arma!

La cree capaz de cualquier cosa. En estos cuatro meses ha comprobado no solo su valía profesional, sino también que su aparente fragilidad esconde una gran determinación y algo más. Algo inasible. Quizá su forma de mirar como si quisiera atravesar el cráneo de su interlocutor. O su nulo sentido del humor. Su falta de empatía. Su brutal franqueza. Cristóbal la llama «la pirada». Y «la pirada» sujeta una pistola en la mano.

En el bolsillo interior de la americana, Saúl guarda el misterioso sobre a nombre de Caitlyn que Gonzalo le ha entregado poco antes de empezar el *meeting*.

—El lunes a primera hora vendré a por él. Y si... —los ramilletes de alrededor de las comisuras de los ojos parecían más profundos y marcados— si algo ocurriera, si algo sale mal, escóndelo hasta que Katy venga a buscarlo.

—¿Salir mal?, ¿no estás siendo un poco melodramático? —se ha burlado Saúl—. ¿Qué es lo peor que puede pasar?, ¿que quieran modificaciones en la hoja de ruta?

—Promételo —le ha pedido muy serio.

Por supuesto, en cuanto Gonzalo se ha marchado, ha informado a Míster X. Tiene órdenes de comunicarle cualquier incidente, por pequeño que sea.

—¿Lo has abierto? —ha inquirido Míster X.

—No. Gonzalo me ha advertido de que no lo hiciera.

—Hazlo.

—Pero... ¿qué dirá Gonzalo?

—Eso no debe preocuparte. Ábrelo.

Ha rasgado el sobre y vaciado el contenido en la palma de la mano.

—Solo hay una memoria USB.

Se ha producido un silencio al otro lado de la línea mientras su interlocutor valoraba la información.

—No queda tiempo, esperaremos hasta después de la reunión —ha resuelto.

Ahora a Saúl ya no le parece tan melodramático. ¿Gonzalo se refería a esto? Se aterra. ¿Lo sabía?, ¿está compinchado con Katy?

El tiempo se estira de forma interminable hasta que, al sonar la última campanada de las diez, se suelta la goma elástica. Ocurre en una fracción de segundo. Una fracción de segundo en la que, fascinado, no puede apartar la vista del arma.

En el silencio un móvil vibra. Se mueve encima de la mesa. ¡Brrrum, brrrum! Se oye el poderoso rugir de una moto.

A Ismael hace dos meses que una ETT lo contrató como guardia de seguridad de la Torre Zuloaga. Desde detrás del mostrador de recepción, se alarma al ver cómo una ambulancia sube al bordillo. Unos minutos más tarde, entran precipitadamente en el hall dos sanitarios con una camilla y material médico.

—¿Qué pasa aquí? —los intercepta.

Está de mal humor. Su jefe le ha obligado a doblar turno por culpa de una reunión. No sabe cuánto durará ni si van a pagarle estas horas extras.

—Es una emergencia —dice Marcos, impaciente.

El guardia es un crío, apenas unos años mayor que los que recogen de las puertas de los *afters* con comas etílicos todos los fines de semana.

El doctor Marcos Herranz se comporta como quien toma las decisiones adecuadas en los malos momentos. Ese es su trabajo: irrumpir en lo que ha dejado de ser un mundo seguro, cómodo y agradable. Está acostumbrado a tratar con personas asustadas y reconoce la mirada del chaval.

—Se ha producido un disparo en la décima planta y hay un herido muy grave —le explica.

Ismael se aturulla. ¿Qué hago? Joder, vaya marrón.

—¿Un disparo?, ¿y cómo lo saben? —le pregunta a Marcos.

—Por una llamada telefónica a la centralita del SAMUR —responde sin disimular su irritación—. Nos estás haciendo perder un tiempo valioso. ¡Un hombre puede morir por tu culpa!

Ismael se muerde el labio. Duda. Entonces se le ocurre una idea:

—Voy a llamar al control.

Marcos debe hacer una extracción rápida. Sin alertar a nadie. Entrar y llevarse en la camilla el cuerpo del hombre que ha recibido un disparo, un tal Gonzalo. Agus lo mira. Le hace una señal. Empujan la camilla hasta los ascensores.

—Sí, en la reunión de la décima. —Ismael le explica la situación a su compañero de la sala técnica—. ¿Desactivadas? ¡Pues activa las putas cámaras!

Advierte que los del SAMUR ya han pasado el arco detector.

—Hostia, tío —oye Ismael al cabo de unos segundos—, hay un pavo en el suelo y sangra de la leche.

Ismael tira el auricular, sale de detrás del mostrador.

—¡Suban, suban! —les grita—. ¡Cuando lleguen, mis compañeros de control les abrirán la puerta!

Los guardaespaldas esperan sentados en los elegantes sofás Chesterfield de cuero. Uno de ellos, al que sus compañeros llaman 007 por su parecido con Daniel Craig, arruga la nariz. Le molesta el intenso perfume de los lirios.

Al aparecer Katy, como el hombre que hace unos minutos ha ido a por unas botellas de agua, supone que necesitan alguna otra cosa en la reunión. Imagina que debe de ir a una cocina o un almacén.

La mira con desconfianza. Le llama la atención lo nerviosa que está y el hecho de que deje sonar y sonar el móvil en vez de cogerlo o rechazar la llamada. Nota el escozor en el omóplato. En el lugar donde le alcanzó una bala hace veintitrés años. En el combate, cuando es tu vida lo que está en juego, pronto se aprende que no todo puede explicarse de forma racional. La picazón del omóplato le ha salvado muchas veces.

Escruta a la mujer. El rostro ruborizado. Su extraño caminar. La manera en que coloca la mano delante de la falda como si quisiera ocultar algo. Cómo le tiemblan los dedos mientras teclea en el tablero de control de la puerta.

Se levanta del sofá.

Los pisos se suceden uno tras otro con una lentitud exasperante. Ni Marcos ni Agus hablan. Katy les advirtió que en el edificio hay un sistema de cámaras de vigilancia y que los secuestradores habían accedido a él.

Salen apresurados del ascensor empujando la camilla. Normalmente encuentran a alguien a punto de sufrir un ataque de ansiedad esperando para conducirlos hasta la emergencia. Aquí no hay nadie. Y no lo hay porque nadie ha llamado al SAMUR.

Conocen el camino. Katy les ha dibujado un plano que han memorizado. Llegan a la salita que precede a la sala de reuniones. Cuatro hombres están sentados en los sofás, atareados con sus móviles. Otro, de pie, mueve arriba y abajo la manivela de una puerta intentando abrirla.

En el plano, esa es la puerta que da acceso al *office*. Marcos siente un alivio inmediato. Es la confirmación de que el plan funciona. A estas alturas, calcula que Katy habrá bajado la escalera interior y estará a punto de montar en el coche en que la espera la Momia.

Al percibir el revuelo, los guardaespaldas se levantan, echan mano a las cartucheras. Ni Marcos ni Agus responden a sus preguntas. Continúan sin detenerse y los hombres siguen su estela.

Es la quinta vez que Marcos acude a un tiroteo y antes de abrir la puerta de la sala de reuniones imagina qué va a encontrar: lágrimas, gritos, incredulidad, estupefacción. Y miedo. Y alivio por no ser la víctima.

—¿Cómo... cómo han...? —Saúl está en shock. Habla a borbotones.

—Nos han avisado los guardias de seguridad —le contesta sin detenerse.

La parte delantera de la camilla tropieza con las sillas y las desplaza.

Saúl no asimila lo que ha ocurrido. ¿Katy ha asesinado a Gonzalo a sangre fría? ¡A Gonzalo!

Aunque el baloncesto era su pasión, a pesar del empuje y de las muchas horas de entrenamiento, nunca consiguió la plaza de titular. Aprendió que para lograr el éxito no bastaba con ser el mejor, también había que vigilar dónde estaban posicionados el resto de los jugadores. Y, sobre todo, quién estaba en posesión del balón.

Ahora la pelota se le ha escapado de las manos. Ya no controla el partido. Si es que alguna vez lo ha hecho. Sus entrenadores estaban en lo cierto: solo es un *one trick pony*. ¿Quién esconde el balón? ¿Katy?, ¿Míster X?

Marcos distingue el cuerpo de Gonzalo al otro lado de la mesa, completamente inmóvil en el suelo con el rostro vuelto hacia el lado izquierdo, la boca entreabierta, los ojos cerrados y el abdomen ensangrentado. Concluye que es un buen actor.

Ni le toma las constantes vitales ni finge realizarle ninguna cura. Quizá no resulte demasiado verosímil, pero está aterrado. Los guardaespaldas son enormes y parecen feroces como lobos. Katy no mencionó que fuera a haber ningún guardaespaldas. Quiere escapar de esta sala, del edificio. Alcanzar la seguridad de la ambulancia.

—Está muy grave, debemos trasladarlo inmediatamente al hospital —explica.

Hace una señal a Agus y entre los dos lo izan a la camilla. Marcos ha realizado esa operación con decenas de cuerpos y se percata de que algo va mal. Muy mal. Alarmado, le busca el pulso en la vena del cuello unos segundos eternos. Nada. Le sube la manga y prueba en la muñeca. Nada.

Sacude las manos como si se hubiese quemado. Mira a Agus.

Ambos han comprendido que el hombre no disimula: está muerto. Katy, ¿qué demonios has hecho?

—Hay que llamar a la policía —grita.

¿La policía?, se asusta Saúl. Siente una mezcla de miedo y excitación. Como en los últimos minutos de un gran partido. En los decisivos. La sangre le hierve en la punta de los dedos.

2

Los dos coches zeta que han acudido a comprobar la veracidad de la llamada telefónica están aparcados en la puerta de la Torre Zuloaga. A la inspectora Larissa Samper no le extraña que también haya una ambulancia del SAMUR. Es algo habitual.

Uno de los agentes uniformados se acerca a ellos; es muy joven, recién salido de la academia. La inspectora, con su metro ochenta, es más alta que él. Siente cómo el agente la examina, pero está tan habituada que no le perturba, casi ni le molesta. Su impactante presencia suele ser objeto de atención.

Siempre viste de negro; las americanas, las blusas y los pantalones de distintos cortes y tejidos se suceden en su armario. El único adorno es una pulsera de delicadas filigranas de plata antigua y jade, una antigüedad china que siempre lleva en la muñeca izquierda. Su larga melena rubia natural, la blancura de su piel, sus perfectos pómulos y la inclinación eslava de sus ojos negros delatan su origen ruso. Su segundo apellido es Ibrámova.

—Buenas noches, jefa. Es en la décima planta —le informa el agente.

—¿Y a qué esperamos?

Lara odia los formalismos sociales y que le hagan perder el tiempo. Quiere terminar cuanto antes la recogida de pruebas y el levantamiento del cadáver. Ellos han sido los primeros en acudir, antes que el personal del juzgado y el forense.

El agente los acompaña a los ascensores.

—Ponme al corriente —le ordena Lara.

—El homicidio ha ocurrido en las oficinas de una empresa llamada... —El agente consulta su libreta.

El subinspector Ginés Haro saca la suya para tomar notas. A Lara Samper le complace ese gesto. Sabe que después las pasará a su inseparable tablet. En los diez meses que han transcurrido desde que Ginés comenzó a trabajar a sus órdenes en la Unidad de Homicidios se ha ganado su respeto con su trabajo meticuloso y eficiente. Es un buen policía, incluso mejor de lo que él mismo sospecha.

—... Global Consulting & Management. En el transcurso de una reunión, una de las empleadas —busca el dato—, Catalina Pradal, ha sacado una pistola y sin mediar provocación ha disparado a uno de sus compañeros, a su amante, un tal... Gonzalo Márquez. Hay varios testigos que confirman estos hechos punto por punto.

El ascensor se detiene y salen al descansillo. La inspectora se dirige a Ginés:

—Hay que averiguar cómo pasó el arma por el detector de metales del hall y conseguir la grabación del disparo... —Señala una cámara en una de las esquinas.

—No hay grabación —interviene el agente incluso antes de que termine de formular la frase—. La reunión era confidencial. Se habían extremado las medidas de seguridad y desconectado parte de las cámaras, incluida la de la sala de reuniones.

—¿Dónde está la sospechosa? ¿Ya la han trasladado a comisaría?

—No, jefa. Aún... aún no la hemos detenido —responde el agente, turbado e incómodo como si fuera culpa suya.

Lara bufa de disgusto ante tanta ineptitud. El agente se apresura a añadir:

—Uno de los guardaespaldas asegura...

—¿Guardaespaldas? —se sorprende.

—Por la reunión. Los clientes acudieron escoltados por cinco guardaespaldas.

Lara alza una ceja. Cinco son muchos guardaespaldas.

—¿Sobre qué era la reunión?

—Algo de una inversión financiera, de presentar un proyecto...

Lara se vuelve hacia el subinspector Haro. No le sorprende que él ya esté apuntando que hay que recabar información acerca de la reunión y los clientes. Ginés tiene treinta y dos años, viste vaqueros, camisa con corbata y chaqueta, y emana buena salud por todos sus poros. Su vitalidad lo vuelve atractivo.

—Continúe: ¿qué es lo que asegura uno de los guardaespaldas? —le ordena.

—Bueno, mientras se desarrollaba la reunión, ellos esperaban en una salita cercana y uno ha visto a la sospechosa entrar en el *office*. Lo hemos inspeccionado y hemos encontrado una escalera interior que comunica las tres plantas de Global Consulting & Management, la octava, la novena y la décima. La sospechosa ha huido por ahí.

—¿Porta el arma con la que ha efectuado el disparo? —le pregunta clavándole sus ojos negros e inescrutables.

—Creemos que sí, jefa.

—¿Ha salido del edificio?

—No estamos seguros.

—¿Cómo que «no estamos seguros»? ¿Acaso no hay un circuito cerrado de cámaras de vigilancia? —Eleva el tono.

—Sí, pero al llegar la ambulancia y los médicos del SAMUR

con la camilla, se ha producido un gran revuelo y lo ha aprovechado para escapar. Ahora hay dos compañeros revisando las grabaciones en el centro de control del sótano para averiguar adónde se ha dirigido al salir de la escalera.

—¿A qué hora se ha producido el disparo?

—A las 22.00 en punto.

Lara Samper consulta su reloj: han transcurrido cuarenta minutos. Ha sido una suerte que ella y el subinspector se hubiesen retrasado en comisaría con el informe de un atestado. No obstante, en ese tiempo ha podido huir muy lejos. Suspira con fastidio. El caso es un caramelo para la prensa. Y la prensa significa más presión.

—Averigua si han designado juez —le indica al subinspector—. Hay que solicitar una orden de busca y captura.

Ginés también ha consultado su reloj, pero por otro motivo. Está preocupado. A esa hora, César y el grupo de treinta chavales que se han apuntado a las jornadas de Alucinaciones Entomológicas ya habrán comenzado la excursión nocturna.

Camino de la Torre Zuloaga, le ha enviado a César un SMS para decirle que le ha surgido un imprevisto. Su amigo no le ha contestado.

En la puerta de la sala de reuniones hay otro agente para asegurarse de que nadie entre ni salga y preservar las posibles pruebas que la Policía Científica se encargará de procesar.

La sala es amplia y está decorada en tonos neutros. Lo primero que asalta a Lara es el olor dulzón de la sangre mezclado con otro: el de cuerpos sudorosos encerrados. El que provoca el miedo.

Anderson la intercepta. Se tiene por un tipo inteligente y con bastante mano izquierda, aunque utilice frases hechas. Él gestiona los beneficios que obtienen sus clientes, los asesora en cuestiones legales que puedan resultar inconvenientes y pone en contacto a unos con otros a cambio de un porcentaje. Como suele explicar a sus colegas de pádel: «El dinero no entiende de colores, es solo dinero, provenga de donde provenga».

Del tal Míster X no conoce ni el nombre. Es un cliente que ha aportado a GCM Saúl Bautista. Se ha fijado en que este último se muestra bastante alterado. Por supuesto, a él tampoco le agrada la incómoda situación. El asesinato de uno de sus empleados en su propia sala de reuniones no es la mejor publicidad para la empresa. Pero lo afronta con estoicismo. Recurre a su mano izquierda y a la máxima que lo ha encumbrado: «El cliente siempre es lo primero».

—Soy Thomas Anderson, CEO de Global Consulting & Management. —Su tono es displicente.

Lara no quiere hablar con nadie. Necesita silencio para concentrarse. Sin embargo, está acostumbrada a que los testigos la acosen a preguntas, a exigencias. Prefiere atajarlas.

—Inspectora Larissa Samper —corresponde a su presentación.

—Inspectora, nuestros clientes —señala a los tres hombres trajeados del rincón visiblemente nerviosos— se han visto involucrados de forma fortuita en este —busca la palabra apropiada— desafortunado episodio. No existe ningún impedimento para que no puedan retirarse.

El subinspector Haro reconoce el rictus en el rostro de su jefa ante la actitud del hombre. Está convencido de que el tipo gana en un mes más que él en un año y cree que esa pasta, además de conseguirle mejores restaurantes, le otorga algún tipo de superioridad moral. Sabe cómo va a reaccionar la inspectora. La ha visto soportar provocaciones intolerables sin perder nunca los estribos, aunque no lo hace de un modo amable o cordial.

—Señor Thomas Anderson, nadie va a marcharse hasta que

hayamos tomado declaración a todos —le dice clavándole la mirada—. Y cuanto menos me moleste, le aseguro que antes acabaremos.

Anderson parpadea sorprendido por el tono de la policía.

—Ins-pec-to-ra, no sabe con quién está hablando. —Saca del bolsillo un móvil y lo blande—. Puedo hacer una llamada y en menos de dos minutos...

—Ginés, requísale el móvil. Y si insiste en esta actitud, detenlo por obstrucción a la justicia. No se preocupe, señor Thomas Anderson, desde la cárcel podrá realizar esa llamada. Y a cargo del contribuyente.

El rostro de Anderson se cogestiona de rabia.

—Sabe que esto no le va a salir gratis, ¿verdad?

—Estoy segura de que lo va a intentar.

Se centra en el cadáver que reposa en una camilla. Es un hombre de unos treinta y cinco años, moreno, con barba y el rostro contraído por el sufrimiento. Como siempre, Lara Samper lo observa y se plantea esos quince o veinte segundos en que el cerebro permanece todavía consciente y en un chispazo da tiempo a comprender qué sucede. O incluso antes, cuando era una persona capaz de elegir, de tomar decisiones que han resultado profundamente desacertadas a la vista del resultado final. «¿En qué te equivocaste?», le pregunta.

Yace boca arriba. La camisa, a la altura del abdomen, es un charco de sangre. También hay una cantidad importante en el suelo. Debe de haber un orificio en alguna parte que no distingue. Aun así, es demasiada sangre.

Introduce las manos en los guantes de látex y con cuidado se acerca al trozo de moqueta gris con la gran mancha carmesí. Supone que es el lugar en el que ha permanecido el cuerpo de la víctima antes de que lo subieran a la camilla. Se agacha. Encuentra un casquillo. Lo recoge y lo introduce en la bolsa de pruebas que le tiende el subinspector.

Orificio de entrada y salida, deduce. También que, por las manchas en la moqueta, la muerte no ha sido instantánea. El cuerpo ha debido de convulsionarse. Habrá tardado unos minutos en desangrarse. Hay huellas de pisadas.

—¿De quién son?

—Mías —dice el médico del SAMUR, un tipo grandote con aire afligido.

—Entregue sus zapatillas a mi compañero.

Vuelve a centrar su atención en el cadáver. En su camisa abrochada. Es un detalle sorprendente. ¿Por qué los del SAMUR no han intentado reanimarlo? ¿Y por qué han movido el cuerpo? Sin embargo, a priori parece un caso sencillo: tanto la víctima como el autor están identificados. ¿Será así de fácil?, ¿un crimen pasional?

Suena un walkie. La inspectora pierde el hilo de sus pensamientos.

—Jefa, acaban de visualizar a la sospechosa en la grabación de una de las cámaras de seguridad.

—¿Hace cuánto y dónde?

—Hace diez minutos, en la escalera que conduce a la azotea.

¿La azotea?

—¡Vamos! —grita mientras sale por la puerta.

Asesinato pasional y posterior suicidio es un binomio demasiado común.

3

Katy se encuentra al borde del abismo. Solo precisa un ligero impulso. Despegar el cuerpo del quitamiedos. Adelantar el otro pie. Un pasito más y volar. Se deja acariciar por la brisa y, durante unos segundos, el mundo se detiene. La oscuridad la envuelve. Es un instante eterno.

De pronto, en medio de la tremenda quietud, oye un estrépito. ¿Qué ocurre? Sorprendida, vuelve a aferrarse con ambas manos a la barandilla y escudriña en esa dirección.

La puerta de acceso a la azotea se abre, un chorro de luz clara sale a través de ella. Varias personas emergen en tromba. Tardan un poco en distinguirla, pero Katy está demasiado asombrada para aprovechar esa ventaja y saltar. ¿Son los secuestradores?

—¡Catalina! —grita a la noche una mujer—, ¡soy la inspectora de policía Lara Samper!

¿La policía?, se asusta Katy, ¿qué demonios hacen aquí? ¿Qué más ha fallado?

—¿Cómo te encuentras, Catalina? Estamos aquí para ayudarte.

Lara evalúa la situación. Catalina Pradal es físicamente vulnerable. La lógica le hace esbozar otras hipótesis: ¿la víctima la acosaba de algún modo? ¿Por eso ha disparado sin una provocación previa?

Ha estudiado bastante acerca del suicidio, el gran tabú. Un tema que como psicóloga le apasiona. Incluso ha elaborado su propia teoría: el suicida no quiere morir, sino dejar de sufrir. Y para dejar de sufrir, hay que actuar. Son personas que carecen de las herramientas y los conocimientos necesarios para manejarse en una crisis profunda y sostenida en el tiempo. Aunque el hecho de que la potencial suicida empuñe un arma hace que los parámetros habituales varíen.

Lara se dirige al subinspector para darle instrucciones. Ginés Haro parece un soldado de élite con su habitual afeitado apurado y el pelo muy corto, que hacen resaltar aún más sus orejas de soplillo. Su rostro es afilado con un mentón firme, picudo y bien definido.

—Voy a acercarme a ella y...

—Jefa —la interrumpe con desgana uno de los agentes que los acompañan—, esto es un incidente crítico. Hay que activar el protocolo.

Lara lo observa sin cambiar su expresión. Un perro viejo, piensa. Conoce el perfil. Tipos que a su edad no han conseguido un destino en oficinas y están resentidos por seguir pateándose las calles. Tipos que no soportan que una «tía» les dé órdenes. De los de «nos engañan con el sueldo, pero no con el trabajo». Viejas cotillas. Está segura de que sabe quién es ella, de su historial de traslados cada dos años y de que llegó a este destino tras una excedencia. Además, su merecida fama de borde, de inflexible, suele precederla como el hedor a un cadáver.

—Muy sagaz. Menos mal que cuento con usted para explicarme las cosas —le dice con falsa amabilidad.

El agente no se inmuta. Se encoge de hombros.

—Haz lo que quieras. Yo lo consignaré en mi informe. —La mira con desprecio.

—Ginés, apunta su nombre para proponerlo a la medalla al mérito —le pide al subinspector.

Este se percata de que su jefa está más pálida de lo habitual y de que acaricia las piedras de jade de la pulsera. Es el único gesto que delata su inquietud.

Lara Samper no necesita que nadie le recuerde el protocolo: establece la obligación de comunicar la situación a la Sección de Secuestros de la Brigada de Delitos contra las Personas de la Unidad de Delincuencia Especializada y Violenta (UDEV). Ellos se encargan de los secuestros, de las tentativas de suicidio o de los que se atrincheran en un banco o una vivienda.

Por otra parte, su labor como inspectora al mando consiste en evaluar con rapidez el escenario: se encuentra ante una mujer atrincherada sin rehenes, una homicida con un arma de fuego. Una potencial suicida. Lara Samper es una mujer segura de sí misma, una profesional extremadamente competente. Toma la decisión y asume el riesgo.

—No hay tiempo —se dirige al subinspector Haro, ignorando al resto—. Llama a la UDEV y que monten el operativo táctico. Avisa también a los bomberos. Nosotros dos probaremos con una maniobra envolvente, ¿de acuerdo, Ginés?, ¿me entiendes?

El subinspector asiente. Los ojos despiertos le dan un aspecto fuerte y decidido.

Lara Samper se recoge el largo cabello rubio y lo enrolla en un moño apretado, lo sujeta con las horquillas que se ha sacado del bolsillo del pantalón. Se dirige de nuevo al subinspector.

—Ah, y manda a un agente abajo. Que traiga al del SAMUR con un botiquín a toda leche y que prepare un calmante —le ordena.

A pesar de que no va provista del chaleco antibalas, se aproxima unos pasos a Katy. Despacio, con aplomo. Su rostro no lo manifiesta, pero le sorprende lo menuda que es. Incluso más de lo que había calculado. No cree que pese más de cuarenta kilos.

—¡Catalina, voy a acercarme! ¡Solo quiero hablar contigo, que me cuentes qué te ocurre! —grita.

Habla de nuevo cuando está segura de que, a pesar de la oscuridad, la otra puede verla. Le describe sus movimientos antes de ejecutarlos.

—Voy a quitarme la americana, a desenfundar la pistola y a depositarla en el suelo.

Al terminar, levanta los brazos mostrando las palmas vacías con los dedos muy separados.

—Solo quiero hablar contigo, que me expliques qué te ocurre. Ayudarte. —Continúa avanzando.

No es la primera vez que la inspectora Samper se enfrenta a una negociación en una situación crítica. El primer paso es averiguar la entidad de la amenaza. Una persona atemorizada puede reaccionar de forma imprevista, y esa mujer muestra signos de nerviosismo: su pecho asciende y desciende con rapidez, sus gestos son precipitados, como a sacudidas. No deja de escrutar a su alrededor con inquietud.

—Catalina, seguro que tus amigos te llaman con un nombre más corto, ¿verdad? ¿Cata?, ¿Lina? —le pregunta. Su voz suena calmada, segura. Es una experta en ocultar sus emociones.

Katy siente la cabeza embotada. Le cuesta respirar, casi jadea. ¿La policía? No sabe quién los ha avisado, pero sabe quién no ha sido: los secuestradores. Y ellos retienen a Zoe. En vez de responder a la inspectora, vuelve a mirar al vacío.

—Habla conmigo —le pide Lara.

Katy asume que fue un error no denunciar la desaparición de Zoe.

—Solo quiero saber qué te ocurre para poder ayudarte.

La voz suena casi a su espalda. Muy cerca. ¿Hablar con ella? Sus hombros se sacuden en un temblor. Las decisiones que ha tomado hasta ahora han resultado erróneas, fatales. A lo mejor ha llegado el momento de cambiar el paso. ¿Puede fiarse de que los secuestradores no hagan daño a Zoe? No, claro que no. ¿Y si esta es su única oportunidad de salvarla?

—Habla conmigo, Catalina —le repite.

—Katy.

—¿Katy?

—Mis amigos me llaman Katy.

—Muy bien, Katy, ¿qué ha ocurrido?

No pierde nada por escucharla unos minutos. Siempre estará a tiempo de saltar y lo importante, el único requisito, es no abandonar la torre.

—Mi hija —dice, y se calla. ¿Por dónde empezar?

—¿Qué ocurre con tu hija?

Katy ha vuelto la cabeza. La inspectora ha avanzado y apenas las separan cinco o seis metros.

—Han secuestrado a mi hija.

¿Un secuestro? ¿Será cierto?, duda Lara.

—Katy, imagino que estarás muy preocupada. Nosotros disponemos de medios para ayudarte a localizarla.

—No pueden, acabo de tirar el móvil. —Mueve la cabeza y hace el gesto de lanzar algo al vacío. El rostro de la inspectora se crispa al ver que suelta la mano de la barandilla—. Además, Óscar dijo que utilizan una tecnología ilocalizable.

—El aparato no es importante —le asegura Lara con firmeza—. Conseguiremos el número con los repetidores, con las antenas de este edificio triangularemos la señal, obtendremos los metadatos. Disponemos de tecnología que no está al alcance de los civiles.

Lara Samper advierte el cambio en el rostro de la sospechosa. La está creyendo. Continúa hablando. Es fundamental mantener el contacto.

—Solicitaremos a un juez que nos permita intervenir tu teléfono y accederemos al contenido. Pero para poder ayudarte debes contármelo todo, venir a este lado de la barandilla. Yo no me moveré, no me acercaré, te lo prometo.

¿Y si es cierto? Lo que le ha dicho la inspectora tiene bastante sentido. Si no fuese posible localizar las llamadas de los secuestradores, ¿por qué me iban a obligar a deshacerme del móvil? ¿Y si Óscar estaba equivocado? ¿Sobrestimé sus capacidades? Temblando, obedece.

Lara sigue cada uno de sus movimientos. Es un momento de máxima tensión porque puede aprovechar para saltar. La observa pasar el cuerpo al otro lado de la barandilla. Después Katy empieza a contarle todo de forma atropellada y confusa, a vaciarse: la oferta de trabajo en GCM, el currículo, Óscar y sus paranoias, Zoe, el secuestro, Míster X, Óscar y su Macguffin, Pichón, Gonzalo, las balas de fogueo, la llamada de los secuestradores. En el ambiente irreal que propicia la oscuridad, siente que es algo íntimo. Centrada en que la otra la comprenda, se olvida del resto de los policías.

—Son capaces de todo. Mi niña está malherida, le han cortado un dedo o la mano. No lo sé. Y han matado a Óscar, ¿entiende? Óscar nunca sale de su casa y no está.

La forma de hablar de la sospechosa, sus incongruencias, su balanceo, le hacen suponer que se encuentra bajo los efectos de algún tipo de droga. ¿Por qué tarda tanto Ginés? Mientras, debe ofrecerle alternativas que la calmen.

—De alguna forma tuvieron que sacar a Zoe del edificio y después llevársela en un vehículo. Verificaremos los registros de las cámaras de seguridad de la zona, de los autobuses, localizaremos la matrícula y seguiremos sus pasos.

Las cámaras de seguridad de la zona. ¡Las cámaras! Un fuerte golpe en el costado derecho interrumpe sus divagaciones. Alguien la arroja violentamente al suelo. Katy lanza un gemido. Cae de bruces. Siente un intenso dolor en la nariz, un líquido espeso fluyendo. Un enorme peso sobre la espalda que le corta la respiración. Levanta la cabeza. Abre la boca para coger aire. Se atraganta con la sangre que se derrama sobre sus labios y su mandíbula.

—Joder, Ginés, creía que no llegabas nunca —dice Lara Samper al subinspector.

—Quería estar seguro, jefa —responde mientras estira, sin ningún miramiento, los brazos de la sospechosa hacia atrás y los une en la espalda para esposarla.

El peso que atenazaba a Katy desaparece. Unas manos ajenas la registran mientras se debate.

—Está limpia —dice Lara Samper desarmándola—. Solo llevaba la Astra.

Katy tose y escupe para despejar su garganta de sangre. Le sobreviene una arcada. Se ha golpeado la cabeza, está aturdida. Sin embargo, la siguiente frase que oye consigue despejarla.

—Léele sus derechos. La trasladamos a comisaría —dice Lara.

—¡No!

Boca abajo en el suelo, se retuerce con violencia.

—No. No. No lo entienden. ¡No puedo salir del edificio! ¡No puedo! —grita.

No la escuchan. No quieren escucharla.

La inspectora Samper hace un gesto para que se acerque el médico del SAMUR. Parece muy pálido, como si no se enfrentase a diario a situaciones igual o más desagradables que esta.

—Inyéctele el calmante.

Lara Samper está satisfecha. Han reducido a la mujer con la mínima fuerza.

—¡No, Marcos, no lo hagas! —chilla Katy con desesperación.

4

GCM les ha cedido varios despachos para que tomen declaración a los testigos. Anderson se ha mostrado más cooperador en cuanto ha comprendido que era eso o trasladarlos a todos, incluidos sus clientes, a comisaría.

—Muchas gracias por su colaboración, señor Thomas Anderson. —Lara lo escruta con sus ojos oscuros como el petróleo—. Por cierto, ¿sabe quién fue Antonio Gaudí?

El hombre la mira, confuso.

—¿Sabe cómo murió un arquitecto tan importante como él?

La perplejidad de Anderson es visible. Ginés Haro ha observado esa expresión cada una de las veces que la inspectora ha pronunciado el «¿Sabe cómo murió?». Una forma de elaborado sarcasmo que usa como barómetro de la estupidez humana.

—Fue arrollado por un tranvía en plena Gran Via de les Corts Catalanes. Nadie acudió en su auxilio porque iba vestido de forma descuidada, y un guardia civil tuvo que obligar a un conductor a trasladarlo a un hospital. Como no portaba ningún documento, ingresó como un indigente más mientras media Barcelona lo buscaba. Falleció tres días más tarde, ¿comprende?

Juega con el broche de su pulsera, aparentemente ajena a la

tensión que ha provocado. Sin esperar su respuesta, entra en uno de los despachos libres seguida de cerca por el subinspector.

—Solo me interesa el médico del SAMUR —le indica—. De los demás testigos que se ocupen los agentes.

El subinspector Haro admira a su jefa. Durante los últimos meses ha aprendido mucho observando su meticulosa manera de proceder, la lógica de sus presentimientos. Cómo encuentra la dirección correcta en la que encaminar el caso entre montones de informes, datos y posibles pistas. También ha aprendido a no cuestionar sus decisiones. Sin embargo, no puede evitar mostrar su desconcierto.

—¿No sería preferible comenzar por los misteriosos clientes que han acudido a la reunión con guardaespaldas?

—La niña, la menor, es nuestra máxima prioridad. Debemos averiguar qué hay de cierto en la historia del secuestro.

—¿Y qué va a saber el médico? Ni siquiera ha sido testigo del disparo.

Lara suspira con fastidio. Le molesta perder el tiempo explicando cosas que para ella resultan tan obvias.

—Cuando le iba a inyectar el calmante, la sospechosa lo ha llamado por su nombre: Marcos. Es obvio que lo conoce.

El doctor Marcos Herranz es la viva imagen de la inquietud y el pánico. Desde que ha entrado en la Torre Zuloaga su vida se ha acelerado y va sin control. Le duelen las plantas de los pies de andar en calcetines por la gravilla de la azotea. No ha podido recuperar sus zapatillas, que van camino de la Unidad de Policía Científica.

Su corpachón de ciento veinte kilos es un puro manojo de nervios. Está metido en un buen lío. La inspectora le hace sentirse muy vulnerable. Escruta cada uno de sus movimientos. Lo mira de tal manera que es como si alguien lo viese por primera vez. Lo ha encarado con los hechos y lo ha bombardeado a preguntas. ¿Qué hacía en la escena del crimen si nadie había llamado al SAMUR? ¿Por qué no comprobó las constantes vitales de Gonzalo Márquez?, ¿por qué no intentaron reanimarlo?, ¿por qué movieron el cuerpo?

A Marcos y a Javi, su pareja, les gusta ver series policíacas por la noche arrebujados en el sofá, por eso cree que conoce sus derechos. Aturdido, está a punto de negarse a responder y a solicitar la presencia de un abogado cuando Lara hace un gesto perentorio.

—La niña me preocupa. Ella es nuestra prioridad.

—¿Zoe?, ¿la han encontrado? —Traga saliva antes de formular la pregunta más difícil—: ¿Está bien?

Ginés no deja de teclear en la tablet en la que registra el interrogatorio. No le sorprende demasiado que Lara estuviese en lo cierto.

—Si se ha producido un secuestro —contesta la inspectora—, debemos actuar con la máxima celeridad. Hay que activar la alerta AMBER e introducir sus datos en el fichero de personas desaparecidas. Cuéntenos lo que sepa: cualquier detalle puede ayudarnos a localizarla.

Marcos reflexiona: responder es asumir su participación en un plan que ha terminado con la muerte de una persona. No habrá vuelta atrás. ¿Qué hago?

Lara Samper escruta al médico: desde el pelo, que lleva muy corto para disimular que le ralea, hasta las carnes fofas, la tripita y los vistosos calcetines. Intenta incluirlo en uno de sus arquetipos, patrones emocionales y de conducta, útiles cuando aún se carece de datos.

No duda de su homosexualidad. Ni de que es de los que intenta mantenerse sano y está apuntado a un gimnasio, e incluso paga a un preparador personal, pero cae a diario en alguna tentación: una pizza, el gin-tonic a media tarde... No tiene madera de luchador, concluye.

Aunque aún desconoce su implicación, parece cómplice de

un homicidio en primer grado. Debería tratarlo como a un testigo hostil, es la estrategia que utilizar con su arquetipo; sin embargo, algo en la extrema palidez de su rostro, en la forma en que le tiemblan las manos, le hace cambiar de idea.

Le formula una pregunta sencilla para romper el bloqueo. Lo más importante es que comience a hablar. Vaciar a un testigo es similar a vaciar de agua una piscina.

—¿Conoce a Zoe?

En el fuero interno de Marcos cuaja una decisión. La policía está en lo cierto: Zoe es la prioridad. Si por su culpa le ocurriera algo, jamás podría perdonárselo. Desbloquea su móvil y le muestra el salvapantallas: una fotografía en la que Zoe y él rugen a la cámara como dos leones.

—¿Esta es Zoe?, ¿es asiática? —se sorprende Lara. Y, antes de que pueda responder, añade—: ¿Es adoptada?

—No, no es adoptada. Mire: ha heredado el color de ojos de su madre.

Amplía la imagen. Observa unos ojos muy poco habituales. Tienen muy marcado el pliegue oblicuo del párpado superior, pero son inesperadamente claros.

Los dos policías intercambian una mirada de inquietud. El segundo motivo de desaparición de menores, después de las fugas de centros de internamiento, es la sustracción. Y, dentro de esa categoría, las más comunes son las llevadas a cabo por uno de sus progenitores, situación que aún se complica más si son extranjeros.

¿Se enfrentan a un secuestro internacional de un menor?

En cualquier caso, se trata de una desaparición inquietante de carácter forzoso. Además de la alerta AMBER, hay que activar el sistema ALERTA-MENOR DESAPARECIDO y recabar información que permita a la Secretaría de Estado de Seguridad ratificarla como de alto riesgo.

—¿Y el padre?

Marcos se encoge de hombros.

—También es lo primero que supuse. Katy nunca nos ha hablado de él. A raíz del secuestro, volví a preguntarle y me aseguró que es imposible que el padre esté involucrado porque no conoce la existencia de Zoe.

La inspectora oculta su escepticismo y continúa con el interrogatorio:

—De acuerdo, hablemos del secuestro. Día, hora y lugar.

Él carraspea antes de contestar.

—La secuestraron el viernes pasado, el 17, sobre las ocho de la tarde, en casa de Esther.

Las primeras horas son vitales. La alerta AMBER, en la que se solicita la colaboración ciudadana y se da difusión a través de los medios de comunicación, pantallas electrónicas o SMS para llegar al mayor número de personas, dura un máximo de veinticuatro horas. En ese período es cuando se traslada al secuestrado, cuando los posibles testigos aportan información valiosa. ¡Una semana!

—¿Quién es Esther? —continúa Lara Samper sin alterarse, aunque ha pensado lo mismo que su subordinado.

—Esther es una vecina, una señora mayor que la cuida las tardes en que Katy trabaja. Yo no supe nada del secuestro hasta el miércoles, hasta hace dos días. Katy me telefoneó desde un número desconocido, no desde el suyo. Estaba muy alterada. Me explicó lo ocurrido y me pidió ayuda con su...

Marcos calla. Busca las palabras adecuadas, las menos incriminatorias. No las encuentra.

—¿Pedirle ayuda con qué? —se impacienta Lara.

Sabe que está condenado al fracaso; tal y como la inspectora ha intuido, no tiene madera de luchador. Se le escapa un largo suspiro de derrota y se obliga a seguir con su declaración. Durante los siguientes minutos les cuenta lo que sabe del secuestro y del plan para liberar a la niña.

Ginés registra su declaración en la tablet. Al terminar, observa que la expresión de Lara ha mudado de la perplejidad al vago desdén y el desprecio. «La estupidez humana no tiene límites», le ha oído decir en más de una ocasión.

—A ver si lo he entendido bien. Los secuestradores le exigen a Catalina que mate a un desconocido y ella decide plantarse porque, normal, no se fía de que le devuelvan a su hija. Así que, en vez de avisar a la policía, lo que hace es organizar un plan —recapitula con mordacidad—. Y el plan consiste en que a las diez en punto suene también el móvil de Gonzalo Márquez. Por cierto, ¿quién realizó esa llamada?, ¿usted?

—Katy contaba con más ayuda, con otra persona. Fue quien llamó; también controlaba las cámaras de seguridad de la torre y se encargaba de las compras.

—¿Quién es ese cómplice?

—Óscar, su vecino. Un hacker. El típico informático que ve conspiraciones paranoicas por todas partes y lleva años encerrado en su casa con las persianas bajadas.

Lara cruza una mirada con Ginés, que hace un imperceptible asentimiento con la cabeza. En la azotea la sospechosa les ha hablado de él, les ha contado que los secuestradores lo han asesinado, les ha exigido ir a su piso a comprobarlo.

—¿Óscar?, ¿Óscar qué más?

—No lo sé —reconoce.

—Descríbamelo.

—Nunca lo he visto.

—¿Ha hablado alguna vez con él, aunque sea por teléfono? Niega de nuevo.

—¿Ni durante la elaboración del plan?

—No, ya le he dicho que es un conspiranoico que nunca sale de su piso. Al principio, Javi, mi pareja, para tomarle el pelo a Katy lo llamaba Ghost, pero dejó de hacerlo porque ella no pillaba el chiste. A Katy no se le dan bien ni las bromas ni la ironía. Entre nosotros seguimos haciéndolo porque, la verdad, es gracioso.

—Graciosísimo —dice Lara, cortante.

A pesar de los años, no se acostumbra a que el nerviosismo vuelva locuaces a los testigos durante los interrogatorios. Aunque los prefiere a los del otro extremo, a los monosilábicos.

Marcos nota el golpe de calor y el rostro encendido ante su comentario.

—De acuerdo, prosigamos. Según acaba de declarar, Gonzalo Márquez, al que Catalina también había convencido de unirse al plan, portaba en el abdomen una bolsa de sangre canina. A las diez, ella le dispara una bala de fogueo que hace explotar la bolsa y él se tira al suelo para fingir su muerte. Entonces comienza su cometido. —Lo señala—. Debe recoger al falso herido antes de que alguno de los presentes avise al 112 o a la policía y se descubra el engaño, sacarlo de la sala y llevárselo en la ambulancia. Todo para ganar tiempo y, una vez identificado Pichón, que Catalina salga de la Torre Zuloaga, monte en el coche en el que la espera su vecina Esther, una anciana, y pueda seguirlo e interrogarlo a ver si, con suerte, sabe algo del supuesto secuestro. ¿Ese era el plan?, ¿me he dejado algo?

La voz de la inspectora resulta irónica y fría. Solo ella es capaz de estar tan cerca y sonar tan distante. Marcos se siente avergonzado. Nota el sudor en las axilas, en la frente.

—¿Y usted aceptó por las buenas participar en una conspiración orquestada por su amiga y un «ghost» —dibuja las comillas con los dedos— llamado Óscar para cometer el asesinato de un hombre al que nunca había visto?

—Un asesinato no —protesta—. Nadie iba a resultar herido. Como mucho, un moretón por el impacto de la bala de fogueo.

Lara Samper esboza una mueca acusadora en los labios.

—Entonces ¿por qué ha muerto Gonzalo Márquez?

Marcos va a contestar. Luego baja la mirada al suelo, a sus calcetines sucios. Se queda ahí sentado, en silencio, y se echa a llorar.

5

Al terminar el interrogatorio de Marcos Herranz, dos agentes se lo llevan esposado. A pesar de ser la una y media de la madrugada, la inspectora Samper telefonea a Carlos Gil, inspector jefe de la Policía Judicial. Cree que la desaparición, el posible secuestro, de una niña de cinco años es lo suficientemente grave.

—Samper, el secuestro, de haberse producido, punto del que no estás segura y por el que no se ha interpuesto ninguna denuncia, ocurrió el viernes pasado —le contesta su jefe cuando consigue despabilarse—. Han transcurrido siete días. Una semana.

—Soy consciente, jefe.

—Esperaremos y lo valoraremos en comisaría mañana por la mañana, en la reunión. A estas alturas, seis horas más o menos no van a cambiar nada.

Cuelga y a Lara no le da tiempo a responder que le preocupa la niña. ¿Dónde está?, ¿corre peligro? ¿Y si es cierto que su decisión de sacar a la sospechosa de la Torre Zuloaga la ha condenado? ¿Se ha equivocado al no escuchar sus advertencias?

No podrá conciliar el sueño. La incertidumbre es una onda expansiva en su pecho que lo arrasa todo. Detesta los cabos sueltos.

—Voy a acercarme hasta el piso de la sospechosa —informa a Ginés.

El subinspector ha salido de su casa a las siete de la mañana, debería estar agotado, pero se siente lleno de energía. Se enfrentan a un gran desafío. Se aparta de los casos rutinarios a los que dedican el 95 por ciento de su tiempo.

Su pasión desde niño es la entomología aplicada a la rama forense. Es el motivo por el que, tras estudiar Biología, se presentó a la convocatoria al Cuerpo Nacional de Policía. Al ingresar en la academia de Ávila, una vez superada la oposición, se esforzó, trabajó con ahínco, pero no bastó para obtener la calificación que le permitiera un destino en la Unidad de Policía Científica. Se conformó con Homicidios. Es testarudo y continúa intentándolo en cada concurso de méritos.

—¿A qué esperamos? —le contesta.

Calcula que a estas horas César habrá regresado con los chavales. Ya no puede serle de ninguna ayuda.

Lara Samper sonríe. Ginés le resulta estimulante. Es un cambio alentador trabajar con alguien tan implicado como ella. Utilizar un enfoque proactivo en vez de reactivo. Salir a buscar la información y no esperar a que alguien se la lleve al despacho.

—¿La crees? —pregunta Ginés a su jefa mientras conduce—, ¿crees su historia del plan, del secuestro de su hija?

—¿Creerla? —se sorprende ella—. No es una cuestión de fe. Es una cuestión de pruebas. Y te recuerdo que, por inverosímil que parezca, no se puede descartar ninguna hipótesis. Hay que investigarlas todas. Los datos nos indicarán si son ciertas o no.

De todas formas, ahora lo que me preocupa es encontrar a esa niña. ¿Estará malherida, tal y como ha asegurado Catalina?

El subinspector detiene el coche ante el número 17 de la calle Quijano Maldonado. Al salir, Lara retrocede unos pasos para examinar el edificio. Décadas de contaminación han ennegrecido la piedra de la fachada. Las gárgolas que decoran la parte superior le confieren un innegable aire gótico. O quizá es la luz tísica de las farolas, que la dotan de unos juegos espectrales de volúmenes, de luces y sombras.

Ginés abre la pesada puerta de forja negra con las llaves que la sospechosa llevaba en el bolso y la sujeta para ceder el paso a Lara. El juez de guardia les ha concedido la orden de registro, que ha hecho extensiva al primero derecha, la vivienda del tal Óscar. La han recibido en el móvil mientras aparcaban.

Lara entra decidida, con los hombros hacia delante. El mármol del suelo del patio y algunos tramos de la pared rezuman la humedad igual que si fuera un panteón. Todo está demasiado silencioso. Aún le resulta más helador y siniestro al distinguir en un rincón un elemento tan incongruente en ese entorno como una bicicleta rosa con ruedines.

—¿Por qué piso empezamos?

—Por el de Óscar —decide Lara.

Ascienden despacio los tramos de escalera. Se detienen ante la puerta de entrada. Aunque no lo deja traslucir, Lara Samper se nota inquieta. Con las pulsaciones aceleradas. Desconoce qué va a ocurrir. ¿Hallarán al tal Óscar enfrascado en sus ordenadores y le pegarán un susto de muerte? O, por el contrario, ¿hallarán su cadáver?, ¿el de la niña?, ¿ambos?

Se hace un moño apresurado con un par de horquillas. Se desabrocha la americana y se levanta la camisa para acceder a la faja elástica de nailon en la que lleva el arma. Desenfunda. Mira al subinspector, que asiente. Están preparados.

Llama con los nudillos a la puerta.

—Somos la inspectora Larissa Samper y el subinspector Ginés Haro, de la Unidad de Homicidios. Tenemos una orden de registro.

Aguardan unos segundos. Su intranquilidad aumenta. Él repite la llamada golpeando con más fuerza y la puerta se desplaza unos centímetros hacia dentro.

Se interrogan con la mirada.

Lara prefiere no anticipar ninguna conclusión, aunque no es buena señal. Sin soltar la empuñadura del arma, alarga la pierna y empuja la puerta contra la pared con una patada suave. Ante ellos aparece una habitación de paredes blancas de unos quince metros. Vacía, a excepción de otra puerta cerrada.

Hace señas a Ginés con la cabeza.

Entran y se colocan cada uno en un extremo de la nueva entrada. Él golpea de nuevo con los nudillos y vuelve a identificarse.

El subinspector inspira profundamente para calmarse. El silencio es absoluto. Se concentra en la puerta de madera lacada en blanco. Y en el cadáver que supone que encontrarán detrás. Aunque no cree en Dios, ruega no encontrar a la niña.

Lara hace girar el pomo con la mano izquierda mientras sostiene la pistola con la derecha. Al igual que la anterior, la puerta no ofrece ninguna resistencia. Desde su posición, ella es la primera en distinguir el interior. El desconcierto se refleja en su rostro. Su mano derecha y sus hombros se relajan.

Ginés se pregunta qué ocurre, qué habrá visto. Camina tras ella.

En la penumbra advierte que se trata de un gran espacio diáfano, salvo por los pilares que soportan la estructura del edificio; ni un solo mueble, ni una estantería, ni una cama, ni un cuadro en las paredes ni una lámpara en el techo. Ni ningún cadáver. Inmaculadamente vacío.

Lara hace un gesto en dirección a una nueva puerta que distinguen. Se dirigen hacia ella. La inspectora por la derecha y él por la izquierda, controlando el perímetro. Repiten la operación para descubrir que se trata de un cuarto de baño. Tan vacío como el resto del piso.

Confusos, regresan al gran espacio central.

—¿Estás seguro de que este es el piso de Óscar?

—El primero derecha. El que la sospechosa ha indicado —afirma Ginés.

Es tarde. Está cansado. Se frota la cara. No se ha afeitado desde que ha salido de su casa y oye el ruido de su barba rala contra la palma de la mano. Le molesta, le hace sentirse descuidado.

Lara, a la que le gustan los desafíos y se crece bajo presión, está muda. La investigación acaba de dar un giro inesperado. Ya no solo le preocupa dónde está la niña, sino también qué ha ocurrido con el tal Óscar, el hacker paranoico.

—¿Subimos al piso de la sospechosa? —pregunta Ginés.

Lara levanta la mano reclamando silencio. Precisa unos minutos para interpretar el inesperado hallazgo. ¿La sospechosa ha mentido sobre la existencia de Óscar o será obra de los misteriosos secuestradores? ¿Cuánto tiempo se tarda en vaciar un piso?

Es durante ese silencio cuando oyen unos pasos. Unos pasos que se acercan.

Alguien ha accionado el botón de la luz de la escalera. Afianzan los pies en el suelo y apuntan en dirección a la puerta por la que han entrado hace unos minutos.

Joder, ¿ahora qué? Lara aferra con ambas manos la pistola y flexiona los codos para destensar los brazos. Se prepara para cualquier cosa, excepto para lo que acaba ocurriendo.

En el marco de la puerta aparece una sofisticada mujer con una larga y cuidada melena blanca. Sostiene en los brazos a una niñita asiática con unos ojos extraordinarios y un oso de felpa en la mano derecha. La boca de la mujer se abre de estupefacción al encontrarse con los policías encañonándola.

La inspectora Lara Samper se siente como si una mano gigante acabara de empujarla con brutalidad. Tal es el impacto.

—¡Zoe!

Se fija en que la niña conserva los diez deditos intactos.

6

Baltimore, junio de 1984

—¿*Preparada?* —*preguntó con amabilidad el doctor Carter a la chica.*

Uno de sus ayudantes acababa de ajustarle el protector bucal para evitar lesiones en la lengua. Ella no podía hablar, así que se limitó a asentir con la cabeza. Su madre le dio un beso y se separó de ella.

La chica permaneció tumbada en la camilla sin apartar la vista de las imágenes. Cerró los puños hasta clavarse las uñas. Le aterraba el dolor que anticipaba. Fuertes correas inmovilizaban sus muñecas y tobillos. Carter le había explicado que la terapia electroconvulsiva o TEC había avanzado mucho desde sus inicios en los años treinta y que era un método muy eficaz para modificar las conexiones neuronales del cerebro.

Durante los últimos meses, Carter se había resistido a emplear la TEC a pesar de la insistencia materna. A cambio, para aplacarla, habían incluido a la chica en el programa de terapia conductista de aversión. La utilizaban con varios de los sujetos del estudio desde que habían descubierto la gran cantidad de niñas que mostraban tendencias homosexuales.

La terapia consistía en la aplicación de inyecciones de apomorfina, un fármaco que inducía fuertes vómitos, mientras los pacientes miraban una fotografía de una mujer desnuda. Se asociaba el estímulo —la fotografía— al refuerzo negativo —las náuseas y los vómitos— hasta que en el paciente la simple idea de un cuerpo femenino desnudo se convertía en algo tan repugnante que provocaba por sí sola los vómitos.

Ahora a Carter ya no le quedaba más remedio que sacar a la chica del programa y aplicarle la TEC. Precisaba una terapia de aversión más «intensa» que la utilizada hasta entonces. Había cruzado la línea al aparecer desmayada en un callejón sin ningún recuerdo de los dos días previos. Además, la intensa alucinación de la amiga podía ser un síntoma de un cuadro esquizoide.

—El electroshock no goza de muy buena reputación en nuestro país, entre otras cosas por culpa del impacto que tuvo la película Alguien voló sobre el nido del cuco —le explicó—, pero es una herramienta terapéutica eficaz. En el mundo, alrededor de un millón de personas la reciben para combatir enfermedades mentales severas.

Ignoraba que la chica estaba dispuesta a someterse a cualquier terapia. A lo que hiciese falta. Necesitaba ayuda. Lo que quiera que hubiese ocurrido en los dos días que estuvo desaparecida —esa enorme laguna negra en su memoria— era un castigo por ser mala. ¿Cómo podía haberse inventado a Beca? Y lo peor, ¿qué clase de depravada imaginaba esos actos obscenos? Debía curarse. Evitar que volviera a suceder.

—Comencemos —ordenó Carter.

Su ayudante presionó un botón en la máquina de electroshock. Una pequeña cantidad de corriente eléctrica pasó a través de los cables hasta los electrodos que habían colocado con almohadillas a ambos lados de las sienes de la joven.

Su cabeza se venció hacia atrás, con los ojos muy abiertos, mientras mordía con todas sus fuerzas el protector bucal. Su cuerpo se convulsionó durante los sesenta segundos que duró la descarga.

Creía que por el tormento de la carne accedería a la pureza, y eso, lo que significaba ese dolor, le producía un perverso placer.

Al concluir, su madre se apresuró a acercarse. A besar su frente sudorosa.

—Todo va a salir bien, ángel mío. Estoy aquí. Siempre estaré aquí.

Las convulsiones no eran lo peor, sino las horas y días que las seguían. Las náuseas. La rigidez en la mandíbula. El dolor en cada uno de los músculos de la espalda y los hombros por la tensión que habían soportado. El dolor que la hacía consciente de cada parte de su cuerpo. El temblor de las manos, que no tenía tiempo a desaparecer en el espacio entre una sesión y la siguiente. Tres por semana.

Las descargas no solo afectaban a la carne. También a la mente. Padecía terribles cefaleas. Pérdida de la memoria. Obnubilación de la conciencia. Era incapaz de concentrarse para leer más de dos páginas de un libro. Sufría una profunda amnesia anterógrada.

Y pesadillas. Despojadas de cualquier línea narrativa. Surgían con vívidos y espeluznantes detalles para no olvidar lo que ocurriría si cedía a sus bajos instintos.

Fueron precisas muchas sesiones de electroshock; llevaba la imagen de Beca incrustada debajo de los párpados y no conseguía borrarla. Las intensas sensaciones que había imaginado no desaparecían.

Al final, su cuerpo y su mente aprendieron, se educaron por

repetición. La disciplina era posible a través del castigo físi-
co. El amor se convirtió para ella en un lugar de tensión e inco-
modidad. La carne en dolor. El sexo en muerte. El deseo en su-
ciedad.

Desde entonces, sus sueños siempre fueron fríos y silenciosos.

2

SÁBADO 25 DE MAYO

1

¿Qué ha ocurrido?, se extraña Katy al despertar.

Tiembla. Le castañetean los dientes. Tiene frío, mucho frío. La respiración entrecortada. Ha sufrido una pesadilla. Una horrible pesadilla. Está bañada en sudor. Su cabeza es un dolor gélido e intenso, incesante. ¿Qué ha ocurrido? Trata de recordar. ¡Marcos! Marcos acercándose a ella con una jeringuilla.

Abre los ojos y mira alrededor. Se asusta. No está en la azotea. Parece un hospital. No. No. No. ¡No podía salir de la Torre Zuloaga! Un grito brota poderoso de su garganta.

Al cabo de unos segundos o unos minutos, su desorientación le impide calcularlo, se abre la puerta y una enfermera se precipita en la habitación.

—Tranquila, tranquila.

Ella sigue gritando mientras la enfermera sale.

—Vigílala —le pide al policía que monta guardia ante la puerta.

Al momento, la enfermera regresa con una ampolla de cristal en la mano, le da unos golpecitos con la uña y la inyecta en el gotero. Entra en la sangre de Katy por la vía intravenosa que le habían aplicado en el brazo derecho cuando la ingresaron.

Aunque se acostó ya de madrugada, la inspectora Samper es muy disciplinada y no se ha saltado su rutina. Como todas las mañanas, a las seis y media ha salido en dirección a la piscina. Le gusta nadar con las calles vacías durante cincuenta minutos, siguiendo una tabla de secuencias fijas. Ya en el vestuario, ha echado un rápido vistazo en el móvil al parte de sala con las novedades. Después se ha dado una ducha larga y se ha aplicado con calma la crema corporal de mandarina.

En el coche se le escapa un bostezo. Ginés y ella regresan al número 17 de la calle Quijano Maldonado. Están citados con Esther, la vecina. La noche anterior pospuso su interrogatorio y el de la niña. No fue por falta de ganas o por consideración hacia ellas. La razón fue más pragmática. No deseaba contestar a las numerosas preguntas que le formulaba la anciana: ¿por qué estaba la policía en su edificio a las dos de la madrugada?, ¿por qué las apuntaban con sus armas?, ¿cómo habían entrado? Y la que más se repetía: ¿dónde estaba Katy?, ¿qué le había ocurrido?

Cuando la anciana amenazó con llamar a su abogado, Lara la tranquilizó respecto a Katy y se comprometió a acudir unas horas más tarde para explicarle la situación.

Conduce Ginés, y por la brusquedad de sus movimientos, Lara supone que está estresado. Imagina que el motivo será una discusión por regresar de madrugada. Es el motivo más frecuente. No es sencillo soportar la presión de ser pareja de un policía implicado en su trabajo. Aunque ignora si mantiene una relación con alguien.

El subinspector Ginés Haro no es hablador y eso es algo que ella aprecia. Lara nunca ha tenido interés en la vida privada de las personas que tiene a su cargo. Unas vidas que, por otra parte, tienden a ser vulgares y repetitivas. Sus parejas o la falta de ellas, los colegios y las enfermedades de los hijos, sus familias. Sus hipotecas. Rutinas.

No suelen importarle los sentimientos de sus subordinados, pero no quiere que interfieran en la investigación. Dedicarle ahora un par de minutos resultará provechoso a largo plazo.

—¿Qué te ocurre?, ¿una discusión por volver tan tarde?

—Algo así —responde él, cáustico.

César, el amigo con el que estudió Biología, aún no ha respondido a sus mensajes.

Ginés y César se embarcaron el año anterior en un proyecto al que llamaron Alucinaciones Entomológicas. Consideran que los insectos son los grandes marginados, especialmente frente a los vertebrados y a los dichosos mamíferos: perros, elefantes, jirafas, cebras, leones..., a los que las películas, los dibujos y los libros han humanizado hasta volverlos atractivos.

Las Alucinaciones Entomológicas pretenden descubrir el fantástico mundo de los insectos a los niños, y para conseguirlo colaboran con varios colegios. No se limitan a dar charlas, a ellos les interesa el trabajo de campo. Programan una salida trimestral en autobús, una salida nocturna en la que rastrean y localizan esos escarabajos noctámbulos tan populares: las luciérnagas.

Aprovechando la luna llena, y que al día siguiente no había colegio, programaron la salida trimestral para la noche del viernes 24 de mayo. Anoche. A la excursión se habían apuntado treinta niños del ciclo medio de primaria.

Lara nota la vibración de su móvil y contesta la llamada. Habla unos minutos. Al colgar, suspira.

—La sospechosa ha despertado —informa a Ginés.

—¿Qué quieres hacer?

Ginés no duda de que su jefa sabe que para tomarle declaración debe estar presente un letrado.

—Solo vamos a interesarnos por su estado. Aunque si hace

alguna manifestación espontánea sin que nosotros le preguntemos... —dice Lara como si leyera su mente.

Al llegar al hospital, la inspectora pide hablar con el médico que atiende a Catalina.

—Hemos tenido que administrarle un calmante. Estaba muy alterada —dice el doctor Barreras después de presentarse.

—¿Está despierta? —pregunta Lara con impaciencia alzando las cejas.

Teme que los hayan avisado para nada. La capacidad para la espera no se encuentra entre sus virtudes.

—Sí, está despierta —responde el médico a la defensiva.

—¿Cuál es su estado? ¿Qué nos vamos a encontrar?

—Muestra una ligera desorientación y las reacciones fisiopsicológicas típicas del síndrome de abstinencia: temblores, ligera paranoia, ansiedad, náuseas, cansancio, hormigueo.

—¿Síndrome de abstinencia? —se sorprende la inspectora.

El médico ha captado su atención.

—Al ingresar esta madrugada, le realizamos una batería de pruebas que incluía una analítica de sangre. En los resultados aparecen restos de distintos psicofármacos: Trankimazin, diazepam, barbitúricos y, lo más relevante, clorhidrato de ketamina.

¿Ketamina? Lara sabe que la ketamina es una droga ilegal que produce hipertensión, arritmias, depresión respiratoria leve y reacciones distónicas. A nivel mental causa ansiedad, desorientación, paranoia y alucinaciones. Unida a los psicofármacos, puede ser una bomba.

—¿Cuánta ketamina tomaba?

—Es imposible determinarlo. Desconocemos cuándo fue la última vez que consumió y qué cantidad. La enfermera acaba de realizar otra extracción de sangre. Tomaremos los primeros resultados como línea basal.

—¿Le está administrando alguna sustancia sustitutiva?, ¿metadona?

—No, prefiero esperar a los resultados.

—De acuerdo —se despide sin preguntar si puede ver a la paciente. Nadie se lo va a impedir.

—Gracias, doctor —dice Ginés. No se acostumbra a la falta de cortesía de su jefa.

2

Katy nunca se había sentido tan mal. Nunca.

Ni cuando con diecisiete años, después del terrible accidente, la ingresaron en la clínica psiquiátrica y tuvieron que atarla a consecuencia de la tricotilomanía. Sin pestañas, casi sin cejas y medio calva. Arrancarse el pelo de forma compulsiva era la única forma en que experimentaba un ligero alivio, algo que le proporcionaba la falsa sensación de ejercer un mínimo control.

Al tremendo malestar físico se unen los sentimientos que la desbordan. Rabia. Humillación. Y miedo. Mucho miedo. Zoe. ¿Dónde está Zoe? Pensar en si los secuestradores han cumplido su amenaza le da pavor. La invaden imágenes de su cuerpecito —se niega a usar la palabra «cadáver»— ya frío, tirado en cualquier parte. Una mirada muerta. El rostro tan amado deforme. Opaco.

Oye entrar a alguien en la habitación.

—Buenos días, Catalina. Somos el subinspector Ginés Haro y la inspectora Larissa Samper. Nos conocimos anoche en la azotea, no sé si lo recuerda.

Ella abre despacio los ojos. Cree que la policía está ahí para darle la mala noticia, el golpe definitivo: han hallado el cuerpecito de su niña. Su pesadilla se ha hecho realidad.

—¿La han... la han encontrado? —Los dientes le castañetean.

—Catalina, hemos venido a interesarnos por su estado —responde la inspectora.

Un ramalazo de compasión sacude a Ginés. La sospechosa es la viva imagen del desamparo. Su cuerpo tirita, está pálida y demacrada. Sus brazos flacuchos asoman de las mangas cortas del enorme camisón.

—Tienen que encontrarla.

Le cuesta hablar. Nota la boca pastosa. Ginés le acerca el vaso de agua que hay en la mesilla, lleva la pajita a sus labios agrietados. Teme que si lo deja en sus manos se le derrame. Ella bebe con dificultad.

El subinspector siente que con cada sorbito aumenta el resentimiento hacia su jefa. En el trayecto al hospital le ha dejado muy claro que «en ningún caso proporcionaremos a la sospechosa datos acerca de nuestra investigación». «¿Ni por humanidad?, ¿ni siquiera que su hija está viva?» Lara le ha lanzado una mirada decidida, incluso amenazante: «¿La humanidad que tuvo ella al disparar a bocajarro a Gonzalo Márquez?».

—Le dije que no podía salir de la torre. —Los ojos de Katy se empañan. No le quedan fuerzas. Se ha rendido.

Lara se siente muy defraudada al comprobar su estado de confusión. Se le acumulan las preguntas. Sin embargo, no puede interrogarla sin la presencia de un letrado. Es un derecho constitucional. Busca un hilo del que tirar, que la haga hablar de forma «espontánea».

—Catalina, está usted detenida.

Katy no muestra demasiado interés. ¿Detenida? Para ella no hay diferencia entre una detención o un ingreso en psiquiatría. No le importa nada. Solo saber si Zoe ha muerto. Y rescatar su cadáver.

—En cuanto se recupere, pasará a disposición judicial e ingresará en prisión —insiste Lara—. Está acusada de homicidio. Del homicidio en primer grado de Gonzalo Márquez.

Oír su nombre la saca de la inmovilidad.

Gonzalo. Homicidio. Hay algo del plan que ha salido bien, deduce. Marcos debió de sacarlo a tiempo de la Torre Zuloaga y nadie ha descubierto que la bala era de fogueo.

Pero ¿entonces?, ¿Gonzalo no me traicionó?

Le duele tanto la cabeza que siente que va a estallarle. Si no fue a través de él, ¿cómo descubrieron los secuestradores la existencia de Óscar? Cierra los ojos y se masajea las sienes con los huesudos dedos.

—Gonzalo no está muerto —le explica a la policía hablando despacio.

—¿No está muerto? —repite Lara.

La sospechosa se encuentra mucho más desorientada de lo que creía. Se fija en los temblores. En la forma en que aprieta los puños para intentar detener el frío helador que brota de su cuerpo.

—No. Le disparé una bala de fogueo. Era parte del plan. —Se fatiga. Hace una larga pausa—. El punto ocho de las cartulinas rosas del *timeline*.

¿Va a seguir manteniendo esta historia? La inacción de la sospechosa irrita sobremanera a la inspectora. El cabello sucio y enmarañado le cubre gran parte del rostro. Le gustaría apartárselo, recogérselo con unas horquillas.

—Gonzalo Márquez está muerto. —Su tono es ahora brusco—. Falleció ayer minutos después de las diez, desangrado en el suelo de la sala de reuniones de Global Consulting & Management a consecuencia del disparo que usted efectuó contra él.

Solo es una yonqui, piensa, decepcionada, una de esas ejecutivas que se creen que bailan sobre la cima del mundo y antes de ducharse ya se han tragado la primera pastilla. Pastillas para aguantar jornadas de dieciocho horas, sonreír, dormir, mantenerse despiertas, no engordar, tener una dosis extra de energía, relajarse o divertirse. Yonquis que se creen reinas. No es la primera a la que conoce.

—En estos momentos —continúa explicándole con frialdad—, a Gonzalo Márquez le están practicando la autopsia en el Instituto Anatómico Forense. Le mostraré las fotografías preliminares.

Mientras teclea en el móvil, siente la mirada reprobatoria de Ginés. No le importa. A ella no le interesan los vivos. Siempre está de parte de las víctimas. Son ellas para quienes trabaja. «Un cadáver tiene derecho a conservar la dignidad», le enseñó su padre. Abre los adjuntos del e-mail que el forense le ha enviado. Debe hacerla reaccionar.

Coloca la pantalla a la altura de sus ojos. La ocupa por completo una fotografía con un primer plano del torso y la cabeza de Gonzalo Márquez.

—Mire —le ordena.

Katy ve el cuerpo de Gonzalo. Céreo. La abrasión en el abdomen que le ha causado la bala. Su rostro muy pálido y contraído en una mueca de dolor. Gonzalo, muerto... ¿Cómo, cómo puede ser?

—Usted lo asesinó —repite Lara.

Las imágenes, las palabras la aturden. Como si una explosión le hubiera destrozado los tímpanos. La voz de la policía le suena muy lejana. De pronto una idea atraviesa la espesa nube de dolor que cerca su mente: ¡es una trampa!

Los secuestradores son poderosos y disponen de recursos económicos. A Gonzalo lo han podido maquillar para que parezca un cadáver, preparar un escenario para engañarla. Tiene una sensación extraña, como si estuviese dentro de una pesadilla en la que los parámetros de la realidad se hubiesen alterado. Se presiona las sienes. Tirita.

—No está muerto —se dice en voz alta.

El subinspector la mira con preocupación. Se acerca más a la cama.

—Tranquilícese.

—No está muerto —repite alzando la voz—. Es una trampa.

Una trampa. Está segura. De hecho, ¿esa mujer y ese hombre son policías de verdad? Y, aunque lo sean, ¿cómo sé que no están a las órdenes de los secuestradores? «Al fin y al cabo, ¿no fue esta mujer la que te engañó para sacarte de la torre e impedir que cumplieses con tu parte del trato?», inquiere su vocecilla interior.

No consigue concentrarse por el intenso dolor. Solo quiere saber qué le ha ocurrido a Zoe. A Óscar. Que los encuentren. Cierra los ojos.

—Vayan al piso de Óscar. Y al mío —pide.

Cuando regresen, tomará una decisión con lo que hayan encontrado. Ahora es incapaz. Después.

—Catalina... —le dice Lara Samper, que siente una punzada de ira. Tiene las manos atadas. No puede interrogarla.

Katy no abre los ojos. Se encuentra agotada de tanto espanto.

3

El móvil de la inspectora Samper suena mientras abandonan el hospital. Son ya las once de la mañana.

—Muy oportuno, Blasco —lo saluda.

Ángel Blasco es uno de los agentes que ha enviado a primera hora a inspeccionar la calle Quijano Maldonado en busca de cámaras de videovigilancia.

Han tenido suerte: a cinco metros se ubica una sucursal bancaria y una de sus dos cámaras graba el portal del edificio de la sospechosa las veinticuatro horas del día.

—Lo he comprobado y esa puerta es el único acceso por donde entrar o salir del inmueble —le informa Blasco.

—¿Estás seguro?

—A no ser que sepan volar —bromea.

La inspectora hace caso omiso de la gracieta. Su definición de sentido del humor no acostumbra coincidir con el del resto de sus compañeros.

—¿Habéis revisado la grabación del viernes 17 de mayo?

Les ha pedido que empiecen por el día del supuesto secuestro. Un secuestro que Esther, la vecina, le aseguró anoche que no existió: «¡Qué tontería! Bichito no se ha movido de aquí. Ha estado malita toda la semana y, como Katy no podía faltar a la oficina, decidimos que lo mejor era que se quedase en mi casa y no marearla llevándola de un sitio para otro».

Lara desconfía del género humano, así que ha preferido corroborarlo con datos objetivos.

—No hay nada, jefa.

—Cuéntame los movimientos —le pide.

Quiere decidir por ella misma que no «hay nada».

—Es el portal menos transitado de Madrid. A las ocho y veinte de la mañana, la sospechosa salió con su hija. A las cinco y cinco, una señora mayor muy elegante y con el pelo blanco. Regresó con la niña a las seis y veinte. Un taxi dejó a la sospechosa delante del edificio a las ocho y media. A las nueve y cuarto un hombre trajeado de unos sesenta años con un maletín llamó al portero automático. Le abrieron y entró en el edificio. Salió veinte minutos más tarde. Eso es todo.

—Buen trabajo. Continuad visionando el sábado 18 y de ahí en adelante. Apunta cualquier movimiento. Cualquier movimiento.

¿Quién es ese hombre desconocido? ¿Y qué hizo durante los veinte minutos que permaneció en el edificio?

—¿Qué demonios ocurre? —pregunta Ginés, que ha seguido la conversación mientras conduce.

Se dirigen a interrogar a Esther Figueroa.

—Lo que ocurre es que este puñetero caso se complica.

Aprovechan los desplazamientos para comentar la investigación. Para Lara, escuchar a Ginés es como oír el eco de sus primeros tiempos en la policía. Idéntico entusiasmo. Lo considera una especie de pupilo. Por primera vez en tantos años de profesión le apetece transmitir lo que ha aprendido a otra persona. Por eso, aunque detesta aventurar hipótesis sin datos que las ratifiquen, recurre a ellas para analizar la forma de razonar de Ginés y corregirla.

—¿Qué hipótesis planteas?

El pensamiento automático es un juego mental que se establece entre ambos. El subinspector querría disponer de un par de minutos para dar una respuesta lógica. Sin embargo, su jefa le exige inmediatez. Decir las cosas tal como le vienen a la cabeza sin ningún tipo de censura ni filtro.

—No hay duda de que Catalina Pradal terminó con la vida de Gonzalo Márquez, su amante, delante de un montón de testigos, pero sí sobre el móvil. ¿El secuestro de su hija?, ¿Óscar, el amigo inexistente? ¿Por qué tantas mentiras? —elucubra en voz alta—. Supongo que para conseguir una coartada, aunque sea la más enrevesada del mundo. Por otra parte, si esta hipótesis es cierta, debe de ser una actriz excepcional. Parece tan indefensa, tan frágil... Incapaz de algo así.

—Yo veo otra posibilidad —la subinspectora sonríe perversa—: que la sospechosa crea la historia del secuestro y que, sin embargo, no sea cierta.

Ginés la mira intrigado.

—Puede sufrir algún tipo de delirio. Con frecuencia el delirio es una señal de alarma, como la fiebre, que indica una alteración del cerebro e incapacita para distinguirlo de la realidad, a pesar de las evidencias externas que demuestran lo contrario —le instruye con calma—. Incluso ante la fotografía del cadáver de Gonzalo Márquez ha negado la evidencia aferrándose a que es una trampa. ¿Te has fijado en cómo nos miraba?, ¿en su desconfianza?

A Ginés le resultan fascinantes las explicaciones de su jefa.

Como casi toda la comisaría, él tampoco resistió el impulso de husmear en el expediente de la inspectora Samper. Descubrió que era una de las mayores expertas en programación neurolingüística (PNL), una rama de la psicología que se dedica al estudio de la conexión entre los procesos neurológicos, el lenguaje y los patrones de comportamiento aprendidos a través de la experiencia personal. También que se incorporó a su actual puesto en Homicidios tras una excedencia de un año y medio. A qué dedicó ese tiempo continúa siendo una incógnita.

—Las drogas que han encontrado en su sangre ¿pueden causar el delirio? —le pregunta con interés.

—Por sí solas no inducirían uno tan complejo y consistente; más bien producirían alucinaciones, una ligera paranoia, pero sumadas a otros factores...

—¿Qué factores?

—Sabemos que estaba sometida a mucho estrés por la reunión con el tal Míster X y que abusaba de sustancias psicotrópicas. Habrá que investigar si existen antecedentes de enfermedades mentales. Ese sería un buen desencadenante.

Ginés acaba de tener una idea. Está emocionado.

—Si ha elaborado y planeado una coartada tan compleja para justificar el asesinato, debe de seguir manteniéndola, ¿no? —Aprovecha que se han detenido en un semáforo en rojo para mirar a su jefa—. Es maquiavélico, pero ¿y si se ha tomado las pastillas aposta? Era obvio que las encontrarían en su organismo con un sencillo análisis de sangre y que de ese modo daba pie a la hipótesis del delirio. Sembraría una duda razonable.

Lara Samper sonríe satisfecha.

—Es un buen punto de partida.

Eso le hace sentirse orgulloso. Le gusta trabajar con ella, es una jefa muy exigente pero justa, a la que no intimida la inteligencia de sus subordinados.

4

Lara Samper echa un vistazo a su alrededor mientras acompañan a Esther al salón. Aunque no comparte el gusto de la propietaria por las maderas nobles, los brocados y los tonos oscuros, el lujo es innegable. Y, a tenor de la cantidad de retratos que ve, el criterio decorativo ha sido el narcisismo.

En el pasillo abundan las fotografías. La mujer debió de ser una concertista de piano bastante reconocida que dio recitales por la costa este de Estados Unidos: Boston, Princeton, Filadelfia, Providence..., aunque no lo suficiente para actuar en grandes salas o con filarmónicas de renombre. Le llama la atención una en la que posa con una niñita rubia de tres o cuatro años que se esconde con timidez detrás de su falda.

Se acomodan en el sofá del tresillo que ella les indica.

—Anoche, al oír ruidos, creí que era Katy. —Esther coloca la ensortijada mano sobre su pecho izquierdo. Su voz se convierte en un susurro—. ¿Qué le ha ocurrido?

Lara aproxima la cabeza para escucharla. De cerca, las arrugas y la flacidez de la piel son más evidentes. Es mayor de lo que había calculado. Quizá está cerca de los ochenta años.

—No quiero que Bichito nos oiga —se justifica.

Es una precaución innecesaria, ya que la niña permanece en su cuarto. «Cuando Katy comenzó a trabajar y supe que iba a pasar más tiempo conmigo, le preparé una habitación para que estuviese cómoda. Lo pasamos muy bien decorándola juntas», les ha explicado.

—Ya sé que anoche usted me aseguró que se encuentra bien y no tengo por qué dudar de su palabra, pero comprenda que estoy muerta de preocupación. Ella jamás desaparecería sin avisar. Y ustedes... ¡son policías! —Su voz se ahoga.

Lara quiere posponer la respuesta todo lo posible. Prefiere preguntar y escuchar las conjeturas de la mujer acerca de lo que le ha podido ocurrir a Catalina.

—¿Desde cuándo no tiene noticias suyas?

—Desde hace dos días, desde el jueves por la noche, cuando subió a dar las buenas noches a Bichito.

—¿Está segura?

—Sí. Regresó muy tarde de la oficina; la niña estaba amodorrada por la fiebre y ella no quiso despertarla. Es el problema de las madres trabajadoras: deben elegir entre sus empleos o sus hijos, porque no hay suficiente tiempo para ambos. Muchas veces optan por sus profesiones y desatienden lo más importante. —Arruga el ceño mostrando su disconformidad—. Bichito ha tenido mucha fiebre, pesadillas, aún está muy débil. Pobrecita mía, ¿le han visto las ojeras?

—Si ha estado tan enferma, ¿por qué no la han llevado al hospital?

—¿Al hospital?, ¿a Bichito? Por supuesto que no. Con toda esa gente. Sus enfermedades. Sus malos modos. —Frunce los labios en una mueca de desagrado—. Los hospitales son un foco de infecciones. Infecciones y mala educación.

—¿La han medicado ustedes? —se sorprende.

—¿Nosotras?, ¿cómo se le ocurre?

—Entonces...

—Katy y yo convinimos en llamar a un médico. Me puse en contacto con el doctor Enrique Ruesta, mi médico personal, quien la visitó esa noche —dice con exagerado gesto cansino.

Ginés intercambia un gesto cómplice con Lara: es el desconocido con un maletín que aparecía en las grabaciones de la cámara del banco. Entró en el edificio a las 21.15 del viernes 17, la tarde en que se produjo el supuesto secuestro. Misterio resuelto, deduce Ginés. Lara no debe de estar de acuerdo porque pide a Esther el número de teléfono del médico para contrastar esa información. Después le pregunta:

—¿Cuándo enfermó Zoe?

—Ya se lo he dicho: el viernes pasado. Al recogerla del autobús quiso jugar un rato en los columpios, pero estaba pachucha y volvimos enseguida a casa. Estaba a más de treinta y ocho. Yo estaba angustiada, pero esperé hasta las tantas, hasta que Katy volvió del trabajo, para tomar una decisión. Entonces llamamos al doctor Ruesta.

¿Aprovechó la enfermedad de su hija para inventarse el secuestro como coartada? ¿Confundió en su delirio ambos? La inspectora observa en silencio a Esther. Hay otro tema sobre el que quiere preguntarle: la inexistencia de Óscar. Duda sobre cómo enfocarlo.

—¿Por qué anoche al oír ruidos en el piso de abajo creyó que se trataba de Catalina?

La mujer suspira.

—Esto me resulta incómodo. —Fuerza una sonrisa.

Lara no cambia el gesto interrogativo y ella desvía la mirada al suelo.

—Hace meses que descubrí que le gusta estar ahí. Algunas mañanas, antes de que la contrataran, la oía después de dejar a Bichito en el autobús. Aunque, principalmente, bajaba por las noches. ¿Entiende? Bajaba por las noches y dejaba a Bichito sola en casa.

—¿La dejaba sola? —se extraña.

—Supongo que se llevaba el walkie-talkie ese, pero, vamos, que la criatura se quedaba sola.

Lara imagina una rivalidad entre ambas mujeres. Son dos generaciones con métodos pedagógicos muy diferentes. Esto no la va a ayudar a resolver el asesinato y reconduce la conversación.

—El piso está vacío.

La mujer asiente sin levantar la cabeza.

—Lo sé, he entrado en alguna ocasión para tratar de entender qué hacía ahí encerrada tantas horas.

—¿Desde cuándo está vacío?

—Desde que murió la señora Aurora. Hace cinco..., no, ya casi seis años.

—Y en ese tiempo, ¿los herederos no han intentado alquilarlo o venderlo? —se extraña.

—Sí, claro, a sus sobrinos les faltó tiempo para deshacerse de él. En cuanto muere un propietario, enseguida compra el piso una empresa de las que se dedican a convertir edificios enteros en apartamentos turísticos. Por lo que me ha explicado mi abogado, no empiezan las obras de rehabilitación hasta que disponen del edificio entero. Por eso se quedan cerrados. —Se echa atrás la melena con gesto airado—. Aquí —movió las manos en un gesto amplio— solo vivimos nosotras tres.

El cuerpo de Lara se tensa al oírla. Lo ha asociado con Míster X. Por la mirada cargada de intención que le dirige, Ginés comparte su idea. Su jefa le ha repetido en numerosas ocasiones que no cree en las casualidades, que cada acontecimiento del presente es consecuencia del pasado, y los del futuro lo serán del presente. Las casualidades son solo ignorancia. ¿Hay alguna base para el delirio de Catalina?

Ginés escribe «Míster X» en la tablet. Esa es su función en los interrogatorios: tomar notas y observar de forma imparcial.

—¿Sabe cómo se llama la empresa? —inquiere Lara con fingida indiferencia.

Una sonrisa involuntaria asoma a los labios de Esther, como si acabara de oír la pregunta más ridícula del mundo.

—Por supuesto que no. De esos asuntos se ocupa Víctor, Víctor Morán, mi abogado. Me consta que le remiten numerosas ofertas por mi piso.

Mientras Esther proporciona los datos del abogado a Ginés, Lara acaricia las piedras de jade de su pulsera. La incomoda la sensación de que algo no cuadra. Algo importante se le escapa. Sin embargo, necesita recabar más información, así que desecha su presentimiento y continúa.

—¿Desde cuándo vive usted en el edificio?

—Desde abril de 1994. Antes residía en Estados Unidos. Durante unos años di recitales de piano por casi toda la costa este con mi cuarto marido, que era promotor musical. Después, con el divorcio, muchos aspectos de mi vida cambiaron.

La mujer suspira con desagrado mostrando que esos «cambios» no fueron voluntarios. Lara duda si los recitales de los que dan testimonio las fotografías en el pasillo los conseguía su talento como pianista o la influencia de su marido.

—Unos años más tarde me casé de nuevo —continúa Esther—. Con Ricardo. Y regresamos a España. Ricardo era dueño de varios pisos en este inmueble y nos instalamos en este, el mejor. Él falleció enseguida, pero yo ya la consideraba mi casa y no quise mudarme. —Al observar que la inspectora va a abrir la boca para interrumpirla, levanta la mano—. Sí, inspectora. Antes de que me lo pregunte, le diré que cuando los pisos quedaron vacíos, di poderes a mi abogado para que los vendiera al mejor postor, que resultó ser esa empresa. Estuve muy mal asesorada. —Suspira con pesar.

A Lara le extrañan sus repentinas explicaciones, la gente no acostumbra ser tan prolija, hasta que Esther insiste:

—Ya le he contado toda mi vida, así que supongo que se le habrán acabado las preguntas. ¿Puede explicarme de una vez qué le ha ocurrido a Katy?

—Enseguida. La última.

—Eso mismo ha dicho hace unas cuantas —la reconviene soltando el aire por la nariz. Quiere que la inspectora lo oiga. Es su manera de advertirle de que su paciencia se termina.

Lara no va a permitir que la mujer dirija su interrogatorio. Ella es la única que decide cuándo se terminan las preguntas y aún hay varios temas pendientes de aclarar.

—¿Qué cree que hacía Catalina en el piso vacío?

—Con franqueza, no lo sé. —Se muerde el labio inferior—. La oía hablar. Hablar sola, ¿entiende? —Un leve sonrojo aparece en sus mejillas.

—¿Son ustedes amigas? ¿Comparten confidencias?

Esther se remueve en el sofá, incómoda.

—¿Confidencias? No. Ambas somos muy discretas con nuestras respectivas vidas. Además, había algunos temas en los que... —se interrumpe un instante para buscar el término adecuado— digamos que discrepábamos.

—¿En qué temas digamos que discrepaban? —A Lara le molestan sus circunloquios. Supone que es lo que considera «buenos modales».

—En lo referente a la educación de Bichito. —Sin pretenderlo, uno de sus puños se cierra con fuerza en torno a los dedos.

Este comentario confirma su impresión anterior. Ha catalogado a Esther en el arquetipo de una mujer autoritaria y poco dispuesta a transigir con las ideas de los demás. Su personalidad y su aspecto se corresponden con el tresillo formado por el sofá y las dos butacas en los que están sentados. Pesadas y desfasadas piezas de madera maciza, tapizadas en un recargado damasco marrón, incómodas y aparatosas desde el primer día.

Decide ser más directa.

—¿Le mencionó alguna vez a algún amigo?

—¿Amigo? —Alza sus cejas perfectamente delineadas—. ¿Los gais del bar? Son los únicos de los que habla. A todas horas.

Lara supone que se refiere al doctor Marcos Herranz y a su pareja. La reconduce.

—¿Recuerda si alguna vez nombró a Gonzalo Márquez?

Esther niega.

—¿Por qué?, ¿quién es ese Gonzalo? —Se retuerce las manos con preocupación. Luce una manicura impecable en color burdeos—. ¿Qué ha ocurrido?

Lara cavila un instante y, a pesar del ruego silencioso del subinspector, decide que es preferible no andarse por las ramas.

—Ayer, a las diez en punto de la noche, Catalina se puso en pie en medio de la reunión y sin mediar provocación alguna disparó contra Gonzalo Márquez delante de varios testigos.

—¿Disparó?, ¿con una pistola?

—Con una pistola registrada a su nombre. Una Astra de su propiedad.

La experiencia le ha enseñado que cada persona reacciona de forma diferente ante una noticia impactante y desagradable: con negación, violencia, rompiéndose de dolor, de forma racional... Sin embargo, cada vez que se ha visto obligada a informar a alguien de que uno de sus seres queridos ha herido o asesinado a otro ser humano, ha encontrado en esas reacciones un componente común: incredulidad. Negación.

No es el caso de Esther. Se limita a suspirar con pesar.

—¿Esperaba un comportamiento así de ella? —indaga, suspicaz.

—No, algo así no.

Lara se queda en silencio, obligándola a hablar.

—¿Katy tenía un arma, una pistola?, ¿en su casa? —pregunta Esther con reprobación.

La escandaliza más que guardase un arma en el piso en que

vivía con Zoe que el hecho de que hubiera asesinado a una persona. ¿Qué demonios sabe de la sospechosa?

—Ayudarnos es ayudarla a ella —le explica Lara.

Apoya una mano en su brazo para crear complicidad. Una falsa complicidad. Tras unos segundos, Esther empieza a hablar de nuevo.

—Bueno, Katy es... es un poco especial. Distinta.

—Especial ¿en qué sentido?

La mujer calla, rehúye su mirada. Tal vez arrepentida de haber dicho algo que no debía.

—Lo que nos cuente servirá para que podamos comprenderla —insiste.

—Carece de recursos para relacionarse con los demás, para, digamos, empatizar. Y en ocasiones se comporta de un modo muy infantil. Creo que hasta tiene celos de que la niña me quiera. Además, las pastillas...

Hace una pausa, se muerde el labio inferior. Ha captado la atención de la inspectora.

—Las descubrí poco después de que comenzase a trabajar en esa empresa. No estaba registrando su casa, solo subí a buscar una muda limpia para Bichito. —Yergue la espalda con dignidad. Se recuesta más contra el incómodo respaldo del sofá—. No sabía dónde guardaba su ropa, así que fui abriendo cajones y en uno encontré todas esas cajas de pastillas. Entonces comprendí muchas cosas.

Mira a Lara, que asiente para que no se detenga.

—Últimamente está quisquillosa y susceptible, con grandes cambios de humor, dice y hace cosas, cosas extrañas y...

Se interrumpe. Mueve la cabeza de un lado a otro.

—Esther, sé que es difícil, pero lo está haciendo muy bien. Continúe, por favor.

—No quiero que me malinterpreten. Es solo que algunas veces no medía sus propias fuerzas con Bichito.

Lara adelanta el cuerpo.

—¿Con Bichito?

Esther se aclara la garganta. Este tema la afecta.

—Es cierto que cuando Katy empezó a trabajar, el carácter de la niña, su comportamiento, cambió. Se volvió más... irascible, más infantil, caprichosa. Pero era porque echaba de menos a su madre. Solo había que tener un poco más de paciencia con ella. Y Katy..., ella siempre iba con prisas. A veces, la niña tenía la espalda, los muslos enrojecidos, irritados. Bichito padece de piel atópica, es muy sensible, y su madre la frotaba con una esponja hasta dejarla en carne viva.

La expresión de Lara le advierte de que no es tan grave.

—No controlaba su ira, se ponía furiosa cuando Bichito no la obedecía, por muy ridículas que fueran sus órdenes. La he visto zarandearla, aunque la niña se asustase o llorase desconsolada. Le he descubierto moretones o arañazos profundos. —Mientras enumera los agravios, el volumen de su voz disminuye, la barbilla le tiembla.

Lara y Ginés permanecen en silencio.

—Katy está sometida a mucho estrés por su trabajo. No es que quiera disculparla, pero jamás haría daño a Bichito queriendo. Es solo que..., no sé...

Vuelve a producirse un silencio que rompe Lara, levantándose.

—Necesitamos hacerle unas preguntas a Zoe.

Esther se remueve en su asiento.

—No creo que sea buena idea. Bichito está cansada. Quizá en otro momento.

—Señora Figueroa, estamos investigando un homicidio. —Lara zanja la cuestión. No soporta verse obligada a repetir las cosas. La falta de cooperación—. Vamos a hablar con Zoe. Puede ser ahora o podemos citarlas en comisaría para que hagan una declaración formal.

El rostro de Esther se contrae en una mueca de ira al oír la amenaza.

Lara imagina sus reflexiones: «¿Bichito?, ¿en comisaría?, ¿rodeada de chusma y delincuentes?». Se le escapa una sonrisa mordaz.

—¿Le dirán algo de Katy?, ¿de lo que ha hecho su madre?

—No. A no ser que resulte necesario —le asegura la inspectora con convicción.

A regañadientes, Esther los precede por el pasillo.

5

La habitación es espaciosa y soleada. Contiene todo con lo que podría soñar una princesita de cinco años, incluidas una cama con dosel, cortinas de tul y estanterías repletas de muñecas y peluches.

Zoe está sentada en una sillita de madera blanca delante de una mesa infantil. En la silla que tiene delante hay un oso de felpa marrón bastante manoseado al que le falta una oreja. Colorea un dibujo muy concentrada. Está pálida y muestra unas pronunciadas ojeras. Lara advierte en el bracito derecho cuatro marcas de un marrón claro. El rastro que dejan en la piel unos dedos que han hecho tenaza, que han apretado con demasiada fuerza. Ocurrió hace más de una semana, valora. Recuerda las manos pequeñas y nerviosas de Catalina por encima de las sábanas del hospital.

—Cielo, estos señores quieren hacerte unas preguntas —le dice Esther.

Lara Samper se sienta en una de las sillitas libres para quedar a su altura. No le agradan los niños. Seres humanos sin acabar, embrionarios de la persona en que se convertirán. Nunca sabe cómo comportarse con ellos. El desagrado acostumbra ser mutuo.

El dibujo es bastante rudimentario, con trazos muy infantiles, palos por piernas y brazos, un círculo para la cabeza, otros más pequeños para representar las manos y los pies y un rectángulo para los cuerpos. Ha dibujado tres figuras, una al lado de la otra. La más pequeña, con dos rayones grises por ojos —ha apretado tanto que casi ha agujereado el papel—, y unas líneas rectas y negras alrededor de la cabeza; lleva unas alas y su cuerpo está pintado en verde.

Las dos restantes son mucho más altas, enormes en comparación: una con las líneas del pelo en color blanco, que casi no se distinguen del folio, y la otra, amarillas.

—¡Qué bonito! —miente para ganarse la confianza de la cría. Aflauta la voz porque cree que así es como se habla con los niños pequeños.

Zoe coge una pintura azul y colorea el cuerpo de la mujer rubia.

—¿Eres tú vestida de ángel? —Señala la figura más pequeña.

—De Campanilla —responde la niña sin apartar la vista del dibujo.

La inspectora mueve el dedo y pregunta:

—¿Esther?

La niña afirma.

—¿Mamá? —Lara indica la figura más alta y rubia.

Las proporciones no son correctas: Catalina es bastante más baja que Esther. Recuerda de un curso de psicodiagnosis infantil desde una perspectiva neuroescritural que en los niños las proporciones son emocionales. Especialmente en los maltratados.

La niña mueve un poco la cabeza para negar.

—Si no es mamá, ¿quién es?

Esther resopla por la nariz.

—Inspectora, Bichito está cansada. ¿Qué importa el dibujo? Pregúntele lo que sea y acabemos de una vez.

En los labios de Lara asoma una sonrisa desdeñosa.

—¿Es una de tus profesoras?

En ese momento, Esther le pone con cariño el dorso de la mano en la frente a la niña impidiéndole contestar.

—Te está subiendo la fiebre. Vamos a acostarte, cielo. Inspectora Samper —mira a Lara—, como ve, la niña no se encuentra en condiciones. Llamaré a mi abogado para que me asesore y él se pondrá en contacto con usted.

Le quita la pintura de la mano con suavidad y aparta la silla de la mesa. Al levantarse, la niña se fija en la corbata de Ginés.

Es su corbata especial para las Alucinaciones Entomológicas. Se la puso ayer y esta mañana no ha tenido ganas de cambiársela. Luce un bonito estampado de luciérnagas pintado a mano.

La niña se acerca fascinada. Ladea un poco la cabeza como si estuviese reflexionando. Ginés sonríe, él lo llama el «efecto polilla» porque la corbata atrae a los niños de forma tan irresistible como una luz brillante a estos insectos.

—¿Son luciérnagas?

—Eres muy lista. —Él sonríe—. ¿Sabías que las luciérnagas son escarabajos?

A Ginés se le dan muy bien los niños de corta edad, por eso en las exposiciones entomológicas casi siempre se ocupa de los alumnos de infantil. Mientras le cuenta curiosidades de las luciérnagas, se acuclilla para que pueda apreciar mejor la corbata. Cuando comprueba que la niña está abstraída, le pregunta:

—¿Has estado malita?

La niña asiente, hipnotizada por el dibujo.

—¿Has estado todo el tiempo aquí, en esta habitación tan chula?

La pequeña asiente de nuevo.

—¿No has salido? —Conoce la importancia de ese dato e insiste para asegurarse.

Ella mueve la cabecita de derecha a izquierda.

—¿Y no te has aburrido tantos días encerrada? ¿No has echado de menos el cole?

La niña no contesta.

—Tranquila. Lo que digas es confidencial, secreto. —Se lleva la mano a la altura del corazón—. Palabra de poli.

—El cole no me gusta —le confiesa.

Ginés le sonríe con ternura.

—¿Por los deberes?

Zoe mueve la cabeza de un lado a otro. Esther carraspea mostrando su impaciencia, pero no los interrumpe. Escucha muy atenta. Pocas veces la niña se muestra tan abierta y menos con un desconocido.

—Por los malos.

—¿Los malos?

—Jesús, Marta y los otros.

—¿Qué te hacen los malos? —El cuerpo del subinspector se tensa, no solo por lo incómodo de la postura.

—Se meten conmigo y me llaman cosas feas —contesta Zoe, avergonzada—. Mamá dice que es porque me tienen envidia.

—Los niños pueden ser muy mentirosos.

Lara y Esther son espectadoras inmóviles de la escena. La anciana se retuerce las manos con rabia. Es evidente lo que haría con esos niños.

—Es por los ojos —le aclara Zoe. Su vocecita transmite toda la tristeza del mundo.

En ese momento, los levanta de la corbata y lo mira. Es la primera vez que Ginés se enfrenta a ellos. En combinación con el resto de sus rasgos, resultan fascinantes y perturbadores. Como un *Scorpionfly* o escorpión volador.

—¿Por qué? Son los más bonitos que he visto nunca. Irradian luz propia, como las luciérnagas. —Se lleva de nuevo la mano al corazón—. Palabra de poli.

—Palabra de poli. —Zoe ríe imitando el gesto.

Esther se acerca a ellos

—Vamos, cielo, a acostarte.

El subinspector se ha ganado su confianza y quiere averiguar lo que ha intrigado a su jefa. Coloca con cariño sus manos en los hombros de la niña para impedírselo.

—Zoe, ¿quién es la mujer del dibujo?

—No puedo hablar de ella. Mamá se enfada —responde tan bajo que cuesta oírla.

—Las mamás a veces se enfadan por tonterías —la anima Ginés.

—Dice que me la invento. Pero sí que existe.

—Es suficiente. Zoe, vamos a acostarte. —Esther la coge en brazos.

Lara no va a permitir que se la arrebate, que se marchen sin una respuesta. Se interpone en su camino hacia la puerta.

—¿Mamá no la ha visto nunca? —le pregunta con falsa amabilidad.

No es consciente de que su presencia atemoriza a la niña.

Zoe esconde la cabecita en el hombro de Esther. Lara es testaruda e insiste:

—Zoe, ¿de qué la conoces?

El cuerpecito tiembla cuando empieza a sollozar.

—Inspectora —se adelanta Esther, irritada—, Bichito es una niña muy creativa. La creatividad y la imaginación son cosas que fomento, como puede comprobar.

Hace un gesto señalando la habitación. Una de las paredes está ocupada de arriba abajo por seis grandes corchos llenos de folios con dibujos similares al que Zoe coloreaba hace un momento.

—Un talento que, por cierto, su madre nunca ha valorado. En fin, como les he dicho, mi abogado se pondrá en contacto con ustedes. Y ahora, perdonen que no los acompañe —se despide Esther de modo tajante—. Seguro que encontrarán solos la salida.

Lara permite que Esther crea que le ha ganado. Lo permite

porque sabe que aunque las obligara a ir a comisaría a testificar, no obtendría ninguna respuesta de la niña.

Ginés se acerca a los corchos y examina los dibujos. En uno aparecen las tres figuras femeninas. En otro, la mujer alta y rubia que no han conseguido identificar tiene el cuerpo azul con puntos blancos y sostiene algo en la mano, cerca de la cara. Otro más reproduce una figura diferente de las anteriores, con el pelo rubio, pero más pequeña, de cuya cabeza salen rayos. ¿Catalina? En otro la niña está al lado de una figura grande con un enorme círculo por cuerpo. Con una sonrisa lo identifica como Marcos Herranz.

Coge uno de esos folios en que aparece la figura desconocida, lo dobla y lo guarda en la funda de la tablet.

—¡Ginés! —le recrimina Lara.

—¿Qué? Es trabajo de campo, jefa. Una recogida de muestras. Además, ni se darán cuenta. —Se encoge de hombros.

6

—Genio y figura —bromea el subinspector mientras suben la escalera para dirigirse al piso de la sospechosa.

Lara está concentrada y no le responde. Ensimismada, acaricia su pulsera. Siente de nuevo que hay algo que se le escapa. ¿La desconocida rubia del dibujo de la niña?, ¿algo que ha dicho Esther Figueroa?

—La mujer es todo un personaje —insiste el subinspector mientras se ponen los guantes.

—Sí, Ginés, sí. Has hecho un buen trabajo con la niña. Ahora, si ya has colmado tu ego, déjame tranquila —responde, destemplada.

El piso es pequeño. Cabría entero en el salón de Esther Figueroa. Los muebles, exceptuando un sofá desproporcionadamente grande con cojines de colores intensos, son modestos. La sensación que transmite es la de un hogar acogedor, con un montón de detalles personales.

Se dirigen al dormitorio. Abren los cajones y encuentran las cajas de pastillas. Se corresponden con las sustancias que el doctor Barreras ha hallado en sus análisis de sangre.

—Mételas en una bolsa de pruebas. Habrá que analizar las huellas —le ordena a Ginés.

—¿Qué crees que hacía en ese piso vacío?, ¿hablar con Óscar, su amigo imaginario?

La hipótesis del delirio cada vez es más plausible.

Lara, de pie en medio del pequeño dormitorio, observa las paredes, se asoma por la ventana, mira hacia abajo, y de pronto comprende qué es lo que no encaja. Sonríe satisfecha. Es la parte de su trabajo que la embriaga.

—Si esa empresa compra los pisos del inmueble... —dice.

Ginés, con las manos dentro de un cajón, se detiene y vuelve la cabeza hacia su jefa.

—... ¿cómo consiguió Catalina Pradal arrebatarles este hace apenas dos años?

7

A Saúl Bautista le relaja pasear de un lado a otro.

Al deportista que todavía habita en su cuerpo el movimiento le ayuda a concentrarse. El tamaño de su nuevo despacho es una de sus muchas ventajas. Su piso también está acondicionado para ello y ha unido dos habitaciones para instalar un pequeño gimnasio: multiestación, bicicleta elíptica, cinta y pesas.

Uno de sus primeros entrenadores en los Padres Marianistas le explicó que en la vida hay que tener claro lo que depende de uno y lo que no. «Lo que no depende de nosotros, por ejemplo, la muerte, debe aceptarse con resignación e indiferencia.» Saúl nunca lo ha conseguido. El estoicismo no va con él. Sin embargo, ahora hay cosas que no dependen de él. Siente que le han pitado falta personal antes incluso de salir a la cancha.

Es por culpa de esa mujer, la inspectora de policía. No le agrada. El interrogatorio, porque eso ha sido, aunque utilicen un eufemismo, ha resultado un desastre. Sus ojos negros escrutaban cada uno de sus gestos.

A él nunca se le han dado bien las tías. Son muy complicadas. Taimadas. Repasa sus respuestas, la forma en que lo ha enredado ocultándole información. Ha indagado sobre el comportamiento de Katy durante la última semana. Sobre el de Gonzalo. Sobre si conocía algún motivo profesional que pudiera ser un móvil para su asesinato. Sobre qué tipo de relación mantenían ambos. Y luego, con idéntico tono rutinario, ha comenzado a preguntar por la dichosa reunión.

—Entiendo que había dos equipos —dice la inspectora—. ¿Quién eligió a los miembros del de Global Consulting & Management?

A Saúl le complace la analogía de los equipos. La inspectora es alta, muy alta para ser mujer. Se plantea si alguna vez habrá jugado al baloncesto. Relaja los hombros y comete el error garrafal de confiarse.

—Fui yo, yo soy el entrenador del equipo. —Utiliza el término como un guiño hacia ese pasado deportista que intuye en ella—. Resultaba la elección más *streamlining*. La forma de optimizar. Los dos habían trabajado en el *business plan*. —Sonríe con condescendencia.

—Sin embargo, hemos hablado con... —Hace una pausa para que Ginés consulte sus nombres.

—Ramón Molino y Cristóbal Frade —apunta él.

—... y ambos coinciden en que Catalina fue una incorporación inesperada de última hora que le obligó a cambiar la agenda. Les sorprendió mucho.

Se esfuerza para que la perplejidad no se trasluzca en su rostro. La ha subestimado. Le ha tendido una trampa. Busca una respuesta. Una mentira plausible. De ninguna forma puede decirle que el motivo de elegir tanto a Katy como a Gonzalo es que seguía las instrucciones de Míster X.

—Comprendí que había sido injusto al no incluirla. Y, para ser sincero, no deseaba una demanda por discriminación.

—¿Confiaba en ella?

—Por supuesto. Era un miembro importante del *staff*.

—Es curioso, porque también nos han indicado que la contrató hace apenas tres meses, justo una semana antes de conseguir la cuenta con Míster X por la que alcanzó el cargo de director financiero —lo mira y él asiente— y que ella se ocupaba en exclusiva de esa cuenta.

—Encargarse de esa cuenta era la forma de comprobar su *high potential* para con posterioridad reconsiderar la fuerza laboral de GCM. —Se encoge de hombros.

—¿Es consciente de que, aparte del CEO y de usted, a la reunión solo asistieron la víctima y la acusada?

No. No lo había sido hasta ese momento. Le pica la nuca. Se rasca. ¿Cómo no se había dado cuenta? Supone que debido a la tensión por ser testigo del asesinato. Considerado de ese modo, la reunión parece una emboscada. Y él ¿qué ha sido?, ¿el señuelo?

—¿Es una acusación, inspectora? —pregunta a la defensiva.

—¿Una acusación? No, no. Solo le señalo la enorme casualidad. —Suelta una risita falsa. Permanece unos incómodos segundos en silencio antes de continuar—. Volvamos a la reunión.

Los ojos de Saúl se han vuelto aún más diminutos.

—El equipo rival de GCM lo formaban tres hombres —consulta en la libreta—: Juan Millán Calvo, Miguel Ariza e Ignacio Calahorra. Bien, ¿quién de ellos es Míster X?

—¿Míster X? —se sorprende Saúl—. Ninguno. Ellos son sus abogados.

Al pronunciar estas palabras, es consciente de que la inspectora tendrá sus declaraciones. Incluso los habrá interrogado.

—¿Puede indicarnos la identidad de Míster X? —pregunta con su tono más banal.

Saúl sonríe. ¿De verdad espera que pique con un señuelo tan burdo? Le molesta su arrogancia. Quiere que sepa que se ha dado cuenta. Yergue la espalda —se ha ido encogiendo ante sus preguntas— y echa los hombros atrás.

—Inspectora, estoy seguro de que ha formulado esa pregunta al *staff* de Míster X. Le voy a responder lo que imagino que habrán contestado ellos: necesitará una orden judicial para revisar nuestros archivos.

Saúl ya no tiene dudas de que el asunto ha sido un ardid diseñado desde el principio por Míster X. Un *brown*. Pero ¿cuál es el principio?, ¿hasta dónde debe remontarse?, ¿al entrar en la sala de reuniones?, ¿al día en que le ordenó convocar la reunión?, ¿que entrevistó a Katy?, ¿antes, incluso?

Hay demasiados interrogantes. Es incomprensible que alguien organizara un plan tan elaborado solo para asesinar a Gonzalo cuando podía hacerlo en cualquier momento.

Observa las fotografías que le entregó su detective. Lo contrató cuando Míster X le comunicó que habría una reunión en GCM y que había fijado una fecha. Saúl quería saber dónde estaban posicionados los demás para no perder el control del partido. Averiguar minuto a minuto qué hacía el jugador que le habían obligado a introducir en su equipo, Katy.

En las fotografías ve que entró en el edificio de Gonzalo a las 17.30 y permaneció allí dos horas. ¿Haciendo qué? Lo ignora porque el propio Gonzalo bajó las persianas. Una sabia cautela después de la discusión que mantuvieron en su despacho, en la que le obligó a confesar que un hombre a sus órdenes seguía a Katy.

Hasta la visita de la inspectora Samper, hasta que le ha hecho tomar conciencia de la meticulosidad con que Míster X lo ha calculado todo, creía el rumor que circulaba por GCM de que Gonzalo y Katy eran *fuck friends*. Ahora ya no sabe qué pensar.

Se pasa una mano por el abdomen. El estómago es su punto débil.

Él se ha atenido a lo pactado. Y se encuentra en un atolladero. ¿Podrían acusarlo de cómplice del asesinato?

Se levanta a por un antiácido. Se lo traga con un sorbo de agua con gas.

Maldice. No puede posponer la llamada. Ha llegado la hora de volver a tomar posesión del balón. Debe informar a Míster X de lo que ha ocurrido hace unos minutos. Carraspea mientras el teléfono suena.

Miss X, en realidad. Porque se trata de una mujer. Celebra una vez más el protocolo de GCM por el que se designa a los clientes con nombres masculinos. Cuanto más inaccesible resulte su clienta, mejor. Mejor para todos.

8

El edificio en el que vive la inspectora Larissa Samper es similar
al de Katy. Se ubica en el mismo barrio, varias manzanas más al
norte. La diferencia es que el suyo late de vida: risas, llantos,
conversaciones a gritos, carreras de niños. Los pisos no duran
vacíos ni una semana.

La inspectora acostumbra subir los sesenta y dos escalones
que separan la calle del cuarto piso con rapidez, con ganas de
alcanzar su refugio, pero hoy transporta la voluminosa caja que
han sacado del altillo de Katy. Dentro han encontrado munición
para la Astra.

Al final, la vida entera se reduce a esto: papeles, documentos
oficiales, fotografías y algunos objetos que para los demás no tienen demasiado sentido. Tus emociones, tus pensamientos no so-
breviven. Lara reflexiona que, al final, lo que ha sido tu paso por
el mundo cabe en una caja.

Sube los escalones y piensa en las similitudes con el número 17
de Quijano Maldonado. Al terminar el registro del apartamento de Katy, se detuvieron otra vez en el segundo izquierda. Esther
Figueroa no disimuló el enojo ante su insistencia. Lara no se ame-
drentó: estaba investigando un homicidio, no haciendo amigos.

Necesitaba consultarle por qué si, tal y como ella había declarado, una empresa se apropiaba desde hacía años de los pisos del inmueble, Catalina Pradal había conseguido comprar el suyo.

—Yo se lo vendí —respondió.

—¿Usted?

—Desoí el consejo de mi abogado. En los últimos meses había tomado conciencia de que vivía completamente sola, abandonada, en este enorme caserón. Si un día tropezaba en la escalera, ¿quién me ayudaría?, ¿cuánto tardarían en encontrarme? El piso de la portería era el único que me quedaba de los que heredé de mi esposo, así que busqué una agencia inmobiliaria y lo puse a la venta.

Lara se desprende de la ropa y se asegura de cerrar bien la mampara —a veces se atasca— antes de abrir el grifo. Aunque todas las mañanas se ducha en la piscina, precisa lavarse el cuerpo en cuanto entra en su casa, como una forma de eliminar las cosas repugnantes que su trabajo le obliga a ver y a oír.

No acostumbra utilizar gel, pero hoy se frota enérgicamente con la pastilla de jabón exfoliante.

Le cuesta deshacerse de las palabras de Carlos Gil, su jefe. La ha citado en su despacho en cuanto han vuelto de interrogar a Saúl Bautista. Estaba muy molesto por el toque de atención que había recibido del jefe superior y se lo ha hecho saber. Se lo ha hecho saber durante diez larguísimos minutos.

—El jefazo «sugiere» que te disculpes con el señor Anderson. Lara —la ha llamado por su nombre para suavizar el tono después de la reprimenda—, debes recordar que se cazan más moscas con miel que con vinagre...

La inspectora lo ha interrumpido. No soporta el tufillo paternalista. Y de ninguna manera va a consentir que le dé consejos mientras le mira con disimulo las tetas.

—¿Anderson ha interpuesto una denuncia por intimidación o por trato incorrecto?

—No.

—¿Ha presentado una queja formal sobre mi actuación policial?

—Tampoco —ha reconocido él.

—Entonces, jefe, creo que no procede ninguna disculpa. Con su permiso, voy a marcharme. No puedo interrumpir mi trabajo cada vez que un ciudadano se moleste.

Vestida con una camiseta negra de tirantes, entra en la cocina a por una copa, la cubitera y la botella de vino blanco, un verdejo de Rueda. En Madrid ha tenido que prescindir de los lujos de los que disfrutaba cuando vivía en Zaragoza. El que más extraña es su fantástico ático, el vergel con decenas de plantas de fragantes flores blancas. Este piso es pequeño, pero, aun así, dispone de una terraza bastante decente desde la que disfruta de una vista maravillosa de los tejados.

Bebe el primer sorbo del vino helado recostada en la tumbona. Es el momento del día en que más añora el tabaco. Inspira profundamente. No sabe si alguna vez desaparecerán las ganas. Supone que no. Igual que, después de diez años, el día 25 de cada mes sigue brindando con ese primer sorbo por Use.

Hoy también lo hace.

Mantiene el líquido unos segundos en la boca antes de tragar.

Se endereza y coloca la caja entre las piernas desnudas. Se enfunda un guante en la mano derecha y quita la tapa a la caja. Aparta lo que parece la V de un Corvette antiguo. Revisa un montón de fotografías —en casi todas aparece Zoe— y se centra en los papeles.

Conforme cae la noche, comprende que en la sospechosa, al igual que en ella, late un lado oscuro. También hay un día en el centro de su vida en el que de pronto todo fue definitivo, que la sajó en dos.

El de Larissa Samper fue un 25 de junio, en Barcelona, la tarde en que asesinaron a Use. El inspector jefe Eusebio Beltrán, su pareja, el único hombre al que se había entregado en la vida, en el que confiaba. El que la traicionó al ocultarle sus planes de acabar a tiros con un comando terrorista, la escaramuza en la que murió. Use la conocía bien: sabía que no transigiría con aquel «El mejor terrorista es un terrorista muerto» en el que embarcó al resto de la Brigada de Información.

El de Catalina, no le cabe ninguna duda después de leer el recorte del periódico norteamericano, fue un 20 de abril. El accidente que ocurrió el 20 de abril de 1986 en Maryland. La conductora era Catalina Pradal, menor de edad; la víctima mortal, su madre. La fotografía en blanco y negro muestra un vehículo sin parabrisas, empotrado contra el grueso tronco de un árbol. La imagina jovencísima, guapa, alocada, rebelde. Los internados caros. Las malas compañías.

Con solo diecisiete años ya había cometido un error fatal, irreversible. Aunque contaba con el mejor atenuante para eludir la prisión: un padre teniente coronel del ejército español destinado en el Pentágono. También encuentra su historial de la clínica psiquiátrica.

En el membrete figura la dirección de la clínica y el teléfono. Los datos consignados son fríos, impersonales. Lara preferiría hablar con alguno de los médicos que la trataron.

Consulta la hora y calcula la diferencia con la costa este. Está acostumbrada porque una vez por semana habla con su madre, que vive en Cambridge, Massachusetts. Allí son las cuatro de la tarde. ¿Debe llamar? Será casi imposible obtener información, sobre todo con lo que valoran la privacidad los norteamericanos, pero los trámites oficiales son muy lentos y ella puede resultar muy persuasiva. No pierde nada por intentarlo.

—*Hello. I'm Larissa Samper, Spanish Police inspector.*

Permanece más de media hora al teléfono pasando de un interlocutor a otro como una pelota. Malhumorada, acaba dándose por vencida. Se queda mirando la pantalla del móvil. Ha recibido un mensaje. De Luis. El comisario Luis Millán. Él fue su amigo y compañero en la Brigada de Información de Barcelona, una unidad de élite en la que reunió a un grupo de jóvenes excepcionales bajo el mando de Use.

Él es la única persona que conoce el lado oscuro que la ahoga. Lara tardó años en asumir que nunca dejaría atrás al monstruo por muy lejos que huyera, por muchas veces que cambiara de destino y de ciudad, porque el monstruo viajaba dentro de ella.

Aprender a enfrentarse a sus ojos, a convivir con aquello en lo que se había convertido, a perdonarse a sí misma resultaba tan doloroso que necesitaba ayuda. Así que pidió una excedencia y huyó a Cambridge con Ania. Al reincorporarse al servicio activo, no regresó a su puesto de Zaragoza. Puso distancia con Luis y se exilió en Madrid.

Con cierta frecuencia, Luis le envía un SMS como el que acababa de llegarle. Mensajes idénticos. Vacíos. Es suficiente con que los reciba. Su forma de decirle que la echa de menos. «*Miss you*. Te extraño. Vuelve.»

Alcanza la copa y la apura de un sorbo.

Sus pensamientos regresan a Katy. Imagina lo perdida, lo culpable que tuvo que sentirse por la muerte de su madre. Y ahora ha asesinado a un hombre. A su amante.

Sus antecedentes mentales. El estrés. Los psicofármacos. La ketamina. Cada vez le resulta más plausible la hipótesis del delirio. Aunque ¿qué papel juega Míster X en todo esto, si es que juega alguno?

9

Madrid, marzo de 2005

La mujer sentía que la analogía computacional del cerebro era muy acertada en su caso. Las numerosas sesiones de terapia de electroshock la habían reseteado una y otra vez. Muchos datos se habían borrado en el proceso; muchas rutas de acceso, inutilizado.

Descubrió que a solas en una habitación sin espejos, con un ordenador y acceso a internet, se orillaba de la carne. La disociación era posible. Con los dedos sobre el teclado escapaba de la prisión del cuerpo, del territorio en el que continuaba gobernando su madre.

Internet, el enorme depósito digital, la hizo libre.

Existía otra similitud: su memoria era deficiente, no podía acceder a ella a través de los mecanismos habituales, al igual que el contenido que se ubicaba en la deep web no era indexable mediante los motores de búsqueda habituales.

Al final tuvo razón la señorita Croaff, su tutora: su intelecto, una vez liberado de la mordaza de la carne, era brillante, magnífico. Sin pisar ningún centro de estudios logró entender las plataformas informáticas y aprender a leer el lenguaje de la programación.

Se convirtió en una scener, una hacker creadora de software casero, una experta en ingeniería inversa. Suponía un verdadero reto identificar fallos y crear exploits. Se especializó en descubrir errores en consolas de videojuegos, los vulneraba y ejecutaba su propio código. Si Nintendo, Konami, Sega, Epic Games..., las grandes empresas con un montón de desarrolladores en nómina, querían recuperarlos, debían pagarle sustanciosos donativos. Los donativos no tenían repercusiones legales.

Al final se aburrió. El dinero no resultaba tan importante como el desafío. Además, la deep web estaba mutando en algo nuevo e informe.

Durante las décadas de los setenta y los ochenta, el material pedófilo se distribuía por correo ordinario, pero a mediados de los noventa se empezaron a crear en distintos países unidades de investigaciones especializadas en interceptar imágenes de la explotación sexual de menores.

Los pedófilos corrieron a refugiarse en la internet oculta y pronto sus contenidos ocuparon casi el 80 por ciento de ella. Cualquiera con un ordenador y unos mínimos conocimientos contactaba con un servicio VPN. Después se descargaba un TOR, el programa que funcionaba como escudo al cambiar la dirección de IP del router y la mandaba a otra parte del mundo en minutos, lo que permitía conservar el anonimato.

Solo unos pocos, los más precavidos, desactivaban los scripts del ordenador o activaban un firewall para impedir el acceso a su terminal. La deep web se convirtió en un estanque lleno de peces. Y ella descubrió que si echaba el cebo apropiado, corrían a engullirlo.

El señuelo era sencillo: mostrarles algo que les tentara tanto que se olvidasen de la máxima de nunca descargar nada.

Una vez abierto el archivo, ella se colaba por esa puerta en su ordenador. Accedía a sus vidas. Sus cuentas bancarias. Sus datos personales. Sus familias. Era increíble la cantidad de dinero que estaban dispuestos a pagar esos pececitos por mantener ocultos sus secretos.

Releyó el e-mail que estaba escribiendo. Había incluido el enlace al vídeo que el destinatario había visto nueve veces. Un vídeo en el que aparecía una niña de seis años que lloraba mansamente, con las manos en los costados. Una niña que ni intentaba defenderse mientras su padre le introducía la lengua en la vagina y dos dedos en el ano. Además del link, había adjuntado una foto de las ciento setenta de la carpeta «Primera Comunión de Pablo». Era una buena foto. El destinatario, su esposa, sus padres, sus suegros y sus tres hijos posaban sonrientes y satisfechos ante el altar mayor de una iglesia. Al lado de un número de cuenta bancaria escribió: «4.000 euros». Dudó. Lo borró. Escribió: «6.000 euros». Lo borró de nuevo.

Su motivación no era económica, o no solo económica. La primera vez que vio uno de esos vídeos, su cuerpo reaccionó y las oleadas de asco la paralizaron. Cerró los ojos para alejar al hombre que eyaculaba entre jadeos sobre la cara y la boca —que mantenía abierta a la fuerza con sus propios dedos— de un niño de ocho o nueve años.

La angustia bloqueó sus pulmones. Presa del pánico, durante unos segundos creyó que iba a morir asfixiada hasta que, de pronto, su corazón latió con tanta fuerza que bombeó dolor a todo su cuerpo: la garganta, el estómago, hasta la punta de los dedos. No tuvo tiempo de agarrar la papelera. Vomitó una bilis amarga sobre la falda del vestido y el suelo.

Era el retorno del cuerpo que tanto se había esforzado en silenciar. La luctuosa carne reclamaba su lugar a gritos. La carne tenía memoria. Había aprendido a base de inyecciones de apomorfina y de descargas de electrodos, y ahora lo recordaba: el sexo era dolor, muerte. Suciedad.

Y supo que hasta entonces había vivido a oscuras.

En la deep web aprendió mucho acerca del comportamiento, descubrió que ni los que envilecían a los niños ni los que gozaban contemplando tales humillaciones eran monstruos, sino seres humanos. Y esos seres humanos tenían familias, lavaban sus coches, iban a trabajar, acudían a las tutorías de sus hijos, compraban regalos bonitos para los aniversarios... Pero eran seres humanos abyectos, dominados por la carne. Por sus bajas pasiones. Como ella lo había estado una vez.

Debía elegir entre dos posturas: ser de quienes cierran los ojos cuando se enfrentan al horror esperando a que desaparezca o de quienes prefieren actuar. Quizá nunca sabría la diferencia entre unos y otros, pero ella no iba a cerrar los ojos. Lucharía.

Aquel mercado de carne se regía por las mismas reglas que cualquier otro: la ley de la oferta y la demanda. Si la demanda desaparecía, también lo haría la oferta. Si nadie pagaba por los contenidos, dejarían de producirse, se dejaría de dañar a esos niños.

Por desgracia, el código penal, la presunción de inocencia y las argucias de los abogados protegían a esos depravados. Aunque ella conocía el camino que seguir: la disciplina y el castigo. Utilizaría las viejas terapias de aversión de modos más imaginativos.

¿Esas personas habrían experimentado alguna vez el miedo? Creía que no. Ahora lo harían. Pávlov había enseñado a un perro a salivar al oír el sonido de una campanilla; ella les enseñaría a alejarse de esas páginas, de esos niños, aterrorizándolos. No solo les quitaría el dinero, también les obligaría a sufrir, les robaría el sueño, les haría consumirse de angustia.

El castigo físico y la disciplina paralizaban el cuerpo. Descomponían la mente.

Escribió en el e-mail la cantidad de «7.000 euros». El destinatario podía permitírselo. Poseía más de treinta y seis mil euros distribuidos entre un plazo fijo y una cartera de inversiones. Solo era el primer pago. El castigo incluía la desazón del chantaje.

Presionó Enter y envió el e-mail. Eran ya las doce y media, y antes de comer tenía pendientes seis más. Estaba muy cansada. Suspiró. Se soltó la coleta y su melena rubia cayó libre sobre sus hombros. Se masajeó la cabeza con las yemas de los dedos. Soy una obsesa del trabajo.

Buscó en el Excel el nombre del siguiente.

3

LUNES 27 DE MAYO

1

Hay un nutrido grupo de profesionales al servicio de la ley que se sienten investidos por el instinto. A lo largo de su carrera, el subinspector Ginés Haro ha conocido a varios. Iluminados que creen que una lucecita se enciende en sus cabezas para advertirles de que alguna pieza no encaja en el puzle, o de que un acusado o un testigo miente.

Siempre los ha mirado con escepticismo y sorna. Hasta que conoció a su jefa. Desde entonces se ha rendido a la evidencia de su avezado olfato.

Por eso se complementan y forman tan buen equipo. Ginés destaca en las tareas de recabar datos. Adora ir a la caza de información. El orden. Aprendió la paciencia observando insectos y arañas, y no le disgusta pasar horas entre informes y listados. Luego proporciona los hechos a la inspectora. A menudo son apenas datos inconexos y ella debe encajar las piezas. Descubrir los hilos conductores, las conexiones ocultas.

La inspectora Samper nota una sensación extraña tras los interrogatorios a Esther Figueroa y a Saúl Bautista. La sensación de intuir que algo falla sin poder asegurarlo le molesta como un picor que no alcanza a rascarse. Acaricia las filigranas de plata de su pulsera. La pulsera es lo único que conserva de aquella vida en Barcelona. De Use.

¿Míster X? ¿La empresa que compra inmuebles? ¿Están relacionados? No soporta las incertidumbres.

Se suelta la coleta, apoya la frente en la mesa; el largo cabello rubio la cubre como una manta y ella cierra los ojos. Ginés sabe que tardará en salir de su madriguera y aprovecha para mandarle un SMS a César, su compañero en las Alucinaciones Entomológicas. Ignora cuántas veces va a tener que disculparse por haberlo dejado solo con los treinta chavales.

Tras unos minutos, Lara levanta la cabeza del tablero y se pone en pie.

—Creer que algo falla y demostrarlo son cosas distintas. De momento, sabemos que el secuestro no se produjo. —Borra enérgicamente la pizarra—. Contamos con el testimonio de Esther Figueroa y de la propia niña para desmentirlo. El doctor Ruesta ha confirmado que la visitó el viernes 17: Zoe mostraba unas décimas de fiebre y un principio de gripe. Y, lo más importante, las grabaciones del banco corroboran esos testimonios. —Con un rotulador rojo traza una línea vertical de arriba abajo para dividirla en dos mitades—. Vamos a repasar las pruebas y los datos que hemos recopilado y a encajarlos en alguna de las dos hipótesis —indica mientras escribe las palabras «Delirio» y «Coartada».

—Es la coartada más disparatada que he oído nunca. ¿Por qué alguien se inventaría esa historia? —dice Ginés enarcando una ceja.

Lara sabe por experiencia que las cosas inverosímiles no tienen por qué ser ni más ni menos ciertas que las que parecen coherentes.

—Se me ocurren varios motivos. Para empezar, las consecuencias legales de un atenuante por enajenación mental. Un atenuante que en su caso, a tenor de los antecedentes psiquiátricos, puede ser cierto. O quizá busque atribuir a su conducta un locus de control externo.

—¿Locus de control externo?

—El locus es la percepción de control que una persona tiene sobre los hechos que ocurren a su alrededor. Puede ser interno o externo. Creer que han secuestrado a su hija y que sus actos han sido coaccionados por ello le proporciona un locus externo o una falta de control. Si ocurre de manera independiente de su voluntad, el locus está en los secuestradores. Es una justificación moral para el asesinato.

—¿Moral?, ¿qué hay de moral en asesinar a una persona? —se burla Ginés con una sonrisa.

Muestra sus dientes grandes y alineados. Casi todo es grande en él: sus dientes, su nariz, sus orejas, sus extremidades, sus manos. Aun así, se advierte que está cómodo consigo mismo. Cómodo con su vida. Esa paz es algo que Lara envidia.

—¿No has oído hablar del dilema del tranvía o de la tabla de Carnéades?

Ginés niega.

—Son experimentos mentales. La tabla de Carnéades explora el concepto de defensa propia en lo referente al asesinato. Imagina que dos marineros náufragos, A y B, ven una tabla. El marinero A la alcanza primero, pero entonces B, que va a ahogarse, lo empuja lejos de la tabla, lo que hace que sea A quien se ahogue. El marinero B se salva más adelante gracias a un equipo de rescate. ¿Puede ser acusado de asesinato si debía matar para vivir o se trata de un caso de defensa propia?

—¿Quieres decir que, legalmente, Catalina no sería culpable del asesinato de Gonzalo si fue coaccionada a ejecutarlo para salvar la vida de su hija?

—Son escenarios válidos. No obstante, ni los aspectos legales ni los morales nos conciernen. Empecemos.

Sobre la mesa de su despacho hay pilas de papeles e informes. Ha sido un fin de semana muy tranquilo, por lo que han dispuesto de varios agentes para ayudarles en la investigación y encargarse de las labores más engorrosas y rutinarias.

Coge el más próximo. Es el informe de la Científica.

—El registro del piso de la sospechosa —indica.

Ginés consulta sus notas.

—Han aparecido sus huellas y las de otras dos personas, supongo que Esther y Zoe. También han analizado las cajas de pastillas. Contenían sus huellas tanto en el exterior como en el blíster y las de otra persona que coincidía con unas de las halladas en la vivienda.

—Serán de la vecina. La tentación de meter las narices en lo que no le incumbe es inherente al ser humano. Habrá que conseguir las huellas y el ADN de Esther y de la niña para descartarlas.

Ginés lo apunta en la lista de cosas pendientes.

—Por otra parte —resopla con fastidio—, tal y como dijiste, la sospechosa pudo tomar las pastillas aposta para dar más credibilidad a la hipótesis del delirio. ¿Qué hay del presunto piso de Óscar?

—Recogieron varias huellas distintas que aún no han terminado de cotejar, aunque muchas pertenecían a la sospechosa.

—La vecina reconoció que ella también había estado en el piso y seguro que quedan algunas de los antiguos propietarios. —Movió la cabeza de un lado a otro—. ¿Qué más?

—Lo rociaron con luminol de arriba abajo y no hay ni rastro de sangre.

A Lara se le escapa una sonrisa, un gesto breve y perverso. *Ghost* Óscar. El gran interrogante. El hombre que solo la sospechosa ha visto. ¿Por qué se lo inventó? Podría haber mantenido esa coartada sin complicarlo tanto. ¿O no se lo inventó y es un producto de su delirio? *Ghost* Óscar...

—No hay nada que demuestre su existencia —continúa Ginés—. Ignoramos su apellido, por lo que no podemos buscarlo en ninguna base de datos. No hemos encontrado ni sus huellas ni ADN en el piso de Catalina, en la Astra, el casquillo, el apósito con la sangre canina y el móvil de prepago que según ella le entregó. Esther Figueroa niega su existencia. No aparece en ninguna grabación de la cámara del banco.

—¿Qué sabemos del móvil que Catalina tiró desde la azotea?

—Seguimos esperando el contenido de los SMS y las llamadas.

La inspectora Samper consiguió que el juez, en resolución motivada, acordara la intervención de las comunicaciones telefónicas. El mismo juez que les negó la observación de las comunicaciones telefónicas de Saúl Bautista, aun cuando ella insistió en que servían para la realización de un fin delictivo.

En cualquier caso, la compañía telefónica les había proporcionado un listado de los SMS y las llamadas tanto enviados como recibidos. Un listado corto y muy esclarecedor sin rastro de los supuestos secuestradores. Habían comprobado que los únicos números que aparecían en la última semana se correspondían con los de Esther Figueroa, Marcos Herranz, Javier Piqueras y Gonzalo Márquez. La mayoría eran de Esther Figueroa. Ella había declarado que habían intercambiado SMS por el estado de salud de Zoe. No podrían ratificarlo hasta que les enviasen las transcripciones.

Con un rotulador verde, Lara apunta ambas evidencias en la columna «Delirio». Después resopla, asiente con la cabeza para sí misma y las apunta también en la de «Coartada». Coge un informe del siguiente montón.

—La autopsia.

—La autopsia demuestra que Gonzalo Márquez murió por el disparo de la Astra. Por otra parte, en su abdomen encontramos un apósito que contenía sangre canina con huellas suyas y de la sospechosa. El esparadrapo que lo sujetaba solo tenía huellas de la víctima.

—¿Sabemos algo de la procedencia de esa sangre?

—No. Dos agentes han rastreado las clínicas veterinarias sin ningún resultado, pero hay otras formas de conseguirla.

—¿La deep web? —Lara Samper ríe con aspereza.

Ginés se encoge de hombros.

—¿Qué hay de la Astra?

—La pistola solo tiene huellas de la sospechosa. Y el casquillo que recogimos en la escena del crimen se corresponde con los que encontramos en la caja de «recuerdos» del armario de su piso.

—Muy bien. Pasemos a Gonzalo Márquez. ¿Por qué él?

Lara le ha repetido decenas de veces que lo importante en un asesinato no es la pistola, el cuchillo, el golpe en la cabeza o el veneno, sino aquello que lo motiva. Y eso han buscado: una razón. ¿Qué la llevó a dispararle? ¿Por qué a él y no a cualquiera de los otros asistentes?

Gonzalo Márquez es un callejón sin salida. Han escudriñado su piso, su despacho, la taquilla de su gimnasio, sus registros telefónicos, sus e-mails y sus cuentas bancarias; han interrogado a sus compañeros de GCM, a sus vecinos, a sus padres, a sus pocos amigos...; no hay nada. Aparte de la relación que mantenía con Katy.

—¿Por qué un tipo inteligente, atractivo, sin problemas económicos, un tiburón con un empleo excelente se mete en un embrollo semejante? ¿Creyó la historia del secuestro que Catalina debió de contarle? ¿Por qué confió en ella hasta el punto de dejar que le disparase? —plantea Ginés.

—Fue una gran estupidez, y a lo largo de los siglos los seres humanos han cometido las mayores estupideces por dos motivos: religión o amor. Ambos son igual de dañinos —responde ella con semblante serio y tenso.

«Errores y amor.» Durante un instante Use cobra vida. Para apartarlo, Lara toma el siguiente papel del montón más abultado.

—Sigamos: las declaraciones de los testigos y los interrogatorios a sus compañeros.

—Las declaraciones de los testigos son coherentes con los hechos y unánimes. Hemos realizado una cronología con los registros de las cámaras de la Torre Zuloaga. También contamos con el testimonio de la chica con la que Catalina coincidió en los lavabos a las 20.50, Ana Castillo. Insiste en que la sospechosa actuaba de un modo muy extraño y que parecía enferma, incluso desaseada. Algo en lo que han estado de acuerdo otros empleados de Global Consulting & Management, aunque muchos lo achacaron al estrés de la reunión con Míster X.

—Saúl Bautista nos mintió cuando lo interrogamos —afirma con rotundidad Lara.

Ginés sabe que la inspectora no está ofreciendo una opinión, sino constatando unos hechos. Ella interpreta los *lateral eye movements*, los movimientos oculares inconscientes que se realizan para acceder a la información en el cerebro.

—En cuanto le preguntamos por Míster X y la reunión, desvió los ojos hacia la derecha —sigue Lara—. Se mostró inusualmente alterado en lo referente a la incorporación inesperada de última hora de Catalina. ¿Por qué eligió precisamente a Gonzalo y a ella, la víctima y la sospechosa, para que asistieran a la dichosa reunión?

—¿Lo interrogamos de nuevo?

—Esperaremos hasta obtener datos más concretos sobre Míster X.

—También contamos con el testimonio del doctor Marcos Herranz.

—Su testimonio me decanta más hacia la opción de que Catalina estuviese preparándose una coartada. —Lara Samper lo apunta en la columna correspondiente—. ¿Para qué involucrarlo?, ¿para disponer de más testigos que declarasen a su favor en el juicio?

Lara suspira profundamente y lo apunta en «Delirio».

—Entonces —Ginés repasa las hojas de su libreta— llegamos a Alistair, S. A. Excepto el segundo izquierda, que figura a nombre de Esther Figueroa, y el quinto de Catalina Pradal, poseen el resto del inmueble. Incluido el supuesto piso de Óscar.

Lara acaricia su pulsera.

—¿Qué sabemos de Alistair?

—Poco. Muy poco. Los de delitos financieros han descubierto que es un conglomerado bastante opaco con sede en Suiza.

—Alistair y Míster X podrían ser la misma persona. Solicitaremos autorización al juez para que obligue a Global Consulting & Management o a sus propios abogados a revelarnos su identidad y a entregarnos los documentos que obren en su poder.

Ambos observan la pizarra con idéntica desesperanza.

Lara es la primera en hablar:

—No hay ninguna prueba que no encaje en la disparatada coartada del secuestro o que no sea achacable al delirio. Con todo queda sembrado el resquicio de la duda razonable, del atenuante de enajenación mental.

Irritada, se sienta de nuevo a su escritorio. Apoya la frente en él y deja vagar su mente. Catalina Pradal es la clave.

Una vez descartado el secuestro, ¿es una inteligentísima manipuladora que finge su vulnerabilidad o es víctima de un delirio? «La pirada», recuerda que se le escapó a uno de sus compañeros. La llamaban «la pirada». Presiona el escritorio con la frente. Debe obligarla a salir de su zona de confort. Enfrentarla a una evidencia que no pueda achacar al poder de los secuestradores. La solución es obvia.

Levanta la cabeza y se dirige a Ginés, que teclea en el móvil con semblante preocupado.

—Le mostraremos la única evidencia irrebatible.

2

En cuanto llega al hospital, la inspectora Lara Samper busca al doctor Barreras.

—Hemos repetido la analítica y ya tenemos los resultados: los niveles de ketamina y opioides en sangre han descendido.

—¿Desde cuándo los consumía?

—Calculo que por lo menos dos o tres semanas. Aunque no es lo que más me preocupa. El delirio del secuestro no remite. Hemos realizado pruebas para descartar como posible causa una infección y los marcadores están dentro de los rangos adecuados. Esta tarde le haremos un escáner cerebral para asegurarnos de que no se trata de un tumor.

—¿Un tumor? —se sorprende Ginés.

—Los delirios son uno de los síntomas que nos alertan de la posibilidad de un tumor cerebral, especialmente cuando cursan con tanta elaboración y resistencia a negar todo razonamiento y lógica, como en la paciente.

—Gracias, doctor. Manténganos informados si el resultado es positivo —se despide Lara.

En la sala de espera de la cuarta planta ya aguardaban Esther Figueroa y Zoe. Ginés se acerca a la niña con una gran sonrisa.

Le guiña un ojo señalando la corbata de luciérnagas que ha vuelto a ponerse en su honor. Pero Zoe está asustada. Se abraza con fuerza a su oso y se esconde detrás de Esther. Desde ahí eleva su inquietante mirada con timidez.

—Huele raro —susurra arrugando su naricita, apenas una bolita en su achatado rostro. Se esconde de nuevo en su refugio.

—Sí, ángel mío, sí. Toma. —Esther le tiende un pañuelo en el que ha rociado unas gotas de un intenso perfume que ha sacado del bolso—. Póntelo sobre la nariz y respira a través de él.

Esther observa a su alrededor con repugnancia y evita tocar nada.

—Buenos días. Necesitamos tomarles muestras de ADN y las huellas dactilares —le dice Lara—. ¿Hace más de una hora que han comido o bebido por última vez?

Esther hace un movimiento hacia atrás. La inspectora no le da importancia porque está acostumbrada a encontrar reticencias.

—Es un procedimiento indoloro y nos permitirá descartar las huellas halladas en el primero derecha y en algunos objetos —le explica con calma.

—¿Y si me niego? —La anciana la reta con la mirada.

Es una mujer alta, y con los tacones casi iguala la estatura de la inspectora.

—¿Negarse? —Lara alza las cejas con escepticismo y responde con voz dura—: Entonces solicitaría una orden judicial.

Esther hace un brusco aspaviento como gesto de conformidad.

—¡Ginés! —Lara reclama la atención del subinspector para que se olvide de la niña.

Él saca de su mochila un par de kits con dos tubos estériles con torunda de algodón y bastoncillo.

—Solo te va a hacer cosquillas —le dice a Zoe mientras rompe el precinto.

—¿Palabra de poli? —pregunta la niña en un susurro.

Ginés se lleva la mano al pecho.

—Palabra de poli.

—Buenos días, Catalina —la saluda Lara Samper al entrar en la habitación.

Se acerca a la cama que han colocado al lado de la ventana con rejas y observa la figura pálida y delgada que yace en ella. Katy permanece tumbada boca arriba con los ojos cerrados. Presenta mejor aspecto. Los temblores casi han cesado. El cabello esparcido por la almohada está limpio y cepillado. Con los brazos por fuera de la sábana parece una niña pequeña.

—¿Qué tal se encuentra? —le pregunta.

Desde su posición al fondo de la habitación, Ginés observa a las dos mujeres. Las dos rubias y de una edad similar. Las dos atractivas de forma casi opuesta. Lo que en Catalina es vulnerabilidad, en Lara es contundencia. Huesos contra carne.

—Tenemos una sorpresa para usted —dice la inspectora.

Ginés abre la puerta para que entren Esther y la niña.

Al ver a Zoe, Katy cree que es fruto de su imaginación. Estupefacta, pestañea confundida para asegurarse de su realidad. Zoe.

¡Zoe está viva!

Es un milagro. ¡Zoe! Su cuerpo se agita y suelta un sollozo contenido fruto de la tensión y el miedo liberados. El alivio es tan enorme y repentino como si le hubiesen inyectado todos los calmantes del mundo.

—Mami —dice la niña con su vocecita. Le intimida el hospital, el gotero, los aparatos—, ¿estás malita?

—No me pasa nada, cariño. Ya no me pasa nada. —Katy ríe de felicidad y llora. Se limpia las lágrimas con las puntas de los dedos—. Bueno, sí que me pasa algo: que necesito un abrazo.

Como si fuera la señal que estaba aguardando, Zoe se suelta de un tirón de la mano de Esther. Trepa a la cama y se echa en brazos de su madre.

Katy siente su cuerpecito caliente y algo sudoroso. Los músculos tensos. Nota cómo se relaja entre sus brazos. Es una sensación muy poderosa. Su hija. Más suya que de nadie.

—Has traído a Oso Pocho. —Llora.

Besa uno a uno sus deditos humedeciéndolos con sus lágrimas. No quiere buscar ninguna explicación.

La niña esconde la cabecita en el hueco que forman su hombro y su cabeza. Katy le acaricia su suave pelo. Aspira su aroma. No huele a coco. Apesta al perfume de Esther. «Las frutas son para comerlas, no para lavarse.»

No importa. Nada importa. Solo abrazar, fundirse con Zoe. Es una verdadera superviviente. Su pequeña guerrera. La besa, la acaricia acompañando cada movimiento de un torrente de palabras, palabras tranquilizadoras llenas de amor.

Se hace un silencio en la habitación. La ternura la inunda. Ginés está conmovido. Agacha la cabeza para retener la pureza del instante. Y para evitar el desdén que sus sentimientos despertarán en su jefa.

Lara Samper observa impasible la escena y a sus participantes. Las distintas reacciones. La forma en que Esther Figueroa ha apretado instintivamente los puños cuando la niña se ha zafado de ella para ir con su madre. Y cómo los ha relajado al darse cuenta de que la miraba, justo antes de comenzar a lloriquear. La aparente sinceridad en la sorpresa y el alivio de la sospechosa al ver a su hija.

Cuando obtiene las respuestas que buscaba, los interrumpe:

—Catalina, es suficiente. Tienen que marcharse.

Katy no sabe cuánto tiempo han permanecido aferradas la una a la otra. El cuerpo de Zoe vuelve a tensarse al comprender lo que va a ocurrir.

—No, no, no. Quiero quedarme contigo.

Zoe llora desconsolada y da puñetazos en la cama con las dos manos. En el estómago de Katy algo se desliza sinuoso. Son las serpientes del vértigo. Le cuesta desprenderse de ella. No obstante, debe anteponer el bienestar de su hija.

—Zoe, cariño, mírame. —Quiere sonreír para tranquilizarla. No sabe si lo consigue—. Tengo que quedarme aquí un poco más, pero te prometo que muy pronto estaremos juntas. Y no volveremos a separarnos.

Con caricias suaves y tiernas, le aparta el pelo y se lo coloca detrás de la oreja.

—No. —La niña mueve la cabecita y da otro puñetazo, este ya sin fuerzas.

—Te lo prometo. ¿Me oyes?, te lo prometo.

—¿De verdad? —Zoe la mira con sus hermosos y asustados ojos.

—Sí. —A Katy le duele pronunciar esa sencilla palabra.

Es la primera vez que le miente. Que rompe el pacto mutuo que se hicieron de ser siempre sinceras la una con la otra.

Zoe asiente con la cabeza. Es un gesto minúsculo. Confía ciegamente en ella y eso es aún más doloroso.

3

Dejan transcurrir unos minutos después de que Esther y la niña abandonen la habitación. Los suficientes para que la sospechosa se tranquilice, pero no demasiado. La inspectora Samper prefiere que permanezca noqueada por la impresión. Se aproxima de nuevo al lecho.

—Gracias. Gracias por salvar a mi hija. Tenía tanto miedo... Imaginaba... imaginaba tantas cosas... —murmura Katy. Su cuerpo tiembla. Parece desorientada. Y sincera—. ¿Qué... qué ha ocurrido?, ¿dónde estaba?, ¿por qué nadie me lo había dicho?

Los dos policías saben que se encuentran en uno de los momentos trascendentales de la investigación. Es importante ser concienzudos. Ginés se sienta en una silla que aproxima a la cama, coloca la tablet sobre sus rodillas y la enciende.

—Zoe ha permanecido desde el viernes 17, desde su supuesto secuestro, en casa de Esther. —Lara presta atención a cualquier movimiento que realicen las pupilas de la sospechosa—. Ha estado enferma, con fiebre.

Katy no dice nada. No es capaz ni de intentarlo. El asombro se refleja en su rostro, en cada uno de sus gestos. Está demasiado consternada. ¿Zoe siempre ha estado con Esther?,

¿cómo es posible? No, no puede ser. Ella puso el piso patas arriba buscándola.

Lara, la experta en programación neurolingüística, en captar matices, no advierte en Katy ninguna inconsistencia. O lo ignoraba o es una consumada actriz. Decide dar un paso más allá.

—Es algo que usted ya sabía porque todas las noches subía a verla al regresar del trabajo. Todas. El lunes, el martes, el miércoles y el jueves. Y pasó con ella el fin de semana de su supuesto secuestro.

Katy está muy cansada. Comienza a temblar. A parpadear de forma extraña.

—Díganme, díganme la verdad. No puedo más —les suplica.

—Esa es la verdad —responde Lara.

Katy busca la confirmación de Ginés. En principio, él iba a limitarse a asentir con la cabeza. Sin embargo, cambia de idea. La mujer es tan vulnerable que le conmueve. No puede evitar sentir lástima por ella. Lo siento, inspectora, no soy un robot.

—No solo nos lo dijo Esther. —La mira con la dulzura de una caricia—. Las imágenes captadas por las cámaras de videovigilancia de una sucursal bancaria próxima confirman que nadie más entró ni salió del edificio. El secuestro nunca se produjo.

Después guarda silencio. Le conceden una tregua de un par de minutos.

A Katy no le queda energía para resistirse. ¿Qué tratan de decirle?, ¿que se lo ha inventado? No. Es imposible. ¿Cómo iba a inventarse algo semejante?

La cubre un sudor frío. Le cuesta centrar la mirada.

—Déjenme, déjenme sola —les ruega.

—Lo siento, Catalina. Es imprescindible que le hagamos algunas preguntas ahora. —Lara toma el mando de nuevo—. Seguro que usted quiere averiguar lo ocurrido tanto como nosotros. Y que Zoe continúe a salvo. —Hace una pausa después de pronunciar estas palabras—. Por supuesto, tiene derecho a un abogado, a recibir asesoramiento legal.

—¿Un abogado?

—Sí. ¿Dispone de alguno?

—No, no, yo nunca...

—Entonces le buscaremos uno de oficio. Aunque eso ralentizará el proceso.

¿Ralentizar? No, de ninguna manera. Katy quiere descubrir cuanto antes qué ha ocurrido. ¿Esther ha mentido? ¿A ella también la han coaccionado los secuestradores? No tiene sentido. Además, Zoe está bien. Sus manos. Sus deditos intactos. ¿Qué ha ocurrido?

—¿Puedo renunciar al abogado?

—Por supuesto.

Han encontrado a Zoe. Sana y salva. Lo único que importa es que siga así.

—Entonces renuncio. Comencemos —se impacienta.

Ginés no deja de sorprenderse de lo hábil que es su jefa manipulando las emociones de los demás. Se pregunta si también ejercerá ese poder sobre él y no es consciente de ello.

—Tal y como nos indicó, registramos el piso de Óscar —dice Lara—. Está vacío.

—¿Vacío?, ¿y los muebles y las cosas de Óscar?

—No hay nada, ni una triste bombilla. Hace siete años, desde que murió el antiguo propietario, que permanece desocupado.

Katy se marea. La cabeza le da vueltas muy deprisa. Cierra con fuerza los ojos. Inspira hondo.

—Es... es imposible. Yo pasaba muchas horas ahí con Óscar.

Lara Samper continúa a pesar de la angustia de la mujer, quiere aprovechar su desconcierto. Ni uno solo de sus gestos o de sus movimientos indica que esté mintiendo. Tampoco su comunicación paraverbal. Es consecuente con la hipótesis del delirio.

—Su vecina, Esther Figueroa, nos ha confirmado que usted pasaba en ese piso mucho tiempo —dice sin titubeos—. La propietaria del piso, como de casi todo el inmueble, es una empresa llamada Alistair, S. A. ¿Le suena ese nombre?

—¿Alistair? —Niega con la cabeza, confundida.

Lara se siente decepcionada, esperaba que la sospechosa encontrara una relación con su trabajo para OMAX. En cualquier caso, los milagros, los golpes de suerte, pocas veces se dan. No en las investigaciones. Tampoco en la vida.

Sabe lo que debe hacer a continuación: pregunta. Pregunta. Pregunta. Como en un combate de boxeo, le lanza el primer gancho.

—Las pastillas, ¿desde cuándo las toma?

—¿Las pastillas?, ¿cómo lo saben?

—Por sus análisis de sangre.

La sospechosa parece avergonzada. Los temblores han regresado.

La inspectora Samper es meticulosa y se ha documentado sobre los delirios o cuadros confusionales agudos: los ansiolíticos y los somníferos pueden agravar en muchas ocasiones la confusión y provocar toxicidad.

—Empecé a tomar Trankimazin de 0,5 miligramos la tarde en que secuestraron a Zoe. Y la última noche, Esther me dio un somnífero.

—¿Y las otras pastillas?, ¿la ketamina?

—¿Qué pastillas? No sé de qué me habla —responde Katy, perpleja.

—¿Solo tomaba Trankimazin?

Katy asiente.

—Está bien —dice Lara, aunque es evidente que no la cree—. ¿Dónde las conseguía?

—Me las daba Óscar.

—Ya. Óscar.

La inspectora Samper resopla sonoramente. Extrae una carpeta de su bolso y saca el retrato robot que les ha proporcionado el dibujante que enviaron a trabajar con Catalina. Un par de agentes han peinado las calles adyacentes a su domicilio mostrándolo en los comercios y a los vecinos. Nadie lo ha reconocido.

—¿Este es Óscar? —Se lo enseña.

—Sí, sí. Encuéntrenlo —suplica mirando a ambos.

La gravedad de su negación y su insistencia en aferrarse a sus fantasías llevan a Lara a considerar que el delirio es parte de un cuadro más grave. ¿Un tumor cerebral? ¿Un brote psicótico o esquizoide? ¿Tal vez los secuestradores sean voces que dictan sus movimientos?, ¿que la han «obligado» a disparar a Gonzalo?

Aun así, le desconcierta el momento que eligió, el hecho de que lo complicase tanto. ¿Las voces le dijeron que montara el teatrillo de la sangre canina, de las balas de fogueo? Toca su pulsera. Algo se le escapa.

—Es imposible hallar a quien no existe. —La inspectora agita una mano en señal de impaciencia—. En fin, prosigamos. Háblenos de la sangre canina: ¿dónde la consiguió?

—Fue Óscar. Es un hacker y compró las balas de fogueo, la sangre...., en la deep web —reconoce con la vista clavada en la sábana.

—¿Cuándo le entregó usted la sangre a Gonzalo?

Katy mira alrededor como si buscase algo. La ansiedad ha regresado a su estómago. Se le acelera la respiración. Comienza el pitido en sus oídos.

—Catalina, ¿cuándo le entregó la sangre a Gonzalo? —insiste.

—Se la llevé a su despacho escondida en un archivador.

Ginés lo apunta para comprobarlo con las cámaras de la Torre Zuloaga. Lara le formula la siguiente pregunta:

—¿Cómo pasó el arma por el escáner de la Torre Zuloaga?

—Óscar lo hackeó. Había hackeado el circuito interno de las

cámaras de seguridad. Provocó una interferencia en el aparato cuando llegó mi turno y, como los guardias me conocían, me dejaron entrar.

La inspectora mira a Ginés y él le hace un gesto afirmativo. También lo ha anotado para revisarlo.

—¿A qué hora fue eso?, ¿lo recuerda?

—Sí. El viernes a las siete. Óscar...

—Óscar ¿qué? —Lara deja claro por su tono de voz que no cree ni una palabra. Se ha cansado de perder el tiempo dando vueltas y más vueltas alrededor de Óscar—. Catalina, conocemos sus antecedentes psiquiátricos. Sabemos que estuvo ingresada en una clínica.

La vergüenza invade a Katy.

—He hablado con su médico —miente Lara con mucha calma y naturalidad.

Vive rodeada de mentiras y ha escuchado miles de ellas, ¿cómo iba a dársele mal?

Katy se altera. ¿Con Robert? La tensión es insoportable. Se rompe y empieza a llorar con desesperación. La inspectora Samper suspira, irritada. Se ha equivocado de estrategia. Se ha excedido y la sospechosa se ha bloqueado. Debe restablecer el diálogo. Regresa al punto anterior. A Óscar.

—¿Se da cuenta de que todos los caminos conducen a ese misterioso Óscar? —le pregunta con voz serena—. Queremos creerla, de verdad que sí, pero debe darnos alguna prueba de su existencia. Ayúdenos a encontrarlo.

Katy estruja el embozo de la sábana mientras llora en silencio. Se muerde los labios con fuerza.

—¿Tiene alguna fotografía de él?

Katy niega.

—¿Conoce a algún amigo suyo, a un familiar que lo haya podido ver u oír?

—A Esther. Tocaban canciones al piano a cuatro manos,

cada uno desde su piso, y la música ascendía por el hueco de la escalera y...

—Esther Figueroa lo ha desmentido —la interrumpe—. ¿Alguien más?

—No, nunca vino nadie ni a nuestro edificio ni a nuestro piso.

—¿Nunca llevó a nadie a su casa? —se sorprende.

Para Katy es difícil de explicar. Su microcosmos era su santuario. De ellos. El edificio entero les pertenecía. Habría sido una falta de respeto que entraran otras personas. La propia Esther jamás invitaba a nadie. Además, ¿a quién?, ¿a Gonzalo?, ¿a Marcos y a Javi?

—Nunca.

—¿Óscar nunca subió a su piso?

—No. Jamás salía del suyo. Esas paredes eran su búnker.

Lara Samper resopla, hastiada.

—¿Algún objeto del que podamos tomar una muestra de ADN o huellas dactilares?

—No me permitía entrar nada. Esa era la función del cuarto de descompresión, por eso debía desnudarme y ponerme el pijama quirúrgico y el gorro.

Lara se percata de que el dichoso cuarto de descompresión cumplía una doble función: impedía introducir nada del exterior y también sacarlo. Significa algo, está segura.

El subinspector Haro recuerda el interrogatorio con Esther, sus palabras sobre que dejaba a Zoe sola. Las interrumpe:

—¿Ni un walkie para comprobar que Zoe no se despertaba?

—Bueno, sí, claro, bajaba con el monitor de bebés —dice, cansada.

—¿Alguna vez lo tocó Óscar?

—No estoy segura.

Su voz se apaga, y es entonces cuando recuerda el dosier sobre GCM que Óscar le entregó.

—La última vez que estuve en su piso, cuando ya me habían

dado el puesto en GCM, Óscar cogió el monitor para cambiarle las pilas. Ya no volví a usarlo. —Fuerza una sonrisa avergonzada por haber olvidado ese detalle.

—¿Óscar tocó el monitor?

—Sí, había un contacto oxidado o un cable suelto, no sé, y se cortó en un dedo.

La inspectora Samper sonríe satisfecha. Un corte puede suponer encontrar ADN. Cuando registraron el piso, el monitor estaba encima de la mesita del salón. Puede ser un hilo del que tirar. Aunque ¿los fantasmas poseen ADN?

4

Hace semanas, incluso meses, que Katy no se encuentra tan despejada. Desde los primeros días en GCM se sintió extraña, somnolienta, con ligeros mareos; incluso tumbada en la cama, en alguna ocasión tuvo que aferrarse al borde del colchón porque creía flotar. Lo achacó al estrés. A la presión a la que la sometía Saúl.

Ahora está muy débil, pero lúcida. Como si su cabeza y su cuerpo funcionaran a distintas velocidades.

Hay demasiadas incógnitas. Óscar. Las pastillas. Los secuestradores. El propio secuestro. La bala que mató a Gonzalo. La amputación de Zoe. ¿Puede habérselo inventado todo?

«Basta. Así solo consigues perder el tiempo y agotarte», le ordena su voz interior. Buscar una explicación racional a cada suceso no la va a conducir a ninguna parte. Zoe está viva. Eso es lo único que importa. Lo único. Mi pequeña guerrera.

Realiza un rápido análisis de costes y beneficios. El beneficio es regresar a una vida anterior al secuestro. A la normalidad. A un tiempo previo al conflicto que la ha desestabilizado. A un tiempo en que no corrían peligro. No puede arriesgarse a que vuelva a ocurrir lo que quiera que haya sucedido. Debe ponerla a salvo.

«¿Y si el peligro eres tú?, ¿y si estás loca y te has inventado a Óscar?», le susurra la voz de su mente. Puede que el coste de poner a Zoe a salvo sea perder su propia vida. Y está dispuesta a entregarla, pero ¿por dónde empezar?

Lo planeado con Óscar no sirve. Se ha ido al garete. Entonces recuerda las últimas palabras de Gonzalo antes de la reunión con Pichón. Él insistió: «Si ocurriera algo, *better call* Saúl». ¿Y si en vez de referirse a su broma privada le estaba dando un mensaje?

¡Saúl! Si alguien sabe quién es Míster X, es él. Otro de sus grandes errores, además de no avisar a la policía, fue no amenazar a Saúl con la pistola hasta que confesase su identidad. Entonces se reprimió por temor a los secuestradores. Ahora qué más da.

Sorbe por la nariz. Va a enfrentarse a Saúl.

Se incorpora y permanece unos segundos sentada en la cama con las piernas colgando para sobreponerse al mareo. Está muy débil y los brazos le tiemblan.

Camina con pasos titubeantes hasta el baño usando el gotero a modo de muleta. «Un pasito», se dice con amargura. Apoya las palmas y los brazos extendidos sobre el lavabo. La última vez que se miró en un espejo fue en GCM. Se estremece al contemplar su imagen. Demacrada. Los párpados hinchados como si no hubiese dormido en semanas, los ojos hundidos, la mandíbula afilada.

Abre el grifo del agua fría, mete una mano debajo y juega a dejarla correr entre los dedos. Sin agachar la cabeza, se humedece las sienes, la nuca. Se escapará de madrugada. Será más sencillo y le proporcionará cierta ventaja hasta que descubran su ausencia.

Se acuesta. Debe dormir. Recobrar energías. Inspira con fuerza. Deja escapar el aire inflando los carrillos.

Ha tomado una decisión. Y cuando toma una decisión, es inquebrantable.

5

Madrid, 21 de septiembre de 2009

Acababa de verla por primera vez.

La desconocida pasó por su lado. Vestía un traje pantalón negro y una camisa verde de seda con el cuello subido y los tres primeros botones desabrochados. La melena ondulada enmarcaba sus delicados rasgos, sus grandes ojos de un color indefinido entre el verde y el gris. Un ser tan lleno de vida que no advirtió la presencia de alguien tan insignificante como ella.

Los encantadores labios de la desconocida se curvaron en una sonrisa burlona por algo que oyó. Ella retrocedió un paso más al amparo de las sombras. Imaginó esa sonrisa convirtiéndose en mofa si la descubría. Si descubría al monstruo.

La desconocida se inclinó hacia delante. La camisa se abrió y dejó al descubierto un trozo de la delicada puntilla negra del sujetador y el pálido comienzo del seno derecho. Tembló ante el anhelo de alargar la mano y acariciar con sus dedos la piel tibia. Se estremeció. La boca se le llenó de una saliva espesa. Sudaba.

Reconoció el temblor como el deseo. Era imposible. El doc-

tor Carter lo había eliminado, y sin embargo..., ¿cómo se resiste una a lo que es? ¿Cuántos millones de descargas eléctricas son necesarias?

Era deseo, pero su cuerpo reaccionaba de un modo completamente distinto al asco y las tremendas náuseas, al dolor que le producían los centenares de vídeos de la deep web cuya visión debía soportar mientras buscaba el cebo adecuado para cada pez del estanque.

Había uno en concreto... Era diferente de todos los demás, lo llamaba el «vídeo de los cupidos». Ya los primeros fotogramas le cortaron la respiración; la acometieron unos temblores y unos vómitos de una virulencia que no experimentaba desde las inyecciones de apomorfina de la terapia de aversión.

El vídeo la trastornó hasta el punto de causarle una fiebre muy alta. Por primera vez desde las sesiones de electroshock, sus sueños no fueron fríos y silenciosos.

La fiebre remitió en los días posteriores; las terribles jaquecas y las pesadillas continuaron. Poseían una crudeza y una fuerza en estado puro. Eran retazos inconexos. Decenas de flores grandes, brillantes, verdosas, de aroma embriagador y pegajoso. Unos ojos marrones llenos de vida. Un calor tórrido que la inundaba. Una mata de pelo moreno ensortijado. Una brisa húmeda. Un dedo con el esmalte rojo descascarillado.

¿Qué eran?, ¿recuerdos?

Con los años había aprendido algunas cosas. Por ejemplo, que nada se pierde para siempre. Todo está ahí, en alguna parte, preparado para salir a la menor oportunidad. Como esos retazos de sus pesadillas.

No encontraba ninguna razón para que el vídeo la perturbara de ese modo. En las escasas imágenes que había conseguido ver aparecía una mujer arrodillada en una cama y cuatro hombres desnudos con alas de Cupido. No eran más abyectas ni vejatorias que el resto de los cientos de miles de vídeos de la red. Sin *duda, la diferencia era que conectaban con algo que reptaba en su interior.*

¿Qué escondía su mente?, ¿qué obscena relación podía guardar con ese vídeo?, ¿acaso era la llave que abriría su memoria?

Después del encuentro con la desconocida, fue posponiendo el visionado semana a semana, mes a mes. Asumió que una vez que abriera esa caja cerrada, su vida cambiaría. Y quizá no para bien. Que las cosas no solían cambiar para bien lo había aprendido a lo largo de los años.

Anhelaba volver a ver a esa desconocida, explorar despacio las sensaciones que le provocaba.

4

MARTES 28 DE MAYO

1

El reloj marca las tres de la madrugada. A pesar de que su habitación se encuentra en el otro extremo del largo pasillo, en la silenciosa quietud oye las voces de las enfermeras en su puesto de control. Abre unos centímetros la puerta. El suelo es de vinilo verde con motas blancas y en él se reflejan los fluorescentes.

El policía que se encarga de su custodia charla con ellas acodado en el mostrador, de espaldas al pasillo. Las noches son muy largas y monótonas.

Katy contiene la respiración y asoma un poco más la cabeza. Se encuentra bastante alterada. Cuando esta tarde la han bajado a radiología para realizarle el escáner cerebral, ha visto entreabierta la puerta que da acceso a la escalera de emergencias, sujeta con una cuña de madera. A la vuelta permanecía igual. Por eso la enfermera del turno de tarde huele ligeramente a tabaco. Esa puerta no tiene conectada ninguna alarma, y la utilizan tanto el personal sanitario como los pacientes y sus familiares para salir a fumar.

Comprueba que la cuña sigue manteniéndola entornada y vuelve a entrar en su habitación. Se arranca la vía del gotero y rescata del armario el vestido de la reunión. Está sucio y apesta a sudor y a algo más que no puede identificar. Quizá el miedo deje un rastro físico.

Sale al pasillo. Se queda muy quieta, con la espalda contra la pared. Aguza el oído.

Está hiperventilando y se obliga a respirar más despacio. Empieza a preocuparse por el tiempo que lleva ahí de pie, mareada e indecisa.

Venga, vamos. Un pasito más. Se sobrepone al miedo que le recorre el cuerpo entero y avanza pegada a la pared, sorteando las manivelas de las puertas, los escasos cinco metros que la separan de la salida, sin dejar de observar al policía.

Apoya la palma de la mano libre en la puerta metálica de emergencias, que cede sin resistencia. Sin ruido. Se cuela al otro lado. Al salir a la calle, un golpe de aire frío le congela el sudor de la frente y de las sienes. Se pone los zapatos y baja los tres pisos de escalera.

¿Ya?, ¿así de fácil?

«¿Y si es una trampa? Pero ¿una trampa de quién?, ¿de los secuestradores que no han secuestrado a tu hija, tía lista?», se burla su vocecilla interior.

2

Katy está exhausta, febril. Tras permanecer tres días en cama, el cuerpo entero le duele por el esfuerzo de la larga caminata. Y de la espera. Lleva casi dos horas en el portal, dándose calor con las manos en los brazos y en las piernas para que no se le entumezcan, aguardando a que Saúl salga a correr sus tres kilómetros matinales.

Ha mirado muchas veces el reloj. Las seis de la mañana. El tiempo avanza demasiado deprisa. ¿Cuándo descubrirán su huida? No consigue recordar a qué hora entran las enfermeras a tomarle la temperatura y dejarle el vasito blanco con las pastillas matutinas. ¿A las siete?, ¿las siete y cuarto?

El portal se abre y aparece Saúl con una camiseta técnica y mallas de *running*, ajuntándose el brazalete de plástico con el móvil. Su cara se enciende con un gesto de sincera sorpresa, al que sigue un pestañeo de incredulidad. Sus sentidos se ponen en alerta. ¡Katy! ¿No estaba detenida?, ¿ha escapado? La última vez que la vio empuñaba un arma y acababa de asesinar a Gonzalo.

Su sola presencia activa un resorte y regresan todas las desagradables sensaciones de ese instante. La confusión. El pánico. Saúl retrocede un paso.

—¿Qué haces aquí?

Ella, que no se da cuenta de su miedo, se acerca. Están muy próximos el uno al otro. De pie en el patio de su casa, podrían pasar por una pareja de amantes que regresan después de una larga noche.

El encuentro va a ser muy breve. Aun así, Katy se siente demasiado débil. Si él echase a correr, ¿qué haría? Sería incapaz de alcanzarlo.

—Vamos a tu piso —le pide.

Saúl recuerda el arma y se encamina de vuelta al ascensor. Ella lo sigue, disimulando el alivio.

—Nunca tendría que haberte contratado, aunque me lo exigiera —se lamenta él en cuanto entran y la puerta se cierra tras ellos.

Ha repasado muchas veces la cadena de sus errores. Los que le han colocado en esta tesitura. El primero fue aceptar contratarla. Una primera concesión conduce de forma inevitable a la siguiente. Aunque es imposible negarse si quien te lo pide te proporciona una cuenta con cinco millones y el empujón al ansiado ascenso a director financiero, a jugar en la NBA de la empresa. Ahora ha llegado al final del camino, aunque no sabe de cuál.

Katy se sorprende: ¿exigirle quién?, ¿se refiere a Míster X?

Esta información es muy valiosa, la primera prueba de que existe un complot contra ella. De que no lo ha imaginado. Los secuestradores no son producto de las pastillas ni de un delirio, como ha insinuado la inspectora. Ni de un tumor cerebral, como ha empezado a temer desde que le han realizado el escáner.

—¿Por qué lo hiciste?, ¿por qué me contrataste? —le pregunta con decisión.

Saúl calla. ¿No lo sabe?, ¿no está a las órdenes de Míster X? Se da cuenta de que ha cometido un descuido. Ha abierto una puerta que Katy ignoraba. Valora no contestar, pero desecha la idea. ¿Llevará la pistola escondida? De alguna forma tuvo que introducirla en la reunión.

—Míster X me envió tu currículo para que te lo mostrase en la falsa entrevista de selección —responde, malhumorado—. Eras la única candidata. La consigna era incluirte en el *staff*. Acepté con la condición de que solo trabajarías en su cuenta, sin acceso a ningún otro cliente.

Katy alza las cejas. Lo que acaba de oír la conduce a una revelación inesperada. Si fue Míster X quien la introdujo en GCM, eso descarta que la eligieran de entre los miembros del equipo de Saúl porque su amor por Zoe la hiciera vulnerable. O por disponer de un arma. La verdad es más terrible: la eligieron a ella, en concreto a ella, a Catalina Pradal, de entre todas las personas del mundo.

—¿Por qué a mí? —pregunta, perpleja—. ¿Qué tengo de especial?

—No lo sé. —Saúl expulsa el aire por la nariz.

La mente de Katy trabaja a toda velocidad intentando integrar esa idea con los escasos datos de que dispone.

—¿Y por qué elegiste a...?

A Katy le cuesta completar la frase, pronunciar el nombre. Gonzalo. Hasta ahora ha evitado pensar en él, en que las fotografías de su cadáver que le mostró la inspectora son ciertas. Por su culpa. Ella lo ha matado. ¿Eres una asesina si careces de capacidad de elección?, ¿si lo haces engañada? No es el momento de pararse a considerar en qué la convierte haber apretado el gatillo. Prefiere preguntar:

—¿Por qué elegiste a Gonzalo para acompañarte a la reunión?, ¿estaba implicado en el complot?

—¿Aún no lo has entendido? —Ríe con amargura—. Yo no decidía nada. Solo cumplía órdenes. Fue Míster X quien designó a Gonzalo.

Las palabras salen en avalancha de la boca de Saúl. Como si

dentro de él se hubiese abierto una compuerta y no pudiese callar. Dice algo de que una primera concesión conduce de forma inevitable a la siguiente. Habla de llamadas telefónicas de Míster X con instrucciones muy precisas. La reunión que le obligó a convocar. La forma en que le exigió que no la incluyera a ella en un primer momento, pero que cediera cuando fuera a pedírselo.

—¡Creía que tú trabajabas para Míster X! —concluye Saúl.

Katy trata de digerir la información. Óscar estaba en lo cierto: ha sido un plan minuciosamente orquestado desde meses atrás. Los secuestradores han manejado sus expectativas, su vida, a su antojo. ¿Cómo ha podido estar tan ciega?

—Incluso contraté a un detective para que te siguiera y averiguar algo, lo que fuera. Solo conseguí empeorar la situación. —Ríe de forma nerviosa—. Gonzalo me sorprendió la semana pasada con las fotografías de tu seguimiento encima de la mesa. Se puso furioso. Me exigió explicaciones. Discutimos. Me amenazó y...

Katy, horrorizada, se lleva la mano a la boca. Ese es el momento que vio con Óscar a través de las cámaras. Lo malinterpretó. Gonzalo la defendía.

—¡Basta! —aúlla, incapaz de escuchar más.

Saúl Bautista tampoco quiere continuar. No sabe qué pensar de Katy.

—Coge el sobre y vete, por favor —le pide.

—¿El sobre? —La sorpresa de Katy es manifiesta—. ¿Qué sobre?

—El que Gonzalo me entregó para ti. ¿No has venido por eso?

Saúl interpreta su silencio y se asusta. ¿Es una prueba de Míster X?, ¿una trampa?, ¿la han enviado a liquidarlo?

—Si no sabías lo del sobre, ¿por qué estás aquí?

Katy está irritada, harta de dar bandazos. Ahora sí que cree advertir temor en Saúl. Se fija en que no lleva gomina, está despeinado y un mechón de cabello le cae sobre la frente. En el brillo del sudor. ¿Tiene miedo?, ¿de mí?, duda.

—¿De qué sobre hablas? —dice sin disimular su rabia y sin perder el contacto visual.

Él carraspea.

—Antes de la reunión, Gonzalo vino a mi despacho. Se comportaba de una forma muy extraña. Estaba nervioso. Inquieto. Hemos trabajado juntos cinco años en el mismo equipo, pero desconfiaba de él. Ignoraba el motivo por el que Míster X lo había elegido para acompañarme. —La mira para asegurarse de que ella lo entiende—. Lo único que quería era entregarme un sobre. Un sobre para ti.

Saúl se encamina al salón. En la mesa hay un sobre blanco con la palabra «Caitlyn» escrita con bolígrafo. Lo señala con el dedo y continúa:

—Me dio instrucciones: si el lunes él no me lo pedía, debía guardarlo hasta que tú vinieses a buscarlo.

Katy digiere la información en silencio.

—¿Lo has abierto? —lo acusa al ver la solapa despegada.

—¿Te refieres a si lo he abierto después de que lo asesinaras de un disparo? Por supuesto que lo he abierto. He creído que su muerte me legitimaba a hacerlo —responde con sorna.

—Sí, eso cambia las condiciones —dice ella, seria. No capta la ironía de su jefe.

Coge el sobre. Es la primera vez que ve la letra de Gonzalo en algo que no sea la firma de un documento. Saca del interior un lápiz USB.

—¿Qué contiene?

—Es un vídeo que grabó para ti.

—¿Un vídeo? ¿Qué dice en él?, ¿algo de Míster X?

—Es bastante personal.

—¿Personal?

—Es una despedida. Gonzalo estaba pilladísimo de ti. Se veía a la legua. Lo comentaba toda la empresa.

Katy levanta una mano para detenerlo. ¿Amor? Quiere reír,

pero la risa muere en su garganta. ¿Amor? Reacciona con escepticismo. Le incomoda el rumbo que toma la conversación. Las pasiones la hacen sentir insegura.

Se guarda el lápiz USB en el bolsillo del vestido. Mira el reloj: son casi las siete. Posiblemente, las enfermeras ya habrán dado la voz de alarma. Saúl tiene mucho que explicar. Pero a la policía. Ella solo quiere averiguar quién es Míster X, coger a Zoe y huir.

Ante su pregunta, él agacha la cabeza. Katy se esfuerza en ser más persuasiva:

—¿Te das cuenta de que lo que ha hecho Míster X es un delito o bien de homicidio, o bien de instigación a cometerlo?, ¿de que pueden acusarte de cómplice?

—No sé quién es —reconoce. Su tono es de reproche, como si le molestase hablar.

—¿Cómo es posible? —se indigna Katy. Entiende que la está engañando—. Has dicho que hablabas por teléfono con él y te daba instrucciones. Llámalo. Llámalo ahora.

—Cuando contactó conmigo, me dijo que prefería mantener el anonimato hasta que le mostrásemos la hoja de ruta y la implementásemos. El viernes, después de lo que ocurrió, de que tú... de que tú, en fin, ya sabes, le llamé para explicárselo. El teléfono estaba apagado. —Suspira, apesadumbrado.

—¿No hay otra forma de establecer contacto?

Saúl niega.

—¡¿Crees que soy idiota?! —exclama Katy.

Insiste e insiste. Topa una y otra vez contra el muro de su negativa.

¿Qué puedo hacer para obligarlo? Y la respuesta es «Nada». No tiene la pistola y Saúl es mucho más fuerte que ella. En su estado físico, un simple empujón la derribaría. Está furiosa por no poder averiguar si Saúl la engaña.

No puede continuar ni un minuto más en el piso. Debe irse.

Anticiparse a que la policía descubra su fuga y comience a bus-carla. Debe irse, aunque lo que le gustaría es revisar el móvil de Saúl, su e-mail.

En cuanto se marcha, Saúl se asoma a la ventana. La ve mon-tarse en el taxi que él ha llamado. También le ha entregado dos-cientos euros. Apenas deja transcurrir unos segundos antes de sacar del cajón un móvil. El nombre de su clienta, de Míster X, es el único de la agenda de contactos: Rosy Celma.

3

Ginés atiende la llamada del móvil.

—Es Nacho, mi amigo de la Científica —le susurra a Lara señalando el teléfono. Se conocen de la academia de Ávila, donde compartieron habitación. Su amigo obtuvo mejores calificaciones y el anhelado destino en la Unidad Científica.

—¡Pon el manos libres!

Ginés coloca el móvil en la mesa. Los dos se aproximan.

—Esto es extraoficial —dice Nacho—. Como te conté, extrajimos una huella dactilar completa y ADN del interior del monitor de bebés.

La respiración de la inspectora Samper se acelera. Está hablando del que cogieron del piso de Catalina Pradal. ¿Óscar existe?, se plantea, anhelante.

—¡¿Ya tienes los resultados?! —grita Ginés.

Le molesta hablar de ese modo. Es como si el interlocutor se diluyera y se dirigiera al aire. Siempre alza la voz.

—Sí. Y hay una buena noticia y una mala. ¿Cuál queréis primero?

—Nacho, déjate de jueguecitos —le pide ante la impaciencia de su jefa.

—Vale. Primero la mala: hemos cotejado tanto la huella como el ADN y no se encuentran en la base de datos.

Lara bufa irritada. La vida real dista mucho de las películas, y aunque se obtenga una huella dactilar, si la persona no tiene antecedentes penales, un requerimiento o algún señalamiento por desaparecido, sus datos no constan en la base policial. ¿Hay una huella de Óscar y nada para compararla? ¿Sigue siendo entonces un fantasma?

—¿Qué habéis obtenido del ADN? —interviene Lara.

La única opción que les queda es recurrir a la base de datos del DNI, pero, al no archivarse por huellas dactilares, es necesario cruzarlos de forma manual, de uno en uno. La información proporcionada por el ADN sirve para acotar el campo.

Lara está tensa y su cuerpo transmite la urgencia. Cuando se encuentra cerca de una revelación, se entusiasma.

—Ginés, cómo se te ha aflautado la voz, ¿te has pillado un huevo o qué? —bromea el otro.

El subinspector reprime una sonrisa y dice:

—Te presento a mi jefa, la inspectora Lara Samper.

—Encantado, Lara, yo soy...

—¿Qué tal si nos dejamos de preámbulos y nos ceñimos a los datos?

El don de gentes de Larissa Samper ataca de nuevo, piensa Ginés. Sin embargo, la reprimenda surte efecto.

—Es un varón de cuarenta y tres años —responde Nacho, arisco.

¡Encaja con Óscar!, se entusiasma Ginés. Recuerda la frase de su amigo y pregunta:

—¿Y la buena noticia? Has dicho que había una buena y una mala.

Nacho guarda silencio unos segundos. Ginés comprende que se está vengando del encontronazo con Lara. Al fin y al cabo, los ha llamado a primera hora y de forma extraoficial solo porque es su amigo. No se lo merecía.

—Venga, Nachete —le dice—; si es algo bueno, pago cañas y cena.

—Pues prepara cañas, cena y copas.

Ha recuperado la sonrisa. Está satisfecho con lo que ha descubierto y quiere compartirlo.

—¡Venga, suéltalo!

—Agárrate —dice ignorando a Lara—. Se me ha ocurrido compararlo con los otros que me mandasteis, ¿te acuerdas?

—Sí, sí, sigue —lo apremia Ginés. Mira a Lara y advierte idéntica expectación.

—Hay relación entre dos de ellos. Comparten una proporción de genes al cincuenta por ciento, son parientes en primer grado. O son madre e hijo, o hermanos, o gemelos no idénticos. No puedo concretar más, pero dado que el otro ADN es de una mujer con una edad biológica de ochenta y tres años, diría que es la madre. Qué, ¿cómo te quedas?

—¿Te refieres al ADN de Esther Figueroa? —inquiere para asegurarse mientras trata de digerir la información.

—Sí, claro. ¿Me he ganado las cañas y la cena?

Ginés no reacciona y Nacho pregunta de nuevo:

—¿Me las he ganado o qué?

—Sí, sí —responde Ginés de modo automático.

Lara y él se miran atónitos y sonrientes. ¿Esther tiene un hijo varón del que no les ha hablado?

4

Madrid, julio de 2012

Estaba malhumorada. El calor era agobiante y opresivo, casi tanto como el de los veranos de su infancia en Baltimore, aunque más seco. Los ventiladores se limitaban a desplazar masas de aire tórrido de una parte a otra de la habitación. Odiaba el calor. Odiaba cualquier cosa que la obligara a tomar conciencia de su cuerpo. Se limpió el sudor del rostro con un pañuelo, dándose pequeños toques y cuidando el maquillaje.

Además, debía vigilar a la mocosa.

—Rosy, ángel mío, ¿puedes encargarte de ella? —le había pedido su madre—. Voy a tumbarme un rato con los ojos cerrados, a ver si se me pasa esta terrible jaqueca.

Nunca antes habían estado a solas. No le gustaba la niña. Tan sencilla y felizmente dichosa. Tan dulce.

Había tenido que dejar el ordenador, justo ahora que estaba creando un cebo para su Dark Room, montándolo a partir de fotografías y vídeos. Le preocupaba que resultara creíble.

—Rosy, pis. Rosy, pis —dijo la mocosa incordiando.

Vestida solo con unas braguitas, daba pequeños saltos. ¡Es tan tonta!, pensó. Se había abstraído coloreando un ridículo payaso y no se había dado cuenta.

—Rosy. Rosy.

Rosy se levantó con un suspiro de fastidio y la acompañó. Tras cortar un trozo de papel higiénico, se quedó de pie, a la espera. Observó los pliegues en los brazos y las piernas gordezuelas. El pechito desnudo. Los pezones rosas. Su suave piel con una leve pelusilla. El cabello húmedo, fino como hilos. La bella carita un poco congestionada por el calor.

Sacó el móvil del bolsillo de la falda. Encuadró. Era una buena toma. Las braguitas rosas de algodón con dibujos de nubes en los tobillos le daban el toque perfecto. La niña la miraba. Transmitía tanta inocencia y ternura...

Dudó unos segundos antes de pulsar el botón del disparo. Bajó el móvil. Sin embargo, recordó a otra niña cuarenta años atrás. Una niña igual de confiada que entró de la mano de su madre en un hospital de Baltimore. Una niña a la que a fuerza de descargas eléctricas le habían borrado el pasado de un modo tan eficaz que aún no lo había recuperado. Recuerdos. Con un regusto amargo acudió a su mente el vídeo de los cupidos.

Tuvo una idea. Una gran idea. Para Carnaval, su madre había comprado a la criaja un disfraz de Campanilla. A la niña le gustaba ponérselo con frecuencia y lo guardaba colgado de una pecha en el armario.

—Espera un momento. No te levantes.

Regresó con las alas de alambre recubierto de tul verde y grupos de lentejuelas de colores formando flores.

—Vamos a ponértelas, cariño.

Perfecto. El resultado era perfecto. Ni siquiera tuvo que pellizcarle los mofletes.

—Así, mira al móvil —le pidió mientras hacía la primera fotografía.

Ninguna palabra debía estar prohibida, ninguna acción. Nada era lo suficientemente escandalizador, ni subversivo.

Acompañó la imagen de la niña sentada en el inodoro con una colección de quince clips con palabras gancho para sus seguidores: «Indefensa». «Un ángel perdió su inocencia.» «Ella va a aprender a complacer a su señor.» «Se lo tragará todo.» «Su dignidad robada.» «Sus orificios profanados.» Y al lado de cada uno figuraba una cantidad de dinero.

Llamó a la Dark Room. «¿Te atreves a presenciar la destrucción de un ángel?» Fue un auténtico éxito. En menos de un mes creó otra página distinta con nuevas fotografías, otro link, para que los estafados no pudieran avisar a los futuros consumidores. La demanda era insaciable.

En los primeros seis meses ganó casi doscientos mil euros entre el dinero que pagaban para participar en la destrucción del ángel y el que recaudaba con el posterior chantaje. Fue entonces cuando se le ocurrió incluir en el cebo audios de la niña chillando, suplicando.

¿Cómo conseguir que la mocosa lo hiciera de una manera natural para que luego no le fuera con el cuento a su madre y la alertara?

Recordó una frase de J. M. Barrie, el autor de Peter Pan: «Los niños corren las aventuras más raras sin inmutarse». Claro que sí. Solo tenía que simular un juego. Tardó una semana entera en perfilarlo y en encontrar el nombre adecuado. Lo llamó «La misteriosa desaparición de Zoe».

Al incluir los audios, las solicitudes en su Dark Room se dispararon. También porque desde que la madre de la niña había comenzado a trabajar, pasaban más tiempo juntas y disponía de muchas ocasiones para fotografiarla.

5

El taxi se detiene en el número 17 de la calle Quijano Maldonado.

Katy no puede perder ni un segundo. Son casi las siete y media, las enfermeras se habrán percatado de su fuga. Asume que la policía empezará a buscarla por lo más obvio: Zoe.

Saúl le ha entregado doscientos euros y le ha asegurado que no avisará a la policía. Katy supone que no lo hará porque él es el primer interesado en que no testifique y les cuente su implicación en el complot de Míster X. También le preocupa el dinero. Imagina que habrán intervenido su cuenta corriente. ¿Cómo costeará la huida? Y después, ¿de qué vivirán las dos?

Desecha este pensamiento. Aparta todo lo que no sea coger a Zoe y huir. La adrenalina insufla fuerzas a su maltrecho cuerpo, y sube los escalones de dos en dos.

Le extraña que la puerta de Esther esté cerrada. Jadeando, llama con los nudillos. Una y otra vez. Su vecina tarda una eternidad en abrir. ¿Ocurre algo? Sus latidos se disparan. ¿Está durmiendo o es que ya ha llegado la policía?

Por fin, la puerta se abre y aparece Esther vestida con un largo camisón de satén y el cabello recogido en una coleta.

—¡Katy! —se asombra—. ¿Qué haces aquí?

—¡Zoe!, ¡Zoe! —llama a voces a su hija.

—¡Mami! —La niña entra en tromba al oírla.

La abraza con todas sus fuerzas unos segundos. Con los ojos cerrados, aspirando su aroma a sueño en el camisón. Después la separa un poco para poder mirarla a la cara.

—Zoe, cariño, tenemos que irnos.

—¿Cómo que os vais? —Esther, de pie ante ellas, no da crédito a lo que oye.

Empezamos mal, piensa Katy. Lo único que quiere es coger a su hija y salir por la puerta. Preferiría no dar explicaciones. Está muy débil y siente el cerebro abotargado.

No sabe qué ha pasado ni quién es Míster X, ni tampoco los secuestradores; hay muchas cosas para las que no encuentra explicación, pero sabe que Esther jamás haría nada que pusiese en peligro a Zoe. Es la única persona del mundo a la que preocupa el bienestar de su hija tanto como a ella.

Por eso no le importa si los secuestradores la han coaccionado, si ha mentido a la policía, ni el motivo. Ya habrá tiempo de averiguarlo.

—No puedo contártelo ahora, se trata de un tremendo error. Confía en mí, es lo mejor para Zoe. Por favor —le implora.

—Iros ¿adónde? —Cruza los brazos a la altura del pecho.

Buena pregunta. ¿Adónde van a ir?

—No lo sé —responde Katy.

Esther la mira con insistencia, con expresión crispada y el cuerpo muy tenso.

—Ayúdame, por favor. Necesito dinero. —Vacila sobre cómo continuar—: Es solo un préstamo. Te lo devolveré. Por favor. Aquí Zoe corre peligro.

—¿Peligro? No comprendo nada. Katy, debes tranquilizarte. Mírate —contesta Esther, preocupada—. Dices incoherencias. Te tiemblan las manos.

Es cierto. La ansiedad ha disparado sus pulsaciones. Está aturdida, muy cansada. Pero no puede detenerse.

—Tengo que subir a casa. Coger nuestros pasaportes, algo de ropa...

—Lo primero que debes hacer es serenarte. La prisa nunca ha sido buena consejera. ¿Has comido algo?

¿Comer? ¿Cuántas horas hace...?

—Tómate por lo menos un buen café caliente.

Malgastar el tiempo con un café es un disparate. Le molesta su actitud, su arrogancia. Ve las arrugas de censura que se marcan en su frente. Calma, sangre fría, es preferible perder un par de minutos. Sin su ayuda no podrá huir.

—Te reconfortará —dice Esther, tajante.

—Uno rápido.

—Mientras recoges las cosas de Zoe.

Esther le lleva la taza de porcelana a la habitación de la niña. Katy ha metido en la mochila de la Patrulla Canina, a barullo, lo que Zoe le ha ido entregando.

—Toma.

Katy la coge y se la bebe en dos sorbos apresurados. Se quema el paladar. Está muy amargo. Con las prisas ha debido de olvidarse del azúcar.

—Anda, sube a tu casa. Dúchate, ponte ropa limpia. Verás como te sientes mejor. Yo terminaré aquí —le dice mirando con desagrado el desorden de la mochila—, y cuando bajes, me lo explicas.

—Gracias —responde con sinceridad.

Katy entra en su casa para recoger sus pertenencias. Solo lo que le quepa en una bolsa de viaje. Recorre el piso confusa, sin rumbo fijo, intentando ordenar sus pensamientos. ¿Qué es lo más importante? Se hace a la idea de que nunca volverá a estar entre esas cuatro paredes. Se siente aterrada y liberada al mismo tiempo.

¡El portátil! Sí, necesitará su ordenador. No lo encuentra en la mesita que utiliza de despacho. Ni a los pies de la cama en el dormitorio. ¿Lo tendrá la policía?, ¿los secuestradores?

No importa. Debe darse prisa.

Al subirse a la banqueta para coger la caja del altillo siente un ligero vahído. Lo achaca al estrés. Al hambre. Cierra los ojos, respira profundamente. Los vuelve a abrir. Levanta la cabeza. ¡La caja tampoco está! No puede ser. Los pasaportes. El libro de familia. El...

Un mareo más fuerte se apodera de ella. Algo va mal. Trata de aferrarse con los dedos al estante. Su cuerpo se ha convertido en una piedra.

Al caer se golpea la frente contra la esquina de un cajón.

6

En la cara de Ginés aparece una sonrisa involuntaria. Una de las pocas debilidades de la inspectora Samper es la forma en que se deja arrastrar por la victoria. Sus ojos relampagueantes, el sonrojo de sus mejillas, sus manos inquietas.

Son las ocho menos diez cuando escribe en un folio la palabra «Certezas».

—¿Qué sabemos con seguridad?

—Esther Figueroa tiene un hijo varón de cuarenta y tres años cuya existencia no ha mencionado —comienza Ginés—. El hijo tuvo acceso al monitor de bebés y se hirió con las pilas, tal como Catalina nos contó que le ocurrió a Óscar.

Él también siente la ya familiar emoción en la boca del estómago. La de encontrar, ¡por fin!, la pieza que encaja en el puzle, que se ajusta con suavidad y permite unir los fragmentos dispersos que hasta entonces no tenían mucho sentido.

—Su hijo es Óscar, el fantasma.

Lara lo interrumpe. Abre los brazos y sube la voz.

—No hay pruebas de que sean la misma persona.

Ginés conoce esa expresión de reticencia de su jefa. Lo formula de otra manera:

—De acuerdo, pongámonos en modo pensamiento automático. —Alza una ceja burlona y Lara sonríe—. Si ese hijo existe, Esther nos ha mentido. ¿Por qué?

Sigue verbalizando:

—¿Alguien la coaccionó?

—¿Coaccionarla? No aparentaba ser una persona muy coaccionada —desecha Lara con un gesto de la mano.

—¿Y si la amenazaron con la vida de su hijo, de Óscar?

—¿Y el motivo? ¿Qué tiene Esther que puedan desear?

—Lo mismo que Catalina. Son los dos únicos pisos que le faltan a Alistair, S. A. para tener en propiedad todo el edificio.

—¿Un desahucio a lo bestia? ¿Tan caro está el metro cuadrado en Madrid?

La inspectora sacude la cabeza, cada vez más confusa. ¿Qué empresa haría algo así? Se mata por odio, por ansia de venganza, por avaricia, porque no se ve otra solución a los problemas o por miedo. Miedo a perder lo que se tiene o a no conseguir lo que se desea.

—De acuerdo. Aparquemos el motivo. ¿Qué queda entonces? La mentira. —Lara se frota las manos—. Si Esther Figueroa ha mentido con respecto a su hijo, también ha podido hacerlo en otras cosas; por ejemplo, el secuestro.

—¿Y si se produjo el secuestro, pero la niña nunca salió de casa de Esther? —se adelanta Ginés a concluir su razonamiento—. ¿Y si la mantuvieron cautiva y sedada entre esas paredes? Eso explicaría que Zoe no guarde ningún recuerdo de esos días y que eso no sea consecuencia de la fiebre. Y concuerda con que las cámaras de seguridad no registraran ningún movimiento.

—Supondría dar por buena la hipótesis del secuestro.

—¿Y por qué no? —Sonríe con valentía.

Lara no lo considera improbable. En absoluto. Inspira profundamente un par de veces. Debe tomar perspectiva.

—No, es imposible. Si la niña hubiera permanecido en casa de Esther Figueroa, Catalina la habría visto cuando la registró de arriba abajo después del presunto secuestro. Además —hace un leve gesto de contrariedad y se toca la pulsera—, es incompatible con lo que declaró Zoe de que no había salido de su habitación.

—¿Y si...?

—Y si ¿qué? No dudes. Utiliza el pensamiento automático. No hay ideas malas.

—Si no salió del edificio ni estaba en casa de Esther, pudo estar en otro de los pisos. —Ginés se levanta de un brinco. Las ideas se le acumulan imparables—. Hasta ahora no hemos considerado los pisos vacíos. —Habla atropelladamente—. Las grabaciones de la cámara del banco demuestran que la niña no salió del edificio. Nos enfrentamos al típico misterio de la habitación cerrada.

—¿Ahora somos Allan Poe y Agatha Christie?

Lara es incapaz de refrenar su cinismo. Ginés ni se inmuta.

—El ADN demuestra que el hijo de Esther Figueroa, Óscar o como quieras llamarlo, existe. Y ese hijo misterioso, que tocó el monitor de bebés, tampoco aparece nunca en las grabaciones. ¿Dónde está?, ¿escondido dentro?

Se interrumpe. Abre mucho los ojos y da un golpe en la mesa. Una sonrisa ilumina su cara.

—¿Qué? ¡Suéltalo! —lo anima la inspectora.

—Joder, no es un misterio de habitación cerrada, sino un misterio de edificio cerrado. El edificio es un todo. Es... es... una telaraña.

—Telaraña... —repite Lara mientras valora la idea.

—Son unas estructuras únicas en la naturaleza. Las arañas producen seda proteica que sale de su abdomen. Esta seda es pegajosa, elástica, más resistente que el acero y de un grosor diez veces menor que un cabello humano. Se considera el material más fuerte del mundo. Los humanos no hemos conseguido crear ninguno con unas propiedades tan excelentes.

—Gracias por la clase, profe.

Aunque Lara utiliza el sarcasmo donde más duele, Ginés no piensa callarse.

—No, no, escucha. Las arañas tejen sus telarañas con sumo mimo y no suelen abandonarlas; de hecho, cuando necesitan hacer una nueva tela, enrollan primero la antigua en una bola y muchas especies se la comen. El edificio es la tela de Esther... ¿Y si Alistair, S. A. fuese suyo y se hubiese ido apropiando piso a piso de los que le faltaban?

Los ojos de Lara se endurecen. Es una hipótesis muy interesante.

—Y hay otra cosa —el tono de Ginés suena preocupado—: ¿sabes cuál es la principal función de las telarañas?

—Ser sus viviendas... —dice mientras se encoge de hombros.

Al contrario que el subinspector, ella considera las arañas unos bichos repugnantes.

Ginés niega con la cabeza.

—Hay muchas especies de arañas, tantas que ocupan el séptimo puesto en el mundo en cuanto a diversidad, y todas tienen en común que son depredadoras. Todas. Tejen sus sofisticadas telarañas con el objetivo de alimentarse. De atrapar pequeños insectos...

Una idea cruza la mente de Lara como un rayo:

—Bichitos, cazan bichitos.

¿Es una coincidencia? Un escalofrío le recorre la espalda desde la nuca. Bichito. ¡La niña!

7

Katy recobra la conciencia. El dolor estalla como una ráfaga de luz dentro de su cabeza. Tiene una brecha en la sien izquierda y la sangre seca apelmaza su cabello y baja en un hilillo hasta la base del cuello.

Está desorientada. Dolorida. Otra vez. Igual que cuando despertó en el hospital. Su vida se repite en un bucle en el que ha perdido cualquier poder de decisión.

Sin embargo, ahora no se encuentra en ninguna cama de hospital. Es más terrible. La mantienen atada a una silla de escritorio con ruedas. Nota el mordisco de la cuerda en los tobillos y en las muñecas que han ligado a su espalda. Le han cubierto los labios con un trozo de cinta americana gris.

¿Qué ha ocurrido?

Distingue a una mujer alta y rubia.

Se esfuerza en enfocar la mirada. Pestañea varias veces. Su visión está borrosa, como si le hubiera crecido una fina membrana delante de las pupilas. ¿Quién es? Tiene un aire vagamente familiar.

—Katy, querida, ya te has despertado —le dice la mujer con un tono alegre y cordial, igual que en una reunión de amigas.

La voz resulta extraña, impostada. Como si se esforzara en mitigar los tonos graves.

—Siempre te han gustado mis cafés bien cargados. Bien cargados de ketamina y somníferos. —Le guiña un ojo—. Al principio supuso un reto calcular las dosis, estás tan flacucha... ¿Recuerdas los mareos, las bajadas de tensión?

Katy trata de moverse. Las ligaduras se le clavan con más fuerza, le oprimen el pecho. ¡Zoe!, intenta gritar a pesar de la mordaza. ¡Zoe! Se revuelve. Entonces repara en el vestido de la desconocida. Un vestido camisero azul con pequeños topos blancos y falda plisada hasta debajo de la rodilla. Azul con topos blancos. Es el que dibujaba Zoe. Está muy confusa. ¿La amiga imaginaria existe?

—No te inquietes por Zoe. No se ha enterado de nada. ¿Lo oyes? La pobre no tiene demasiado talento, debe practicar mucho.

Es cierto. Repara en que hasta ella llega el sonido de un piano. Alguien toca una canción sencilla. Comete un error. ¡Es Zoe! El acompañamiento simple lo realiza con la izquierda y con la derecha toca la melodía, pero a su cerebro le resulta muy complicado coordinar los movimientos de ambas manos independientemente. La letanía comienza de nuevo.

—Katy Pradal. Ka-ty. Recuerdo la primera vez que te vi subiendo esta misma escalera, fue el 21 de septiembre de 2009. Yo estaba en el rellano y tú ni te diste cuenta. —Habla con serenidad—. Resultó catártico. Tan pequeña y frágil y, a la vez, rezumabas vitalidad.

La respiración de la mujer se acelera al rememorar el día en que Katy entró en el número 17 de la calle Quijano Maldonado, acompañada por el agente de la inmobiliaria, para visitar el piso en venta y sus caminos se cruzaron.

Katy cierra los ojos al notar un fuerte pinchazo en la cabeza. Aun así, recuerda, los detalles regresan. La niña no paraba de berrear y de revolverse entre sus brazos. El fastidio por el tiempo que le estaba haciendo perder. El inmediato agradecimiento a la anciana del segundo que se asomó al oír el estrépito y que se ofreció a ayudarla. «Tú y yo vamos a ser muy buenas amigas, Bichito», repetía la desconocida mientras Zoe agarraba con su puñito un mechón blanco de su cabello e intentaba chuparlo.

Ella no quiso desengañarla ni decirle que nunca volverían a verse, que, aunque adquiriera el piso, nunca vivirían en él. Solo era una inversión.

¿Podemos vivir el momento que cambiará nuestro rumbo para siempre sin ser conscientes de ello?, piensa conmocionada.

Se ha equivocado totalmente: el conflicto que ha destrozado su vida no ha sido el secuestro.

Hay acontecimientos que solo cobran sentido desde el presente, solo al echar la vista atrás, al calibrar las consecuencias que determinada decisión ha acarreado, se descubre su trascendencia.

¿Ha sido el piso?, ¿el maldito piso ha arruinado mi vida?

De fondo suenan las escalas al piano. Son una especie de prueba de vida. Mientras las oiga, sabrá que Zoe está a salvo. Con Esther.

Recuerda por qué compró el piso a pesar de la mala impresión que le causó durante la visita: al día siguiente la telefonearon de la inmobiliaria para informarla de que la propietaria acababa de rebajar considerablemente el precio.

Era una ganga. No pudo dejarlo escapar. Además, ella no iba a vivir ahí.

8

Bichito, se plantea Lara. Bichito.

Hasta ahora no la ha considerado un elemento relevante. Se recrimina que quizá se ha dejado influir por sus sentimientos, por el desagrado que le producen los niños. Aun cuando una de sus máximas, que ha repetido mil veces a Ginés, es que las emociones causan sobre los datos el mismo efecto que echar arenilla en un instrumento de gran sensibilidad y precisión.

—Repite lo que acabas de decir —le pide.

—¿Lo de que son depredadoras y tejen sus telarañas para cazar pequeños insectos?

—Debemos reformular la investigación. Colocar el foco sobre Zoe. ¿Y si Esther ha «tejido» —dibuja las comillas con los dedos en el aire— este embrollo para cazar a la niña? ¿Qué sabemos de ella?

—¿Que en el colegio le hacen *bullying*?

—¡El dibujo! El dibujo que cogiste de su cuarto, ¿dónde está?

Ginés rebusca entre los papeles hasta encontrar un folio doblado en dos. Zoe se ha dibujado con unas alas y una mancha verde en el cuerpo: su disfraz de Campanilla. A su lado está la figura femenina desconocida vestida con un manchurrón azul con puntos blancos. El palo que representa el brazo se dobla a la altura del codo para acercar a la cara un objeto grande. ¿Qué es?

Lara lo observa con mucho detenimiento, atendiendo a la teoría espacial de Max Pulver. Empieza a analizar la línea horizontal, una de las cuatro coordenadas troncales en el campo gráfico, cuando se percata de un detalle.

—Fíjate. —Señala la parte derecha del folio. Una especie de cama con dosel—. Es su habitación en el piso de Esther. Su amiga ha tenido que estar ahí.

—¿Su amiga? Esther tiene un hijo, varón. Y Óscar es un hombre.

La inspectora suspira con desagrado.

—Hay que buscar en el Registro Civil los datos familiares de Esther Figueroa y conseguir una orden de registro para el edificio.

Unos golpecitos en la puerta los interrumpen. Los dos dirigen hacia ella su mirada y ven entrar a Ángel Blasco.

—Jefa, acaban de llamar. Catalina Pradal se ha escapado del hospital.

—¿Qué? —La boca se le abre de incredulidad—. ¿Cómo pueden ser tan inútiles? ¿Cuándo ha sido?

—No están seguros... —Hace una pausa porque sabe que lo que va a decir la enfurecerá—. El compañero que estaba de guardia, antes de avisar, ha querido asegurarse y registrar entera la planta del hospital. Por si acaso.

—¡Habrá ido a recuperar a su hija! —dice—. Blasco, investiga en el Registro Civil a Esther Figueroa y llámame en cuanto tengas los resultados. ¡En cuanto los tengas!

Ginés la ve levantarse y coger la americana.

—¡Venga, Ginés! Vamos a darle una buena sacudida a ese nido de araña, a ver qué sale corriendo.

9

—Tienes sed, ¿verdad? —pregunta la desconocida a Katy.

Katy asiente con la cabeza. Su garganta está tan seca que le duele. La mujer se aleja y sus tacones resuenan en el suelo de baldosas de mosaico hidráulico.

Katy cree reconocer la habitación. Aunque su visión es borrosa, distingue en la esquina una cama y una colcha vieja que juraría que es la que cubría el cuerpo de Zoe en el vídeo que le mandaron los secuestradores. ¡Los secuestradores! Pero ¿cómo?, ¿cómo ha llegado hasta aquí? No recuerda nada. El corazón empieza a latirle con fuerza en el pecho. Nota otra sacudida de dolor, o quizá es la misma de antes.

La mujer se aproxima a Katy con un vaso.

—Aunque grites, no servirá de nada —le advierte—. Preferiría que no lo hicieses. Que nos comportáramos de una forma respetuosa la una con la otra. Dentro de las evidentes limitaciones.

Unos mechones de la media melena rubia y ondulada le cubren parte del rostro y un gran flequillo le llega a la altura de las cejas. Aun así, se advierte que se ha maquillado con esmero. Un carmín burdeos mate e intenso en los labios. Una gruesa capa de base y corrector, sombras verdes difuminadas en los párpados, *eyeliner* negro, mucho rímel en las largas pestañas que resaltan unos intensos ojos azules.

Hay algo en ella, algo familiar. El tirón con que le arranca la gruesa cinta americana y el intenso dolor la sacan de sus reflexiones. Los ojos se le llenan de lágrimas. Bebe con ansiedad del vaso que la mujer le acerca.

—Despacio. Vas a atragantarte.

Katy empieza a toser.

—¿Ves? Te lo he advertido —la regaña.

Con un gesto cariñoso, le retira de los ojos el flequillo apelmazado por la sangre.

—Qué susto me diste el viernes en la torre. Hubo un momento en que creí que ibas a conseguir suicidarte. Te subestimé, lo reconozco. Y los demás fueron unos incompetentes. —Suspira con resignada tristeza—. Por supuesto, nunca lo habría permitido. Estaba marcando el número del móvil para emergencias que te di cuando la inspectora irrumpió en la azotea.

¿El móvil para emergencias?

La mujer habla despacio. Vocaliza. Con los brazos flexionados y pegados al cuerpo, se frota lentamente las palmas de las manos. Katy se queda paralizada. Ese gesto, conoce ese gesto. Se abstrae del dolor. Cierra el ojo izquierdo para que su visión sea menos borrosa.

La otra no lo advierte y continúa:

—Era preciso castigarte, que conocieras el miedo, empujarte hasta el límite.

Katy no la escucha. ¿Es posible? Entonces la mujer repite el gesto y ella ya no tiene dudas. Un sudor helado la cubre de repente.

—¡Ós-car! —El nombre escapa de su garganta reseca como un gemido.

La mujer se detiene.

—¿Óscar? —Ríe con amargura—. Óscar no existe.

La mano le tiembla cuando coge el mentón de Katy para levantarle la cabeza y que la mire a los ojos.

—Nunca ha existido más allá de las cuatro paredes del primero derecha. Creé a Óscar para ti. Alguien con quien tú pudieras empatizar. Katy, mi dulce Katy.

Le suelta el mentón y, con la mano temblorosa, se arranca la peluca y la lanza al suelo. Una vena le late en la oblonga calva, en la que se advierte la mancha del crecimiento del cabello, pequeños tallos rubios despuntando.

A Katy el corazón le da un vuelco.

—Tuve que rasurarme la cabeza y, por suerte, pude incluir en el personaje esas deformes camisetas que ocultaban mi cuerpo. Siempre he tenido muy poco pecho —se pasa las manos por los senos— y fue suficiente con vendarlos.

Un sabor amargo invade la boca de Katy. Hace un esfuerzo enorme para tragar un poco de saliva. Lo que en la versión masculina de Óscar —los brazos depilados, las cejas y las pestañas muy rubias, la calva— le confería un aspecto albino, en la femenina muta en delicadeza.

—¿Quieres saber quién soy? Soy una cicatriz. En algún momento hubo una herida que se ha curado. Y yo soy la cicatriz, el recordatorio para que nunca olvide que la herida se produjo. Hace cuarenta años, en un hospital de Baltimore, dejé de ser Óscar y me convertí en el monstruo que ves.

Katy la observa con una mezcla de rabia y dolor. Un intenso martilleo le atormenta la cabeza.

—Una hace lo que tiene que hacer. Pero la vida no es justa. Ignoraba que los costes se acumulan. Que siempre pagas por lo que reprimes.

Se aprieta las manos contra el vientre. Retuerce la tela del vestido. Contiene la desesperación. Las ganas de llorar.

—Entonces llegaste tú y me desestabilizaste de un modo que

ni aún hoy consigo entender. Extendiste sobre mi mente un bálsamo de serenidad. Nunca me he sentido tan en paz conmigo misma como estos meses. —Se le agranda el nudo en la garganta. Pronunciar esas palabras, verbalizar sus sentimientos, le resulta muy duro—. Éramos dos mentes que se complementaban. Contigo pude olvidarme del cuerpo. Antes solo lo conseguía ante el teclado de un ordenador o el de un piano. —Sus dedos bailan en el aire—. Ahí, mis manos eran solo manos. Ni masculinas ni femeninas. —Parpadea para frenar las lágrimas, aunque sabe que es inútil—. Me convertiste en una persona nueva y me llené de un perverso sentimiento de esperanza. ¡Ay, la esperanza! Es lo más peligroso. La esperanza te da alas. Te inflama.

10

En el coche, Ginés se impacienta. El tráfico es denso. Tamborilea con los dedos en el volante cada vez que se detienen en un semáforo. Parlotea sin parar.

—En los arácnidos hay grandes diferencias entre los machos y las hembras. Por ejemplo, solo las hembras son venenosas y son tan depredadoras que, en algunas especies, después de aparearse devoran al macho. Es parte de su instinto natural de supervivencia.

La inspectora está inmersa en sus propios pensamientos. También impaciente, aunque no lo demuestra. Ha conseguido que el juez le autorice la orden de registro para el edificio entero. Suena su móvil. Es Blasco. ¡Por fin!

—Jefa, lo tengo. Esther Figueroa se ha casado cuatro veces y enviudado otras tantas. Solo tiene una hija.

—¿Una hija? No, te equivocas —le reprocha con fastidio. Por eso no delega más a menudo. Si quieres hacer las cosas bien, debes hacerlas tú—. El ADN era de un varón.

—No, jefa, no. Una hija con doble nacionalidad española y estadounidense.

—¿Seguro que no tiene dos hijos?

—No, jefa. En los registros solo aparece uno.

—¿Hay algún nombre, alguna fotografía? —pregunta, reticente.

—El nombre es Rosy Celma. Y como sabía que iba a pedirme una foto, he conseguido la de su DNI.

La inspectora Samper está desconcertada. No sabe cómo integrar unas informaciones tan contradictorias.

—Mándamela ahora.

Intuye lo que va a encontrar antes de verla. Una mujer rubia de piel muy blanca. Coloca el dedo encima de la fotografía tapando el cabello.

Guarda un enorme parecido con el retrato robot de Óscar que hizo el dibujante. ¿Óscar y esta mujer son hermanos? ¿Óscar y Esther son hermanos? Ninguna teoría es factible, aunque todavía es más descabellado que Óscar sea una mujer. ¡Es imposible! ¿Imposible?

La inspectora es una gran admiradora de Conan Doyle y lee con frecuencia su canon holmesiano, el conjunto de novelas y relatos protagonizado por Sherlock Holmes. Recuerda una frase: «Una vez descartado lo imposible, lo que queda, por improbable que parezca, debe ser la verdad».

Lara Samper tiene un pálpito imparable. Ya solo hay urgencia.

11

Rosy levanta la mirada y parpadea como si saliese de un sueño.

Las lágrimas han resbalado desde las arrugas de los ojos hasta las comisuras de esos labios rojos que nunca han sonreído, trazando negros senderos en la capa de maquillaje. Se las enjuga bruscamente con el dorso de la mano arrastrando hacia las sienes la sombra verde y los pegotes de rímel y *eyeliner*.

—En fin. Es preferible hablar de ti, mi dulce Katy. —Fuerza una sonrisa—. Eres fascinante. Por cierto, lo de tu empresa, lo de PlanDeMarketing... —Se acerca para susurrarle en la oreja—: una lástima. Fue realmente laborioso hacerla fracasar. Tuve que investigar a fondo a tus tres principales clientes. Pero todos tenemos algo que queremos mantener oculto.

Se aleja y Katy suelta el aire que ha estado conteniendo sin darse cuenta. ¿PlanDeMarketing?, ¿por qué le habla de eso? Es absurdo. No puede concentrarse. Está demasiado asustada. La cabeza le estalla. La cuerda que le inmoviliza el torso le oprime el pecho y le dificulta la respiración. Las ligaduras que atenazan sus muñecas se le clavan en la carne. Nota las manos heladas, entumecidas.

—Eres muy inteligente, pero yo lo soy más y cuento con más recursos.

¿Cuánto hace de eso? ¿Dos, tres años?, se sorprende. ¿Desde entonces? Óscar le ha dicho que todo comenzó la tarde en que entró en el edificio en septiembre de 2009. De súbito, la sensación de certeza se apodera de su estómago. En más de una ocasión se ha sorprendido pensando que su vida entera se torció desde que compró el piso.

—Katy, Katy, tu inocencia resulta conmovedora. Resultaba tan fácil manipularte..., tenías tanto miedo de equivocarte al juzgar a los demás..., y, en cambio, si entregabas tu confianza a alguien, eras tan crédula que con una palabra dicha aquí o allá te manejaba a mi antojo.

El carmín permanece inalterado. El resto de su rostro es igual que un lienzo recién pintado por el que hubiesen pasado un trapo húmedo emborronándolo. Triste y patético.

—Eres luchadora y eso me gusta. Como el martes, cuando dijiste que había que idear un plan para salvar a Zoe, que no confiabas en los secuestradores. ¡En los secuestradores! ¿Te das cuenta? Era magnífico, ¡magnífico! —Se ríe—. El plan entero consistía en un enorme Macguffin para distraerte. Y lo conseguí, aunque reconozco que el falso Trankimazin y los cafés cargados de somníferos ayudaron bastante. —Las pupilas se le dilatan por la intensidad con que trata de explicarse—. Merecías un castigo. Fuiste una tremenda decepción. Pasé meses formándote, alimentando tu mente con películas, música... Y resultó que no habías aprendido nada. Nada. Cediste a la carne...

Rosy tiene la garganta contraída por la rabia. Se lleva una mano al pecho para tranquilizarse.

El sonido grave del piano llega en oleadas. ¡Zoe!, piensa Katy. Debe escapar. No tiene sensibilidad en los dedos, las cuerdas le cortan la circulación y están azulados por la cianosis. «¡Esfuérzate, vamos!», le chilla inútilmente su voz interior.

Rosy mueve la cabeza como si saliese de un sueño y se aproxima a ella.

—No estoy siendo justa contigo. Seguro que te mueres por saber qué ha ocurrido —dice muy seria—. Pregunta.

¿Preguntar? Las preguntas en su mente son como decenas de ruidosas canicas de cristal que alguien tirase contra el suelo una y otra vez. No consigue centrarse en una. ¿Óscar es Míster X?, ¿también es el secuestrador, el hombre con el que habló por teléfono?, ¿por qué la ha elegido a ella? Y ¿por qué quería matar a Gonzalo?, ¿acaso sabe que nosotros dos...? No, es imposible. ¡Gonzalo!

—Tú cambiaste las balas, las de fogueo —dicen sus labios, y se extraña al oír su voz.

—¿Cambiar? Nunca hubo balas de fogueo.

—Eres un asesino.

—¿Yo? —se burla—. Yo nunca he matado a nadie. ¿Quién le disparó? Venga, sé que por ti misma encontrarás la respuesta.

Katy no quiere mostrarse débil. Inspira con fuerza y se recompone.

—¿Y Saúl? Él es un punto débil, la prueba de que has tramado un complot contra mí.

—¿Saúl Bautista?, ¿te refieres al nuevo *chief financial officer*? —Ríe con amargura—. Ay, Katy, Katy. ¿Ves como no sabes juzgar a las personas? Saúl me ha llamado en cuanto has salido de su casa para advertirme. Es un tipo con las prioridades claras. No me equivoqué al elegirlo.

Katy siente el remolino del vértigo en el estómago. El pitido en los oídos. La respiración pesada. Hay una pregunta que no se ha atrevido a hacer, la que más teme. No puede posponerla.

—¿Qué vas a hacer conmigo? —Intenta no tartamudear—. Deja que Zoe y Esther se marchen, por favor, por favor, déjalas.

—Dulce Katy, ¿aún no lo has entendido?

Ella pestañea, confusa.

—Esther es mi madre —le explica con amabilidad.

Rosy advierte el terror que se trasluce en el rostro de su prisionera.

—Mientes. Ella nunca perjudicaría a Zoe. Haría lo que fuera para protegerla.

—Es cierto. Está protegiendo a Zoe de su peor enemigo: tú. —La apunta con un dedo en tensión.

¿De mí? Katy no puede más. Las serpientes del vértigo se despiertan viscosas en su estómago. La habitación le da vueltas. Se esfuerza en fijar la mirada en un punto. En uno de los botones de nácar del vestido de la desconocida.

—¿Qué es verdad, mi dulce Katy?, ¿qué es mentira? La vida es solo una ilusión. El secuestro, el Macguffin, Óscar el paranoico, las conversaciones de piano en la escalera. Ha sido un espejismo, un truco.

Katy se centra en recordar que la espiral de vértigo está solo en su cabeza. Cuenta hacia atrás iniciando una respiración consciente y diafragmática.

—¿Cómo crees que conseguí los alaridos de Zoe cuando los secuestradores le «cortaron» el dedo? Son de ese jueguecito que inventé: «La misteriosa desaparición de Zoe». ¡Y qué bien se lo pasaba ella! Tendrías que haberla visto. ¡Ay, qué niña!

Una sincera carcajada escapa de sus labios. Katy continúa. Nueve. Inspira. Ocho. Espira.

—Y te proporcioné pistas. ¿Te acuerdas de la cantidad de veces que vimos *Psicosis*? En cambio, nunca te percataste de los paralelismos. Ni de la maravillosa frase: «El mejor amigo de un niño es su madre».

El vértigo se ralentiza, y Katy presta atención a sus palabras. ¿*Psicosis*?, ¿acaso cree que es Norman Bates?

—Las piezas del puzle estuvieron todo el tiempo ante ti. Los carteles de *Alguien voló sobre el nido del cuco*, *La naranja mecánica* y *Canino*.

Una única idea ocupa la mente de Katy: soltarse. Comienza a retorcerse, a patalear. Su cuerpo le indica que no ha sido buena idea con decenas de pinchazos de agudo dolor.

12

Madrid, 10 de febrero de 2013

Rosy se quedó sola. Con los restos del milhojas encima de la mesa, al lado del dosier sobre GCM. Asumió que al día siguiente Katy empezaría a trabajar para ellos. Había fracasado en su intento de convencerla.

La culpa era suya por ceder a los deseos de su madre, por la necesidad casi física de no disgustarla. Debía esforzarse más que nunca para ser merecedora de su atención porque su madre se había obsesionado con Zoe. Ese pequeño parásito carente de talento alguno a la que corregía con mimos y carantoñas en vez de con la regla de madera.

Rosy la miraba incrédula y asqueada a través de los monitores mientras la llamaba Bichito. ¿«Bichito»? Le costaba reconocer a la mujer enérgica, de férreos principios morales, en esa anciana que reclamaba más y más tiempo con Zoe. Ya no se conformaba con pasar unas horas jugando y con contemplarla durante su sueño mientras dos pisos más abajo, tiradas en sus butacas, Katy y ella disfrutaban de una película.

Pedía más, más y más. La instó a que le buscase un trabajo, una ocupación a Katy. ¿A Katy?, se asustó. No pudo negarse. Ya de niña había aprendido que el amor no era algo elemental y equilibrado que alegraba y liberaba de la angustia; el amor conlleva expectativas y exigencias. Requería renuncias y sacrificios.

El amor era doloroso.

Sin embargo, demasiado tarde había comprendido que no podía perder a Katy, la forma en que calmaba la insoportable desazón cotidiana. En su presencia se sentía casi a salvo, no debía preocuparse por la carne. Era solo una mente. Sin ella, volvería a ser Rosy las veinticuatro horas del día, y su cuerpo, territorio de su madre.

Y ahora Katy acababa de rechazar su mano. ¿No comprendía que era por su bien? Incluso le había ofrecido más dinero del que ganaría en GCM. ¿Por qué no lo había aceptado?

La respuesta era evidente: deseaba alejarse de Óscar. Rosy se había permitido olvidar aquello que tan duramente aprendió en el colegio: nunca nadie iba a quererla por lo que era. A los demás les asustaban las cosas secretas que la conformaban. Su madre era su única verdad. Solo podía confiar en ella.

Se levantó. Supo que había llegado el momento que había pospuesto los últimos meses.

El vídeo de los cupidos duraba dieciocho minutos. Hasta entonces no había podido pasar de los veinte primeros segundos. Se lo impedían el malestar y los vómitos con los que su cuerpo reaccionaba como respuesta condicionada por el electroshock sin que supiera el motivo. Ahora estaba dispuesta a abrir la caja cerrada de su mente. A descubrir quién era, qué clase de monstruo. Al precio que fuera.

El vídeo comenzaba con el plano de una mujer desnuda en una habitación cerrada, sin ventanas, arrodillada en un lecho de sábanas blancas de raso que acentuaban el tono tostado de su piel.

Mantenía la cabeza baja y las manos juntas en posición de orar. Entraban uno. Dos. Tres. Cuatro hombres. También desnudos excepto por unas toscas alas de Cupido sujetas a la espalda con dos cintas. Sin dejar de exhibir sus gruesos y enhiestos falos, se colocaban en cada una de las esquinas del lecho. Entonces se oía la voz de la mujer. Esa voz... Esa voz despertaba, con gran tormento, regiones dormidas de su mente mientras musitaba una oración que subía de volumen: «Cuatro esquinitas tiene mi cama, cuatro angelitos que me las guardan».

Las imágenes. Los planos. La voz. Cuando en el minuto 02.35 la mujer levantó la cabeza, abrió los ojos y miró a la cámara con picardía, un nombre que había olvidado surgió de su boca: Beca.

¿Beca?

Escupió los últimos hilos de babas en la papelera que sostenía sobre las rodillas y, temblando, la depositó en el suelo. Al sonarse, el agrio olor de la habitación penetró en sus fosas nasales. Ardía de fiebre. La cabeza le estallaba por una de sus terribles migrañas.

Beca.

Esas dos sílabas eran la llave que había buscado durante años, la que abría la caja cerrada. Y al hacerlo, como de la de Pandora, escaparon en tropel todos los males del mundo. Los recuerdos la golpearon. El miedo. El suelo del callejón. La incertidumbre. Los dos días de los que no guardaba ningún recuerdo. Las pastillas que había dejado de tomar. La voz de su madre a través del auricular: «¿Qué amiga? Rosy, me estás asustando. ¿Es otra de tus amigas imaginarias?». El temblor. El dedo de Beca dibujando círculos. Las tórridas espirales de placer. El despertar del deseo.

Era imposible.

Beca nunca había existido. Su perversa mente la había inventado en sus sórdidos detalles. ¿No? Era el motivo por el que el doctor Carter había pautado la terapia de electroshock. Y Rosy aceptó por temor a que su madre supiese..., descubriese..., a quedarse sola y perdida.

Y sin embargo, ahí estaba Beca. Beca muy muy viva. En carne y hueso.

Beca.

Se aferró con ambas manos a la silla para no caerse. Las paredes se movían. Estaba aletargada e insensible. Tenía la boca muy seca. La lengua pegada al paladar. Debía de haber una explicación lógica. ¿Era alguna de las actrices de las impúdicas fotografías que le mostraba Carter? Lo ignoraba. Después de las sesiones de electroshock su memoria era un revoltillo. ¿O...? No, no podía ser. La frente. La cara. El cuerpo entero le ardía. Debía de sufrir alucinaciones. Era demasiado perverso. ¿O no?

El vídeo era antiguo, de 1998. Fue muy complicado averiguar la IP desde la que se había subido. Horas y horas hasta conseguir aquel número de teléfono.

Su voz era distinta. No le pidió perdón ni mostró ningún tipo de arrepentimiento.

—Solo era un trabajo, ¿sabes, cariño? No te lo tomes a mal. Yo me entrego a tope, me meto en la piel de los personajes. A tope. ¿Te lo creíste? Lo que te digo: a tope.

«Un trabajo» que había destrozado su vida. Se presionó las sienes. Sentía el comienzo de uno de los pavorosos dolores de cabeza secuela del electroshock.

—¿Quién te lo encargó?

—Puf, fue a través de una agencia en la que yo estaba entonces.

—¿Te suena el nombre de Esther Figueroa? —preguntó a la desesperada.

—¿Fig-oa? ¿Gifeoa? No.

Tanto esfuerzo, tantas horas en balde, pensó. Entonces Beca dijo:

—Me pagaron con giros postales de esos internacionales, ¿sabes? Nunca había visto ninguno y le pedí uno de recuerdo a la chica de la agencia. ¿Sabes, cariño, que creo que aún lo guardo? ¿Quieres que lo busque?

Rosy comprendió que Beca había jugado con ella igual que entonces. Había escondido el señuelo desde el principio mientras le hacía dar vueltas y vueltas para aumentar su valor. Aunque ¿un giro internacional? ¿Había juzgado mal a su madre?

—¿Cuánto dinero quieres?

Se produjo un silencio y la imaginó calculando, contando con los dedos, con ese mismo dedo que entonces tenía la uña mordida y el esmalte rojo descascarillado.

—Cuatro quinientos, cariño. No, cinco mil dólares. Tu madre y tú estabais forradas.

—¿Cómo sé que es cierto? Necesito alguna prueba, verlo.

—¿Verlo?, ¿vas a venir a verme, cariño, a ver a tu pequeña Beca?

La asfixia, el asco aumentaron ante su insinuación. Tardó en hablar con cierta normalidad para llegar a un acuerdo.

Unas horas más tarde, Beca comprobó la transferencia y le envió el SMS con la foto. La fecha del giro era el 26 de marzo de 1986. Sus ojos se detuvieron en el nombre del emisor: Víctor Morán. ¡El abogado de su madre!

Enfrentarse a que la verdad no lo era, al hecho de que sus escasas certezas se asentaban sobre equivocaciones, resquebrajó su mente como la cáscara de un huevo lanzado contra una pared.

Su vida entera convertida en una tremenda mentira.

No sabía ni quién era.

13

Lara se suelta las dos horquillas y el cabello cae sobre sus hombros. Se las guarda en el bolsillo derecho del pantalón.

Se encuentran ante la puerta del número 17 de la calle Quijano Maldonado. Aún no han llegado los refuerzos que ella ha solicitado para realizar el registro del edificio. Tampoco el e-mail con la orden del juez. Se toquetea la pulsera. Le preocupa ignorar qué esconde el nido de la araña.

—Llama a la secretaria judicial —ordena a Ginés.

Lara saca de nuevo las horquillas y se hace un moño apresurado. Teme por la seguridad de la niña.

—Ya está —dice Ginés cuando regresa al cabo de unos minutos.

—¿Qué quieres decir con que ya está?

—La están mandando.

—Pues aquí no...

Un pitido del móvil la interrumpe.

—Vamos.

El subinspector no es tan necio para preguntarle si no van a esperar a los refuerzos.

14

Una alarma pita en alguna parte. ¿O es en mi cabeza?, duda Katy.

Conserva en el paladar el amargor de las gotas que la desconocida le ha obligado a tragar para calmarla y que dejase de debatirse en la silla. Supone que son algún tipo de somnífero por la laxitud que siente en las extremidades. Ya no nota el entumecimiento en las manos, ni le palpitan las venas en las muñecas y los tobillos.

Rosy permanece unos segundos en silencio. Escuchando.

Saca una tablet. De ahí procede el pitido. Contrae el rostro en un gesto de fastidio. Desliza el dedo por la pantalla con rapidez.

—Lo siento, Katy. Tenemos que interrumpir nuestra agradable charla. Tranquila, es un engorro pasajero.

Abre las puertas correderas y deja al descubierto una gran habitación. En la parte más alejada de los balcones y de las miradas indiscretas están los monitores y equipos informáticos de Óscar. Rosy pulsa un botón de la tablet y las pantallas cobran vida. Katy no distingue nada por mucho que se esfuerza. Una vena ha comenzado a palpitarle en el ojo izquierdo y le provoca un parpadeo involuntario.

Casi no se resiste cuando Rosy regresa con el rollo de la cinta americana y unas tijeras, y vuelve a colocarle la mordaza. Le preocupan más los monitores. Rosy se da cuenta.

—¿Quieres verlo? De acuerdo. ¿Por qué no?

Arrastra la silla de ruedas y la coloca al lado de la suya delante de las pantallas. A pesar del tic, Katy ve las imágenes. Es su propio edificio: la calle, el portal, cada tramo de escalera, su casa, su dormitorio, el baño con la toalla extendida encima del lavabo para que se seque.

El pudor cede ante el desaliento cuando cae en la cuenta de que hay un circuito cerrado de cámaras de seguridad, de lo desvalidas que han estado. Nunca han tenido una oportunidad contra Óscar y Esther, que siempre han ido un paso por delante. Han jugado con ellas a su antojo.

La revelación la despeja como si le hubiesen tirado encima un cubo de agua sucia.

—No te lo esperabas, ¿verdad? —Lanza un suspiro que culmina en una sonrisa—. Pero ¿qué te pasa en el ojo? Ay, qué desastre...

Con delicadeza, coloca un dedo sobre el párpado.

—Mejor, ¿verdad?

Katy no puede apartar la vista de las imágenes. Una es una toma cenital del salón de Esther. Zoe ejecuta la sencilla canción al piano mientras la mujer la corrige. ¡Zoe! Se fija en otro de los monitores, el que corresponde al portal. Aparecen los dos policías. Lara y Ginés.

—Tranquila, está controlado. Era lógico que al descubrir tu fuga vinieran aquí a buscarte. Con lo perspicaz que es la inspectora, no sé cómo ha tardado tanto.

Coge un teléfono y marca un número. En la pantalla, Esther descuelga su móvil.

—Mamá, prepárate. Ya están aquí.

15

Zoe los mira desde la banqueta del piano con los brazos caídos a ambos lados del cuerpo. La acompaña Oso Pocho. Ginés le guiña un ojo y se acerca. A esas horas debería estar en el colegio.

—¿Aún estás malita? ¿Por eso no has ido a clase?

Sobre el piano, encima del posavasos, hay un tazón de Disney con el poso de un chocolate a la taza en el fondo y su diminuta réplica para Oso Pocho.

—Esther dice que no tengo que volver. —Hace un encantador puchero.

—No quiero ser maleducada —la interrumpe ella—, pero ¿a qué debo el placer de su visita?

Esther supone que van a preguntarle por Katy. Es ridículo negar que ha estado en su piso. Zoe podría contradecirla y, además, tienen el registro de las cámaras de seguridad del banco. Las mismas que tan útiles les han resultado para confirmar que Óscar no existe, que nunca ha habido secuestradores. Rosy lo planeó con sumo cuidado.

Sin embargo, no es Katy sobre lo que quieren indagar.

—Háblenos de su hijo —le pide Lara.

La anciana abre los brazos, desconcertada.

—Yo no tengo ningún hijo —responde, tajante. Se le marcan las venas en las manos, que se aferran a los brazos del sofá.

—Las pruebas de ADN indican lo contrario. Tiene un hijo varón de cuarenta y tres años. —Lara no va a consentir más mentiras.

—Iba a tomarme un café. —Señala la hermosa taza que hay en la mesa. Tanto la taza como el platillo son de porcelana inglesa y están pintados a mano con una decoración de flores y oro—. ¿Quieren uno? También puedo ofrecerles un refresco o un zumo.

—Conteste a mi pregunta. Su hijo —insiste la inspectora mientras advierte que la mujer mira de refilón a la esquina.

Esther debe ganar tiempo.

—¿Puedo llevar a Bichito a su cuarto? Esta no es conversación para una niña.

—No se preocupe, yo la acompaño —se adelanta Ginés a la negativa de Lara—. Vamos, Zoe.

Ella baja de la banqueta. Con una manita agarra a su oso y con la otra la que el subinspector le tiende.

Ginés y la niña caminan hasta el final del pasillo, donde se encuentra su dormitorio. Es la segunda vez que el subinspector entra, y en esta ocasión, libre de la insidiosa presencia de Esther Figueroa, lo examina con detenimiento. Se fija no solo en los dibujos, sino también en los abundantes y preciosos detalles, en el mimo con que está decorada. La cantidad de lazos, campanillas y delicados adornos que contiene.

La identificación de Esther Figueroa con una araña se acrecienta y su semblante se va tornando más serio. La verdad se le hace evidente con un intenso repelús. A pesar de llamarla Bichito, Esther no quiere devorar a Zoe. Al contrario.

La mayoría de las arañas son seres solitarios que no se relacionan entre sí y solo son posesivas con sus hijos. Ponen centenares y centenares de diminutos y esféricos huevecitos, cápsulas gelatinosas de color blanquecino casi traslúcido. Los protegen férreamente tejiéndoles un capullo, una masa compacta recubierta de resistentes y pegajosos hilos e hilos e hilos de seda, entrelazados hasta formar una bolsa, la ooteca arácnida.

En algunas especies, la araña muere por el esfuerzo de la puesta; en otras, se aferra a la bolsa que contiene su descendencia, la mantiene prendida a ella usando sus palpos y la boca, o la carga sobre el lomo. Sus niveles de agresividad aumentan para evitar que su ooteca sea parasitada o devorada por otro depredador. Los huevos eclosionan dentro y, a menudo, los hijos permanecen en el interior, aislados y bien protegidos, hasta que terminan de desarrollarse.

Esa habitación es la ooteca de Esther Figueroa. Ha tejido su nido con infinita paciencia durante semanas y meses, lo ha colocado en el lugar más seguro y aislado de la telaraña en que ha convertido el edificio, y lo vigila y protege constantemente.

La araña no permitirá que nadie le arrebate a su cría.

16

—¿ADN?, ¿dónde lo han obtenido? —musita Rosy.

El sistema cerrado de cámaras de seguridad también incluye audio y han escuchado la conversación. No queda ni rastro de su regocijo anterior. Se han acabado las explicaciones y el ingenio, las ganas de jugar.

A diferencia de ella, Katy siente una tibia esperanza al ver que separan a Zoe de Esther. Sigue por los monitores los pasos de Ginés y la niña. Abandonan el salón. Recorren el pasillo. Zoe ríe. Debe de caerle muy bien ese hombre.

Rosy sube el volumen. ¿Una muestra de ADN? Imposible. Es un farol, una trampa. Ruega que su madre también se dé cuenta.

En ese momento, la inspectora Samper explica:

—Hemos hallado el ADN en el monitor de bebés de Zoe. Al cambiar las pilas, su hijo se cortó.

Rosy maldice furiosa, apretando los dientes. Fue muy cuidadosa al eliminar todo rastro de su existencia. Primero con una labor preventiva. Impidiendo con el cuarto de descompresión que Katy sacase nada de su piso. Y el viernes a las siete de la mañana, en cuanto Katy salió hacia GCM y con Zoe sedada, comenzaron a vaciar el piso y a limpiarlo.

Es inaudito que haya cometido ese fallo. Recuerda aquella fatídica noche de febrero. La noche en que se permitió un momento de debilidad y trató de retener a Katy. La noche en que el vídeo de los cupidos abrió la caja cerrada de sus recuerdos.

Mantiene las rodillas apretadas y las manos juntas entre los muslos, se frota una palma contra otra. Inspira profundamente para controlar su enojo. Una persona enfadada comete errores con más facilidad, y ella no puede permitírselo.

Con creciente preocupación, se concentra en ver y escuchar cómo su madre intenta evitar lo inevitable. La taza de café ya frío que reposa en la mesa, al alcance de su mano. De vez en cuando acaricia con un dedo las ondas de oro del platillo y mira de reojo a la cámara indicándole que está preparada.

Por eso descuida los otros monitores.

El alboroto le llega a través de los postigos cerrados de los balcones. ¿Qué?

En la pantalla en que se ve el portal descubre que hay cuatro coches zeta de la policía aparcados delante del edificio y que sus ocupantes comienzan a apearse de ellos.

17

El móvil de la inspectora Samper interrumpe su interrogatorio. Responde a la llamada al ver el remitente. Escucha unos segundos y contesta un conciso:

—Esperen mis órdenes.

Le ha explicado a Esther el origen del ADN y la coincidencia irrefutable del 50 por ciento con sus propios genes.

—Hábleme de su hijo.

—Es difícil —responde arrugando la nariz con un deje de soberbia.

—Inténtelo —insiste Lara con tono frío.

—Una persona puede hacer muchas cosas por sus seres queridos. Muchas. Aunque no es sencillo tomar las decisiones difíciles.

Hablar de Rosy es desgarrador. De su rostro desaparece todo rastro de cordialidad.

—La mayoría de la gente es anodina. Solo cree en lo que puede ver, tocar, comprar.

Esther se esfuerza en encontrar las palabras adecuadas, pero ¿acaso existen?

Escruta a la inspectora Samper. Es alta, orgullosa, incluso

muestra cierta dignidad en el porte, en la forma en que apoya su mano blanca y de dedos largos sobre el pantalón de crepe negro. Descarta lo que iba a decir con la cabeza.

La mujer está aquí para juzgarla. No puede hablarle de su necesidad de tener una hijita. Ni del doctor Carter, Paul, al que conoció después de uno de sus conciertos en Baltimore. Ni del Gender Identity Institute del hospital Johns Hopkins, el mayor centro de estudios sobre hermafroditismo del mundo. Ni, por supuesto, de la investigación John/Joan de reasignación sexual, de la posibilidad de convertir el cuerpo y el cerebro de un hombre en los de una mujer.

Lara cambia de posición con impaciencia. Observa a Esther con una curiosidad genuina. Advierte que, de soslayo, dirige miradas a uno de sus retratos. Su pelo, muy negro, recogido en un moño alto; desafía al espectador con arrogancia. Es una mujer que sabe lo que quiere.

Esther retuerce entre las manos el cordón dorado de su elegante chaqueta con tanta fuerza que deja varias marcas rojas en su piel, y continúa recordando.

Decisiones difíciles. El miedo constante por su hijita, esa vaga presión en la región cardíaca que siempre la acompañaba, la hizo anticiparse. Tanto el doctor Carter como Rosy se mostraban remisos a utilizar el electroshock, pero ella sabía que era el modo de protegerla para siempre. Solo tuvo que contactar con una persona de su absoluta confianza. El eficiente Víctor se encargó de los engorrosos detalles del montaje de la «desaparición» de Rosy.

—Esther, hábleme de su hijo —insiste Lara.

La madre busca sus ojos con una expresión franca. Desgarradoramente sincera.

—Rosy siempre fue muy débil, nunca reunió el coraje para

ser ella misma. Para aceptarse. —Baja la voz tanto que Lara tiene que inclinarse hacia delante para oírla—. Hay decisiones difíciles pero irremediables. Alguien tiene que tomarlas. Yo reuní el valor por ella. Usted, inspectora, nunca lo entendería... —Hace una pausa, la escruta valorándola y añade—: O quizá sí, inspectora, o quizá sí.

Asiente con la cabeza con aire pensativo, como confirmando su propia aseveración. Mira otra vez hacia la esquina.

—La diferencia, cuando es mucha, no es buena —añade, y suspira con desagrado.

La inspectora Samper une de pronto todos los cabos. La certeza la impacienta. Se siente como cuando en un teatro suben el decorado y queda al descubierto la complicada tramoya. Ginés tiene razón: el edificio entero es la telaraña que han urdido hilo a hilo durante meses o incluso años apoderándose de cada uno de los pisos. La araña controla cada milímetro de su trampa. ¿Y cómo? ¡Con un circuito cerrado de cámaras!

—¿Dónde está Óscar?, ¿en qué piso se esconde?

A Esther ni siquiera le da tiempo a negar. Lara se aproxima con decisión al retrato.

—¡Óscar! —grita—. Sé que me oyes. —Hace una pausa antes de lanzar su ultimátum—. ¡Tienes cinco minutos, después ordenaré registrar el edificio!

Esther y Óscar casi han conseguido engañarla, hacerle creer que son producto de un delirio esquizoide de Catalina Pradal. Se queda con una mano en la cadera y la respiración entrecortada. Sin apartar la vista. Desafiante. Como la mujer del retrato.

18

Rosy escucha la amenaza de la inspectora Samper. Ve la determinación, el enojo a través del monitor. Los policías que se arremolinan en el portal están preparados para entrar en acción.

Ha llegado el momento.

Enciende la microcadena con el DVD de la *Gymnopédie n.º 1* de Satie. Gira el botón del altavoz hasta que la música percute contra las paredes de la habitación.

El terror asoma a los ojos de Katy, los oscurece. Su respiración se vuelve más trabajosa a través de la mordaza. La sinfonía va a oírse por todo el edificio. Si a Óscar no le importa que los policías lo oigan, es que no tiene nada que perder. ¡Zoe!

Rosy observa, a través de los monitores, la que durante años ha sido su habitación. El policía levanta la cabeza al captar las primeras notas. En el salón, la incredulidad aparece en el rostro de la inspectora y, casi fuera de plano, la mano temblorosa de su madre coge con delicadeza la taza por el asa y se la acerca a los labios.

No quiere verlo. No puede. Rosy se quita con cuidado los zapatos de tacón y, descalza, se encamina a la cocina. Permanece ahí, aferrada a la encimera y con los dientes apretados hasta que calcula que lo que era evitable ya no lo es. Después se acerca al aparato para bajar el volumen.

—Mi dulce Katy —dice al regresar a su lado—, podríamos haber sido muy felices, y tú lo echaste a perder.

Katy se fija en que sostiene un gran cuchillo. ¿Va a matarla? Se revuelve con fiereza contra sus ataduras y una mueca de dolor desdibuja su rostro.

Está indefensa.

A su merced.

¿Qué será de Zoe sin mí?

19

—¿Qué demonios...? —exclama Lara.

Le ha parecido oír música.

—Satie —murmura Esther.

Satie es la señal que ha acordado con Rosy si el plan se desmoronaba y las descubrían. De ninguna manera va a permitir que la saquen de su casa, abandonar el hogar que ha construido a lo largo de los años con tanto esfuerzo y que ya es una parte inseparable de sí misma. El asco le contrae el rostro al imaginarse respirando el aire viciado del interior de uno de esos coches de policía, el cuerpo le pica de aversión al pensar en sentarse en el lugar que habrán ocupado decenas, cientos de criminales, de depravados. Y el hediondo vehículo solo es el principio. Cuando se figura el calabozo... No, no puede. Su repulsa es tan intensa que colapsa su mente hasta el punto de que la habitación le da vueltas y tiene que sentarse.

Palidece al evocar a Bichito. Es demasiado doloroso. La herida abierta por la que se desangra. La quiere tanto, tanto... ¿Qué será de ella sin mí?

Pero no, no soportará que la policía la detenga. Enfermará ante tanta inmundicia. La mano le tiembla cuando coge la delicada taza de la mesa. Se ha formado una película oscura en la superficie fría del café. Muy despacio se la acerca a los labios. Un poco del contenido se derrama mientras lo bebe.

Lara no comprende lo que para Esther es tan evidente. La música ha subido de volumen y reclama su atención. ¿Qué demonios ocurre?, ¿de dónde viene? Aguza el oído.

En dos zancadas, Ginés se presenta en la puerta del salón.

—¿Lo oyes?

Lara está hablando por el móvil.

—Entrad. Localizad esa música —ordena a los policías que esperan en el portal.

Se guarda el teléfono en el bolsillo.

—Quédate aquí —ordena a Ginés—. No pierdas de vista a Esther.

Suelta un silbido furioso mientras saca el arma de la faja elástica de nailon. Ginés también empuña la suya. No permitirá que la araña salga de la habitación y menos aún que se acerque a Zoe.

Esther ni siquiera se percata de su presencia. Permanece a la espera. Escucha alerta. Impaciente. Toquetea el asa de la taza. ¿Qué ocurre, por qué tarda tanto Rosy? Frunce los labios con disgusto.

Por fin la música baja de volumen. Suspira aliviada. Es la señal. Significa que también se ha bebido el veneno. Temía que en el último momento le faltase el valor. Es tan débil... Su hija ha sido para ella una terrible decepción.

Ahora que está segura, se relaja. Imagina a Rosy temblorosa, asustada, esperando que haga efecto. Contiene las lágrimas que le abrasan los ojos. Le habría gustado poner fin a sus vidas juntas, tal como las han vivido. Agarrar su mano. Infundirle ánimos. Que muriera en paz, orgullosa; no amedrentada.

En ese momento suena su móvil. Sus dedos han empezado a agarrotarse. Casi no acierta a descolgar. No duda de que es su hija. Una última muestra de debilidad. En fin, ya nadie puede impedirles morir como han planeado.

—Ro-sy án-gel mí-o. —Le cuesta hablar. La lengua es un peso muerto.

—No me llames Rosy. No es mi nombre —le responde una voz masculina.

Le cuesta pronunciar las palabras que lleva silenciando cuarenta años, desde que abandonaron el hospital tras la castración que le realizó el doctor Carter.

—Me llamo Óscar —dice con todo el aplomo del que es capaz— y a partir de ahora es quien elijo ser. Yo solo. Sin ti.

Esther pestañea, confusa.

—Adiós, mamá.

¡No!, quiere gritar su madre, pero ya no tiene voz. ¿Me ha engañado? ¿Por qué?, ¿por qué si lo único que yo he hecho toda mi vida ha sido quererla, protegerla?

No, no puede morir ahora.

Así.

No.

20

—Adiós, mamá.

Permanece muy atento a la pantalla. Abrumado, contiene la respiración. La escena se desarrolla a cámara lenta, muy lenta.

A través de las lágrimas, ve a su madre tambalearse. Sus movimientos son torpes y pesados, como si estuviera rodeada de agua. Su larga melena blanca, la tela negra del vestido. Suenan las oleadas de tonos graves de Satie. La anciana da un par de erráticos pasos y se derrumba. Todo cobra una textura irreal. Aunque es imposible, cree oír el crujir de sus rodillas al golpear el suelo, el estrépito de su cuerpo. Sonidos que se descomponen en su mente.

Se le forma un nudo oscuro entre la garganta y el pecho que amenaza con ahogarlo. Su pérdida es irreparable. Con su madre ha muerto también su pasado. No hay testigos. Solo. Por primera vez en su vida está solo. Y también por primera vez ha elegido el aspecto que quiere mostrar al mundo.

Acaricia con los dedos el monitor, el rostro materno. Debe ponerse en movimiento. Levantarse supone un esfuerzo tremendo, el dolor por su muerte es un pesado saco sobre sus hombros. No puede retrasarlo más: la inspectora ha salido en su busca y no tardará en encontrarlo.

Camina hacia Katy sin soltar el cuchillo. Es la tétrica caricatura de un payaso con la ropa arrugada de mujer, el rostro con el maquillaje macabramente corrido y los negros churretones de lágrimas y rímel.

Katy se debate con todas sus fuerzas. Óscar coloca sus grandes manos en sus hombros huesudos para impedir que vuelque la silla. Nunca antes la había tocado y siente un escalofrío. Aproxima su rostro a ella. Katy intenta apartar la cabeza instintivamente, pero los dedos de Óscar se introducen entre sus cabellos. Alcanzan la tibia piel de la nuca. Durante un instante se permite acariciarla con las yemas de los dedos. Embargarse con el torrente de sensaciones.

Deposita un beso muy dulce sobre la cinta americana que cubre sus labios. Despavorida, Katy parpadea atrapada entre sus labios y la fuerza de su mano. ¿Es su forma de despedirse antes de acuchillarla?

Tras unos segundos, Óscar se separa. La mira con intensidad, trata de expresar lo que ni las palabras pueden nombrar. Sonríe con timidez, como si esperase que suceda algo.

Desde el pasillo llegan los golpes de la inspectora Samper.

—¡Policía, abra la puerta!

—Debemos despedirnos, no podemos alargarlo más —le dice Óscar a Katy.

Katy niega con espanto. Forcejea de nuevo para liberarse y derriba la inestable silla de escritorio. Se golpea la cabeza y el costado derecho. Un calambrazo de intenso dolor la recorre de pies a cabeza. La sangre vuelve a manar de la herida de la frente. Inspira hondo para contener el acceso de náuseas que asciende por su garganta.

En contrapicado, ve a un Óscar enorme sujetando el afilado cuchillo. Recuerda que está loco y que se cree Norman Bates.

Grita y grita a través de la mordaza. Él se aleja. Abre una puerta y desaparece.

La música es cada vez más grave e ininteligible. Más ajena a ella. Al igual que los pasos y las voces de los agentes de policía que han irrumpido en el piso.

21

Lara entra en el principal izquierda en cuanto los agentes revientan la cerradura. Está furiosa e impaciente. Le irrita su propia ineficacia, no haber comprendido antes lo que ocurría.

Aseguran habitación por habitación.

—Vacía.

—Vacía.

En una de ellas, la inspectora se encuentra con una reproducción exacta del cuarto que Esther decoró para Zoe en su piso. La cama con dosel y cortinas de tul, las estanterías llenas de muñecas y peluches. Incluso el papel con la cenefa infantil de elefantes. Su propósito es evidente: aquí retuvieron a la niña la semana de su «secuestro» haciéndole creer que estaba enferma. Es una prueba del nivel de obsesiva meticulosidad con que Óscar lo planeó todo.

Por fin, en la habitación del fondo hallan a Katy. Está en el suelo atada a una silla de escritorio. Casi desvanecida. Lara recorre con la mirada el perímetro. Sin soltar la pistola, le arranca a Katy de un tirón la cinta americana que le cubre la boca.

—¿Dónde está Óscar?

Katy trata de hablar, pero solo emite unos desesperados gemidos guturales que intentan ser el nombre de su hija.

—Zoe está a salvo, con mi compañero —le explica la inspectora, y la apremia—: ¿Dónde está Óscar?

Katy hace un leve movimiento con la cabeza para señalar el lugar por el que ha desaparecido. Lara, seguida por tres agentes, se sitúa ante la puerta cerrada. Sin dejar de encañonar al frente con la mano izquierda, gira con la derecha el pomo.

Le cuesta unos segundos salir de su asombro. Se trata de un espacio de poco más de tres metros cuadrados con estantes vacíos de pared a pared. ¿Qué demonios es esto? ¿Un armario empotrado? ¿Una antigua despensa? ¿Y Óscar?, ¿se ha evaporado?

Busca el interruptor de la luz. Al encenderse la bombilla, distingue en el suelo un cuchillo afilado. Es el que Óscar ha utilizado para cortar la moqueta. Cuando la levanta, descubre una trampilla que conduce al piso inferior. En ella se apoya una escalera de mano.

22

Lara y Ginés han revisado el edificio con uno de los grupos de búsqueda en que han dividido a los efectivos. La inspectora decide regresar al principal izquierda, el piso en que han encontrado maniatada a Katy, en busca de alguna pista.

En el centro de una de las habitaciones le llama la atención una caja de cartón atada con un enorme lazo rojo. El resto del cuarto está vacío a excepción de una silla de escritorio con ruedas. Se acerca a ella y distingue un sobre rojo de papel satinado. Va dirigido a la «Inspectora Larissa Samper Ibrámova». ¿A mí?

Lara odia las sorpresas y tiene el pálpito de que esta va a desagradarle especialmente. Le cuesta abrirlo porque lleva puestos los guantes de látex obligatorios para recoger cualquier prueba y preservar las posibles huellas. Cuando lo consigue, extrae de él un folio de idéntico papel satinado.

Al otro lado de la caja, Ginés observa que el pecho de su jefa sube y baja con creciente apremio mientras lee. Al terminar, tiene el rostro encendido. Entonces ella, a la que nunca ha visto perder los estribos, que ha conservado la calma hasta en las situaciones más injustas y humillantes, hace algo inaudito: propina una patada tan fuerte a la silla de escritorio que esta sale despedida contra la pared, donde choca con estrépito.

Los dos agentes que los acompañan la miran estupefactos.

—Ya tenéis alpiste para unos días —les dice componiendo su mejor sonrisa.

Al subinspector le cuesta que no se refleje la sorpresa en su rostro. ¿Qué demonios pone en la nota? Su jefa está levantando ya las solapas de la misteriosa caja. Instintivamente retrocede un par de pasos. Quizá deberían llamar a los artificieros.

La caja contiene varios discos duros externos.

Con la certeza de que las huellas dactilares coincidirán con las que hallaron en el monitor de bebés, la inspectora se dirige a los agentes:

—Si ya os habéis repuesto de la sorpresa, id a buscar a alguien de la Científica para que embolsen esto y se lo lleven a analizar.

Desde una de las ventanas, Lara ve que la acera ha quedado despejada. Ya ha partido la ambulancia que traslada a Katy; y la caja de cartón y el maldito sobre con la nota manuscrita van en una furgoneta camino de la Unidad de Policía Científica, desde donde se remitirán a Informática Forense.

—¿Nos tomamos un pequeño descanso? —le pregunta Ginés.

Ella no le responde.

—Hemos registrado el edificio palmo a palmo —insiste el subinspector.

El instinto le dice a Lara que, por mucho que le cueste reconocerlo, Óscar ha escapado de su cerco. ¿Cómo? Es concienzuda, ha comprobado personalmente que Blasco estaba en lo cierto y que la única manera de abandonar el edificio era el portal, y por ese motivo ha apostado allí a un agente de guardia. ¿Cómo demonios lo ha logrado?

En cuanto obtengan la orden judicial, revisarán la grabación de la cámara de seguridad de la entidad bancaria. Intuye que será en vano.

—Son casi las cuatro de la tarde. Tenemos que comer algo —trata de convencerla Ginés.

La inspectora le dedica una de sus largas miradas aviesas para mostrarle su desdén.

—¿Sabes cómo murió el rey Adolfo Federico de Suecia? —le pregunta—. Quiso saciar su apetito y no pudo digerir un gran banquete que remató con catorce raciones de postre.

La decepción de Ginés es evidente. Nunca había utilizado el «¿Sabes cómo murió?» contra él. Al empezar a trabajar a sus órdenes, memorizó algunas muertes famosas para defenderse cuando llegara su turno. No tuvo ocasión de utilizarlas. Recuerda una perfecta: la de Jack Daniel, el del bourbon. En un ataque de ira al no recordar la combinación de su caja fuerte, la golpeó con tal fuerza que el impacto le fracturó un dedo, lo que derivó en una infección sanguínea que acabó con su vida.

Va a hablar, pero se detiene. Se fija en que la inspectora esconde las manos en los bolsillos, en sus hombros tensos. Le intriga el contenido de la nota. ¿Por qué ha perdido los papeles? Más pronto que tarde lo averiguará. Duda que los de la Científica, especialmente el subinspector Gascón, desaprovechen la ocasión de humillarla, de devolverle alguno de sus desplantes. Lo sabe él y lo sabe Lara, por eso le duele más su silencio. La falta de confianza que cree que implica. ¿Acaso no son compañeros?

El sol entra por la ventana, y la sombra de la inspectora Samper se proyecta sobre el subinspector. Transcurren unos segundos antes de que hable:

—Vete tú, ya que estás tan hambriento. Y de paso, haz algo útil: consígueme los planos originales del edificio. Quiero comprobar cada puñetero tabique para ver si se han modificado.

—Está bien —responde con voz templada—. Te traeré un bocadillo.

Ella ya no le escucha. No aparta la vista de la ventana.

Se queda sola en el piso. Las manos aún le tiemblan de rabia mientras comprueba el arma que lleva en la faja. Suelta un profundo suspiro de impotencia. ¿Es demasiado exigente consigo misma? Puede. Es cuestión de horas, quizá de minutos, que el contenido de la nota que acompaña la caja se difunda por la comisaría, por la Jefatura..., imparable como un gas tóxico.

Se siente avergonzada. Furiosa. Pero no por ese motivo —aún recuerda el montaje de su cara en el cuerpo de una stripper vestida con un tanguita «policial» que tuvo tanto éxito hace unos meses—, sino por haber perdido el control de ese modo. Odia mostrarse vulnerable. Exponer sus sentimientos como si fueran ropa tendida.

Además, la resolución del caso ha resultado un absoluto fracaso, a pesar de haber liberado a Zoe y a Catalina sanas y salvas. Piensa en el suicidio de Esther Figueroa. En Óscar, en Rosy Celma o quienquiera que sea. Se quita las horquillas y su larga melena rubia cae sobre sus hombros. Es difícil curar las heridas de la infancia; en ocasiones, imposible. Ella lo sabe bien. La sensación del vacío, del dolor, del abandono, de la simple y lacerante mentira no la ha abandonado nunca.

El móvil le vibra en el bolsillo. Supone que será del juzgado: el SMS con la maldita orden. Se equivoca. Es un mensaje sin texto. De Luis. Luis Millán.

Va a guardarlo cuando recuerda la pregunta de Esther: «Usted, inspectora, nunca lo entendería... O quizá sí, inspectora, o quizá sí». El momento en que la madre de Rosy ha creído ver en ella a una igual. Se estremece al reconocer que, en parte, es cierto.

Ella misma ha tomado en el pasado decisiones difíciles, irremediables, que nadie más se atrevía a tomar. Y está cansada. Muy cansada. Anhela poder relajarse. En un impulso responde al mensaje con otro idéntico.

Para obtener resultados diferentes, hay que hacer las cosas de forma diferente. Prefiere racionalizarlo a reconocer que es cierto. «Miss you.» Ella también echa de menos a Luis Millán en su vida.

23

—Señor, ¿le apetece una bebida? —le pregunta la azafata del avión.

A Óscar le molesta la interrupción. Mantiene la mano derecha sobre el pecho. Desde el momento en que ha visto derrumbarse a su madre, la pena le obstruye la garganta. Le cuesta respirar.

Ha comprado los billetes de los asientos de su fila para no compartir el reducido espacio con otra persona. También lo ha hecho en el AVE que lo ha llevado hasta esta ciudad y en el vuelo que tomará después, el que lo conducirá a Baltimore, al Gender Identity Institute del hospital Johns Hopkins. Ahora que Beca ha abierto la caja cerrada de la memoria, se muere de ganas de saludar a su viejo amigo el doctor Carter. ¡Qué sorpresa le dará! Además, necesita alejarse. Poner distancia con la inspectora Larissa Samper.

Comenzó a investigarla en el momento en que se personó en la Torre Zuloaga. La considera una buena contrincante. Al fin y al cabo, su impecable actuación evitó el suicidio de Katy después de tantas chapuzas. Por eso resulta peligrosa. Muy peligrosa. Está convencido de que bajo su aparente displicencia bulle un volcán. Le hubiese gustado estar presente en el momento de leer el mensaje que le dejó junto a la caja de cartón con los discos duros.

Se pasa una mano por la frente. Siente las pulsiones en la sien, la antesala de las espantosas migrañas que sufre como consecuencia de la terapia de electroshock. Ningún medicamento puede erradicarlas, solo las mitigan lo suficiente para no enloquecer.

—Señor —insiste la azafata—, ¿le apetece una bebida?, ¿una copa de champán?

Óscar abre los ojos. Mamá adoraba el champán.

—Sí, ¿por qué no?

Se lo sirve en una copa barata —mamá se lo habría arrojado a la cara; Óscar sonríe para sí; ella solo lo bebía en las de flauta de cristal tallado con filo de oro—. Deja caer en las burbujas un ibuprofeno y un Trankimazin. Los ve bailar hasta disolverse. La levanta en un brindis imaginario.

Se la traga de un sorbo mientras reprime las ganas de llorar. Mamá, la estrella alrededor de la cual giraba su mundo, la estrella cuyo brillo opacaba a los demás, se ha apagado para siempre.

Desconocía que la soledad cobrara forma física, que afectara a la carne. Comprende que los bebés lloren con amargura al nacer, cuando se corta el cordón umbilical que los unía a sus madres.

Él acaba de cortar el suyo.

Cierra los ojos a la espera de que las pastillas surtan efecto. Mientras tanto, recuerda el último miércoles de marzo, el día en que todo terminó y todo empezó.

A las 23.00, como todas las noches, comprobó que Katy y Zoe seguían dormidas. Vertía un sedante suave en las botellas de agua con gas de su nevera, y la nueva ejecutiva dormía profundamente hasta que sonaba la alarma del móvil, a las seis y media. La larga jornada de Óscar había terminado. Apagó los monitores y cogió la tablet para proseguir con la vigilancia, aunque era una precaución innecesaria.

Subió a casa de su madre. A su casa.

—¿Qué ocurre, mamá?

En la mesa descansaban las tres copas de cóctel que la había visto vaciar y otra en la que aún quedaba medio manhattan. Desde que Beca abrió la caja de la memoria, el pudor le impedía mirarla a los ojos. Esa traición ocupaba entera su mente. Y aun así, la necesidad casi física de no disgustarla, de sentirse merecedora de ella continuaba intacta.

Sentada en el sofá, su madre se estrujaba las manos. Tan ansiosa que rompió sus rigurosas normas y la interpeló sin esperar a que se cambiase de ropa y se pusiese la peluca y se maquillase. Cuando todavía iba vestida de Óscar, el disfraz que le había permitido experimentar cómo sería sentirse un hombre. Un personaje, un cuerpo, en el que su mente cada vez se sentía más cómoda.

—Rosy, siéntate —le ordenó.

Ella no quiso hacerlo y luego se arrepintió.

¿Qué la había alterado tanto? ¿La mocosa? No había observado nada raro cuando Katy la había recogido, pero estaba segura de que estaría relacionado con ella.

—Es por Katy.

Esperaba una de sus letanías de quejas sobre la forma en que maleducaba a Bichito. Se equivocó.

—Nos ha mentido. Los miércoles y los viernes, esas tardes que dijo que asistía a un seminario —se bebió de un sorbo el resto del cóctel—, al regresar huele distinto; es un olor fuerte, desagradable. ¿Entiendes?, apesta a fluidos, a semen. A sexo.

¿Sexo?, ¿Katy?, ¿de qué hablaba? Ante su expresión de desconcierto, Esther añadió:

—Sabía que no me creerías.

Sacó un sobre bastante abultado del cajón de la cómoda. Rosy se quedó paralizada al ver que en la parte izquierda figuraba el ostentoso membrete del bufete de abogados Morán & Escribano. Era la segunda vez que el nombre de Víctor Morán entraba en su vida, y con pocas semanas de diferencia.

—Son fotos sucias, cielo, pero debes ver lo que hace esta depravada a la que defiendes.

Víctor Morán era el fundador del bufete y un amigo de la infancia de Esther, uno de sus rendidos admiradores. Se había ocupado de «sus asuntos» mientras ella se libraba de un marido tras otro y se marchaba a Estados Unidos. También redactó el acuerdo prematrimonial con su cuarto marido, Ricardo, con el que se casó precipitadamente una semana antes de que terminase la terapia electroconvulsiva de Rosy. Enseguida la pequeña familia cambió de escenario y se instaló en Madrid.

El pecho de Esther subía y bajaba.

—Ábrelo, Rosy, ¿a qué esperas?

El primer impulso de Rosy fue rasgar el sobre. Se contuvo. Sacó las numerosas fotografías a color de treinta por cuarenta. Estaban tomadas desde lejos con un potente zoom.

—¡Abandona a su hija para fornicar con un desconocido! ¿Qué clase de madre haría eso? —le preguntaba la suya.

Los pechos de Katy eran pequeños y firmes como los de una adolescente. Una manaza estrujaba el derecho mientras unos labios mordisqueaban el otro. Katy tendida en la cama, su cuello vencido hacia atrás, la espalda arqueada, los ojos cerrados.

—No se merece a esa criatura. Te lo he dicho mil veces.

Las siguientes eran una serie. Completamente vestida, arrodillada ante un hombre con la camisa abrochada y los pantalones y el slip en los tobillos. Si se pasaban las fotografías una tras otra, la cabeza de Katy cobraba vida, los carnosos labios entreabiertos por los que asomaba la punta rosada de la lengua se acercaban al glande; Katy lo lamía, se lo introducía en la boca. Era un movimiento que ella conocía de sobra por las películas de la deep web.

—No se la merece.

El asco cubrió el cuerpo de Rosy de un sudor frío, nervioso, la frente, encima del labio, las palmas de las manos, las axilas. Se dejó caer en el sillón más cercano. ¿Katy?, ¿también ella era como los demás?

—Rosy, cielo mío, Bichito no puede vivir con esa... con esa... furcia. Hay que protegerla. Lo más importante es protegerla.

Sintió un pinchazo eléctrico detrás de los ojos que le bajó hasta la nuca. El dolor le hizo contraer los hombros. Estaba demasiado consternada. ¡Katy!

Cerró los párpados para no ver cómo su madre perdía los nervios. Ella, la mujer más orgullosa e implacable, la que había trazado su vida sometiéndola a dolorosos electroshocks, imponiéndole un cuerpo extraño a la fuerza, inoculándole el miedo, la vergüenza, robándole a su padre; esa mujer enloquecía por una niña tan vulgar.

—Vamos a liberar a Bichito. Conmigo, con nosotras, será feliz. ¡Tendrás una hermanita!, ¿no quieres una hermanita para jugar?

—¿Liberarla? —preguntó Rosy con un hilillo de voz.

—Quitársela a esa degenerada. Nos la llevaremos. Es la única forma de proteger su inocencia. De que no la ensucie.

—¿Llevárnosla? ¿Secuestrarla? Katy no lo permitiría.

Su madre levantó la mano en un gesto de advertencia y ella agachó la cabeza para no contrariarla.

—Puede sufrir un accidente, caerse en la ducha.

Rosy estaba helada. Callaba y miraba el cabello blanco alborotado, el rostro crispado.

—No tiene familia. Está sola. ¡Víctor la investigó antes de venderle el piso! Guardé el informe. —Esther hablaba con un tono alto, enfático—. Nadie reclamará a Bichito y Víctor arreglará los papeles que hagan falta, me ha asegurado que es relativamente fácil. Podría ser una sobredosis. De joven fue drogadicta, ¿no? Hasta estuvo en un manicomio...

Víctor. ¿Desde cuándo formaba parte de sus vidas? Víctor. ¿Qué otras cosas le habían ocultado de esa existencia que creía tan transparente como la suya? Víctor.

—No me encuentro bien —la interrumpió Rosy. La cabeza le estallaba. La frente le ardía—. Voy a acostarme.

Una mueca de repugnancia cruzó el rostro de su madre. La miró con un desprecio infinito, como cuando era niña.

—Siempre has sido débil. Pero yo ya he tomado una decisión: si tú no me ayudas, lo hará Víctor. Él no pondrá ningún reparo. Nunca lo ha hecho.

Rosy se mareó al levantarse.

—Mañana, mañana hablaremos, mamá. Te lo prometo.

A duras penas alcanzó la cama con dosel y cortinas de tul que tanto aborrecía. Se derrumbó sobre ella. No apartó la colcha ni se puso el camisón. La habitación giraba y giraba cada vez más deprisa. Su madre la había decorado al gusto de Zoe. Zoe. Zoe. Su presencia la acosaba. Sus feos dibujos invadían las paredes. Sus ridículos juguetes en las estanterías. Sus zapatillitas en la esquina. El pijamita en la percha. Se aferró con los dedos a los bordes del colchón.

Esa noche tuvo mucha fiebre. Intensas pesadillas. ¿Cómo había sido capaz Katy? ¡Con los sacrificios que había hecho por ella! Debía curarla. Con disciplina. Katy. Su pobre Katy. Experimentaría el miedo condicionado. Katy. Katy. Se lo mostraría, la conduciría hasta el límite. Katy aprendería. Claro que sí. Igual que lo había hecho ella tantos años atrás.

Pero ¿qué había dicho su madre de un secuestro?, se asustó al recordarlo; ¿de que Katy estaba sola, de su pasado en el manicomio? Algo de la custodia de Zoe. ¡Víctor Morán! No, debía impedir que interviniera. Proteger a Katy. Darse prisa. Su madre no cejaría hasta conseguir a Zoe. No. Jamás dejaría que hiciesen daño a Katy.

Por primera vez había algo que no estaba dispuesta a hacer

para complacer a su madre, incluso a costa de perder su atención, tan cálida y reafirmante, lo único que la sosegaba. Recordó una frase que repetía a menudo: «Alguien tiene que tomar las decisiones difíciles». En esta ocasión era a ella a quien le correspondía hacerlo.

Unas notas de piano la distrajeron.

Satie.

Le avisaban de que se retrasaba: su madre la aguardaba para desayunar. ¿Qué hora es?, se alarmó. ¡Me castigará! Intentó incorporarse, pero un vahído se lo impidió. Satie. Cada nota le recordaba sus fallos, los reglazos en los nudillos. Satie cada vez más insistente, machacón. Ta, ta, ta. Ta, ta, ta. Su madre se impacientaba. El café se estaría enfriando en las delicadas tazas de porcelana. Su madre odiaba beberlo frío. Le aplicaría un correctivo. Satie. Consiguió sentarse y permaneció en esa postura, con las piernas colgando, unos segundos, intentando acopiar fuerzas.

Cuando apoyó el pie derecho en el suelo, todavía ignoraba cómo iba a morir su madre ni estaba segura de ser capaz de reunir el valor para hacerlo; solo sabía que Satie, el doloroso Satie, sería su despedida.

5

LUNES 4 DE JUNIO

1

La inspectora Lara Samper no ha dormido demasiado la última semana. La obsesión de Katy por hallar a Óscar ha alentado su propia rabia.

—Aguarda a que se rindan, para salir tan tranquilo —insistía, angustiada—. Está jugando con usted, inspectora.

¿Jugando con ella? Bien podía ser el motivo por el que dejó la maldita nota manuscrita a su nombre, la «Inspectora Larissa Samper Ibrámova»:

> Inspectora Samper:
> Siento defraudarla. Sé cuánto deseaba que nos conociéramos, pero entenderá que no son las circunstancias más propicias. No me lo tenga en cuenta. Para resarcirla, le dejo este regalo. La contraseña es «LARISSA SAMPER».

Lara Samper y Ginés revisaron hasta el último hilo de seda de la telaraña que madre e hijo tejieron para atrapar a su presa. Encontraron más de veinte cámaras de videovigilancia y micrófonos. Estudiaron los planos originales del edificio buscando un lugar en el que hubiese podido ocultarse, un falso techo, un muro levantado con posterioridad, un pasadizo en los húmedos trasteros, lo que fuera...

Finalmente no le quedó más remedio que admitir que no seguía dentro agazapado. A pesar de la vigilancia, de algún modo, el hijo de la araña la había burlado.

¿Cómo demonios ha podido hacerlo?, se pregunta por enésima vez mientras Carlos Gil, el inspector jefe, expone el caso Gonzalo Márquez en la reunión matinal.

—La investigación continúa abierta, y la orden de búsqueda y captura emitida por el juzgado está activa y ha sido remitida a la Interpol. Sin embargo, otros casos pendientes reclaman nuestra atención, así que no dedicaremos más recursos a la búsqueda del prófugo Óscar Celma.

«El novio de la Samper», oye Lara que susurra algún gracioso levantando un coro de risitas maliciosas. No es la primera vez que un compañero se refiere de ese modo a Óscar.

El rostro de Lara permanece inmutable, aunque bulle de indignación. Ginés se remueve incómodo en la silla. El inspector jefe les llama al orden con un tono de franca camaradería. Al fin y al cabo, ¿qué culpa tiene él de que resulte tan gracioso? No quiere reconocer que no soporta ni la altivez ni los malos modos de Samper, que se guarda su desplante al señor Anderson.

Lara piensa que ninguno de esos cretinos, ni su jefe ni sus compañeros con sus bromitas imberbes, pueden decidir a qué va a dedicar su tiempo libre.

Al acabar la reunión, se dirige a Informática y pide a uno de los agentes que le guarde en una memoria USB las grabaciones de la cámara de seguridad del banco. No solo las del día 28, la mañana en que Katy vio a Óscar desaparecer por la puerta que conducía a la trampilla, también las de los días posteriores. Las revisará las veces que haga falta.

Ningún ser humano puede volatilizarse. Ninguno. Incluso la magia y el mejor escapismo son pura prestidigitación. Óscar la ha distraído, obligándola a mirar en otra dirección mientras él huía. Ese era el cometido de la maldita nota: enfurecerla al tiempo que la convertía en el foco de atención.

No va a darse por vencida. Eso nunca. Descubrirá el truco, aunque sea lo último que haga. Al igual que Sherlock Holmes, está segura de que no existe una combinación de sucesos que la inteligencia de un hombre no sea capaz de explicar.

La noche es suave, fragante, en su terraza. El vino blanco, un chardonnay del Somontano fermentado en barrica, posee un tono tostado que le agrada. Suena Satie, la *Gymnopédie n.º 1*. La música que eligió Óscar. Es la tercera noche que escudriña el dichoso portal en las grabaciones. ¿Qué se me escapa?, ¿qué?

Se muere por fumar un cigarrillo. En vez de eso, se mete el pulgar en la boca y mordisquea la uña.

Empieza de nuevo el visionado. Otra vez. Sin importarle que sea la una y media de la madrugada ni la tensión en los hombros.

Aunque las grabaciones abarcan varios días, avanza bastante deprisa porque únicamente se fija en los movimientos que se producen en el número 17 de Quijano Maldonado y, a partir del día 29, se reducen a ella y al subinspector.

Se concentra en el día 28, el último en que una persona —Catalina— vio a Óscar. Catalina baja de un taxi. Después ella y Ginés permanecen a la espera de recibir la orden de registro del juzgado. Ve cómo se suelta las horquillas y se las guarda en el bolsillo del pantalón. Entran en la telaraña. Detiene la grabación cuando aparecen los cuatro coches zeta con los refuerzos que había solicitado y los agentes comienzan a apearse de ellos. Hasta ese momento sabe que Óscar permanece en el principal izquierda atemorizando a Catalina.

Son las 9.08.

Avanza fotograma a fotograma, se esfuerza en examinarlos

como si fueran nuevos. No aparta la vista de la puerta de hierro forjado. Intenta prestar toda su atención, pero le cuesta porque ya conoce las secuencias de movimientos casi de memoria.

Y es entonces cuando algo la sorprende. ¿Es posible?, ¿ha tenido la desfachatez? Parpadea. Acerca aún más la cabeza a la pantalla. Amplía la imagen hasta que los píxeles la tornan irreconocible. El reloj de la cámara marca las 9.41. Aprieta más los dientes en el dedo hasta dejar la uña blanca.

¡Las 9.41 del 28! Ha malgastado horas y horas durante los últimos días revisando la telaraña y Óscar huyó minutos después de que entraran en el piso para liberar a Catalina.

¿Puede haberla engañado de una manera tan simple?

La respuesta es un rotundo sí.

El truco de Óscar ha triunfado porque el cerebro humano comete sesgos cognitivos al procesar la información disponible y lo hace mediante atajos.

Lara relaja los hombros, echa atrás la cabeza y después se toca el pecho con la barbilla tensando el cuello. Sonríe burlona. Se ha dejado engañar por una heurística, por la ceguera que provoca falta de atención. Recuerda el estudio del gorila invisible que se utiliza como ejemplo en estos casos: se le pide al grupo de sujetos que cuenten los pases de pelota de un equipo de baloncesto vestido de blanco. El ejercicio se complica porque también hay un equipo negro. Los sujetos suelen acertar el número de pases; en cambio, nadie ve algo tan llamativo como un gorila deambulando entre los jugadores. Se centran tanto en los detalles específicos que pierden de vista los hechos obvios.

Toma un sorbo de la copa.

Ella tampoco había visto al gorila.

2

El asedio de los medios de comunicación es una pesadilla constante. Zoe y Katy monopolizan los magacines matinales, los informativos, los periódicos e incluso las tertulias.

El caso reúne suficientes elementos dramáticos para hacer zozobrar los sensibles corazones de los telespectadores. El asesinato de Gonzalo Márquez. El suicidio de Esther Figueroa. La reasignación sexual de Rosy Celma, los límites deontológicos, el uso del electroshock, la ineficacia de las terapias de aversión para «curar» la homosexualidad... Y la fuga de Óscar. La gran fuga que tiene en jaque a la policía y a la Interpol y por la que algunos reporteros lo apodan «Houdini».

Pero lo que lo convierte en una noticia de interés humano, de esas que tanto gustan e impactan a la sociedad, es el cambio que ha experimentado la fotogénica Catalina Pradal en sus pantallas: de ejecutiva adicta a los psicofármacos y homicida despiadada a guapa y frágil madre coraje capaz de sacrificarse por la vida de su hija. Su hija. Esa pobre niñita tan guapa de ojos turbadores que ha conquistado incondicionalmente al público.

Rebaños de ávidos reporteros cercan el número 17 de la calle Quijano Maldonado. Intentan conseguir una declaración.

Una fotografía. Katy no se atreve a mirar a través de las cortinas porque en todo momento hay un teleobjetivo apuntando a sus ventanas.

El lunes, un reportero logró colarse en el edificio y acceder al segundo antes de que lo detuvieran. Desde entonces, los demás aguardan como lobos una oportunidad.

En su encierro, Katy es un manojo de nervios. No consigue dormir más allá de unas cabezadas, de las que despierta angustiada y empapada en sudor, por mucho que le aseguren que están a salvo, que un par de agentes montan guardia permanente en su puerta. Cada ruido que oye le parece una advertencia de Óscar, al que imagina emparedado en el edificio, aguardando el momento para salir.

Consulta de nuevo el reloj: faltan un par de minutos para las doce del mediodía. Es la hora. Deja a Zoe y a Oso Pocho dibujando en la mesa de la cocina, de espaldas al televisor, se ajusta los auriculares y lo enciende. Sin molestarse en elegir una cadena. Supone que aparecerá en todas.

Hoy se celebra el funeral de Gonzalo. Sus padres han organizado una ceremonia religiosa en la parroquia del barrio. Han trascendido los detalles, incluso que la oficiará el sacerdote que lo bautizó. Aunque a Katy le hubiese gustado asistir, despedirse de él, le ha faltado valor; no sabe cómo enfrentarse a la mirada, las recriminaciones de sus padres, de su hermana.

La fiscalía no presentará cargos contra ella, la han eximido de la responsabilidad penal, pero ¿quién va a exonerarla de la que la carcome?

En la pantalla tropieza con una tertulia de la que es involuntaria protagonista. Perora un eminente psiquiatra. No la ha visto en su vida, lo cual no es óbice para que aparezca en diversos medios diagnosticándole un trastorno neurobiológico del espectro autista. Denuncia el rechazo que despiertan las enfermedades mentales a los sanos.

—¿Tú —se encara con otro tertuliano— culparías a una mujer con cáncer de pecho por vomitar?

El tertuliano, director de un periódico, niega.

—¿La culparías por perder el cabello?

El otro niega de nuevo. El psiquiatra suelta su arenga:

—¿Y por qué hacemos responsable a alguien que sufre una depresión del cansancio extremo, de la anhedonia, de la tristeza...? Le recriminamos que solo es cuestión de echarle ganas, como si su enfermedad se debiera a una falta expresa de voluntad y no a una afectación de sus estructuras cerebrales.

Katy apaga el televisor. Ha oído antes esos argumentos. Su parte más racional y analítica cree en las neuronas, las sinapsis y los neurotransmisores, pero el discurso que se impone en su cabeza es el de su vocecilla interior: si ella no hubiese entrado a trabajar en GCM, Gonzalo seguiría vivo; la probabilidad es del ciento por ciento.

Y Gonzalo no es el único peso que carga sobre sus hombros. No es la primera vez que se enfrenta a la muerte, al único hecho irreversible. Definitivo. Ya lo hizo con diecisiete años, el 20 de abril de 1986, en el accidente de automóvil que tuvo lugar en Maryland. Gonzalo se ha unido a la volátil imagen de su madre en el asiento del copiloto con el rostro destrozado por los cristales del parabrisas. Esquirlas lacerantes que se clavaron en sus mejillas, en su frente, en el párpado derecho, que sembraron su cabello y el vestido como una lluvia de brillante confeti.

Dos enfermeras ayudaron a su padre a sujetarla. Chillaba, se revolvía, lanzaba dentelladas cuando intentaban lavar la sangre materna de sus piernas desnudas, de sus brazos. Esa sangre era lo único que le quedaba de ella.

En un segundo, con la rapidez del tajo de un cuchillo, el mundo que conocía había desaparecido, era irrecuperable. Ella, que necesitaba de un modo tan desesperado ceñirse a unas normas estables, que imperara el orden, acababa de perder a su madre. Su seguridad. La persona que la anclaba al mundo. De repente, todo estaba boca abajo. Incomprensible.

El caos había estallado para siempre. Por su culpa.

El temor a cerrar los ojos era tan grande que le producía náuseas. Ni las autolesiones, los cortes, las quemaduras con los cigarrillos, los puñados de pelo que se arrancaba de forma compulsiva la ayudaron esta vez a recuperar el control. Nada servía para enfrentar el dolor emocional, la intensa ira, la frustración. No existía absolutamente nada ni nadie que consiguiera restablecer el orden normal de las cosas.

El primer intento de suicidio pretendía acallar los últimos alaridos de su madre, los estertores que la acunaban noche tras noche. Después se ahogó buscando el silencio en la oscuridad de las drogas. El agotamiento. Siguieron las entradas y salidas de las clínicas de desintoxicación. El aborto. El segundo intento de suicidio. Hasta que la balsámica presencia de Robert se interpuso en su camino.

Cansada de recorrer una y otra vez su piso, enciende el Mac. No es capaz de calcular la cantidad de veces que ha visualizado el lápiz USB que Saúl le entregó. El vídeo de despedida en el que Gonzalo confiesa cuánto la ama. Su contenido le ha proporcionado una nueva perspectiva de los hechos, la ha obligado a reconsiderar sus juicios. Incluso le explica que ese último miércoles en su casa corrió las cortinas para protegerla. Sospechaba que el detective contratado por Saúl los espiaba y no podía decírselo para no aumentar su preocupación.

Ver el vídeo le produce una sensación lacerante que a la vez la reconforta.

Está a punto de volver a abrirlo cuando repara en que la banderita la avisa de que tiene un nuevo e-mail en la bandeja enviado desde su cuenta personal de GCM. ¿Un e-mail de GCM? ¿Cuándo fue la última vez que hice un *checking*?

En el asunto aparece un nombre: «Míster X». La primera impresión la paraliza. Mantiene el dedo sobre el ratón. Indecisa. Óscar. El cuerpo del mensaje es una línea:

PATA DERECHA DE TU MESILLA.

Se dirige con pasos titubeantes al dormitorio. Tira encima de la cama la lamparita, las cajas de pastillas, los pañuelos, la novela y los coleteros que se amontonan encima. Es una mesilla barata de madera lacada en blanco. Nunca había reparado en que las patas pudiesen desenroscarse, ni en que estuviesen huecas.

El papel contiene ocho series de códigos alfanuméricos. Son varios IBAN. Le resulta sencillo reconocer los países a los que pertenecen las cuentas bancarias por los primeros dígitos y los apunta al lado de cada serie:

> Países Bajos
>
> Singapur
>
> Islas Caimán
>
> Curazao
>
> Hong Kong
>
> Singapur
>
> Israel
>
> Singapur

Se masajea la frente y la nuca. Si no es capaz de responder a las preguntas de seguridad, no podrá acceder al contenido de las cuentas. Por eso sabe que se ocultan en el mensaje. Es un juego que le propone Óscar. Aunque no quiere jugar, carece de alternativa.

Inspira profundamente e intenta concentrarse. Busca la clave del criptograma. Sustituye las letras por el número de su posición en el alfabeto. Nada. Prueba con sustituciones alfabéticas simples, empezando por el código César y otros monoalfabéticos. Tampoco. Intenta recordar alguna pista que le dé la clave. Suma las letras de los países. De las cuentas. Nada.

Se frota los irritados párpados. Tiene que ser más sencillo. Mira la lista. ¿Por qué le ha dado esa forma en vez de escribirlas separándolas con un sencillo punto y coma? ¿Y si se trata de un acróstico? Une la primera letra de cada línea: «PSICHSIS». ¿«PSICHSIS»? De pronto lo adivina. Omite la hache muda en Hong Kong y obtiene... ¡«PSICOSIS»!

Abre una página con información de la película. Busca a qué banco pertenece la cuenta IBAN del primer país y su número de teléfono. Llama. No duda en responder cuando le preguntan el nombre: Norman Bates. Dirección: Motel Bates, habitación n.º 1. Año de nacimiento: 1960. Un par de horas más tarde, se dispone a sumar las cantidades de los saldos de las cuentas que ha anotado en una libreta. No le sorprende demasiado que el resultado sean cinco millones de euros.

Con un golpe de calor en el rostro, recuerda las acusaciones que Óscar le lanzó aquella lejana noche de febrero: «Al final todo se reduce a dinero, ¿no?». Y eso acaba de hacer: fijar su precio. Furiosa, su primer impulso es contactar con la inspectora Samper.

—¡Mami, yaaaa! —la reclama Zoe desde el baño.

La realidad se le hace presente. Dentro de dos o tres semanas los medios de comunicación encontrarán otra presa en la que clavar sus dientes y las dejarán tranquilas. La policía desaparecerá. ¿Y ellas? Carecerán de dinero incluso para escapar de esta prisión, de la telaraña, del escondite de Óscar.

Con cinco millones podría comenzar de nuevo, asegurar un futuro a su hija. Aunque ¿dónde queda su dignidad si acepta su dinero?

«El orgullo termina donde empieza el hambre», le advierte su vocecilla interior.

Es una decisión complicada. Necesita hacer un análisis de costes y beneficios.

3

La inspectora Samper se reúne con Katy en su casa, en vez de obligarla a ir a comisaría.

—Van a rendirse, ¿verdad? A cerrar el caso. A dejarnos a su merced —le pregunta Katy, angustiada.

Está muy pálida y eso resalta unas ojeras violáceas muy marcadas.

Ginés acompaña a una feliz Zoe a su cuarto para contarle por qué la existencia de una polilla es tan importante como la de cualquier vertebrado.

—Siéntese, hay algo que quiero mostrarle —le pide Lara.

Extrae el portátil de la funda y lo coloca sobre la mesa.

Katy se asusta. Se esfuerza muchísimo en transmitir con sus gestos y con su mejor sonrisa de Duchenne una impresión de calma. Cree que los policías han descubierto el e-mail que le envió Óscar. ¿Ocultarlo es un delito?, ¿han ido a detenerla?

—Son las grabaciones de la cámara de vigilancia de la entidad bancaria que cubre su portal —le explica.

La inspectora no es capaz de interpretar el suspiro que escapa de los labios de Katy. Supone que está sometida a demasiada presión.

—Esté muy atenta —le advierte Lara, y le pide disculpas por la mala calidad de la imagen.

Katy distingue la calle Quijano Maldonado, el portal de su casa. Hay estacionados cuatro coches de policía y sus ocupantes aguardan impacientes de pie en la acera. Lara señala la parte baja de la pantalla.

—Es una grabación del martes 28, a las nueve y treinta y tres. El momento en que se oyó la música de Satie retumbar por el edificio.

Katy observa la pantalla durante veinte minutos. No advierte nada anormal. ¿Qué quiere que vea?, se angustia. Solo hay policías uniformados que entran y salen de su edificio.

Lara detiene la grabación. La hace retroceder.

—No se fije en que son policías, sino en su comportamiento —la instruye.

Reinicia el vídeo. Los policías entran en tropel en el edificio. El agente que la inspectora Samper ha designado se queda de guardia en el portal. Transcurren un par de minutos. El hombre se acerca al coche zeta y contesta a la emisora. Justo en ese momento, otro agente abandona el número 17 de Quijano Maldonado, pasa de largo junto a los coches y continúa andando hasta doblar la esquina.

—Ese —lo señala— ¿adónde va?

—Eso me pregunté yo.

Rebobina la imagen hasta detenerla en el momento en que cruza el portal. Amplía. Se distingue con bastante nitidez su perfil izquierdo.

Katy siente que algo eléctrico le eriza el vello. Se agarra el cuello con ambas manos apoyando los brazos sobre el pecho.

—Es él —murmura—: Óscar.

Las dos permanecen en silencio. Katy piensa que ha vuelto a jugar con ellas.

—¿Cómo consiguió el uniforme? —pregunta Katy—. ¿Atacó a alguien y se lo robó?

—No, fue más sencillo. Como usted dijo: todo puede comprarse en la deep web y eso incluye un uniforme de la Policía Nacional.

—Él no podía saber que vendrían... —objeta.

—Me temo que sí. Al huir del hospital, usted puso en marcha la última fase de su plan. Era lógico que empezáramos aquí la búsqueda y él se anticipó a cualquiera de nuestras respuestas. Si no registrábamos el edificio, estaba seguro en su telaraña; si lo hacíamos, estaba preparado para huir. Disponía del uniforme. Solo debía esperar.

Un rictus de preocupación endurece los labios de Katy. Recuerda la puerta de emergencia abierta. Al policía hablando en el control con las enfermeras, de espaldas a ella y en voz bastante alta. Lo consideró un golpe de suerte. Su primer golpe de suerte. ¿O no fue así?

Si Óscar lo planeó con tanto cuidado y anticipación, ¿dejó al azar su fuga del hospital?

—Es muy astuto —continúa Lara.

Katy se pasa la mano temblorosa por la frente. Está exhausta. Los otros siguen siendo un misterio para ella; por mucho que se esfuerza, no es capaz de interpretarlos. Y menos a esta mujer tan alta y soberbia. Juraría que ha advertido respeto e incluso admiración en su tono al hablar de Óscar, pero eso es imposible, ¿no?

EPÍLOGO

Imagínese a un hombre sentado en el sofá favorito de su casa. Debajo tiene una bomba a punto de estallar. Él lo ignora, pero el público lo sabe. Eso es el suspense.

ALFRED HITCHCOCK

Ven a jugar con nosotras, Danny.

Las gemelas en *El resplandor* (1980),
dirigida por STANLEY KUBRICK

Archipiélago de las Bisayas, 15 de enero de 2014

—Mami.

No hace falta que la niña reclame su atención. Katy no se separa de ella. El agua turquesa le llega hasta los tobillos, los pies se le hunden cada vez más en la blanca arena.

—¡Zoe, sal del agua mientras hablo! —grita.

En unos minutos recibirá la llamada por Skype.

La niña ni se cansa ni tiene frío. Desde que viven en la isla, parece tranquila, aunque de vez en cuando le pregunta cuándo irá Esther a visitarlas. «Me lo prometiste», lloriquea. También hay noches que habla en sueños y sufre pesadillas. Katy se acuesta a su lado, agarra su manita y piensa en cuánto de lo ocurrido recordará cuando crezca.

Se dirige al amplio porche que se abre ante la casa. Antes de encender el portátil, se asegura de que la niña está en la arena.

—Buenas tardes, Lara —saluda.

La inspectora Larissa Samper es la única persona que conoce su paradero. Fue la que aceleró los trámites para que pudiesen abandonar el país y alejarlas del acoso de los periodistas.

—Hola.

Lara se muestra con ella más relajada de lo habitual, incluso distendida. A lo largo de los meses le ha tomado aprecio a Katy. Valora la integridad que demostró al entregar los cinco millones de Míster X, de Óscar, en vez de vaciar las cuentas antes de que los compañeros de delitos financieros descubrieran el contenido del e-mail y huir.

Lara se alegró de su decisión. No deseaba perturbarla más; de lo contrario, le habría revelado la procedencia del dinero. También que el cambio de carácter de Zoe, su regresión a comportamientos más infantiles, no estaban motivados por que hubiese empezado a trabajar en GCM y pasara menos tiempo con ella.

No tenía dudas de la procedencia desde que a finales de junio habló con Ana Castelar, la inspectora jefa al mando de la Unidad de Informática Forense.

—Samper, hemos accedido a los discos duros de Óscar Celma.

Se produjo una pausa, y Lara esperó resignada la pulla de que la contraseña fuera su propio nombre.

—Hay algo que debes ver —dijo Castelar, muy seria.

En la pantalla apareció el cuerpecito desnudo de Zoe con unas alas de tul verde en la espalda. Lara parpadeó sobrecogida al recordar el disfraz de Campanilla. Maldito cabrón. Era la desagradable confirmación de sus sospechas.

Antes de cerrar el expediente, recuperó el dibujo que Ginés cogió del cuarto de Zoe. A partir del momento en que supo que la figura desconocida era Óscar, lo examinaba desde otra perspectiva. ¿Qué había intentado representar Zoe?, ¿qué objeto sostenía en la mano su «amiga»?, ¿un móvil?, ¿una cámara?

—Es la niña a la que secuestró, ¿verdad? —inquirió Castelar.

—Sí —murmuró.

—He pensado que querrías saberlo.

Aunque Lara presumía de no dejarse influir por las emociones, carraspeó antes de preguntar:

—¿Hay pruebas de algún tipo de abuso?

En el examen médico que le realizaron a Zoe en el hospital no encontraron signos de penetración o abrasiones, pero muchos tipos de abusos sexuales no la requerían.

—No. Solo decenas de fotos de la niña con esas alitas, algunas con un oso de peluche bastante viejo, en distintas posiciones y encuadres. También audios en los que grita o suplica. Los empleaba como cebo. Había montado una *dark room* llamada «¿Te atreves a presenciar la destrucción de un ángel?». Era muy meticuloso y nos ha proporcionado material para desarticular una red de pederastia que opera a escala europea: París, Liverpool, Amsterdam, Bucarest... Va a ser muy gordo.

Tras colgar, Lara se puso en pie. Dio unos cuantos pasos hasta la puerta y corrió el pestillo. Regresó a su escritorio. Apoyó la frente sobre el tablero durante un buen rato, hasta que remitió la oleada de asco. Supo que encontraría al escurridizo Óscar ahí donde estuviesen Catalina y su hija. Sería siempre una sombra en torno a ellas. Y tomó una decisión.

No se iba a rendir.

Costase lo que costase.

Ella lo estaría esperando.

Más calmada, irguió la cabeza y echó atrás los hombros. Llamó a Ginés. Debían ir al Anatómico Forense para recoger los resultados de la autopsia de una mujer de veinticinco años a la que su pareja había asesinado a puñaladas. La vida continuaba.

Desde la barcaza, el hombre enfoca los prismáticos. Su presencia no llama la atención. En las islas volcánicas que conforman el archipiélago de las Bisayas son frecuentes.

Katy está guapa con el pelo más rubio y la piel bronceada, que resalta el gris de sus ojos. Sigue siendo un saco de huesos, aunque ha ganado algo de peso y está más fibrosa desde que nada todas las mañanas. Mueve la cabeza. Anoche te olvidaste de cenar, la segunda vez en lo que va de semana, la riñe. Eres un desastre.

El gusto por la natación se lo ha inculcado la inspectora Samper, ¡a ella, que siempre ha odiado el deporte! Ay, Katy, Katy, eres tan influenciable...

Por la forma en que sonríe ante la pantalla, asume que habla con Lara. Luego escuchará la conversación. Ha introducido un troyano en el ordenador para grabarlas. También ha leído los e-mails que se han intercambiado durante estos meses. Comentan a menudo sus rutinas de ejercicio. No comparten otros intereses y no le extraña, es una amistad muy desigual: la arrogancia de la inspectora se impone a su fragilidad; su mirada magnética e intensa, a la esquiva de Katy.

Katy no mantiene ninguna otra relación personal, y él está satisfecho de que haya aprendido esa respuesta condicionada. Se esforzó para que el estímulo resultase lo bastante potente. La angustia del secuestro y la culpa por haber asesinado a un ser humano la han disciplinado.

Él sabe mejor que nadie que el miedo, el pavor a que vuelva a ocurrir es el motor más potente de la conducta humana. Una vez que planta su semilla, el miedo es imparable. Sus raíces son profundas y difíciles de erradicar.

En cambio, Katy sigue siendo muy inocente para algunas cosas. Por ejemplo, no ha aprendido la otra lección: los archivos de su ordenador continúan siendo vulnerables. Cualquier desaprensivo podría entrar a fisgar; sonríe con condescendencia.

La conoce bien. Contaba con que vaciaría las cuentas con los cinco millones antes de que la policía lo descubriese. Es justo. En realidad, ellas son las legítimas dueñas del dinero. Gran parte lo ganó la dulce Zoe.

En octubre le sorprendió descubrir que trabajaba en una nueva *startup* en la que había invertido parte de ese dinero. Le agrada que se mantenga ocupada, que haya recuperado el ánimo. Tanto que, tras valorarlo, la semana pasada se convirtió en uno de sus doce clientes.

Baja los prismáticos. Es tarde y tiene asuntos de los que ocuparse. Debe escribir varios e-mails y en una hora abrirá la banca de Estados Unidos. Está pendiente de recibir un par de transferencias. El remitente de la más sustanciosa es un viejo conocido: Víctor Morán. Con Víctor va a ser expeditivo. El miedo es un continuo, una escala, y quiere empujarlo un poco más allá de lo que llevó a Katy. Ver hasta dónde le conduce la desesperación más absoluta.

Pone en marcha el motor. Regresará mañana. No hay prisa.

Al fin y al cabo, sus chicas no van a ir a ninguna parte sin que él lo sepa.

Katy no ha olvidado. Todavía recurre a los ansiolíticos, aunque el compacto bloque de culpa que no la dejaba respirar ni tragar se ha erosionado y los ataques de vértigo casi han remitido. Las imágenes de su madre y Gonzalo siempre la acompañan. No quiere que desaparezcan. Son su responsabilidad.

También piensa a menudo en Óscar.

No puede evitarlo.

La furia hacia él se ha aplacado. ¿Acaso no es también una víctima? Lo imagina de niño sentado en el balancín de su casa de Baltimore. Con las manos en el halda del vestido. Solo. Siempre tan solo y tan triste...

Robert le ha explicado que el vínculo madre-hijo que mantenía con Esther era patológico. Esther ejerció el patrón de una madre abusadora, basado en un constante maltrato emocional. Hipercontrol. Humillaciones. Aislamiento. Ataques verbales. Ridiculización. Autoexigencia imposible de satisfacer. «Óscar lo aceptó porque su madre había destruido su autoestima creándole una necesidad extrema de dependencia y, sobre todo, porque iba envuelto en el hermoso disfraz del amor.»

Aun así, no puede perdonar a Óscar.

Ni convertirse en su rehén de por vida. Por eso no se quedó con el dinero.

Óscar le había dicho que la vida era solo una ilusión, un juego. A ella no se le daba bien jugar, nunca conseguía anticipar las intenciones de los demás; en cambio, había algo que sí dominaba: la técnica del acecho y el arte de la espera.

—La semana pasada me apunté a una travesía de nado en aguas abiertas —le cuenta Lara sin cambiar la expresión de su rostro ni alterar el tono de su voz.

Un calor sofocante ahoga a Katy al oírla. Estira el cuello redondo de la camiseta para separársela del cuerpo. Intenta tranquilizarse.

—¿A cuál? —pregunta.

—A la Tuna Race Balfegó, en Tarragona.

Katy se humedece los labios con una rápida pasada de la lengua.

—¿Sigues con la misma tabla de secuencias o la has cambiado?

—He cambiado. Necesito enfrentarme a una zona de oleaje y adelantar a un grupo grande. Ahora entreno con una tabla especial para esfuerzos cortos y explosivos.

—Dímela, que me la apunto. —Cruza las piernas y las descruza inmediatamente al darse cuenta.

—Es una distancia entre los dos kilómetros y medio y los cinco. El calentamiento son mil metros; empiezas los primeros doscientos cincuenta con libres...

Katy continúa acalorada, pero la mano no le tiembla al escribir.

No teme por su integridad física ni por la de Zoe. Ese no es el propósito de Óscar. Si lo fuera, ya estarían muertas. Tampoco duda de que, desde algún lugar, incluso puede que en ese mismo momento, Óscar la vigila.

Necesita cazarlo. Y para cazar es preciso un cebadero. ¿Qué podía atraer a Óscar? Recordó una de sus lecciones: la paradoja de la seguridad. La inspectora Samper estuvo de acuerdo. Se ha convertido en su aliada.

En la isla están muy atrasados tecnológicamente, ese fue el motivo por el que la eligieron. En ese paraíso no dispone ni de un móvil, ni siquiera de televisión. No hay una sola cámara de seguridad en varios kilómetros a la redonda.

Al comprar el ordenador, lo hizo sabiendo que le abrían una ventana a Óscar. Y cuando desde la Unidad de Informática Forense comprobaron que un hacker le había instalado varios troyanos, supo que el cebadero estaba listo. El siguiente paso fue elegir un buen cebo para que él pudiera volver a inmiscuirse en su vida. En octubre fundó una nueva *startup*, un *outsourcing* para que las empresas externalizasen servicios. Y llegó el momento de estar quieta y aguardar.

Una larguísima espera que Lara le acaba de decir que ha terminado. La Tuna Race Balfegó es la clave que fijaron para indicar que Óscar es uno de sus clientes, que ha entrado en el cebadero y está comiendo.

Anota con cuidado cada número, cada palabra. Después, en la privacidad de su dormitorio, hará el cifrado por transposición a un alfabeto que solo conocen ellas dos.

Óscar no se ha equivocado solo al subestimarla y creer que ha olvidado sus lecciones, sino también en algo más importante: hay un motor más potente que el miedo. Al menos para alguien que ha pasado la mayor parte de su vida buscando una respuesta a cómo manejar el dolor y la culpa sin reventar.

El motor es la venganza.

No van a rendirse. Ni ella ni Lara.

Mira al vacío hasta que siente que los ojos le arden.

NOTA DE LA AUTORA

El doctor Carter, Esther Figueroa y Óscar/Rosy Celma son fruto de mi imaginación, pero podrían ser tremendamente reales y haber participado en las controvertidas terapias e investigaciones que el doctor Money llevó a cabo en el prestigioso hospital Johns Hopkins de Baltimore.

John Money (1921-2006) fundó el Gender Identity Institute, el mayor centro mundial de estudios de intersexuales o hermafroditas. Introdujo en su tratamiento una perspectiva psicológica frente al enfoque biológico imperante al afirmar que ser hombre o mujer está más condicionado por el ambiente físico y social en que una persona se desarrolla que por el sexo biológico con que nace. Convirtió la cirugía genital temprana y la ingesta de hormonas en el estándar de actuación. En 1963 dio un paso más y extrapoló sus conclusiones: «Como los hermafroditas, toda la raza humana sigue el mismo patrón».

Dos años más tarde, a un bebé canadiense de ocho meses le abrasaron el pene al practicarle una operación de fimosis. El matrimonio Reimer, los desesperados padres, vieron en un programa de televisión a Money explicar la reasignación sexual y contactaron con él. El doctor les ocultó que su intención era utilizar a su hijo para un estudio experimental en el que su hermano gemelo ejercería de sujeto control. Los convenció para castrarlo, darle estrógenos, vestirlo, peinarlo y educarlo como una niña, y jamás decirle que no lo era. De este modo comenzó la transición de John a Joan, nombres ficticios para proteger su anonimato, y durante los siguientes doce años los gemelos fueron evaluados con regularidad en el Gender Identity Institute.

Los artículos que el doctor Money publicó refiriendo el éxito del estudio «John/Joan» le otorgaron prestigio y fama mundiales, a pesar de que su personalidad extravagante le llevó a autoproclamarse «gurú del sexo» y a defender que la pedofilia era natural y debería ser aceptada.

Los encuentros de los gemelos Reimer con el doctor Money resultaron cada vez más violentos por las dudosas prácticas, como los «ensayos sexuales», a los que los sometía, hasta el punto de que «Joan» amenazó con el suicidio si la hacían regresar a Baltimore.

Finalmente, y temiendo por su vida, sus padres le revelaron la verdad. Con quince años cambió su nombre por el de David, tomó andrógenos, le extirparon los pechos y le construyeron un pene rudimentario.

Cuando David descubrió que, según la bibliografía médica, su caso había sido un éxito, colaboró con el endocrinólogo Milton Diamond para hacer público que Money había falsificado los resultados: él nunca se había identificado con una niña. Le gustaba orinar de pie, sufría *bullying* por su actitud masculina y depresión por la disonancia cognoscitiva con su cuerpo.

El caso consiguió una gran repercusión. Saltó a la portada del *The New York Times*. La BBC emitió un documental sobre él. La entrevista de Oprah Winfrey a David Reimer puede verse actualmente en YouTube.

Tras el escándalo, Money publicó un artículo en 1998 en el que reconocía que los resultados de la reasignación temprana de sexo distaban de ser perfectos a largo plazo y que los niños rea-signados como niñas con frecuencia acababan siendo lesbianas. Continuó ejerciendo de profesor en la Universidad Johns Hopkins y recibiendo honores hasta su jubilación.

En cuanto a la familia Reimer, Brian —el hermano gemelo— fue encontrado muerto por una sobredosis de medicamentos en 2002. El 5 de mayo de 2004, el propio David se suicidó. Posteriormente, su padre también lo hizo por los insoportables sentimientos de culpa.

M. F.

AGRADECIMIENTOS

Debo dar las gracias por su ayuda, entusiasmo y consejos a César Abajo, Mario de los Santos, Ana Arjol, Rita López, David Castander, María José de la Fuente, David Ramos, Inés Plana, Enrique Llamas, Carlos Gil y Clara Pérez.

A Carmen Romero, por confiar en esta novela, a Clara Rasero y a Nuria Salinas, por sus comentarios.

A Juana Cortés, mi *alter ego* pacífico. A Luquin y Mun, por las fiestas en el infierno. A Irene, por escucharme, casi siempre. A mis amigos, por esas risas tan necesarias. A mi familia, por su apoyo inquebrantable.

ÍNDICE